KB260844

양창국 단편소설집

11월 어느 날 22시

지구문학

국립중앙도서관 출판시도서목록(CIP)

11월 어느 날 22시 : 양창국 단편소설집 / 지은이: 양창국. ― 서
울 : 지구문학, 2013
  p. ;   cm

ISBN 978-89-89240-51-8 03810 : ₩15000

단편 소설집[短篇小說集]
한국 현대 소설[韓國現代小說]

813.7-KDC5
895.735-DDC21   CIP2013001615

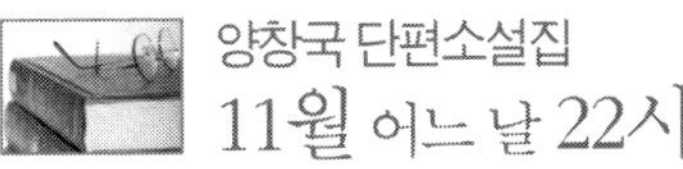

양창국 단편소설집
11월 어느 날 22시

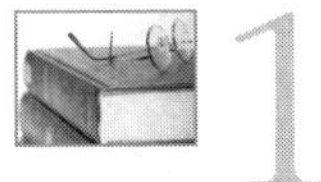

내게 능력이 생기면

1

어느 날 아침, 만리장성의 길이가 두 배도 더 넘게 늘어났다며 언론이 떠들어댔다.

나는 도통 무슨 말인지 알아들을 수가 없었다.

나는 만리장성은 산해관에서 서쪽 무슨 관까지 죽 이어지는 수천 km나 되는 긴 성으로 세계 7대 기적에 드는 문화유산이라고 배웠다. 장성 저쪽 사람들이 이쪽 사람들의 땅으로 자주 쳐들어와서 물건을 빼앗아 가고, 여자도 잡아가고 하여, 이쪽 사람들이 저쪽 사람들이 쳐들어오기 힘들게 하려고 쌓은 성이라고 배웠다. 아니, 쳐들어오기 힘들게 하려고가 아니라, 성을 기어 올라오면 긴 창으로 쿡쿡 찔러 아예 성을 넘지 못하게 하려고 쌓았다고 했다. 진시황인가 하는 임금 때 쌓은 성이라고 배웠는데, 요 근래 언제 성을 쌓아서 그 길이가 두 배로 늘어났을까? 비행기가 휙휙 하늘을 날아다니는 세상에 그깟 성을 뭣하려고 애써 또 쌓았을까? 미사일 한 방이면 성문이 박살날 텐데.

내가 학교를 그만 둔 지 2, 3년이 된다.

그 사이 역사책이 바뀌었나? 역사책이 바뀌었으면 신문이 그렇게 크게 떠들 리가 없는데… 천리장성은 연개소문이 쌓았다고 배웠는데 그 장성도 만리장성의 일부란다. 연개소문은 분명 고구려 장수인데, 그렇게 배웠고, 연속극에서도 그렇게 나왔는데, 연개소문이 중국 변방의 한 장수란다. 내가 잘못 배웠나, 아님, 누군가 억지를 쓰며 거짓말을 늘어놓나? 중학교도 제대로 못 다닌 나보다는 대학도 나오고 박사도 한 사람들은 뭔가 더 잘 알고 있을 텐데, 신문을 보며 죽일 놈들 소리만 한다.

동북공정이란 말을 여러 번 들었다. 내게는 퍽 어려운 낱말이다. 성수 형이 만주가 중국의 한 변방으로 고구려나 발해가 다 중국의 지방정부라는 뜻이라고 말해 줬다. 학교에서 고구려나 발해는 우리 민족이 세운 위대한 나라라고 가르쳐 줬었는데, 고구려나 발해가 다 만주에 살던 중국의 한 지방민이 세운 정부란다. 백두산을 다녀온 우리 주유소 사장님은 운이 좋아 딱 한 번 가서 천지를 봤다고 자랑하며, 중국 놈들의 역사 왜곡이 심하다고 핏대를 냈었다. 나는 왜곡이라는 단어의 뜻은 정확히 모르나, 사실과 다르게 거짓말을 하는 거 아닌가, 하고 짐작한다.

그런데 거짓말을 한 중국은 태연한데, 참말을 하고 있는 우리나라 사람들이, 우리 언론들이 발을 동동 구른다. 고등학교까지 나온 성수 형이, 동북공정은 오십여 소수민족을 품에 안고 있는 중국이 중화민국의 분화를 막기 위해 쓰는 정책 중 하나라고 일러줬다. 분화를 막기 위해 중국 정부가 거짓말을 지어냈다고 했다. 나는 그 말을 반은 알아듣고 반은 알아듣지 못했다.

그런 거짓말을 하라고 누가 시켰을까? 후 뭣이라고 하는 국가주석이 시켰을까? 후 뭣이라고 하는 국가주석은 거짓말을 지어내서 막 사기를 치라고 남을 시켜도 괜찮은가?

그래도 역사학자들은 학자적인 양심이 있을 텐데, 국가주석의 말이라고 막 듣지는 않을 텐데, 역사의 진실을 밝혀 내겠다고 밤잠을 설치며 옛것을 찾아다니는 학자들이 누가 시킨다고 옛것을 막 바꿔서 말할까? 얼마나 돈을 많이 줬을까? 아님, 죽인다고 협박을 했나?

만 리가 이만 리로 둔갑을 했는데, 우리나라 언론이 떠든다고 다시 만리장성으로 바뀔까?

거짓말을 참말로 바꿔야 하는데, 바꿀 방법이 있으면 저렇게 떠들지 않을 텐데…. 어떻게 쉽게 바꿀 방법이 없을까? 그거야 거짓말을 하라고 시킨 사람들의 마음을 바꾸면 되지. 그 쉬운 것을.

권총을 들고 막 쳐들어가?

하느님께 부탁해서 북경에 해일이라도 한방 먹이며 겁을 줄까? 일본 후쿠시마에 쳐들어 왔던 해일은 정말 무서웠었는데…. 해일이 막 밀어닥치면 만리장성의 길이가 두 배로 늘어난 것도 모르는 불쌍한 시민들만 죽겠지? 거짓말을 시킨 높은 놈들은 다 도망칠 거고.

제우스한테 부탁해서 번개를 빌릴까? 꽈당 한두 명 죽어서는 안 될 것 같은데, 몇 방이나 빌릴까?

아침부터 비가 주룩주룩 내렸다. 이런 날 승용차를 세차하러 올 운전수가 있을 리 없는데, 우리 사장님은 우리에게 출근하여 대기하고 있으라고 했다.

우리 3인조, 성수 형과 동갑내기 형철과 나는 주유소에서 승용차를 세차하는 일을 한다. 성수 형은 세차기계 입구에서 세차하러 오는 승용차 운전수로부터 세차 할인권과 봉사료 천원을 받는다. 우리 주유소에서는 6만 원 이상 주유를 하면 천원에 기계세차를 할 수 있는 세차 할인권을 준다. 성수 형은 돈을 받고 승용차 앞바퀴가 세차기에 물리도록 손바닥으로 운전을 유도하며, 기어를 중립으로 놓았는지 확인한다.

나와 형철은 세차하고 빠져 나온 승용차가 우리 앞에 멈춰 서면 차 양옆에 붙어 서서 유리창과 차체에 남은 물기를 걸레로 닦는다. 백미러에 묻은 물기를 정성껏 닦아낸다. 대강 물기를 닦고 손바닥으로 차체를 가볍게 치면 운전수들이 알아서 차를 뺀다. 나와 형철이 하는 일은 전혀 머리를 쓸 필요가 없다. 기계적으로 팔만 움직이면 된다. 우리 둘은 승용차를 사이에 두고 잡담을 나누지만, 그냥 입을 닫고 일만 할 때가 더 많다. 가끔 성의 없게 닦는다고 시비를 거는 운전수도 있지만, 우리가 다시 닦는 척하며 고개를 숙여 미안한 척하면 대개 넘어간다.

우리 사장님은 아침에 주유소에 들러 '고객은 왕이다' 라고 훈계를 하고 잠시 앉았다가 어딘가로 간다. 골프를 치러 가는 날도 있고, 친구들과 놀러갈 때도 있으나, 우리에게는 행선지도 언제 돌아올지도 알려 주지 않는다.

우리의 월급은 따로 없다. 그날 받은 봉사료 천원을 모아 절반을 뚝 떼서 사장님께 드리고 나머지를 3등분한다.

아무 할 일이 없는 나는 사무실 의자에 불편하게 우그리고 앉아서 창밖에 내리는 비를 내다보며 공상을 이어갔다.

내게 능력이 생기면, 당장 중국으로 날아가서 높은 사람들이 회의하는 장소에 뛰어 들어가서 권총을 들이대고, 권총까지 들고 갈 것은 없지, 24시간 내에 거짓말을 거둬들이지 않으면 일 년도 더 넘게 비를 퍼붓겠다고 할까? 아님, 일 년 내내 비 한 방울도 주지 않겠다고 협박할까?

그 정도는 너무 약한가? 24시간 내에, 24시간이 너무 짧으면 48시간

내에 거짓말을 그만두지 않으면 너희 높은 놈들을 다 죽이겠다고 할까? 그럼 살인죄가 되나? 그냥 벙어리로 만들겠다고 할까?

참, 중국말을 모르는데 어떻게 내 뜻을 전하지?

내게 능력이 생기면, 세계 모든 나라의 말을 다 할 수 있겠지. 그래도 중국 놈들에게 중국말로 하기는 싫은데. 내가 우리나라 말로 말하면 중국 놈들이 다 알아들을 수 있게 해야지.

내게 모세와 같은 능력이 생기면, 중국 최고인민회의장에 딱 폼을 잡고 버티고 서서, 거짓말 시킨 것을 사과케 하고, 후 주석을 노려보며 즉시 고치지 않으면 황하를 피바다로 만들겠다고 목소리를 깔고 일갈할 텐데. 무슨 옷을 입고 갈까? 지금 입고 있는 청바지는 너무 초라하고, 하얀 도복을 입고 긴 수염을 달까? 지팡이도 짚고. 그럼 내가 누군지 모르잖아?

그렇게 하면 거짓말을 취소할까?

이렇게 하루 종일 비가 오는 날은 우리 3인조가 공치는 날이다. 십 원도 못 벌고 벌어놓은 돈을 까먹는다.

아침부터 비가 내렸으니 우리 사장님은 골프를 치러 가지는 않았을 거다. 고스톱이라도 치러 가셨나?

비가 오고 할 일도 없는데, 벌어놓은 돈을 까먹더라도 숨을 좀 쉬고 조조영화라도 보았으면 하는데, 언제 사장님이 불쑥 나타날지 몰라 우리는 좁은 주유소 공간을 맴돌았다.

"창수야. 너 영숙이 생각하냐? 그만 생각하고, 사장님이 점심 드시고 세시쯤 들어오신다니 우리 조조 보러 가자."

형철이 내 등을 탁 쳤다.

실없는 공상에 빠져 있던 나는 몽상에서 빠져 나왔다.

"조조?"

"성수 형 밖에서 기다린다."

"그래? 어벤저스가 악당이랑 싸워 물리치는 영화래. 아주 신난데. 그거 보러 가자."

나는 중국의 높은 사람들을 악당으로 연상하며 신이 나서 친구를 따라 나섰다.

2

오늘은 아침부터 바빴다. 어제 잠시 내린 가랑비가 공기 중에 떠다니는 흙먼지를 싹 쓸어서 승용차에 도배질을 했는지, 승용차들은 대형 고급차나 소형 고물차나 구분 없이, 잔뜩 흙먼지를 뒤집어쓰고 왔다. 남에게 보이는 밖이 더러운 것을 창피하게 여기는 자가용 운전수들이 아침부터 주유소 세차장에 몰려와서 줄을 서서 차례를 기다렸다.

이런 날은 제법 짭짤하게 수입이 오른다. 우리 3인조는 화장실에 갈 시간까지 아끼며 자리를 지켰다. 끊임없이 승용차가 밀려왔다. 기계는 변함없이 정해진 절차대로 세차를 했으나, 사람인 나나 형철의 손길이 거칠어졌다. 그러나 우리는 정말 열심히 닦고 닦았다. 누가 시켜서가 아니었다. 승용차 한 대당 받는 천원의 봉사료가 탐이 나서도 아니었다. 그 일은 우리에게 맡겨준 우리가 해야 할 일이었다.

점심은 후루룩 먹어치울 수 있는 국수로 때웠다. 나는 점심시간에 면발을 세면서 천천히 국수를 먹었다. 점심을 먹는 시간이 5분은 길어졌다. 나는 형철과 교대하며 농땡이를 친 것 같아 미안했다.

오후 3시를 넘어서자, 우리는 잠시도 쉬지 못하게 끊임없이 밀려오는 승용차가 지겨웠다. 무서웠다. 형철과 나는 웃음도 대화도 놓고 자동차가 앞에 서면 그냥 무의식적으로 걸레질을 했다.

저녁 일곱 시가 되자 성수 형은 아직 햇살이 남았는데도 세차를 마무리했다. 다행히 골프를 치러 간 우리 사장은 그때까지 나타나지 않았다.

내 몫이 3만 9천원이나 됐다. 우리 사장의 몫은 108,000원. 우리 사장은 골프를 즐기면서도 내 세배나 되는 돈을 벌었다. 나는 사장이 봉사료의 반을 가져가는 것에 하나도 불만이 없다. 내 맘 속에는 어떤 불만을 유발할 씨앗도 없다.

우리 3인조는 5천 원씩 걷어서 술추렴을 했다. 형철과 나는 머리칼이 길고 어른들이 입는 옷은 입고 다니지만 아직 미성년자다. 음식점 주인은 술을 팔면서 한 번도 신분증을 보자고 하지 않았다. 하기야 나는 보여줄 신분증도 없다. 미성년자여서인지 나는 술이 약하다. 소주 두 잔만 마셔도 알딸딸해진다. 아버지는 술 때문에 일찍 돌아가셨다. 아버지를 닮았으면 술이 꽤 셀 텐데, 나는 술을 입에도 대지 못하는 외가 쪽을 더 닮은 모양이다.

식당 천장에 매달린 티브이는 하루 종일 뉴스만 방송한다. 식당에 들어설 때 나왔던 뉴스 장면이 다시 반복하여 티브이에서 나왔다.

애국가가 국가인지도 모른다는 국회의원이 허연 얼굴을 들고 웃는 장면이다. 부정선거로 당선이 됐으니 국회의원 하지 말라고 여기저기서 윽박질렀으나, 그는 들은 체도 안 했다. 당에서는 제명하겠다고 어르고, 양당 대표들이 강제로 쫓아내겠다고 엄포를 놓는데, 잘못한 것이 없어 못나가겠단다. 벌써 한 달도 넘게 그 국회의원이 티브이에 나왔다. 매일 쫓아내겠다고만 하고 쫓아내지 못했다. 그 끗발 좋은 경찰이나 검사들이 못해 보는 모양이다. 매일 상대 당을 향해 독설을 퍼붓는 정치가들도 국민을 내려다보며 희게 비웃는 애국가가 국가인지도 모르는 그 무식한 국회의원을 어떻게 해 보지 못하는 모양이다. 아님, 입으로만 쫓아내겠다고 떠들고 뒷구멍으로는 서로 봐주는지도 모른다.

내게 능력이 생기면, 애국가가 국가인지도 모르고, 부정을 해 놓고 부정이 아니라고 우기는 철면피한 녀석을 달랑 들어 두 다리를 꽁꽁 묶어 남산 타워에 거꾸로 매달고 잘못을 뉘우치게 할 것이다. 당장 국회의원을 그만 두게 할 거다. 남산 타워에 매달았는데도 버티면 다리를 동강 분질러 병신을 만들어 놓든지, 국회의원을 그만 둘 때까지 앞이 안 보이게 할 것이다.

"창수 너 뭘 생각하니? 또 영숙이 생각이냐?"

형철이 눈을 티브이에 둔 채 멍하게 공상에 빠져 있는 내 어깨를 툭 쳤다.

"영숙? 영숙은 무슨 영숙. 술 취하는 거 같다."

내가 얼버무렸다.

"겨우 두 잔 마시고 취해?"

형철이 재미있어 했다.

영숙은 도로 건너편에 있는 24시 편의점에 근무하는 여대생이다. 밤 10시부터 아침 6시까지 근무한다. 여름방학 동안 등록금을 벌려고 알바를 한다고 했다. 나보다 나이도 많고 대학생이니 학벌도 한참 높다. 나는 상대가 되지 않는다. 그래도 내 맘은 사람이 만들어 놓은 벽을 넘어 자꾸 그녀에게 간다.

3인조 중 형철과 나의 숙소는 주유소 뒷방이다. 휘발유를 넣는 내 또래 둘도 우리랑 한방을 쓴다. 성수 형은 집에서 자고 온다.

우리는 밤 열시가 넘어 휘발유를 넣는 손님이 뜸해지면 자주 간식 내기 사다리를 탄다. 그날 내가 꼴찌를 했다. 꼴찌를 한 나는 빵과 아이스 바를 사러 24시 편의점에 갔다. 나는 24시 편의점 입구에 있는 냉장 통에서 아이스 바 네 개를 꺼내서 한 손에 들고, 또 한 손에는 크림빵 네 개를 들고 엉성한 자세로 카운터로 갔다. 콧날이 날름하고 눈썹이 짙은 새 얼굴이 카운터에 서 있었다. 몸매는 날씬한데 가슴이 도톰했다.

그녀의 가슴에 김영숙이라는 명찰이 걸려 있었다. 내가 좋아하는 탤런트를 닮았다. 첫 눈에 탤런트를 닮은 그녀로부터 필이 왔다.

"처음 뵙네요."

나는 현금으로 간식 값을 계산하며 일부러 말을 걸었다.

"자주 오세요?"

영숙은 나를 빤히 쳐다보며 물었다. 그녀의 맑은 눈이 전등 불빛에 반사하여 반짝했다. 그녀의 호수 같은 눈동자에 내가 푹 빠졌다. 나는 난생 처음 느끼는 황홀함에 휘청했다.

나는 그 다음날 자원해서 24시 편의점에 야식을 사러 갔다. 가슴을 스치고 지나갔던 화살이 심장을 뚫고 들어왔다. 나는 24시 단골손님이 됐다. 그것도 밤 열시 이후에. 며칠 만에 영숙은 내가 주유소에 근무하는 것을 알게 됐고, 나를 동생처럼 대해 줬다. 동정심이겠지.

"창수 술도 못 먹는데 취한 거 같다. 우리 술은 그만하고 국밥이나 두 개 시켜서 나눠 먹자."

성수 형이 남은 술잔을 비우며 말했다.

9시도 안 되어 술까지 곁들인 저녁이 끝났다. 우리가 잠을 자는 방에는 티브이가 없다. 아직 잠자리에 들기에는 이른 시간이다. 영숙은 10시가 돼야 출근한다. 성수 형은 집에 갔고, 나랑 형철은 근린공원에 갔다. 둘은 공원을 한 바퀴 돌았다. 땀이 비쩍비쩍 났다. 벤치에 나란히 앉았다. 손부채질을 하며 더위를 쫓았다. 하루 종일 마주보며 할 말을 다 한 우리 둘은 입을 닫고 산책을 나온 주민들을 빈둥빈둥 쳐다보며 시간을 보냈다.

"아까 식당에서 신문을 힐끗 보니 어느 은행 회장이 10억짜리 수표 350억 원을 주머니에 넣고 다녔다고 났던데 너 봤니?"

내가 묻는 말에 형철은 고개를 저었다.

"350억은 큰돈이지?"

나는 실없는 말을 던졌다.

"너한테 십억 떼어주라고 할까?"

형철이 픽 웃으며 말했다.

나는, 그럼 좋지, 하는 대답을 삼키며 하늘을 올려다보았다. 별이 하나도 보이지 않았다.

'내일 비가 오면 안 되는데…'

신문에 350억 원을 가지고 다녔다는 회장의 사진도 나왔었고 이름도 나왔었는데 이름이 기억이 나지 않았다. 이름을 안다고 해도 내가 알 사람이 아니지만.

삼백오십 억 원이면 얼마나 큰돈일까? 중학교도 못나온 내 셈법으로 는 얼마나 큰돈인지 잘 모르겠다. 내가 오늘 번 만큼 하루도 안 빼고 몇 년을 벌면 모을 수 있을까? 10년, 20년, 아님 평생?

그 돈은 회장의 개인 돈이 아니란다. 은행 돈이란다. 나같이 가난한 사람들이 푼돈모아 은행에 믿고 맡겼더니 그 돈을 자기 돈같이 주머니 에 넣고 다니면서 돈 줄 사람을 찾고 다녔단다. 누구에게 뭐하려고 주 려고 했을까?

형철이 말대로 그 많은 돈 중 딱 수표 한 장만 나를 주면, 뙤약볕에서 세차를 안 해도 되고, 학교도 다니고, 당당히 대학 들어가서 영숙이랑 연애도 하자고 하고…. 아니, 지하방에서 고생하시는 엄마도 꺼내오고.

"뭘 그렇게 골똘히 생각하니? 너 그렇게 영숙이 생각하다 미친다."

형철이 내 어깨를 밀며 말했다.

"나 영숙이 생각 안 했어. 그 돈 받은 사람이 누군지 아니? 혁신하자고, 자기는 제일 깨끗한 정치인이라고 뽐내던 국회의원이야. 겨우 몇억 받았데."

"야 겨우 몇 억 받았다고? 공 하나는 더 붙여야지. 나 그만 들어간다. 아직 열시 안 됐네. 너 편의점 들렀다가 오면서 내 칫솔 하나 사다 주라. 내가 돈 줄게. 나 먼저 들어간다."

형철은 자기 눈에는 영숙이 별로라면서 편의점에서 살 물건이 있으면 아예 나더러 사오라고 했다.

형철이 내 어깨를 툭 치고 먼저 티브이도 놓을 자리가 없는 좁은 방으로 갔다.

그 깨끗한 정치인이, "이게 마지막 액땜이라 생각한다"고 말하며 웃던 묘한 표정이 눈앞에 어른거렸다. 마지막 액땜이라는 말이 무슨 뜻일까? 돈 받아먹은 것이 들통 났으니 감방에 가야 하는데 오히려 액땜이라니…. 힘센 사람들이 하는 말은 도통 무슨 말인지 모르겠다. 그 국회의원도 애국가가 국가인지도 모르는 국회의원처럼 계속 버티면 경찰도 검찰도 손 못 댄다는 말인가? 가방끈이 짧은 나는 도통 그쪽 세상을 이해할 수가 없다.

그 은행 회장이나 국회의원은 우리 사장보다는 훨씬 높고 힘센 사람들이지? 그 사람들이 뭔가 잘못한 것 같은데 오히려 큰 소리다. 우리 사장은 세차해 주고 받은 봉사료 중 절반을 챙기고 미안한지 가끔 과일도 사주고 주스도 사준다. 그런데 힘센 사람들이 먹었다는 돈의 액수가 무지 큰데, 너무 단위가 커서 나같이 가방 끈이 짧은 사람은 얼마나 큰돈인지 가늠할 수도 없는데, 계속 대가 없이 그 돈을 받았단다. 대가 없이 돈을 받았다는 뜻이 뭘까? 그 정도 돈을 받아 먹은 힘센 사람들이 셀 수 없이 많은데 재수 없이 나만 걸렸다고 투덜댄다. 힘센 경찰이나 검찰은 엄포만 놓고 결국 그 사람들은 다 풀려난다. 감방에 들어갔다고 해도 바로 풀려 나와서 또 국회의원이 되고 장관도 된다.

내게 능력이 생기면, 셀 수 없이 많은 높은 사람들이 저지른 부정을 다 꿰뚫어 볼 수 있는 힘이 생기면, 그들의 비리를 낱낱이 파헤쳐 세상에 알릴 거다. 알리지 말고, 힘센 사람들을 한 번쯤 봐줄까? 48시간 내에 부정하게 먹은 돈을 다 게워내고 자리에서 물러나면 그들이 저지른 부정을 모른 채 덮어주겠다. 그래도 내 경고를 무시하면, 경찰이나 검찰에 말해 봐야 조사한다고 세월 다 보내다가 고소를 해도 재판받는데 몇 년씩이나 걸릴 거니, 비리를 다 까발려 언론에 공개하고 내가 직접 벌을 주자. 힘센 부정한 놈들의 두 다리를 칭칭 묶어 남산 타워에도 대롱대롱 매달고, 반포대교에도 매달도, 올림픽대교에도 매달자. 오가는 사람들이 다 볼 수 있도록 가슴에 큰 글씨로 죄목을 적어 걸어 놓자. 신고를 받은 119 구조대가 허겁지겁 달려와서 높으신 분들을 구하려 뛰어다닐 거고, 방송사는 놓칠세라 다투어 실시간 생중계를 할 거다. 그럼 자연히 죄상이 다 밝혀지고, 더 이상 힘센 사람이 그 자리에 있지 못하고 쫓겨날 것이다. 가슴에 매달아놓은 죄목은 모함이라고 억지를 쓸 놈도 나올 거다. 부정하여 당선되고 애국가가 국가인지도 모르는 놈도 버티고 있고, 회장 돈을 받아 먹은 놈은 액땜을 했다며 묘한 웃음을 짓고 버티고 있다. 부정한 높은 놈들을 병신을 만들든지, 그냥 싹 쓸어 무인도에 귀양을 보내 반성케 하자.

내게 능력이 생겨, 내가 사사로이 처벌하면 경찰이 나를 잡아갈 건가? 그것도 결국 죄가 되나? 국민들은 일지매나 홍길동이 나타났다며 떠받들 텐데.

내게 힘이 생기면, 코도 안 풀고 남의 돈을 먹는 친구들을 막 혼내줄 수 있는데….

공원 시계탑에 걸려 있는 전자시계가 10시 반을 가리켰다.

'영숙을 보러 가야지.'

내게 능력이 생기면, 영숙을 이리로 나오게 하여 다른 연인들처럼 손을 잡고 공원을 돌고, 벤치에 앉아 키스도 하고….

키스를 한다고 생각하니 입안에 침이 돌고 자지가 스르륵 일어섰다.

영숙과 키스하는 장면을 상상했던 나는 부끄럽고, 영숙에게 큰 죄를 지은 것 같아 영숙을 보러 갈 수가 없었다.

3

교장선생님이 17억 원이나 되는 돈다발을 집에 감춰 뒀다가 들통이 났다.

어떻게 집안에 17억씩이나 되는 큰돈을 감춰 둘 수가 있지? 어디에다 감춰 뒀을까? 교장선생님이 무슨 재주를 부려 그렇게 큰돈을 모았지? 그렇게 큰돈을 은행에 안 두고 집에 두다니, 도둑이 무섭지도 않았나?

내가 초등학생 때, 교장선생님들은 꾀죄죄한 옷을 입고 다니셨다. 그때 교장선생님들도 집에 현금을 잔뜩 숨겨 놓고 가난한 척하려 추레한 넥타이에 철지난 꾀죄죄한 양복을 입고 다니셨나?

대통령 형님의 집에서도 현금 7억 원이 나왔다. 축의금이라고 했다. 사람들은 7억이 아니라 공을 떼고 발표했다고 수군거렸다.

그 많은 돈이 다 축의금이라고? 왜 은행에 안 넣고 집에다 감췄을까?

집 어디다 뒀을까? 대통령 형님의 집을 감히 뒤질 리 없으니 당당하게 금고에 넣어뒀겠지.

성수 형이 주유소를 그만뒀다. 지난 2년간 모은 돈으로 중고 오토바이를 하나 사서, 큰 아파트 단지에 있는 중국집 음식을 배달하겠다고 했다. 배달료는 얼마인지 말해 주지 않았다. 세차할 때보다는 훨씬 수입이 좋을 거라고 했다. 비가 와도 눈이 와도 밥은 먹어야 하니 배달은 끊이지 않을 거라며 순하게 웃었다. 성수 형은 돈을 모아, 그것도 악착같이, 음식점을 열 거라 했다. 장가도 가고, 참한 색시와. 송별 회식 때 술에 취한 성수 형은 꿈에 부풀어 행복해 보였다.
나는?
중학도 제대로 못나온 나는 군대에 갈 염려가 없다. 승용차를 닦아주고 언제나 오토바이 살 돈을 모으지? 당분간 엄마는 모른 척할까?
엄마는 주민센터에서 주는 극빈자 수당과 복지관의 도움으로 살아가신다. 복지관에서 반찬도 날라다주고, 쌀과 과일도 가져다준다. 며칠에 한 번씩 목욕차를 보내 목욕까지 거저 시켜 준다. 몸이 아프다고 연락하면 복지관에서 자원봉사자를 보내 병원에 모시고 간다. 엄마는 내 도움 없이도 그럭저럭 사실 수가 있다. 내가 성년이 되면 그런 혜택이 많이 줄어든단다. 성년이 되기 전에 이를 악물고 돈을 모아 오토바이를 사고, 성수 형에게 부탁하여 음식 배달을 하고, 아니, 그보다는 택배회사에 들어가서 돈을 벌자!
그래도 엄마를⋯ 하나뿐인 엄마를 모른 척할 수야⋯.

방학이 끝나자 내 짝사랑 영숙은 24시 편의점을 그만 뒀다. 주소도 전화번호도 알려주지 않고 떠났다. 나도 물어보지 않았다. 영숙이 다니는 대학교를 알고 있으니 꼭 만나려고 하면 만날 수 있지만, 이 몰골로 그녀를 만나봐야 쪽만 팔릴 것 같다. 돈을 벌고, 의젓하게 그녀를 만나러 가야지. 그러려면 부지런히 돈을 모아야 하는데…. 무슨 방법으로?

그 은행 회장은 현금을 350억 원이나 들고 다니면서 줄 사람 찾느라고 고생했다는데, 나한테 10억짜리 수표 한 장만 주면, 열두어 평짜리 아파트 하나 얻고 엄마 모시고 살며 평생 회장을 은인으로 모실 텐데…, 뇌물 줬다고 감방에 갈 염려도 없고…. 영숙의 등록금도 살짝 모르게 대주고….

내게 능력이 생기면, 집에 현금을 싸놓고 전전긍긍하는 교장의 집이나, 대통령의 형님 집에 당당히 들어가서 한 다발 들고 나와 나도 쓰고 엄마도 모시고.

그런 부잣집에는 무서운 개를 키우겠지? 개가 막 짖으면 어떻게 들어가지? 숨겨 놓은 돈은 어떻게 찾고?

내게 능력이 생기면, 그 정도야. 관심술로 교장이나 형님의 마음을 움직여서 스스로 돈 감춰 놓은 곳으로 나를 데려가게 하고, 금고문을 열게 하고, 5만 원권을 가방에 가득 넣고 나오면 되지. 그럼 얼마나 될까? 1억? 5만 원권인데 5억은 되겠지. 도둑맞았다고 경찰에 신고할까? 할 리가 없지. 더 큰 것이 들통 날 테니…. 내게 능력이 생겨, 은행에서 돈을 가져 나오면 죄가 되겠지만, 교장의 집이나 형님 집에서 들고 나오면 무사할 것 같다. 그 치들 쓰고 쓰다 못 쓰고 남는 돈 좀 가져다 쓰는데…. 교장이나 형님은 돈을 못 갖다 줘서 안달이 난 사람들이 가져오는 돈을, 안 받겠다고 폼까지 잡으며 받아서 챙겼을 텐데, 그런 돈 좀 내가 가져다 쓴다고….

내게 능력이 생기면, 그런 눈먼 돈을 가져다가 고아원에도 나눠 주고, 가난한 학생 장학금으로 쓰라고 이름도 밝히지 않고 교장실 앞에 몰래 가져다 놓고….

내게 능력이 생기면, 돈만 가지고 나와서 나눠 줄 것이 아니라, 코도 안 풀고 남의 돈을 널름널름 먹는 힘센 높은 놈들을 끌어내서 거꾸로 매달고 가슴에 누구의 돈을 이러 이러하게 받아먹었다고 써 붙여 광화문 네거리에 매달면 멋있을 텐데.

성수 형이 그만두고 나와 형철은 오전 오후로 나눠 한 사람은 돈을 받고, 한 사람은 세차를 하고 나온 차 껍데기의 물기를 닦았다. 셋이 나누던 팁을 둘로 나누니 수입은 늘었지만, 혼자 물기를 닦다 보니 밀려오는 차를 감당하기 어려워 그냥 백미러만 닦을 때도 있다.

내일이나 모레 쯤 우리 사장이 알바를 데려올 것이다. 아님, 돈을 받을 사람을 데려오고, 형철과 나는 다시 껍데기를 닦고….

내게 능력이 생기면, 알바를 구해 내 대신 일을 시키고 그냥 배당이나 받을 텐데.

4

우리 사장님이 애지중지하는 개의 다리가 부러져 동물병원에서 수술을 받았다. 그래서 개가 다리에 기브스를 했다. 우리 사장님은 기브스를 한 개를 안고 주유소에 나왔다. 나는 우리 사장님의 개가 무슨 종인지 모른다. 개의 이름은 '하니', 딱 어른 주먹 두 개만큼 크다. 나는 아무리 짖어봐야 도둑놈이 하나도 무서워할 것 같지 않은 쥐뿔만한 개를 우리 사장님이 왜 애지중지 키우는지 알 수가 없다. 예방주사를 맞히고 보양식도 먹인단다. 사람인 나는 중학교를 중퇴한 후에 한 번도 예방주사를 맞은 적이 없다. 개의 보양식이 내가 먹는 음식 값보다 비싸단다. 나는 보양식은커녕 라면으로 끼니를 때우는 때가 많다. 그런데 하니의 입맛을 돋우려 특식까지 먹인단다. 한우 고기 중 가장 비싼 부위를, 나는 이름은 들어봤지만 먹어본 적이 없다, 막 먹인단다.

하기야 부모를 잘 만난 애들은 하기 싫은 과목까지 엄마의 구색 맞추기 용으로 하루 종일 배운다. 엄마는 독선생을 붙여주고, 학원도 보내고, 그것도 모자라서 해외연수까지 보낸다. 나같이 팔자 좋은 사람은 학교를 중간에 그만 둬도 간섭한 사람이 없었고, 과외를 하라고 귀찮게 하는 사람도 없다. 아버지는 일찍 돌아가셨으니 아예 말을 하실 수가 없고, 나를 혼자 키우다가 지쳐 병석에 누운 엄마는 말할 기력이 없으시다.

우리 사장은 우리들을 불러 모아놓고 다리에 기브스를 한 하니의 머리를 쓰다듬으며, 손님은 왕이다, 친절하라고 훈계를 했다. 정품을 정량 넣어주는 것이 주유소에서 제일 큰 친절 같은데, 차 속에 앉아있어 눈도 마주치기 어려운 손님들에게 친절하라고 했다.

산뜻한 가을 옷을 걸친 하니가 우리 사장이 훈계를 할 때 우리들을 빤히 쳐다보며 고개를 흔들거리고 입을 쫑긋했다. 마치 주인의 말에 박자를 맞추는 것 같았다.

우리 사장이 아무렇게나 툭 던진 하니의 수술비는 내가 승용차 유리창을 석 달이나 닦아줘야 모을 수 있는 돈이었다.

하니의 유골을 모실 납골당도 사났단다. 납골당은 대구 어디에 있단다. 우리 엄마가 저렇게 시름시름 앓다가 돌아가시면, 자선단체의 도움을 받아 화장을 할 거고, 그 유골은 한강에 뿌려질 것이다.

내게 능력이 생기면, 우리 엄마가 사는 집을 사람이 사는 집으로 바꿔 드리고 싶다. 푹신한 침대도 사 드리고, 창문에 커튼도 해 드리고. 아니, 우선 엄마가 사는 방을 땅 속에서 땅 위로 끌어올려 방안에 햇빛이 가득 들어오게 할 것이다. 지금 엄마가 사시는 방은 그냥 공짜로 받을 수 있는 햇빛조차 들지 않는다. 엄마는 어둠을 좋아하는 세균과 한 방에 사신다. 그러니 병이 나을 리가 없다.

내게 능력이 생기면, 엄마의 전신을 손바닥으로 쓱 쓸어 엄마를 힘들게 하는 병을 몰아내고, 낮에는 햇빛이 비치고 밤에는 별을 볼 수 있는 방에서 살게 해 드릴 거다.

내게 능력이 생기면, 엄마처럼 지하에 사는 모든 아픈 사람들의 병을 낫게 하고, 햇빛을 볼 수 있는 땅 위에 살게 할 것이다.

내게 능력이 생기면…, 내게 능력이 생기면….

정주영 씨나 이병철 씨는 맨손으로 시작해서 우리나라 최고 부자가 됐단다. 남의 승용차 껍데기를 닦고 있는 나는, 한 2년 돈을 모아 중고 오토바이를 사고, 택배회사에 취직하고, 그 다음은…. 그 다음이 잘 그려지지 않는다. 정말 나도 이병철 씨나 정주영 씨 같은 부자가 될 수 있을까?

내게 능력이 생기면, 우리 고향의 뒷산에서 유전을 찾아내고, 아니, 뒷산 지하에 큰 유전을 만들고, 우리나라에서 다 쓰고도 남을 석유를 캐내서…. 고향에 유전을 만들면 바로 이병철 씨나 정주영 씨 같은 부자가 될 수 있는데…. 그래도 나를 거둬준 우리 사장에게는 공짜로 석유를 대줄까?

나는 운전대를 좌우로 틀며 내 앞으로 스르르 굴러오는 승용차 운전수가 내미는 세차 할인권과 천원을 받아 바구니에 넣고, 오른손 손바닥을 좌우로 움직이며 차바퀴가 세차기계에 물리도록 유도했다.

나는 기어를 중립에 놓으세요, 말하고 중립에 놓았는지 확인하러 승용차 안을 들여다봤다. 너무 선탠이 짙어 속이 보이지 않았다. 나는 기어를 중립에 놓았는지 확인하는 것을 포기하고 다음 승용차를 받았다.

내게 능력이 생기면, 나는 그냥 편안하게 서 있고, 운전수가 내미는 할인권과 천원이 저절로 바구니에 담겨지고 세차기계가 알아서 승용차를 세차하게 할 수 있을 텐데….

"창수 너 멍하니 뭐해?"

기브스를 한 강아지를 안은 우리 사장이 꿈에 빠진 나에게 고함을 쳤다.

"그렇게 멍청하게 서서 돈만 받을 것이 아니라 창문에 미리 물을 뿌려 먼지를 털어내면 기계가 편하지."

나는 번뜩 정신이 들었다. 이러다가 잘리면….

나는 하니를 안고 못마땅한 눈으로 나를 노려보는 주인의 시선을 피해 호스의 밸브를 열고 막 기어오는 승용차의 유리창에 물을 좍 뿌렸다.

'내가 힘을 쓰면 기계가 편하다고?'

나는 하니를 안고 있는 우리 사장에게 물을 퍼붓는 심정으로 호스를 좌우로 틀며 승용차에 물을 끼얹었다.

내게 능력이 생겨 고향에 유전을 만들어도 우리 사장한테는 거저 기름을 대주지 않겠다!

내게 능력이 생기면, 할 일이, 좋은 일이 참 많은데….

내게 능력이 생기면….

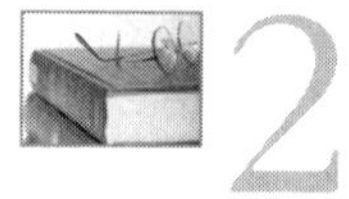

나비효과 · 1

북경에서 가벼운 나비의 날갯짓이
뉴욕에서 태풍을 일으킨다.

1

간영석은 법원 서기가 건네준 〈배당표〉를 찬찬히 읽어 내려갔다.

'매각 목적물 수원지방법원 성남지원 2008타경 2105, 배당할 금액 1,056,787,000원, 주식회사 에이스삼화저축은행 845,215,000원, 간영석 211,572,000원.'

간영석은 배당표에 적힌 내용을 이해하는 데 1분도 더 걸렸다. 그의 아파트를 경매해서 받을 돈 10억 원 중 8억 원이 날아간다는 감이 더디게 그의 머리에 왔다.

간영석은 성남지원으로부터 〈부동산 임의경매에 따른 배당기일 통보서〉를 받고 오후 2시 출두시간에 맞춰 법원에 갔다. 법원 구내에 자동차를 주차하고, 금속 탐지기를 통과하여 통보해 준 법정에 들어섰다. 작은 교실 크기의 법정 정면 흰 벽면 중앙에 법원 마크가 보였다. 등받이가 앉은키보다 훨씬 높은 판사용 의자 세 개가 나란히 놓여 있었고,

그 앞에 노트북 컴퓨터와 마이크가 설치되어 있었다. 한 계단 아래 책상 위에는 산더미처럼 서류가 쌓여 있었다. 피고석 오른쪽 변호사 푯말이 붙은 자리에 신사복 차림의 남자 두 사람이 서로 딴 곳을 쳐다보고 앉아 있었고, 방청석에는 성인 20여 명이 옹기종기 앉아 있었다. 넥타이 차림은 한둘이고 대부분 잠바 차림이었다.

앞쪽에서 30대의 남자, 법원 서기가 서류를 나눠줬다. 간영석은 주위의 눈치를 살피며 다른 사람들이 하는 짓을 보다가, 쭈뼛쭈뼛하며 서기에게 다가가서 〈배당 기일 통보서〉를 내밀었다. 서기는 간영석이 내민 통보서를 들고 서류 뭉치에서 〈배당표〉를 찾아서 간영석에게 건네주며, 판사님이 나오셔서 판결문을 읽을 때 이의가 있으면 말을 하고 이의가 없으면 가만히 있으라고 일러줬다.

2시 4분에 법복을 입은 30대의 판사가 입장했다. 간영석은 서기의 구령에 따라 자리에서 일어섰다가 판사가 앉는 것을 보고 자리에 앉았다. 판사는 바로 재판을 시작했다.

판사가 "사건번호 2008타경 2105번"을 낭독하자 간영석은 자리에서 벌떡 일어섰다. 판사는 자리에서 일어선 간영석을 거들떠도 보지 않았다. 간영석은 전신이 긴장되고 목이 막혔다. 판사가 "원고 에이스삼화저축은행, 피고 간영석"을 부르고, "이의 없지요?" 했다. 간영석은 할 말도 없었지만 목이 막혀 바로 말을 할 수가 없었다. 원고 측도 침묵했다. 판사가 다음 사건번호를 낭독했다.

재판은 순식간에 끝났고, 간영석이 들고 있는 배당표에 적힌 내용이 법적 효력을 발휘했다. 간영석의 아파트를 경매한 돈 중 845,215,000원이 은행으로 넘어갔다.

간영석은 "동생이 사업자금을 은행에서 대출 받으려고 하는데 보증 좀 서줍시다" 하고 쉽게 말하는 부인의 말을 몇 번은 못 들은 척했으나, 몇 달만 봐주면 되는데 처갓집 일이라고 관심이 없다면서 당신 동생이었으면 그렇겠냐는 부인의 채근에 시비 붙기가 귀찮아서, "생각해 보자"고 한 마디 했을 뿐인데 집이 날아갔다. 간영석은 인감증명을 직접 떼지도 않았다. 남편이 "생각해 보자"는 말을 하자마자, 20년을 함께 살아온 부인은 남편이 반승낙은 한 것으로 치부하고, 바로 남편의 주민등록증을 들고 주민센터로 달려가서 인감증명을 떼고, 남동생과 같이 은행에 가서 인감도장을 찍어 주었다. 간영석은 처남의 고맙다는 인사 전화를 받고서야 보증을 서준 것을 알았다. 부인에게 짜증을 내봐야 물릴 수도 없는 일, 간영석은 며칠 속을 끓이다가 '문제없겠지' 하고 체념해 버렸다. 간영석은 처남의 사업이 어렵다는 부인의 푸념을 몇 차례 듣고 설마했었는데, 처남이 부도를 내고 도망쳤다. 간영석은 법원의 출두 요청 공문을 받고서야 보증을 서준 그의 아파트가 걱정이 되었다.

젊은 판사가 채 1분도 안 되는 짧은 시간, 표정도 바꾸지 않고 낭독한 몇 마디 틀에 짜인 말로 20년을 노력해서 마련한 집이 '생각해 볼 것' 도 없이 날아갔다.

간영석은 법원 구내에 있는 은행에서 그의 배당 몫 2억여 원을 찾아서 그의 예금통장에 입금하고, 아직 아파트가 날아간 사실을 백 퍼센트 실감하지 못한 채 정신이 벙벙한 상태에서 주차장으로 갔다. 그는 불안정한 정신 상태에서 운전하기가 싫었으나, 차를 두고 갈 수도 없어 구로공단 디지털단지에 있는 회사로 차를 몰았다.

그는 법원을 나서며 평소 교통량이 적은 8차선 헌릉로를 달리다가 내곡 나들목에서 자동차전용도로로 바꿔 타고 구룡터널을 빠져 나와

남부순환도로를 타고 회사로 가는 코스를 머리에 그리며 차를 몰았다.

헌릉로는 예상대로 한산했다.

간영석은 사건번호, 원고, 피고의 이름을 읽고 나서, 이의 없습니까? 묻는 젊은 판사의 몇 마디 말을 들은 기억밖에 없는데, 그의 전재산인 아파트가 날아가 버린 사실을 믿을 수가 없어 정신을 저당 잡히고 차를 몰다가 내곡 나들목을 지나쳤다. 그대로 직진을 해서 달리면 상습적으로 길이 막히는 강남지역 도로를 거쳐야 남부순환도로에 들어설 수가 있다. U턴을 하여 되돌아와서 내곡 나들목으로 들어서야 한다.

교차로를 두 번이나 지났으나 U턴 표시판이 보이지 않았다. 다음 네거리에도 U턴 표시판이 보이지 않았다. 간영석은 차의 속도를 늦추고 전후좌우를 살펴 교통경찰이 없는 것을 확인하고 중앙분리대가 설치되지 않은 지점에서 불법 U턴을 단행했다.

일류건설주식회사 홍성수 부장은 한껏 고조된 기분으로 차를 몰았다. 제한속도 80㎞인 헌릉로에서 속도계가 100㎞를 넘어섰으나 그는 전혀 속도감을 느끼지 못했다.

입찰 마감시간까지는 시간 여유가 충분했다. 아무리 천천히 달려도 입찰 마감시간 한 시간 전까지는 국토개발청에 도착할 수 있을 것 같았다. 홍 부장은 국토개발청에서 교량공사 입찰서류를 챙겨오는 부하를 기다리고 있는 그의 사장 나도식에게 마감 시간 4시 전에 서류만 전해주면 된다.

이번 입찰은 요식행위에 불과했다. 홍 부장은 나 사장에게 사촌 형인 국토개발청 편경린 청장을 은밀히 소개했다. 당장 급전이라도 얻어 불을 꺼야 했던 나 사장은 거액을 리베이트로 제시하며 편 청장과 더욱 은밀한 거래를 맺었다.

청장은 입찰 예정가를 알려주고, 사장은 공사금액의 5%인 10억 원을 리베이트로 준다.

펀 청장은 소정의 양식에 굵은 펜으로 예정가를 적어 넣고, 사인을 하고, 봉투에 넣기 전에 메모지에 그 숫자를 옮겨 적고 포켓에 넣었다. 펀 청장은 예정가를 적은 양식을 봉투에 넣고, 풀로 붙여 봉함을 하고, 봉투 위아래를 풀로 붙인 자리에 굵은 펜으로 사인을 하고, 문 밖에서 기다리던 계약담당자를 불러 봉투를 넘겨줬다.

나 사장과 펀 청장은 선금 2억 원이 든 현금 가방과 예정가를 옮겨 적은 메모지를 교환했다.

펀 청장은 물봉을 소개해 준 4촌 동생에게 정표로 1억 원을 주겠다고 선심을 썼다. 홍 부장은 형님이 줄 1억 원으로 변두리에 전세 집을 얻고 나머지는 혼수 비용에 보탠다는 분홍색 계획을 세웠다. 나 사장은 이번 교량 공사계약을 따는 데 수훈을 세운 홍 부장을 이사로 진급시켜 주겠다고 약속했다.

홍 부장은 콧노래를 부르며 확 뚫린 헌릉로 1차선을 마구 달렸다. 순간 그의 눈앞에 불쑥 장애물이 나타났다. 반대편 차선에서 승용차가 넘어왔다. 홍 부장은 본능적으로 급브레이크를 밟으며 핸들을 꺾었다. 속도를 이기지 못한 자동차가 중앙분리대를 들이받았다.

"꽝"

굉음이 났다. 간영석은 본능적으로 소리가 나는 뒤쪽을 돌아다보았다. 중앙분리대를 들이받는 승용차가 눈에 들어왔다.

바로 사태를 파악한 간영석은 허겁지겁 좌우를 살피며 가속기를 마구 밟았다. 그는 뒤쫓아 오는 차가 없나 간을 졸이며 황급히 사고현장에서 도주했다.

2

일륭건설주식회사 나도식 사장은 국토개발청 입찰실에서 느긋한 마음으로 홍성수 부장을 기다렸다. 공개입찰이라는 형식적인 절차는 거쳐야 하지만 공사계약은 이미 따 놓은 당상이다. 예정가의 85% 이하로 가장 근접하게 입찰가를 써넣은 업자에게 낙찰된다. 예정가를 이미 알고 있는 나 사장은 정답을 쓰는 데 전혀 고민할 필요가 없었다.

편 청장은 계약을 체결하면 바로 계약금의 20%를 선급금으로 주겠다고 했다. 그 돈으로 리베이트 잔액을 챙겨 주고, 사채를 갚고, 당장 돌아오는 어음을 막는다. 정부에서 발주한 큰 공사계약을 딴 여세를 몰아 회사의 신인도를 높이고 사세를 키운다. 편 청장과 한 번 맺은 인연으로 한두 건 새 공사를 쉽게 딸 수 있을 것이고, 그렇게 회사를 키워서 해외에 진출하고, 몇 년 내에 국내 굴지의 대회사로 키워간다!

나 사장은 의자에 앉아서 입찰가를 써넣은 서류를 꼭 쥐고, 사채업자로부터 빌린 입찰보증금이 든 양복주머니를 계속 확인하며, 꿈에 젖어 눈을 떴다 감았다 하며 입찰 서류를 챙겨오는 홍 부장을 기다렸다.

아무리 늦었어도 30분 전에는 도착했을 홍 부장이 나타나지 않자, 나 사장은 불길한 예감이 들어 초조해졌다. 홍 부장은 한 시간도 더 전에 이동전화로 곧 도착할 거라고 보고했었다.

나 사장은 자리에 앉아있을 수가 없었다. 그는 현관에서 서성대며 정문 쪽에 눈을 두고 홍 부장의 이동전화 번호를 계속 눌렀다. 신호음이 울리고 난 후, '전화를 받을 수 없어 음성사서함으로 연결됩니다' 는 멘트만 계속 울렸다.

홍 부장이 가져오는 서류가 없으면 입찰에 참가할 수가 없다. 주최 측과 짜고 치는 고스톱인데 경기에 출전을 할 수가 없다. 나 사장이 초조해 하며 허둥대는 것은 아랑곳하지 않고 시간은 살같이 흘러갔다.

입찰실의 벽시계가 4시를 가리키자 계약담당자가 입찰마감을 선언했다. 나 사장은 경기에 출전하지 못했다.

망했다! 쫄딱 망했다!

나 사장은 풀썩 주저앉았다.

24개 입찰회사 중에서 무작위로 뽑힌 대표가 예정가가 든 봉투를 계약담당자로부터 받아 들고, 입찰자들에게 봉투 위아래에 청장이 서명한 사인이 훼손되지 않은 것을 확인시켰다. 입찰자들이 고개를 끄덕이자 대표는 미리 준비해 놓은 가위로 봉투의 위를 자르고 예정가가 적힌 서류를 꺼냈다.

단채호 사장은 그의 회사, 동성건설주식회사가 낙찰되었다는 발표를 들으며 숨이 막혔다. 정신이 휘청했다.

단 사장은 편 청장과 절친한 고등학교 동창을 동원하여 편 청장에게 줄을 대고 리베이트로 5억 원을 제시하며 예정가 정보를 간청했었다. 단 사장은 다리를 놓았던 동창으로부터 공직자를 뭐로 보느냐는 핀잔만 들었다는 전언을 듣고, 이번 공사는 물 건너간 것이라 포기하고, 밑져야 본전 입찰에 참가했다가 낙찰된 것이다. 리베이트 5억 원도 바치지 않고 공사를 땄다. 로토복권에 당첨된 것이다.

3

생각지도 않았던 계약을 따낸 단 사장은 회사로 돌아가는 차 속에서 한 푼도 들지 않고 계약을 따냈으니 당초 리베이트로 바치려고 했던 5억 원, 거저 생긴 돈을 청장에게 사례금 조로 바치며 침을 놓고 인맥을 쌓기로 마음을 정했다. 공사 중에 설계변경을 하면 당장 그 몇 배는 빼낼 수 있을 거고, 다음 공사 입찰 때 정보를 얻어내는 다리가 될 수도 있을 것이다.

경리부장에게 현금 5억 원을 만들어오라고 지시하려는 순간, 단 사장은 5억 원은 너무 많고, 3억 원만 주는 것이 어떨까, 하고 마음이 흔들렸다.

단 사장은 현금 3억 원이 든 가방을 금고에 보관하고 편 청장과 만날 약속을 정했다. 편 청장을 만나러 사장실을 나서며, 단 사장은 번득 편 청장이 그 자리에 이미 일 년 이상 있었다는 사실이 생각났다. 일 년 이상 그 자리에 있었으니 언제 바뀔지도 모른다는 계산이 그의 머리를 쳤다. 계약을 따고 인사를 가면서 빈손으로 갈 수는 없고, 사례금으로 5천만 원만 바칠까 하다가, 차관급인 청장에게 천만 원 단위로 사례금을 바치는 것은 비례非禮가 될 것도 같고, 혹시 편 청장이 몇 달 더 그 자리를 지키며 공사 중에 시비라도 붙으면 귀찮아질 수도 있을 것 같아 아까운 마음을 접고 조그만 가방에 1억 원을 넣었다.

단 사장은 리베이트로 바치려고 했던 돈 가운데 1억 원을 떼어 내서 모교에 발전기금으로 쾌척했다. 동창회보에 사진과 기사가 실렸다. 단 사장은 남은 3억 원은 외동 딸 명희의 유학자금으로 쓰기로 하고 아예 딸 이름으로 예금을 했다. 회사에서 필요할 때도 찾아 쓰지 않겠다고 다짐하며 통장과 도장을 부인에게 맡겼다.

대학을 졸업하고 놀고 있던 단명희는 유학을 가라는 아버지의 통고를 받고 어리둥절해졌다. 아버지의 회사 사정은 잘 몰랐으나, 건설경기가 나빠서 고전하고 있는 것으로 알고 있었는데, 갑자기 유학을 가란다. 대학에서 심리학을 전공한 명희는 대학 성적이 별로였고 영어 실력도 그저 그래서 유학을 갈 꿈도 꾸지 않았었다. 명희는 우선 영어 어학연수를 보내달라고 했다.

유학원의 주선으로 명희는 미국 오리건 주 유진에 있는 오리건 주립대학의 여름 학기 어학연수 코스에 등록했다. 대학에서는 주 5일, 아침 8시부터 오후 3시까지 정말 빡세게 교육을 시켰다. 기숙사 생활은 단조로웠고, 그녀는 저녁시간이 너무나 지루했다.

여름 학기가 끝날 무렵, 명희는 급우의 소개로 오후 5시부터 한 시간 테니스 레슨을 신청했다. 테니스 코치는 30대 중반의 흑인 존 쿨리어였다. 존은 고등학교 때 주대표에 뽑힐 만큼 잘 나갔었으나, 술을 마시고 오토바이를 몰다가 사고를 치고 심하게 뼈를 다쳤다. 현대의술로 외상은 치료되고 일상적인 생활을 할 만큼은 회복되었으나, 선수생활은 할 수 없다는 의사에 선고를 받고 프로로 나가려던 꿈을 접고 초보자를 상대로 코치를 하며 생활을 꾸려가고 있다. 피부 색깔이 검은 것을 빼면 존은 매력적이었다. 180cm가 넘는 키에 운동으로 다져진 다부진 체격, 뚜렷한 이목구비, 흑인 탤런트를 빼닮았다. 땀에 젖어 윤기가 나는 검은 피부는 섹시한 매력을 풍겼다.

존은 의사소통이 서툰 동양인 명희에게 친절했다. 외국생활의 외로움에 찌들어 가던 명희는 존의 친절을 그녀에 대한 관심으로 받아들이며 흑인만 아니었으면 하는 헛꿈을 키워갔다.

어느 금요일 저녁, 존은 그가 가르치는 학생들을 A, B 두 조로 나눠 친선시합을 벌렸다. 명희는 B조에서 준우승을 하였다. 밤늦게까지 피자집에서 맥주 파티를 벌렸다. 밤 10시가 되자 무대에 3인조 밴드가 출연하여 재즈를 연주했다. 손님들은 삼삼오오 무대 앞 공간에서 춤을 추었다. 테니스를 배운 지 한 달만에 준우승을 하고 기분이 고조된 명희는 생맥주 천 cc에 붕 떠서 춤을 추는 허리가 저절로 돌아갔다. 존과도 어울려 춤을 추었다. 존에게 안겨 춤을 추며 명희는 코치의 양다리 사이에 우뚝 선 불기둥을 느끼며 전신에 불꽃이 일었다.

남녀는 그 밤을 넘기지 못하고 불꽃을 산화했다.

가을 학기를 맞으며 명희는 기숙사를 나와 존의 숙소로 짐을 옮겼다. 젊은 남녀가 한 지붕 아래에서 살다 보니 여자는 임신을 했다.

시애틀에 출장을 온 김에 단채호 사장은 가볍게 가슴까지 설레며 외국에서 외롭게 공부에 전념하는 딸을 만나려고 유진에 들렀다.

아버지는 그가 보낸 학비를 생활비로 보태 쓰며 흑인과 동거하는 딸을 찾고 할 말을 잊었다. 아버지는 리베이트도 바치지 않고 계약을 땄던 행운이 저주스러웠다. 그는 노력 없이 얻은 행운에는 가시가 따른다는 진리를 절감하며 강제로 딸을 비행기에 실었다. 입덧으로 기내식도 들지 못하는 딸을 옆에 앉히고, 편경린 전 국토개발청 청장이 뇌물 수수 혐의로 검찰에서 조사를 받고 있다는 기내에서 나눠준 한국 신문 기사를 읽으며, 단 사장은 그가 바쳤던 사례금, 그 후 공사를 따려고 바쳤던 리베이트까지 몽땅 들통이 나는 것은 아닌지 걱정이 되어 자리에 앉아 있을 수가 없었다. 비행기에서 내릴 수만 있었다면 편 청장의 사건이 진정될 때까지 그는 미국에서 도피생활을 했을 거다.

4

시장기를 느낀 나도식 전 사장은 두 시간 가까이 앉아있었던 지하철 계단에서 일어서서 온몸을 흔들고 다리를 풀었다. 그는 삼정톤 박스에 든 동전을 챙기고, 그 박스 속에 자일리톨 껌 통을 넣고, 박스를 배낭에 밀어 넣었다. 오전 중에 동전 이천육백 원, 천 원짜리 지폐 두 장, 총 사천육백 원을 벌었다. 그는 스티로폼 깔개를 배낭에 넣고 천천히 지상으로 올라갔다.

무료급식소의 배식시간이 아직 30분도 더 남아 있는데 파고다 공원 후문 외곽 벽을 따라서 긴 줄이 늘어섰다. 나도식은 그 줄의 뒷자리에 서서 손 부채질을 하며 늦더위를 날렸다.

다 따놓았던 계약을 날려 버린 나도식은 결국 부도를 내고 도피생활을 시작했다. 도망을 다니면서도 현금이 필요했다. 숨기 전에 챙겨 온 돈이 바닥나자 나도식은 돈을 마련할 방법을 찾아야 했다. 그는 수염과 모자로 체면을 감추고 껌을 팔기로 어렵게 결심했다.

나도식은 수염을 깎지 않고 모자를 눌러 쓰고 두 달 전부터 지하철 계단을 점령하고 껌 장사를 시작했다. 껌을 받아가는 사람은 거의 없었다. 그냥 동전만 박스에 던지고 가던지 마음씨 착한 할머니는 천 원짜리 지폐를 살짝 넣고 갔다.

그는 오전에 두어 시간 껌을 팔고 점심시간에 맞춰 파고다 공원 후문 건너편 5층짜리 빌딩 2층을 빌려서 급식소로 쓰는 원각사 노인 무료급식소로 갔다. 그는 급식소 입구에 가로로 걸어놓은 플래카드에 적힌 '당신은 우리의 희망입니다' 라는 글귀를 보며 처음 며칠간은 희롱을 당하는 기분이었으나, 이제는 플래카드의 글귀가 눈에 들어오지 않는다.

나도식은 오후에도 두어 시간 껌을 팔고 다섯 시에 맞춰 서울역 지하도로 간다. 밀알교회에서 무료로 저녁을 나눠줬다.

파고다 공원 후문 급식소에서는 스님의 설법도 없고, 염불을 외지 않고 그냥 줄만 서 있으면 점심을 얻어먹을 수 있는데, 지하도 급식소에서는 옆 사람의 눈치를 보며 찬송가를 따라 불러야 했고, '† 주님은 당신을 사랑합니다'라는 구호를 세로로 세워 놓은 이동식 입간판 앞에서서 열변을 토하는 목사의 설교를 들으며 몇 번은 '아멘' 반주를 해줘야 뜨끈뜨끈한 저녁을 얻어먹을 수가 있다.

하루 껌을 팔아서 만 원 이상 벌면 여인숙을 찾고 낯선 손님들과 한 방에서 밤을 보낸다. 만 원도 벌지 못하는 날에는 을지로 입구 지하철역 구내에서 노숙자와 어울려 소주를 마시며 세상을 씹다가 잠을 청한다. 껌을 판 돈으로 소주 두 병을 사들고 나타나는 나도식은 노숙자들로부터 '사랑' 받는 '희망'이었다.

공짜로 점심을 해결한 나도식은 잠시 다리를 편 후에 계단−노점에 가기로 하고 파고다 공원에서 한 블록 거리에 있는 종묘공원으로 천천히 발길을 옮겼다.

그는 종묘공원을 두 바퀴 돌고 공원 입구 벤치에 앉아 눈의 초점을 풀고 공원을 가득 메운 노인들을 건너다보았다. 어르신들은 팔팔했던 인생의 황금기를 다 보내고 초라하게(?) 황혼기를 보내고들 계셨다.

'곧 추위가 닥칠 텐데….'

경찰은 겨우 몇 십억 원 부도를 내고 도망 다니는 경제사범을 붙잡겠다고 쫓아다닐 것 같지 않았으나 채권자들은 쉽게 채무자를 포기할 것 같지 않았다.

돈을 벌어서 빚을 갚을 길은 전혀 보이지 않았다. 겨울이 오면 지하철 계단에서 장사도 어렵고 한뎃잠을 잘 수도 없다.

전업을 해야 한다!

땅 속에서 기어 나와 길가에 목판이라도 벌려야겠지. 무엇을 판다?

과일 장사는 그렇고 떡을 팔까? 아님 엿을?

장사를 하려면 밑천이 있어야 하는데 어디서 구하지? 마누라한테 연락해?

'안 돼!'

그는 마누라에게 연락은, '안 돼' 하며 강하게 고개를 흔들었다.

친했었다고 여겨지는 친구들의 얼굴이 눈앞에 지나갔다. 이삼십만 원 사업자금을 꾸어달라고 부탁할 얼굴이 딱 찍히질 않았다.

내가 잘못 살아왔나? 겨우 이삼십만 원 사업자금을 얻어 쓸 친구도 없이…. 나도식은 눈물이 나려 했다.

"사장님 아니세요?"

나도식은 눈을 깜빡여서 눈물을 감추며 흠칫 소리 나는 쪽을 돌아다 보았다. 신사복에 넥타이를 맨 40대가 나도식 옆자리에 앉으며 말을 걸었다.

"어 간 부장, 어쩐 일로?"

나도식은 움찔하며 인사를 받았다.

간영석은 나도식이 사주였던 일융건설에서 부장까지 하다가, 이동전화에 들어가는 부품을 만드는 벤처회사를 창립하겠다며 회사를 떠났었다. 인사차 들렀던 간영석은 나도식 사장에게 벤처기업 부사장 직함이 찍힌 명함을 건넸었다.

"건강은 어떠세요?"

"괜찮아…요."

나도식은 자리를 피하려고 엉덩이를 들며 말했다.

"사장님 소식은 들었습니다. 여기서 만나 뵐 줄은 몰랐습니다."

"어떻게 여기를?"

나도식은 의자에 앉으며 물었다.

"바이어가 유네스코 문화재로 등재된 종묘를 구경시켜 달라고 하여 이왕 온 김에 창경궁을 구경시키고 종묘로 넘어오며 종묘는 저희 회사 직원에게 안내하라고 하고, 세운상가에 있는 고객 가게에 들렀다가 오는 길입니다. 구경 끝나면 종묘 정문으로 나오라고 했어요. 여기서 사장님을 만나리라고는…."

"회사가 이 근처요?"

"아니요. 디지털 단지에 있어요. 일융건설 시절 동료들과 정기적으로 만나요. 거기서 사장님 소식 들었어요."

간영석은 입찰서류를 들고 오던 홍 부장이 교통사고를 내는 바람에다 따놓은 계약을 놓치고 결국 나도식 사장이 부도를 냈다는 말은 들었으나, 성남지원에서 회사로 돌아가는 길에 그가 저지른 불법 U턴 때문에 홍 부장이 교통사고를 냈고, 그 바람에 나도식 사장이 망하게 된 사실은 아예 몰랐다.

"이렇게 피해 다니는 신세니 나 만났다는 말은 하지 말게."

"물론입니다. 어떻게 지내세요?"

"뭐라고 해야 하나…, 벤처는 잘되고?"

"네. 그럭저럭. 동업자 사장이 교육사업에 손을 댈까 하여 검토하고 있습니다."

"교육사업?"

"네. 저랑 벤처 하는 친구의 고향이 전라도 장순데, 번 돈 일부를 고향에 돌려주겠다고 그곳 초등학교 폐교 하나를 샀어요."

"폐교를?"

"네. 폐교를 개조하여 특수 전문대학교를 만들려고."

"대학교?"

"네. 장수에 돌로 만든 그릇이 특산물인 것은 아시지요?"

"우리 집에도 곱돌로 만든 장수 돌솥이 있던 것 같은데."

"대학에 흙으로 자기를 만드는 기술을 가르치는 도요과는 있는데 돌로 그릇을 만드는 기술을 가르치는 대학이 없어요. 그래서 돌과 나무로 그릇을 만드는 것을 가르치는 특수대학을 만들까 하고요."

"새로운 아이디어네. 그런데 인가가 쉽게 나올까? 대학이 하도 난립하여 정부도 골친데."

"교육부에 로비를 해야지요."

"교육부? 내 사촌 동생이 그곳에서 국장하는데."

"그러세요? 태성을 사장이, 제 동업자 사장이에요. 고향을 위하겠다며 5억이나 들여서 폐교를 사고 그 주변 땅도 좀 샀어요. 그래서 곧 공사를 시작하려고 해요."

"전문대학 인가 신청하려면 건물도 몇 동 짓고 해야겠지."

"네. 기존 건물은 실험실로 개조하고 본관은 별도로 건설할 계획이지요. 기숙사도 짓고."

"업자는 현지 회사를 선정하겠구면."

"그래야겠지요. 아주 산골이라 공사 감독할 사람 구하기가…."

"그렇겠네."

"참 사장님, 이런 말씀드리면 화내실지 모르는데…, 사장님은 건설 경험도 많으시고 하신데 저랑 같이 일해 보시지 않으실래요?"

"무슨?"

"그 곳 책임자를 맡아주시면."

"내가?"

"사장님만한 베테랑이 어디 있겠어요?"

"나 도망 다니는 처지야."

"아주 첩첩산골이라 답답하시기는 하겠지만, 누가 사장님이 그곳에 계신지 알겠어요? 아, 저기 바이어가 나오네요."

간영석이 자리에서 일어섰다.

"사장님이 그 일을 맡아주시면…. 지금 저 친구들 데리고 가야 해서 더 말씀 못 드리겠는데 연락을 주시겠어요?"

간영석은 명함을 건넸다.

"사장님 연락 기다릴게요. 이번 주말까지 꼭 연락 주세요."

간영석은 전 직장 사장의 손을 꼭 쥐고 정을 표시했다. 나도식은 테라 엘렉트로닉 TM 부사장이라고 적힌 명함을 찬찬히 내려다보았다.

5

나도식이 50여 가구 노인들이 천수답을 경작하며 살고 있는 성음리에 내려온 지 벌써 1년 반이 지났다.

폐교가 된 초등학교 분교는 교무실 한 칸, 교실 세 칸과 숙직실을 겸한 사택 한 채가 전부였다. 운동장은 천 평 남짓했다. 분교에 학생이 많을 때는 백 명 가까이 다녔으나 도시화 바람을 타고 다 도시로 날아가 버리고 마지막에는 열한 명만 다녔단다. 대학을 설립하여 그를 낳아준 고향에 보답하겠다는 보은의 꿈을 키우며 태 사장은 분교 주변 땅 3천 평도 사들였다. 기존 건물은 실습실로 개조하고, 3층 강의실과 학생 2백 명이 숙식할 수 있는 기숙사를 별도로 짓는다.

나도식은 빈집에서 거저 살 수도 있었으나, 혼자 살며 집을 가꾸는 것이 더 힘들 것 같아 슈퍼라는 거창한 이름을 붙인 구멍가게 집 문간방에 월세를 들었다. 공사를 시작하자마자 슈퍼는 식당업으로 주업을 바꿨다.

나도식이 건설공사를 실제 감독했으나, 서류상 현장공사 책임자는 간영석이었다. 나도식의 이름은 어느 서류에도 나타나지 않았다. 그는 아예 이름을 나창수로 바꿨다.

나도식은 급여조로 매월 2백만 원을 현금으로 받았다. 간영석은 정식으로 급여를 주다 보면 연금관리공단, 의료보험공단 등에 이름이 올라 그의 거처가 채무자에게 알려져서 불이익을 당할 수 있다며, 옛 사장의 이름을 숨겨주고 편법으로 월급을 줬다.

나도식은 매달 받는 급료의 절반을 집에 몰래 송금해 주고, 쓰고 남은 돈은 앞날을 위해 모아두었다.

설계를 마치자마자 태성을과 간영석은 특수대학 인가신청서를 정부에 제출하고 국회의원까지 동원하여 로비를 벌렸다.

우리나라 대학의 숫자는 지방자치단체의 숫자보다 많다. 취학 아동 수가 점점 줄어들어 일부 대학은 정원의 50%도 채우지 못하고 경영난에 허덕이고 있다. 당연히 정부는 신규대학 인가에 부정적이다.

대학 인가를 받는 데 간영석은 나도식의 응원도 요청했다. 존재를 숨기고 그림자처럼 살아가는 나도식은 교육부에 근무하는 4촌 동생에게 부탁을 넣었다. 건설공사는 마무리 단계이나 아직 대학 인가는 나오지 않고 있다.

대학 인가가 나든 말든 건설이 끝나면 현장을 떠나야 하는 나도식은 다음 갈 곳이 막막했다. 다시 서울로 올라가야 하나?

서울로 올라가 봐야 뾰쪽한 수가 없다. 무료급식소를 전전하며 한뎃잠을 자야 한다. 껌 장사를 다시 해야 하나?

봄이 오고 아카시아 꽃이 흐드러지게 피었다.

일요일 오후, 나도식은 마무리 공사 현장을 둘러보고 일찍 집에 돌아왔다. 저녁을 먹기에는 너무 일렀다. 그렇다고 어디 갈 곳도 없었다. 그는 월세 방을 나와 식당으로 갔다. 손님은 한 명도 없었다.

그는 막걸리를 주문했다. 묵은 김치와 막걸리 주전자가 나왔다. 그는 양은 대접에 막걸리를 가득 따라 벌컥벌컥 마셨다. 알코올이 바로 위장에 신호를 보냈다. 가볍게 오른 취기가 그를 센티하게 했다. 그는 눈을 가늘게 뜨고 뒷산을 뒤덮은 아카시아 꽃을 올려다보며 초라하게 팽개쳐진 그의 인생을 더듬었다.

어디서부터 꼬였는지 모르겠다.

대학에서 토목공학을 전공하고 건설회사에 들어가서 10년 이상 밑바닥부터 일을 배웠다. 남의 밑에서 월급쟁이만 하다가는 희망이 없다고 판단하고, 부모로부터 물려받은 재산을 팔아 고향인 충주대학 근처에 땅을 사고, 땅을 담보로 은행에서 융자를 얻어 원룸아파트를 지었다. 그런대로 대학생을 상대로 임대 사업이 굴러갔다. 프리미엄을 받고 원룸을 팔고 연립주택을 지어서 분양했다. 지방 건설회사로 기반을 다져가며 지방자치단체에서 발주하는 공사를 수주 받아 영역을 넓히며 기업의 규모를 키워갔다.

본사를 서울로 옮기고 아파트에 손을 댄 것이 문제였다. 한밑천 잡을 수 있다는 계산으로 공사를 시작했다. 세계 경제가 미끄러질 것을 예상 못했다. 세계 경제가 미끄러진다고 국내 주택경기가 그렇게 주저앉을 줄은 더욱 예상 못했다. 아파트는 하늘로 쑥쑥 올라가는데 분양시장은 꽁꽁 얼어붙었다. 분양자에게 분양가 인하 등 특혜를 주겠다는 조건을 내걸었으나, 유혹도 효험이 없었다. 정부가 은행 융자를 규제했다. 그렇다고 공사를 중단할 수도 없어 사채까지 끌어서 공사를 강행했다.

국토개발청에서 발주했던 교량공사만 땄었어도 당장 급한 불은 끌 수가 있었다. 청장에게 고액의 리베이트까지 바치며 모범답안은 받아냈으나 시험장에 들어가지도 못했다.

입찰서류를 가져 오며 몰고 오던 승용차로 중앙분리대를 들이받고 식물인간으로 누워있는 홍성수 부장을 탓할 수도 없었다.

막걸리에 섞여 있는 알코올이 앞날이 절벽에 막힌 그를 구슬프게 했다. 푸 푸 한숨이 절로 나왔다. 내뱉는 한숨이 천장을 덮었다.

40대 후반으로 보이는 잠바 차림의 남자가 식당으로 들어섰다. 그는 창가에 앉아 막걸리를 주문했다. 나도식은 그를 두어 번 본 것 같다.

"선생님도 혼자신데 합석을 해도 되겠습니까?"

40대가 자리에 앉은 채 말했다. 나도식은 고개만 주억거렸다.

40대가 막걸리가 든 주전자를 들고 나도식의 자리로 옮겨왔다.

"두어 번 뵌 것 같은데, 제 이름은 마일윤입니다."

"나창습니다."

두 사람은 악수를 나눴다.

"학교 공사장에서 일하시지요? 저는 꽃을 따라 꿀 따러 다닙니다."

"그럼 양봉을 하시는군요?"

"같이 다니던 친구가 이 생활에 희망이 없다고 조금 전에 서울로 가버렸어요. 전송하고 오는 길입니다. 벌을 돌보러 가야 하는데 답답해서 막걸리나 한 사발 마시고 가려고 들렀습니다."

"마침 일요일이라 공사판에 잠시 들렀다 아직 저녁 먹기는 이르고 해서 막걸리로 시간을 보내고 있습니다."

"선생님 이야기는 태성을 사장에게 들었어요. 태 사장이 저랑 초등학교 동창입니다."

"……."

"큰 회사 사장님 하시다가 일이 잘못되어 잠시 이곳에서 쉬고 계시다고."

"그것이."

그의 정체를 들킨 나도식은 가슴이 덜컥 내려앉았다.

"옆 자리에서 들으니 선생님 한숨 소리에 제 가슴까지 떨리는 것 같아 합석하자고 했습니다."

"그랬어요? 죄송합니다, 나도 모르게."

"죄송하실 것은 없고, 실례될지 모르지만 솔직히 말씀드릴까요? 건설공사는 끝나 가는데 그 다음이 걱정돼서 그러시지요?"

나도식은 그의 폐부를 찌르는 낯선 사람의 말에 울컥 화가 났다.

"제 속에라도 들어갔다 나오셨습니까?"

"그런 것은 아니고, 저도 그런 경험이 있어 동병상련으로 말씀드렸습니다."

"화를 내서 미안합니다. 제 술 한 잔 받으시지요."

"감사합니다."

두 사람은 눈과 눈으로 사연을 주고받으며 술잔을 주고받았다.

"선생님 이것도 인연인데 이곳 공사 끝나면 저랑 같이 벌치지 않으실래요?"

"벌에 대하여 아무것도 모르는데…."

"그거야 차차 배우시면 되고. 저 혼자 하기는 힘들고, 선생님이 하시던 건설 공사도 끝나가고…. 오늘 답 안 하셔도 됩니다. 3일 후 벌통을 옮겨야 해요. 그 때까지 답을 주시면. 저 새끼들 돌보러 가겠습니다."

마일윤은 손을 흔들고 식당을 나갔다.

나도식은 저만치 사라지는 마일윤을 뒷모습을 보며, '이번에는 양봉이야' 하고 중얼거리며, 운명이 그를 미처 예측도 못했던 어떤 방향으로 끌고 가는 것 같아 허공에 푹 한숨을 내뱉었다.

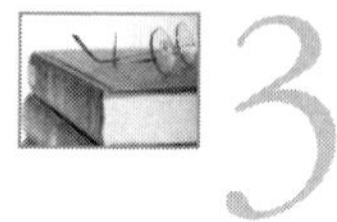

3

기도

1

고등학교 체육교사 김홍식은 대학 동기동창 신년 모임에서 주고받은 술에 거나하게 취했다. 그는 친구 몇몇이 2차로 입가심을 가지는 것을 뿌리치고 전철을 탔다. 그는 모임을 깽판으로 만든 종교논쟁을 떠올리며 이맛살을 잔뜩 찌푸리고 빈 자리에 앉았다.

뉴욕 무역센터를 공습한 9.11 테러의 주범으로 지목된 알카에다가 술안주가 되었다. 미국 CIA 등 난다 긴다 하는 세계 정보기관들이 그 친구 하나를 못 잡는 건지, 안 잡고 놔두면서 테러의 위협이 있다고 계속 나팔을 불며 우리들이 모르는 잇속을 챙기는 건지 의견이 분분했다. 거기까지는 그럭저럭 치고받으며 대화가 잘 이어졌으나, 서양사 교사인 박창복이 교회 장로인 영어 교사 이성열에게 던진, "이 장로, 기독교나 이슬람교는 다 구약을 믿고 한 뿌리에서 나온 종콘데 왜 그렇게 서로 죽이며 치고받고 난리야?" 하는 가벼운 물음이 논쟁의 불씨가 됐다.

어떻게 이슬람하고 우리 기독교를 같이 봐, 하며 이성열이 팍 핏대를 올렸다.

"여호와 하나님 아버지의 독생자 예수님, 우리의 죄를 대속하시려고 십자가에 못 박혀 돌아가시고 장사한 지 사흘 만에 다시 살아나시어 마지막 날에 우리를 심판하러 오실 메시아 주 예수님과 사이비 선지자인 마호멧을 어떻게 같은 반열에 놓고 비교하려는 거야?"

이성열의 눈에서 불꽃이 튀었다.

"이 장로, 그만 일로 열 내기는. 예수는 왼뺨을 때리면 오른 뺨까지 대주라고 했는데…. 사실 예수는 사랑을 가르쳤는데, 그 후 성직자라는 친구들이 자신들의 보신을 위해 교리를 독선적으로 해석하며 신자들을 오도하고, 다른 종교를 이단시하도록 강요하며 신자들을 종교 싸움판에 밀어 넣어 9.11 사태가 일어난 거 아냐?"

박창복이 심각한 표정으로 이성열을 쳐다봤다.

이성열은 게거품을 품으며 기독교를 옹호했고, 기독교 신자가 아닌 친구들은 슬슬 이성열을 골렸다. 김홍식도 그 행렬에 끼었다.

김홍식은 기독교를 양코배기나 믿는 서양 종교로 치부하며, 조상의 제사까지 거부하는 교리에 강한 거부감을 가지고 있다. 그는 처녀가 잉태했다느니, 죽은 사람이 부활했다느니, 하는 말도 되지 않는 교리를 믿는 기독교 신자들을 이상한 사람으로 치부했다. 술상을 앞에 놓고 젓가락을 막 드는 순간 예수꾼들이 고개를 숙이고 기도하는 장면도 볼썽사나웠으며, 술 대신 음료수를 마시며 비싼 안주에 자주 젓가락이 가는 것도 마음에 들지 않았다.

이성열 장로가 화를 벌컥 내며 이런 사탄들의 모임에 다시는 나오지 않겠다며 자리를 박차고 일어서는 바람에 술자리가 어색해졌고 술판이 깨졌다.

　김홍식은 술 취한 친구들이 가볍게 간질이는 말조차 대범하게 받아들이고 못하고 신경질적인 반응을 보이는 골수 예수쟁이 이성열의 속 좁은 반응에 짜증이 났다. 예수쟁이들은 친구 모임에까지 와서 꼭 예수쟁이 티를 내야 하나, 하며 끌끌 혀를 찼다.

　대학생으로 보이는 남녀가 김홍식의 눈앞에서 서로 껴안고 입술로 귓불을 간질이며 시시덕거렸다. 김홍식 교사는 버릇없는 애송이들을 한 귀퉁이 먹이고 싶었으나, 감정을 누르며 눈을 꼭 감고 볼썽사나운 광경을 외면했다. 그때, '주 예수를 믿으십시오' 하는 날카로운 여자의 음성이 들려왔다. 김홍식은 눈을 반쯤 뜨고 소리가 나는 쪽을 흘겨봤다. 40대 중반의 양장 차림의 여인이 성경책을 두 손으로 받쳐 들고 전철 한가운데 서서 외치고 있었다.

　"하나님이 이처럼 세상을 사랑하사 독생자 예수를 주셨으니 주 예수를 믿는 자는 죽지 않고 영생을 얻으리라."

　여인은 회식자리에서 이성열 장로가 외웠던 구절을 한 글자도 틀리지 않게 외웠다. 김홍식은 여인의 외침이 소음으로 들려 짜증이 났으나, 선생인 처지에 다툴 수도 없어 잔뜩 이맛살을 찌푸리고 노려만 봤다.

　"아주머니. 여기는 공공장소, 전철 속입니다. 집에 가서 하시지요."

　손잡이에 매달려 흔들거리며 콤비 차림의 젊은 남자가 낮은 목소리로 항의했다.

　"우리 주 예수를 믿으십시오. 천국이 바로 눈 앞에 있습니다. 사탄은 어디서나 여러분을 유혹합니다. 사탄의 목소리에 귀기울이지 말고 독생자 우리 주 예수를 믿으시면 천당 갑니다."

　여인은 콤비를 완전히 무시하고 더 큰 소리로 외쳤다.

　"이 여자가. 그럼 내가 사탄이라는 말이요? 주 예수는 당신 집에나 가서 찾아요."

콤비가 소리를 질렀다. 사람들의 시선이 집중됐다.

여인은 '우리 주 예수를 믿으십시오' 하고 가늘게 중얼거리며 황급히 다음 칸으로 건너갔다.

전철에서 내린 김홍식은 떨떠름한 기분을 집에까지 들고 가기가 싫었다. 그는 아파트 상가에 있는 제과점에 들러 대입 준비로 고생하는 딸 은혜가 좋아하는 크림빵을 샀다. 김홍식은 열쇠로 아파트 문을 따고 가만히 현관에 들어섰다. 그는 빵 봉지를 등 뒤에 감추고 마루에 올라섰다. 부엌에서 가족들이 떠드는 소리가 들려왔다. 그는 멈칫 섰다.

"오빠 성가대 서 보니 기분이 어때?"

은혜가 대학교 1학년인 오빠 은철에게 물었다.

"성가대 노래를 그냥 듣기만 하다가 성가대석에 서서 찬송을 부르니 정말 성령의 은총이 넘치는 거 같다."

"고3이 성가대 들어갈 수는 없고 나도 대학 들어가면 성가대 들어갈 거야."

"너희들 교회 나가는 거 아빠가 알면 큰일 난다. 절대 티 내지 마라. 나도 못 가게 하는 판에."

아내 주혜숙이 아들딸을 코치했다.

"우리도 아빠가 예수 싫어하는 거 알아. 아빠가 회개하도록 기도하고 있어. 하나님이 곧 아빠를 인도하실 거야."

은철의 목소리는 힘찼다.

"그래. 그러실 거야. 나도 기도하고 있다. 너희들이라도 주님의 길을 가니 다행이다. 은혜 그만 들어가서 공부해라."

아내가 말했다.

“어, 아빠 오셨네.”

은혜가 그녀의 방으로 가다가 현관에 서 있는 아버지를 보고 움칫했다.

“저녁들 먹었냐?”

김홍식이 거실에 들어서며 말했다.

“당신 들어왔으면 기척이라도 할 거지 도둑처럼 숨어서 우리말을 엿듣기는.”

주혜숙이 핀잔을 주었다.

“엿듣다니? 나 몰래 무슨 모의라도 했나?”

김홍식이 꽥 소리를 질렀다.

“모의는 무슨. 우리끼리 그냥 이야기했지.”

주눅이 든 주혜숙이 어깨를 움츠렸다.

“은철이 너 성가대 들어갔다고?”

김홍식의 얼굴이 일그러졌다.

“네, 하나님의 부름을 받고 들어갔습니다.”

은철이 당당하게 말했다. 김홍식은 벌컥 화가 났다.

“무슨 말라 비틀어진 하나님의 부름? 아빠가 너 교회 가지 말라고 했지. 엄마도 내 말 듣고 안 가는데 자식 놈이 아빠 말을 안 들어.”

김홍식이 주먹을 들었다.

“아빠, 저도 이제 대학생입니다. 제 종교를 선택할 자유가 있어요.”

아들이 당당하게 대들자 술에 취한 김홍식은 화가 폭발했다.

“이 녀석이 다 키워 놓으니 니 힘으로 큰지 알아?”

아버지의 주먹이 아들에게 날아갔다. 살짝 몸을 피하는 아들의 팔에 아버지의 주먹이 꽂혔다.

아들이 퍽 쓰러졌다.

"사내 녀석이 뭐 이따위야. 기집애같이 한 방에."

아버지가 다시 주먹을 들었다.

"그러다 아들 잡겠네."

엄마가 아들을 감쌌다.

"내가 그렇게 싫어하는 교회를 가? 한 번만 더 가 봐라. 그냥."

김홍식은 주먹을 허공에 든 채 뒷말을 마치지 않고 안방으로 갔다.

태권도 유단자인 아버지의 강펀치를 맞은 아들은 팔에 골절상을 입고 두 달이 넘도록 깁스를 하고 다녔다.

2

목사의 설교가 끝나자 교회당내의 조명을 줄였다. 새벽예배에 나온 교인들이 어두컴컴해진 널따란 교회당에 듬성듬성 앉아서 중얼중얼 기도했다.

김홍식 안수집사는 고개를 숙이고, 두 손을 턱밑에 괴고, 두 눈을 꼭 감고, 우리가 사는 목적은 주님을 기쁘게 하는 거라는, 조금 전에 목사가 했던 설교를 되새기며, 입술을 오물오물 움직이며, 성령이시여 주의 어린 양이 몸과 맘을 다 바쳐 주님의 몸 된 교회에 더 큰 봉사를 할 수 있는 새 직분을 주시고, 물질적으로도 더 큰 정성을 성전에 바칠 수 있고, 이웃에게도 베풀 수 있도록 은총을 내려주십시오. 주님과 주님의 성전에 더 큰 기쁨을 드릴 수 있도록 인도해 주십시오, 하고 그가 믿는, 그를 구원해 주실 하나님 예수님께 간절히 기도했다.

김 집사는 새 직분이라는 말로 장로 피택을 바라는 그의 마음을 간접적으로 표현했으며, 교장 진급을 바라는 마음은 물질적으로 더 큰 정성을 바칠 수 있도록 해 주십시오, 하는 말로 뭉뚱그려 기도했다.

김 집사는 개인적인 바람만 기도의 제목으로 올리는 것이 민망하여, 학생들이 학업에 전념할 수 있도록 인도해 주시고, 학교폭력으로부터 보호해 주십시오, 하고 그가 교감으로 재직하는 학교를 위한 기도도 추가했다.

김 집사는 기도하는 중에 뜨거운 기운이 등줄기를 타고 주르륵 흘러 내려가는 것을 느끼며, 성령 하나님이 내 기도에 응답해 주시네, 감격하며 온몸을 떨었다. 그의 입에서 할렐루야 아멘이 뛰어나왔고, 눈에는 눈물이 글썽였다. 김 집사는 푯대를 세우고 기도한 지 몇 달 만에 성령의 역사를 체험하며, 그의 기도 제목을 하나님께서 다 응답해 주시는 것 같아 전신에 희열이 넘쳤다.

김 집사는 더욱 열심히 하나님을 위해 봉사해야겠다는 결심을 굳히며 감격스러운 마음으로 교회당을 나서 막 어둠이 가시는 새벽공기를 흠뻑 들이마셨다.

김홍식 교감은 내일 모레 갈 봄 수학여행 준비사항을 점검하고 늦게 집에 들어왔다. 아내는 거실에서 성경을 읽고 있다가 소파에서 일어서며 저녁은, 하고 물었다. 김홍식은 웃옷을 벗어 아내에게 넘기고 욕실로 들어가며 먹고 왔어, 했다. 아내는 옷장에 옷을 걸어놓고 거실로 나와 다시 성경을 들었다. 김홍식은 잠시 소파 끝에 엉덩이를 붙이고 앉아서 수성볼펜으로 쫙쫙 줄을 치며 성경을 읽는 아내를 쳐다보다가 서재로 들어가서 컴퓨터를 켰다.

3부 호산나 성가대의 베이스 파트장인 김홍식 집사는 호산나 홈페이지를 열고 각 파트별로 피아노 반주를 편집해서 올려놓은 부활절 칸타타 〈십자가상의 칠언〉을 열고, 베이스 파트를 클릭하고, 악보를 펼쳤다. 〈십자가상의 칠언〉은 이번 부활절에 호산나 성가대에서 올릴 칸타

타다. 예수님이 십자가에 못 박힌 후 절규하신, "저희를 사하여 주십시오, 자기의 하는 일을 알지 못 합니다"로 시작하여, "다 이루었다. 내 영혼을 아버지 손에 부탁하나이다"로 끝나는 일곱 마디 말씀을 성가로 작곡한 대곡이다.

김 집사는 십년 가까이 성가대 봉사를 하고 있으나 아직 음표를 제대로 읽지 못해 귀로 들어서 성가를 읽히는 형편으로 교회에서 연습하는 것만으로는 자신이 없어 자주 집에서 녹음 반주를 들으며 연습을 해 갔다. 소프라노 파트인 주혜숙 권사는 처녀 때도 성가대 봉사를 하였으며, 피아노를 잘 다뤄 악보를 보고 바로 노래를 부를 수가 있어 집에서 연습할 필요가 없다.

김 집사는 악보를 보며 반주에 맞춰 칸타타 전곡을 죽 한 번 따라 불렀다. 반 시간도 더 걸렸다. 김 집사는 기지개를 켜며 오늘은 여기까지, 하고 컴퓨터 끄기를 클릭했다. 한 때 태권도 선수로 펄펄 날았던 김홍식은 그답지 않게 컴퓨터 앞에 얌전히 앉아서 성가를 연습하는 착한 모습이 스스로도 대견했다. 김 집사는 하나님이 그의 착함을 다 내려다보시고 그의 정성을 기쁘게 받아 주실 거라는 믿음으로 가슴이 뿌듯했다. 그는 흐뭇한 마음으로 컴퓨터 화면이 꺼지는 것을 쳐다보며 막 연습을 한 칸타타 중의 한 구절을 주먹으로 책상을 탕탕 치며 박자를 맞추며 흥얼거렸다.

"주의 성전을 헐고자 한 자여, 네가 참 예수라면 십자가에서 내려오~라. 우리들이 믿고 따를 수 있도록 그곳에서 내~려오~라."

성가대 지휘자는 이 부분은 유대 민중들이 십자가에 못 박힌 예수를 조롱하는 장면이니 예수님께 불경스럽다는 생각은 말고 막 조롱하는 투로 부르라고 했으나, 김홍식 집사는 책상을 탕탕 치며 신명을 내서 그 구절을 부르다가 문득 우리의 죄를 다 짊어지고 십자가에 매달리신 주님께 불손을 저지르는 것 같아 죄스러웠다.

에이, 주님이 성전을 헌다고 공연히 폼만 잡을 것이 아니라, 예루살렘 성전을 한 주먹에 날려 버리고 후다닥 3일 만에 다시 짓고 본때를 보여줬으면 십자가에 못 박히는 고난도 없으셨을 텐데…. 십자가에 못 박혀서도 군중들의 조롱을 그냥 참지만 말고 염력으로 손과 발에 박힌 못을 다 빼내 던지고 태권도로 십자가를 탁 탁 쳐서 두 동강을 내어던지며, 나는 하나님의 아들이다, 하고 외쳤으면 얼마나 통쾌했을까? 그럼 주님을 조롱하던 군중들이 다 주님 앞에 무릎 꿇고 싹싹 빌고 했을 텐데. 예수님은 왜 그 크신 능력을 감추셨을까?

김홍식 집사가 주님이 크신 능력을 감춘 것을 아쉬워하며 의자에서 일어설 때 메시지가 왔다는 신호음이 울렸다. 김 집사는 책상 위에 놓인 이동전화를 열고 문자메시지를 확인했다.

'내일 오전 8시 소프라노 박연희 집사 수술 들어갑니다. 많은 기도 부탁합니다.'

성가대 총무로부터 온 메시지였다. 김 집사는 이동전화를 켠 채 거실로 들고 나갔다. 아내는 성경을 읽고 있었다.

"박연희 집사 내일 아침 여덟시에 수술한데."

김 집사가 주 권사에게 이동전화기를 들이밀며 말을 건넸다.

"내일 아침…, 참 안 됐다. 예쁘고 교회도 참 열심인데. 연습 끝났어?"

주 권사는 성경을 덮으며 건성으로 대답했다.

박연희 집사는 음대 성악과를 나온 소프라노 솔로다. 성가대에 무료로 봉사하며 교회 유치부 교사도 한다. 박 집사는 지난 토요일 유치부 아이들을 데리고 수영장에 갔었는데, 미끄러져 넘어지는 학생을 붙잡다가 넘어지며 목뼈를 다쳤다.

"박연희 집사 참 열심인데 우리 기도라도 해 줘야지."

김 집사는 아내 주 권사의 미적지근한 대답이 못마땅했다.

"우리가 걱정 안 해도 하나님이 다 치유해 주실 거야. 박 집사 얼마나 믿음이 좋은데. 참, 당신 찬송가 연습하는 거 들으며 신기할 때가 많다. 하나님이 어떻게 당신을 저렇게 변모시켰나 하고. 하나님이 당신을 하나님 앞으로 인도하라고 나를 선택해서 당신께 보내신 거야."

김홍식은 그를 교회에 인도하도록 하나님이 아내를 선택하게 했다는 말을 들을 때마다 기분이 별로였다.

"하나님이 당신의 정성을 어여삐 여기시고 이번에는 틀림없이 장로 시켜 주실 거야. 내가 여러 권사들한테 당신 앞 번호로 추천해 주라고 부탁했어."

주 권사가 티브이를 켜며 말했다.

"내 정도 믿음으로도 되겠어?"

김 집사는 아내 앞에서 겸손한 체했다.

"당신 믿음이 어때서? 새벽기도 빠지지 않지, 중보기도 봉사하지, 주일은 성가대 봉사에다 주방봉사, 차량봉사 하느라 하루를 온통 다 교회에 바치는데. 주일 말고도 틈만 나면 얼마나 열심히 교회에 봉사하는데."

주일에 김 집사는 성가대 봉사뿐만 하는 것이 아니라, 새벽부터 교회에 나가서 주방봉사를 하고, 1부 예배에 참여한 신도들에게 국수를 배식한다. 오후 성가대 연습을 마친 후에는 저녁 예배 신도들의 주차를 돕는 차량 봉사도 한다. 토요일 새벽에는 주혜숙 권사와 함께 중보기도 봉사를 한다.

"금전적으로 크게 보탬을 주지 못해서."

김 집사는 항상 교회에 크게 헌금을 하지 못하는 것이 마음에 걸렸다. 장로 되는 데 걸림돌이 될 것 같았다.

"그래도 당신 형편에는 많이 하는 거야. 이번에는 하나님이 당신을 꼭 장로 시켜 줄 거야. 기도 중에 응답을 받았어."

아내는 남편을 빤히 쳐다보며 자신 있게 말했다.

기도 중에 성령의 응답을 받았던 김홍식은 아내까지 응답을 받았다고 하자 이번에는 꼭 장로로 피택될 거라는 자신감에 가슴이 설레었다.

부활절을 앞두고 교회에서 항존직 투표가 실시됐다. 김 집사는 장로 후보 20명중 5번 기호를 받았다. 투표일에 담임목사는 설교를 시작하기 전, 등록한 세례교인만 투표할 수 있고, 최소 장로 다섯 분을 선출해 주십사, 하고 신신 당부했다. 김 집사는 그동안 하나님을 기쁘게 해드리기 위해 기도와 찬양과 봉사로 노력한 그의 정성을 하나님이 내려다보시고 어여삐 여겨 세 번째 장로 후보로 추천된 이번에는 성령 역사하시어 장로로 피택될 거라고 굳게 믿었다. 더구나 김 집사는 신도들이 선호하며 은근히 자리를 다투는 국수 배식을 하고, 정문 입구에서 차량 봉사를 하며, 신도들에게 널리 얼굴을 알려 왔다.

투표결과 투표인의 2/3 이상의 표를 얻은 후보가 한 사람도 없었다.

다음 주일에 2차 투표를 실시했다. 담임목사는 연말까지 다섯 분의 장로가 은퇴하니 꼭 투표에 참여하여 최소 장로 다섯 분을 뽑아 주십시오, 하고 신도들에게 간곡히 사정했다. 2차 투표결과 두 명만 장로로 선출됐다. 김홍식 안수집사는 뽑히지 못했다.

장로 선거에 또 떨어진 김홍식은 하나님이 그의 간절한 기도에 응답해 주시지 않은 것에 크게 실망하며 하나님이 원망스럽기까지 했다. 그는 새벽예배도 거르고 성가대에 서는 것도 게을리 했다. 그는 여러 날을 방황하다가 하나님이 그를 이번에도 장로로 선택하지 않은 것은 그에게 더 큰 일을 맡기시려고 시련을 주시며 연단하는 거라고 스스로를 위로했다. 현실적으로 더 큰 자리인 교장을 시켜 주시려는 큰 뜻일 거라고 긍정적인 쪽으로 생각을 바꿔갔다.

마음을 다잡은 김홍식 집사는 다시 새벽예배에 나갔다. 김 집사는 두 눈을 꼭 감고 기도하며 문득 하나님이 그를 장로로 선택치 않은 것은 하나님의 말씀, 성경을 제대로 알지 못한 때문이라는 자책이 들었다. 기도하는 가운데 번뜩 성경을 필사하라는 계시가 그의 머리를 스쳤다. 그 계시가 점점 믿음으로 굳어졌다.

김홍식은 아직 한 번도 성경을 통독하지 않았다. 그의 성경 지식은 목사의 설교를 들어서 아는 것이 전부였다. 그 정도 성경 지식만으로도 신앙생활을 하는 데 지장이 없었다. 교회에서 주중에 다양한 신구약 성경 강좌를 열고 있으나 직장에 나가는 그는 강의를 듣는 시간을 낼 수가 없었다.

체육인 김홍식은 머리를 쓰며 잔재주를 부리는 것보다는 직접 행동하며 몸으로 부딪치며 살아왔다. 그는 책상머리에 앉아서 글줄이나 읽고 입만 까진 부류의 인간들을 별로 탐탐히 여기지 않았다. 그는 믿음은 얇으면서 성경을 몇 번씩 통독했다고 자랑하며 성경 구절을 줄줄 외우는 신도들을 별로로 쳤다. 그는 하나님에 대한 굳건한 믿음이 성경을 줄줄 외우는 것보다 더 중요하다고 믿었다.

김홍식 집사는 계시를 받들어 오는 크리스마스까지 신구약 성경을 필사하기로 마음먹었다. 그는 성경이 구약 1,331페이지, 신약 423페이지나 되는 방대한 책인 것을 처음 알았다. 크리스마스까지 9개월도 안 남은 기간에 신구약을 다 필사하려면 하루에 일곱 페이지씩은 베껴야 한다. 하루에 두 시간은 투자해야 할 것 같았다.

　김홍식 집사는 부활절 칸타타를 하나님께 바친 다음 날을 D-데이로 잡았다. 김홍식 집사는 목욕재계하고 새 옷으로 갈아입고 책상 앞에 앉았다. 그는 두 손을 모으고 간절한 마음으로 하나님께 그의 결심을 소곤소곤 고백했다. 그의 입술을 통해 나오는 기도에는 그의 소원, 교장 진급은 없었으나, 마음 속으로는 하나님이 그의 간절한 소원을 다 아시고 그가 성경까지 베끼며 드리는 정성을 받아주실 거라고 믿으려 했다.

　그는 새 수성볼펜을 꺼내들고, 다시 한 번 두 눈을 꼭 감고 기도한 후, 순백의 노트 위에 창세기 1장 1절을 옮겨 썼다.

　〈태초에 하나님이 천지를 창조하시니라. 땅이 혼돈하고 공허하며 흑암이 깊으며 위에 하나님의 신은 수면에 운행하시니라.〉

　김홍식 집사는 창세기 첫 장을 옮겨 쓰며 숨이 가빠오고 가슴이 떨려 글씨를 제대로 쓸 수가 없었다. 하나님의 은총이 은하수처럼 내리는 것 같았다. 김홍식 집사는 펜을 잡은 채 두 눈을 꼭 감고 창조주 하나님을 찬양하고 또 찬양했다.

　첫날, 김홍식 집사는 하루 목표인 7페이지를 넘겨 창세기 9장, 노아의 홍수 기적까지를 옮겨 적었다.

　김홍식 집사는 창세기 4장, 〈아담이 그 아내 하와와 동침하매 하와가 잉태하여 가인을 낳고 또 가인의 아우 아벨을 낳았는데 아벨은 양치는 자요 가인은 농사하는 자이었더라.〉를 옮겨 적고 다음 절, 인류 최초의 살인 장면을 옮겨 적다가 펜을 멈췄다.

　〈세월이 지난 후 가인은 땅의 소산으로 제물을 삼았고, 아벨은 양의

첫 새끼와 그 기름으로 열납하였다. 하나님은 아벨의 제물은 열납하셨
으나, 가인의 제물은 열납하지 않은지라 심히 분하여 들에서 동생을 쳐
서 죽였다.〉

카인과 아벨은 각각 주업의 소산물을 하나님께 바쳤다. 카인은 밭에
서 나는 곡물을, 그 동생 아벨은 육축을 바쳤다. 하나님은 동생의 제물
은 가납하고, 형의 제물은 열납하지 않고 내치셨다. 김홍식 집사는 카
인이 잘못한 것이 없는 것 같은데 하나님이 왜 카인의 제물을 내쳐 살
인까지 하게 하셨는지 이해할 수가 없었다.
김홍식 집사는 펜을 놓고 하나님은 곡물보다는 고기를 좋아하시나,
하며 잠시 허공에 눈을 두다가 다시 펜을 들었다.

책을 읽거나 글을 쓰는 것 자체가 별로인 김홍식에게 매일 책상에 앉
아서 성경을 베끼는 일은 큰 사역이었다. 그는 그의 고행을 하나님께서
위에서 다 내려다보시고 은혜와 은총을 내려주실 거라는 믿음을 다지
며 필사를 계속해 갔다.

김홍식은 교장 진급에도 탈락했다. 심사 마지막 대상까지 올라갔었
으나 아쉽게 탈락했다는 위로의 말을 전해 들었다.
하나님을 기쁘게 해 드리려고 성경까지 베끼며 정성을 다 바쳤는데,
하나님은 이번에도 김홍식을 선택하지 않으셨다.
김홍식은 허탈했다. 아내는 내년에는 꼭 될 거라고 위로했지만, 김홍
식은 그의 믿음이 철저하게 배신당한 기분이었다. 김홍식 집사는 기도
하고 찬양하고 봉사하며 분명히 성령의 역사를 받았다고 믿고 있었는
데, 하나님은 그를 챙겨주시지 않았다. 실망뿐이다.

그는 그냥 교회의 강대상이라도 뒤엎고 한바탕 분풀이를 하고 싶었다. 김홍식은 이성열 장로가 종교개혁가 캘빈을 들먹이며 언뜻 언급했던 예정론을 떠올리며, 나는 태초부터 하나님이 버리기로 정한 신도인가, 하며 실의에 빠졌다.

이성열 장로가 김홍식 안수집사를 위로하는 점심을 샀다. 당연히 술은 없었다. 이 장로는 하나님이 고난을 주시는 것은 자신을 알게 함이며, 더 큰 일을 맡기시려고 시련을 주시는 거니, 믿음을 놓지 말고 더욱 열심히 기도하고 봉사도 하면 내년에는 틀림없이 하나님이 기도에 응답해 주실 거라고 위로해 줬다.

김홍식은 예정론을 좀 더 자세히 설명해 달라고 했다.

"예정론? 그거 그냥 그런 건데…."

이성열이 망설였다.

"그냥 그렇다니?"

"태초에 하나님이 세상을 창조하시면서 영원한 예정에 의해 선택자와 유기자를 미리 구별하셨다는 거야."

"유기자?"

김홍식은 낱말의 뜻을 이해하지 못했으나 차마 안수집사가 그 뜻을 물을 수는 없었다.

"유기할 자, 버릴 자를 말하지."

이 장로가 김홍식의 마음을 알아채고 한자를 풀이해 줬다.

"그럼 유기자는 아무리 열심히 믿어도 선택을 못 받겠네."

"그런 설이야. 예를 들면 이삭의 아들 에서와 야곱을 보면 에서는 아무 잘못도 없는데 하나님이 태어나기도 전 태중에 이미 에서는 야곱을 섬기도록 정하셨으며, 그 결정대로 에서는 장자권을 팥죽 한 그릇에 야

곱에게 팔아넘겼지."

"그건 구약 이야기고, 예수님이 우리를 위해 모든 죄를 지고 십자가에 못 박혀 돌아가셨으니 신약에는 선택자와 유기자의 구별은 없겠지?"

"당연히 있지. 그러니까 예정론을 주장하는 거지. 요한복음 6장 37절, 예수께서 아버지께서 내게 주신 자는 다 내게 올 것이며, 내게 오는 자는 결코 쫓아내지 아니 하리라, 라고 말씀하셨어. 3장 18절에 보면, 내가 너희를 다 가리켜 말하는 것이 아니라 내가 나의 택한 자들이 누구인지 앎이라, 라고 하셨어. 예수께서도 하나님이 택한 자만을 받아들이겠다는 뜻이 함축된 구절이지."

김홍식은 이성열이 인용하는 성경 구절을 긴가민가하게 들으며, 저 정도 성경 지식이 있어야 장로가 되는구나, 하고 생각했다.

"그럼 하나님이 미리 선택할 자를 정한 기준이 뭐야? 선한 사람?"

"아니. 하나님 선택의 주요한 이유는 선악이 아니라 하나님의 주권적 의지야. 하나님의 기뻐하심이지."

김홍식은 우리의 사는 목적은 하나님을 기쁘게 하기 위함이라는 설교를 수도 없이 들었다.

"그럼 악인도 선택하신다는 말이야?"

"그런 셈이지. 구약에 보면 하나님이 선택했던 인물은 어지간히 잘못해도 다 용서받았거든. 예를 들면, 믿음의 조상 다윗은 하나님의 역사로 막대기와 물매로 골리앗을 물리치고 사울 왕에 이어 이스라엘 왕이 되었지."

"그렇지. 여호와 하나님의 역사로 거인 골리앗을 이길 수가 있었지."

김홍식 집사도 아는 체를 했다.

"왕이 된 후, 햇 사람 우리아의 아내 밧세바의 미모에 흔들려 밧세바와 간통하고, 그 범죄를 덮으려고 우리아를 최전선으로 내보내 죽게 하는 또 다른 죄를 범했으나, 하나님은 다윗을 용서했을 뿐만 아니라 그 사이에 난 아들을 다음 왕을 시켰어. 우리는 다윗을 믿음의 조상으로 치고."

"그래도 그렇게 생긴 아이는 죽었잖아."

김홍식 집사가 거들었다.

"그래. 첫 번째 아이는 죽었지만 같은 어미에서 난 다른 아들 솔로몬은 왕으로 삼았어. 첫 번째 태어난 아이는 아무 잘못도 없는데 죽임을 당했고, 다음 아이는 왕으로 선택했고. 하나님의 선택은 주권에 의한 하나님의 작정적 사역이라고는 하지만 우리 범인들은 납득이 잘 안 가지."

김홍식은 이성열이 신랄하게 비판하는 말을 들으며, 이 장로의 신앙이 흔들리는 것은 아닌지 순간 의심되었다.

"교회에서 별로 예정설 설교를 들은 적이 없는데."

"원래 우리나라에 신도가 제일 많은 교파인 장로교는 예정설을 믿고 감리교는 예정설을 안 믿는데, 장로교에서 설교할 때 예정론을 똑 부러지게 설교하지는 않지."

"나 다니는 교회도 장로교횐데 그런 설교를 들어본 적이 없는 거 같아."

"그렇게 설교했다가는 신도들이 많이 떨어질걸. 내가 김 집사보다 더 오래 교회를 다닌 사람으로 충고하는데 예정론을 잘못 이해하고 말려들면 신앙을 그르칠 수도 있으니 그냥 그런 설도 있다는 정도만 알고 더 깊이 들어가지 마. 예수님이 우리의 죄를 대속하시려고 십자가에 못 박혀 돌아가신 십자가의 은혜만 생각하고 우리 영혼의 구원을 간구해야지."

이성열은 조금 전 신랄하게 비판했던 어투를 접고 마음을 비운 사람처럼 말했다.

"맞는 말인데. 정말 태초부터 우리가 선택자인지 유기자인지 이미 결정되었다면 예수 믿을 마음이 나겠어?"

"그렇겠지? 그래도 이거 하나는 알아둬라. 우리를 어떻게 세우시고 쓰시는 것은 다 하나님의 뜻이야. 하나님의 허락 없이는 우리는 고난에서 벗어날 수가 없어. 고난을 주는 것은 우리의 소망을 이루게 하려는 하나님의 축복이요 은총이야. 우리의 답과 하나님의 답은 같지 않아. 우리의 답과 하나님의 답이 다르다고, 김 집사가 교장 안 됐다고 하나님을 원망하면 안 돼. 우리를 연단하시는 것은 다 우리의 소망을 이루어주시려는 하나님의 큰 뜻이 담긴 거야."

김홍식은 목사의 설교처럼 전개하는 이성열의 말이 납득되지 않았다.

"그 얘기 그만하고 큰 아들 청첩장 왔던데 만혼이지?"

"응, 사십이 다 되도록 버티더니 그래도 짝이 있었던 모양이야. 그래도 믿는 사람밖에 없네, 교장 안 됐다고 점심도 다 사주고."

김홍식은 아버지 몰래 성가대에 들어갔다고 아들을 때려 팔에 골절상을 입혔던 일이 생각났다. 김홍식은 골절상을 입고 기브스를 한 채 교회에 나가는 아들을 보며 교회가 무슨 마법을 부려 사람을 끌어들이나 알아보려고 교회에 발을 들였다가 독실한 신자가 되었다.

김홍식은 아들을 하나님의 성전에 나가지 못하도록 폭력까지 행사했던 죄인이 개인적인 바람이 이루어지지 않았다고 하나님을 원망하는 것은 너무나 이기적인 행태로, 하나님께 큰 죄를 짓는 것 같았다.

"우리 정년도 얼마 남지 않았는데 하나님께 의지하며 잘 살아보자고. 따지지 말고 무조건 믿자고."

이성열이 손을 내밀었다.

김홍식은 이성열과 헤어져서 전철을 타고 학교로 돌아오며 예수의 십자가 은혜만을 생각하려고 애를 썼으나, 자신은 태초부터 유기자로 분류된 인간이 아닌가, 하는 자조를 지울 수가 없었다.

카인이 제물을 잘못 바친 것이 아니라 하나님의 주권적 선택에 의해 버려졌다. 에서는 잘못이 없었는데 하나님의 주권적 선택으로 장자권을 잃었다.

김홍식은 자신이 꼭 카인이나 에서의 반열에 드는 구원받을 수 없는 인간처럼 느껴졌다. 이미 하나님이 그를 버리기로 한 뜻도 모르고 하나님을 더 크게 섬기는 장로가 되려고 했다.

그래도 하나님께 매달리며 기도하면 예수의 보혈의 은혜로….

우리의 죄를 대속하려고 십자가에 못 박혀 돌아가신 예수님의 보혈의 은혜로 하나님의 주권적 의지를 돌릴 수 있지 않을까?

김홍식은 전철의 흔들림도 느끼지 못하고 갈등하고 갈등했다.

한쪽 다리가 말라 비틀어져서 뒤뚱거리며 제대로 걷지도 못하는 중년의 남자가 믿음에 대한 회의로 갈등하며 고민하는 김홍식에서 전단지를 내밀며 손을 벌렸다.

중년 남자의 목에 걸린 녹음기에서 찬송가, 〈내 주를 가까이 하려 함은 십자가 짐 같은 고생이나 내 일생 소원은 늘 찬송하면서 주께로 나가기 원합니다〉가 흘러 나왔다.

김홍식은 찬송가를 들으며, 주 하나님을 가까이 하는 것은 십자가 짐 같은 고생인데 너무 쉽게 은총을 받으려 한 것 같은 자책감이 들었다. 우리의 죄를 대속하려고 십자가에 못 박혀 고난을 당하신 예수님의 큰 사랑을 붙들고 매달리면 비록 유기자로 예정됐더라도 예수님의 은총으로 구원을 받을 수 있을 거라는 불빛이 보였다. 그 불빛이 그를 위로하고 감쌌다.

3

김홍식 안수집사의 교회에서 추계 부흥사경회가 열렸다.

김홍식 집사는 부흥회 첫날 학교 일 때문에 참석하지 못했다. 김홍식 집사는 부흥회 둘째 날 교회에 가며 신도의 집회 참여 의무를 다하지 못한 죄책감으로 어깨를 움츠리고 본당에 들어섰다.

본당을 가득 매운 신도들이 청년 밴드부의 반주에 맞춰 손뼉을 치며 찬송가를 부르고 있었다. 신도들의 열기가 그대로 김홍식 집사에게 전해 왔다. 김홍식 집사는 윽 치밀어 오르는 감동을 누르며 기도를 올리고 찬송가를 합창했다. 김홍식 집사는 첫날 집회에 참석하지 못해 주눅 들었던 마음이 스르르 녹고 온몸에 열기가 솟았다.

부흥 목사는 〈노아의 홍수와 하나님의 약속〉이라는 제목으로 설교했다. 부흥 목사는 노아 방주의 과학적 우수성을 설명하며 하나님의 위대함을 찬양했다.

"노아의 홍수는 4,400년 전에 일어나 지구를 물로 뒤덮었다. 노아의 방주는 길이 300큐빗, 넓이 50큐빗, 높이 30큐빗으로, 지금 미터법 단위로 환산하면 길이 138m, 넓이 23m, 높이 14m로 축구장보다 더 긴 배다. 길이 넓이 높이의 비율이 현대 건조하는 대형 배와 같으며, 파고 30m의 파도에도 견딜 수 있도록 설계 제작된 것이 최근 실험결과로 밝혀졌다."

부흥 목사가 노아의 홍수가 며칠 동안 계속됐냐고 물었다. 40일이라는 대답이 주류를 이뤘다. 부흥 목사는 40일은 비가 내린 기간이며, 홍수가 창일한 기간 150일, 물이 빠지는 데 150일, 땅이 마르고 굳어지는 데 40일이 걸렸다고 했다. 홍수는 노아가 600세 되는 해 2월 17일에 시작하여 다음 해 2월 27일에 끝났으므로 40일이 아닌 일 년이 넘는 기간이라고 고쳐줬다.

　부흥 목사는 노아의 방주에 공룡이 탔었는지 물었다. 신도들은 서로 얼굴만 쳐다보았다. 몇몇 신도들은 아니라고 대답했다. 부흥 목사는 자신 있게 공룡이 탔다고 말했다. 부흥 목사는 다시 한 번 하나님의 방주 설계능력을 높이 추켜세우며 신도들의 할렐루야를 유도했다.

　김홍식 집사도 부흥 목사의 열정에 빨려들며 하나님의 무소불위한 능력에 저절로 머리가 숙여지며 할렐루야 아멘이 막 입에서 튀어나왔다. 부흥 목사는 다시는 물로 인간을 멸망시키지 않겠다는 증표로 무지개를 보낸 성경 구절을 큰 소리로 낭독하며 할렐루야를 외치도록 유도했다. 교회당은 '할렐루야 아멘' 함성으로 가득했다. 부흥 목사는 통성 기도를 유도했다. 교회당이 주를 찾는 외침으로 들썩했다. 성령의 은사가 교회당을 넘나들며 신도들을 감쌌다.

　김홍식 집사는 부흥회를 마치고 더 없이 큰 성령의 은사에 흠뻑 젖어 교회를 나서며 하나님 예수님께 '잠시라도 부정적인 생각을 했던 무례를 용서해 주십시오' 하고 빌었다.

　김홍식 집사를 바로 앞서서 교회를 빠져 나가는 젊은 신도 두 사람이 부흥 목사의 설교를 꼬집었다. 김 집사는 젊은 신도를 따라가며 별수 없이 그들의 비판을 들었다.

　"4,400년 전에 노아의 홍수가 일어났다니, 그때 우리나라는 단군조선이 막 시작하기 전 치우 천왕 때였고, 중국은 3황 5제 시절, 이집트는 쿠푸 왕이 가자의 피라밋을 건설했던 땐데 대홍수가 일 년씩이나 계속됐으면 어떻게 피라밋이 지금까지 남아 있겠어?"

　"4,400년 전이라는 말은 근본주의자들의 주장이고, 나는 노아의 방주가 그렇게 작은 지 미처 몰랐다."

"축구장보다 더 크다는데."

"그게 항공모함보다도 훨씬 적다. 몇 배나 더 큰 항공모함에도 겨우 수천 명 밖에 타지 못하고 식량을 보충하러 몇 달에 한 번은 항구에 기착해야 하는데, 그 작은 방주에 모든 육축들이 다 탈 수 있겠어? 일 년 먹을 음식물만도 얼마나 되겠어? 호주나 아메리카 아프리카에만 사는 육축들은 어떻게 방주까지 올 수 있었지?"

"그 목사의 설교 중 하이라이트는 뭔지 알아? 공룡까지 들어갔다는 거였어. 공룡이 얼마나 덩치가 큰데 백여 종이나 되는 그 큰 공룡들이 다 방주 안에 들어가? 몇 톤 씩 되는 공룡이 하루 먹어치우는 식량이 얼만데? 그 것을 다 방주에 실어?"

"공룡이 없어진 건 6천5백만 년 전인데 4,400년 전 대홍수 때 방주에 들어갔다고 우기다니, 그 목사 전도하러 온 거야? 아님 초를 치러 온 거야?"

"솔직히 바빌로니아 신화에도 나오는 노아의 홍수 얘기를 설교 제목으로 잡은 것 자체가 잘못이야."

김홍식 집사는 두 청년의 비판을 들으며 정신이 번쩍 들었다. 청년들의 말이 맞는 거 같았다.

홍수가 났던 때는 그렇다고 치더라도, 그 작은 방주에 지구에 사는 모든 육축의 쌍이 다 들어갈 수는 없을 것 같았다.

'대홍수의 기적이 바빌로니아 신화에도 나온다고?'

성경은 정확무오한 하나님의 말씀으로 한글자도 가감할 수 없는 성전이라고 믿고 있는 김홍식 집사는 갈등이 일었다.

그는 창세기 1장 2절을 옮겨 적으며 잠시 느꼈던 회의가 다시 일었다. 땅이 혼돈하고…, 하나님은 첫째 날 빛을 창조하셨다. 이미 있던 땅 위에 비출 빛을 맨 먼저 창조하셨다. 과학은 빛은 먼 별에서도 오지만 주로 태양에서 온다고 가르친다. 창세기에 태양과 별은 4일째 창조하셨다. 과학하고는 너무나 안 맞는다.

그는 천동설을 신앙의 기조로 삼았던 로마교황청이 지동설에 굴복했다는 기사를 읽었던 기억이 났다.

'정말 성경은 정말 정확무오한가? 그렇지 않으면…'

김홍식 집사는 부흥 목사의 설교를 들으며 들떴던 마음이 차가워졌다.

김홍식 집사는 노아의 홍수 기적의 허구성(?)을 듣고 흔들리는 마음을 다잡으려고 기도하고 또 기도했다. 그는 성경은 완전하며, 하나님은 영원 전부터 영원까지 스스로 계시며, 외아들 예수를 이 땅에 우리의 구세주로 보내셨으며, 하나님의 본체인 삼위일체는 깰 수 없는 진리라는 믿음을 붙잡으려고 안간힘을 썼다.

김홍식 교감은 대학 동기동창의 가을 모임에 갔다. 김 교감보다 나이가 많은 동기들이 정년퇴임 기념으로 발칸을 다녀왔다며 관광지에서 보고 겪었던 일화를 신나게 떠벌렸다. 동기들은 크로아티아 국립공원 폴리트비체의 푸른 호수와 맑은 물에 뛰노는 숭어를 찬탄하다가, 여러 종교가 함께 섞여 살아가는 생활환경을 신기해 하며 떠벌렸다.

1990년대 기독교도와 이슬람교도가 피터지게 싸웠던 총탄자국이 건물 여기저기에 그대로 남아 있는데, 신기하게도 이슬람교도와 기독교인이 결혼하여 살기도 한단다. 그 집 식탁에는 성경과 코란이 나란히 놓여 있단다. 어느 성당에는 예수 대신에 그 지방 출신 성자를 모신 곳도 있단다. 크리스마스를 11월 말경에 쇠는 곳도 있고, 1월 초에 쇠는 곳도 있단다. 현지 가이드였던 우리나라 교회에서 파견한 선교사는 동방정교와 개신교, 천주교의 차이를 얼버무려 설명하며 동방정교는 삼위일체를 다르게 믿는다고 했단다.

　김홍식 집사는 삼위일체를 다르게 믿고, 어떻게 11월이나 1월에 성탄을 축하할 수 있는지 이해가 되지 않아 옆에 앉은 이성열 장로에게 살짝 물었다.

　"성경 어디에도 성삼위일체를 명문화한 구절은 없어. 초기교회 때부터 성직자와 신학자들이 성삼위일체 사상을 확립하는데 수백 년이 걸렸어. 삼위일체는 니케아 공회에서 공인된 것으로 그 후도 끊임없는 논쟁이 계속되고 있지. 동방정교는 성부와 성자 성령의 위격을 다르게 보지."

　이성열은 눈이 휘둥그레진 김홍식을 재미있어 하는 눈으로 쳐다보며 말을 이어갔다.

　"사실은 예수가 태어난 해도 정확히 몰라. 서기 원년보다 최소 1년 내지 7년 전에 태어난 것으로 추정하고 있지. 예수님 탄생 때 나타난 별을 보고 9월 중순에서 말쯤으로 추정하기도 하고. 크리스마스가 언제인가가 중요한 것이 아니라 예수님 탄생이 중요한 거야."

　"그럼 예수님이 부활한 날은?

　김홍식 집사는 머릿속이 뱅뱅 돌았다.

　"부활절도 교파마다 날짜가 다른데 우리는 춘분 다음의 만월이 지난 후 첫 번째 일요일로 하고 있지."

　"그래? 정확히 부활한 날도 모른다고? 이슬람도 구약을 믿고?"

　김홍식은 테러 집단인 이슬람이 구약을 믿어, 하고 물으려다가 말의 수위를 낮췄다.

　"이슬람도 당연히 구약을 믿지. 이슬람교는 구약과 코란을 믿고 평화를 사랑하지."

이성열이 담담한 어조로 말했다.

"그럼 같은 여호와 신을 믿는데 왜 기독교와 이슬람이 그렇게 싸우지?"

"김홍식이 너 장로 되겠다며 그것도 몰랐어?"

두 사람의 말을 듣고 있던 박창복 교사가 핀잔을 주었다.

"잘 모를 수도 있지. 교회에서는 그런 건 안 가르쳐주니. 이슬람에서는 예수를 하나님 아들이라고 믿지 않아. 예수를 모세나 이사야 같은 선지자로 치지. 원죄도 믿지 않고."

이성열이 처진 목소리로 말했다.

"그럼 마호메트는?"

김홍식은 이슬람에서 마호메트를 하나님의 아들이라고 하느냐고 묻고 싶었으나, 그것도 몰라, 하는 소리를 들을 것 같아 이성열을 쳐다보며 살짝 물었다.

"이슬람에서 마호메트는 하나님 아들이 아니야, 최후의 선지자지. 가브리엘 천사로부터 계시를 받은."

"그럼 알라신은?"

"우리나라에서 여호와를 하나님, 하느님, 천주라 부르며, 영어권에서는 대문자로 지오디라 쓰고 가드라고 부르는 거와 같이 알라는 하나님의 아랍어야. 귀찮게 이런 거 자꾸 알려고 하지 말고 그냥 믿어. 무조건 믿는 것이 제일 편하다."

이성열이 포기한 듯 말했다.

김홍식은 혼란스러웠다.

성당에 예수상도 안 모시고, 성탄절은 12월 25일이 아닌 다른 날에 제멋대로 쉰단다. 한술 더 떠서 예수님이 탄생한 날도 부활한 날도 정확히 모른단다.

성삼위의 위격을 다르게 본다는데 무슨 뜻이지?

이슬람은 하나님의 외아들 예수님을 그냥 선지자로 친단다. 어떻게 그런 불경스런 종교를 믿는 신자가 십억 명도 넘을까?

김홍식은 갈피를 잡을 수가 없었다. 그는 이성열에게 더 묻고 궁금증을 해소하고 싶었으나, 장로 후보까지 오른 안수집사의 무식이 탄로 날 것 같아 입을 다물었다.

무조건 목사님의 말씀을 믿고 따르던 김홍식 집사는 믿음에 전혀 도움이 되지 않는 정보에 정신이 헷갈렸다. 김홍식은 그런 정도의 정보에 마음이 흔들거리는 자신의 얇은 신앙심이 부끄러워 믿음을 붙잡으려 했으나 의문을 놓을 수가 없었다. 활자를 싫어하는 김홍식은 책을 보고 의문을 풀 수도 없어 혼자 끙끙댔다. 성경을 베껴도 답이 나오지 않았다. 김홍식 집사는 장로 후보에 세 번씩이나 오른 안수집사의 무식이 탄로 나는 창피를 무릅쓰고 눈을 질끈 감고 목사를 찾아갔다.

담임 목사는 외출하고 없었다. 김홍식 집사는 그의 교구 담당 목사인 권대현 부목사의 방에 들렀다. 권 부목사는 김 집사를 알아보고 반갑게 맞았다. 권 부목사는 년초에 부임했다. 교회사로 박사학위를 받으려고 신학대학원에 다닌다. 수인사를 마치고 바로 김홍식 집사는 의문점을 물었다.

"저 목사님. 제가 들으니 어느 교파에서는 성삼위일체를 믿지 않는다던데 그래도 하나님으로부터 은혜를 받을 수 있나요?"

김홍식 집사는 요 근래 그를 괴롭히던 제목 중 하나를 꺼내 우회적으로 물었다.

"아, 그 문제…, 신학적으로 아주 복잡한 문젠데…, 성삼위일체 논쟁은 아주 역사가 깁니다. 초기 기독교 시대까지 거슬러 올라가야 하는데, 성부 성자 성령을 한 위격으로 봐야 한다는 아타나시스파와 성자와 성령은 수준이 다른 성부의 피조물로 성부에서 나온다는 아리우스파 간의 오랜 논쟁이 있었습니다. 콘스탄티노플 공의회에서 결론이 났지요. 대체로 서방 기독교는 삼위일체를 믿으며, 일부 동방정교는 성자와 성령은 성부에서 나온다고 믿고 있어요. 막 외출을 하려던 참이라 지금 다 말씀드릴 수가 없네요. 김 집사님, 다음에 한두 시간 시간 잡고 제 방에 한 번 찾아오시지요. 그럼 삼위일체에 대하여 자세히 말씀드리겠습니다.”

부목사는 길게 서론만 늘어놓고 결론은 내지 않고 엉덩이를 반쯤 들고 일어섰다.

김홍식 집사는 부목사의 태도가 맘에 들지 않았다. 김홍식 집사는 목사로부터 삼위일체를 믿지 않는 기독교 집단은 이단이라는 간단명료하고 단호한 대답을 듣고 싶었는데, 부목사는 장광설만 늘어놓고 결론은 미뤘다.

“저는 삼위일체는 굳게 믿고 있습니다.”

김홍식 집사는 안수집사로서 삼위일체에 의문이 있어 묻는 것이 아니라는 점을 강조하며 단호한 목소리로 말했다.

“아, 그러세요?”

부목사가 미적지근한 반응을 보이며 외출을 하려고 성경을 집어 들었다.

“목사님 바쁘시지만 간단한 것 한 가지만 더 묻겠습니다. 성삼위 중 성부와 성자는 바로 감이 잡히는데, 성령은 딱 손에 안 잡히는데⋯, 성령은 우리가 말하는 일종의 기, 에너지 같은 거지요?”

김홍식 집사도 따라서 의자에서 일어서며 그렇다는 간단명료한 대답을 기대하며, 방을 나서려는 부목사를 붙들고 급하게 물었다.

"무척 어려운 제목을 붙잡으셨네요. 그 문제를 설명하려면 한참 시간이 걸립니다. 그 문제도 그 때 같이 말씀 나누시지요."

'예, 아니요' 라는 간단한 답을 원했는데, 부목사는 또 즉답을 피했다. 부목사로부터 남자답게 똑 부러진 답을 듣지 못한 김홍식 집사는 힘이 빠졌다.

"그 문제에 대해 토론하기 전에 제가 책을 한 권 추천해 드리지요. 책을 보시고 제방에 오시면 제가 의문점을 풀어드리지요."

부목사는 김홍식 집사가 문을 막고 머뭇거리자 메모지에 책 제목을 적어줬다. 김홍식 집사는 단출하게 목사를 만나 몇 가지 궁금한 점을 물어보고 명쾌한 답을 듣고 싶었으나, 부목사는 다음에 보자고 했다. 김홍식 집사는 꼭 부목사가 자리를 피해 도망치는 것 같았다.

김홍식은 권 부목사를 다시 찾는 것이 망설여졌으나, 그래도 목사가 추천해 줬는데, 하며 목사가 써준 '신학의 역사' 라는 메모지에 들고 교보문고에 갔다. 그는 퍽 오랜만에 책방을 찾았다. 그는 서점에 들어서며 책방이 뭐 이렇게 커, 하며 눈알을 휘둥그레 굴렸다. 그는 몇 걸음 서점으로 들어서서 좌우를 한 번 죽 휘둘러보며 두리번거리다가 서점 여종업원에게 메모지를 내밀었다. 여종업원은 컴퓨터에서 책이 꽂힌 서가를 찾고 앞장서서 서가로 갔다.

여종업원은 바로 두툼한 책을 김홍식에게 내밀었다. 《신학의 역사》는 500 페이지가 넘는 두꺼운 책이다. 책을 찾아서 건네주고 여종업원이 자리를 떴다. 김홍식은 묵직한 책의 목차를 보는 척했다. 그는 이렇게 두꺼운 책을 언제 다 읽어, 하고 고개를 흔들며 서가에 책을 꽂아놓고, 안내했던 여종업원의 시선을 피해 서점을 빠져 나왔다.

김홍식은 서점을 나서며 내일 박연희 집사의 세 번째 수술이 있으니 합심 기도를 부탁한다는 성가대 총무의 문자메시지를 받았다. 목뼈를 다친 그녀는 두 번이나 수술을 받았으나 목뼈가 잘 붙지 않아 세 번째 수술을 받는다. 문자메시지를 읽는 순간 김홍식은 박 집사 같은 독실한 신자를 전지전능하신 하나님이 그냥 한 큐에 딱 챙겨주지 않는 데 짜증이 났다.

목사 다음으로 교회에서 중요한 역할을 하고 있다고 자부하는 성가대원 중에 불의의 사고로 고통을 받는 대원은 박연희 집사만이 아니다. 얼마 전 장로와 권사를 부모로 둔 여성가대원이 교통사고를 당해 목숨은 구했으나 다리를 자르는 큰 수술을 받았다.

전전번 성가대장은 2년 전 전립선암을 수술했었는데 암이 재발하여 다시 수술을 하고 입원중이다. 사고를 당했거나 입원중인 성가대원들은 모두 몸과 마음을 바쳐 교회를 섬기며 하나님께 매달리는 삶을 살아가는 독실한 신자로 하나님이 챙겨줘야 할 자녀다. 그런데 하나님은 그들을 챙기시지 않는다!

김홍식은 자신을 비롯하여 하나님이 챙겨줘야 할 독실한 신자들을 하나님이 챙겨주지 않는 것에 실망하며 신앙의 뿌리가 흔들거렸다. 꼭 성경을 베껴야 하나, 하는 의구심이 났다.

김홍식은 구약을 옮겨 적으며 지고지순하고 완전한 분으로만 알고 믿어왔던 여호와 하나님의 다른 모습을 보며 놀라곤 했다. 어리둥절했다.

김홍식은 평화의 왕, 사랑의 왕이신 여호와 하나님이 잔인하고 질투하고 변덕스럽기까지 한 구약의 구절을 베끼며 고개를 젓곤 했다. '멸절' 이나 '절멸' 은 씨도 안 남기고 다 죽인다는 뜻이다.

우리가 일상에서는 잘 쓰지 않는 단어다. 김홍식은 어떻게 창조주 하나님이 이스라엘군의 사령관이 되어 그의 피조물인 인간을 그가 선택한 이스라엘 백성이 아니라고 그렇게 무자비하게 인종 학살을 할 수 있는지 이해가 되지 않았다. 천지가 얼마나 크고 넓은데, 그 크고 넓은 천지를 창조하신 하나님이 우주에서 코딱지만 한 지구, 지구 중에도 중동의 한구석에 있는 이스라엘 백성만을 선택하고 여호와를 모르는 훨씬 더 많은 인류는 멸절의 대상으로 삼는지 이해가 되지 않았다.

천지만물을 창조하신 더 없이 크신 하나님이 사소한 인간사까지 일일이 간섭하시는 것도 납득이 되지 않았다. 그런 사소한 것까지 다 챙기시는 하나님이 하나님께 몸과 마음을 바쳐 봉사하는 착한 신도들은 못 본 체 팽개쳐두신다!

김홍식은 구약을 베끼며 자꾸 이스라엘 백성 위주로 쓴 역사책을 베끼고 있다는 기분이 들었다. 유대인의 역사를 계속 베껴야 하나, 하는 갈등이 생겼다. 그래도….

이제 정년이 얼마 남지 않았다. 교장 진급은 틀렸고, 장로나 시켜달라고 매달려?

교장을 하면서 장로를 하면 더 폼이 날 텐데, 실업자가 장로가 되면 영….

뚜렷한 기도제목을 잡지 못한 김홍식은 아내의 눈치를 보며 습관적으로 교회에는 나갔지만 은혜를 느끼지 못했다.

4

김홍식은 이성열 장로가 머리를 깎고 중이 되었다는 소식에 큰 충격을 받았다.

그렇게 믿음이 깊던 이성열이 중이 되다니….

김홍식은 성경 구절을 줄줄 외우며 기독교에 대해 물으면 모르는 것이 없이 척척 대답해 줬던 믿음의 대선배인 이성열이 중이 된 이유를 도통 알 수가 없었다.

김홍식은 어렸을 때 독실한 불교 신자인 어머니를 따라 몇 번 절에 간 적은 있었으나, 그의 불교에 대한 지식은, 불교는 삼국시대에 우리나라에서 들어온 종교로, 인도 어느 나라 왕자였던 석가모니가 왕궁을 떠나 고행을 하다가 보리수 아래에서 깨달음을 얻고, 무엇을 깨달았는지는 모르지만, 불교를 세웠으며, 인연, 업보, 육도, 윤회 등을 내세우는 종교라는 정도였다.

이성열은 믿음의 연조로 보아 김홍식이 요 근래 기독교와 관련하여 품는 회의는 초등학교 수준의 의문일 것이다. 이성열은 이미 초보 수준의 회의는 다 해결하고 박사보다 높은 경지의 믿음을 쌓았을 것이다. 그런데….

친구들은 결혼한 지 얼마 안 되는 큰 아들이 공사감독을 하다가 떨어져서 식물인간이 된 사고가 이성열의 머리를 깎게 한 결정적 이유일 거라고 주절댔다. 김홍식 집사는 장로까지 된 사람이 그런 고난을 당했으면 하나님께 더욱 바짝 매달려 기도하며, 앉은뱅이를 일으켜 세운 예수님의 기적을 바랐어야지, 하고 비난하는 마음이 들다가도, 하나님이 과연 그런 기적을 베풀어 주실까, 하는 의심이 들기도 했다.

머리를 빡빡 깎은 중들이 주지 자리를 놓고 각목까지 휘두르며 패를 나눠 피터지게 싸우는 난장판에 이성열은 무엇을 바라고 뛰어 들어가서 중이 됐을까?

아들의 사고를 하나님으로부터 버림받은 유기자의 증거라고 여기고 자포자기했나?

아님, 불교의 어떤 힘이 이 장로를 끌었나?

김홍식은 학교 도서관에 들러 불교에 관한 책이 있나 사서에게 물었다. 사서는 "교감 선생님 교회 다니시지 않나요?" 묻고 《금강경 해설》을 찾아줬다.

김홍식은 교회 다니시지 않나요, 하는 사서의 물음에 머쓱해져 코끝을 찡긋하며 책을 받아들고 도서관 구석자리로 갔다.

《금강경 해설》은 한문 원문을 싣고, 우리말로 번역하고, 각 구절마다 긴 해설을 달았다.

김홍식은 금강경의 첫 장, 부처님이 시주를 나서는 구절을 보며, "어어, 부처님이 구걸을 다 다녔어?" 중얼거리며 허공에 시선을 두었다. 온화한 표정으로 가부좌를 틀고 앉은 금빛 찬란한 형상의 부처님이 구걸을 다니다니….

김홍식은 책을 슬슬 넘기며 띄엄띄엄 한 구절씩 읽어갔다.

법에 집착하지 마라, 법 아닌 것에도 집착하지 말라.
여래가 얻은 바 법인 이 법은 참도 없고 거짓도 없다.
여래는 오는 듯하고 가는 듯하며, 온 곳도 없고 간 곳도 없다.

김홍식은 계속 이어지는 긍정과 부정이 교차하는 법문을 일별하며, 긴 거면 긴 거고 아니면 아닌 거지, 뭐가 긴 것이 아닌 것이고 아닌 것이 긴 거야, 이거 말장난도 아니고, 하며 혀를 찼다.

김홍식은 금강경을 덮고 빌딩 위로 흘러가는 구름을 보며 이성열이 무조건 믿기만 하면 구원을 주시는 하나님을 버리고 목탁이나 치며 뜻도 모를 경전을 외워야 하는 중이 되었는지 알 수가 없어 잔뜩 눈살을 찌푸렸다.

그래도 무엇인가 불교가 이 장로를 끄는 매력이 있을 텐데….

서책을 읽어서 알려면 한이 없을 거고, 절에라도 가서 설법을 들어볼까?아님 중을 만나서….

아니, 안수집사가 어디 절에 가려고?

김홍식은 살래살래 고개를 흔들었다.

그래도 이성열이 중이 된 이유가 있을 텐데….

어느 주일, 김홍식 집사는 그가 성가대로 봉사하는 3부 예배 대신 오전 7시 30분에 시작하는 1부 예배를 봤다.

그는 이 죄인이 오늘 절에 가려는 것은, 우상인 부처를 믿으러 가는 것이 아니라, 믿음의 선배 이성열 장로가 무슨 이유로 중이 되었는지 알기 위함이니, 잠시 절에 들르는 것을 용서해 주십시오, 하고 하나님께 기도했다. 하나님이 그의 기도를 들어주시는 것 같기도 했고, 안 된다고 하시는 것도 같았다. 1부 예배를 마치고 한참을 망설이던 김홍식 안수집사는 에라 모르겠다, 하며 10시 법회 시간에 맞춰 티브이에서 자주 봤던 조계사에 갔다.

어지간히 큰 교회에서는 주일에 3~4부씩 예배를 보는데, 우리나라에서 제일 큰 불교 종파인 조계종 총본산인 조계사에서는 일요일에 딱 한 번만 법회를 연단다. 김홍식은 석탄일에 조계사의 뜰을 가득 메운 신도들을 비췄던 티브이 장면을 연상하며, 수천 명의 신자들이 모였을 거라고 여기며 조계사 일주문을 들어섰다. 차가운 바람이 몰아치는 경내는 한산했다. 몇 몇 나이 든 신자들이 두꺼운 옷깃을 올리며 대웅전

옆문으로 들어가는 것이 보였다.

김홍식은 신도 출입문 입구에서 나눠주는 소식지를 받아들고, 신발을 벗어서 신발장에 넣고, 남의 집에 들어서는 낯선 기분으로 법당에 들어섰다. 방석을 깔고 앉은 신도들이 법당을 절반 정도를 채웠다. 그는 기둥 뒤에 쌓아놓은 방석을 하나 들고 불상 앞자리의 빈자리에 방석을 깔고 앉았다. 으스스 추위가 밀려왔다.

법당에 들어선 신자들은 합장을 하고 불상을 향하여 허리를 숙여 절을 하고, 영정을 모신 영가단을 향해서도 절을 했다. 주위를 두리번거리던 김홍식은 모르는 척하고 그냥 자리에 앉아서 법당 안을 둘러보았다. 법당 천장에 가득 연등이 걸려 있었다. 연등에 달린 꼬리표에 건강 소원성취 발원, 진급 소원성취 발원, 하는 문구가 보였다. 불단 위에 색종이로 만든 조화를 꽂아놓은 꽃병이 여러 개 놓여있었다. 조화마다 소원성취 발원, 하는 문구를 적은 리본이 달려 있었다. 금빛 찬란한 세 불상과 그 앞에 놓인 색깔이 바랜 초라한 조화가 대조가 되었다.

신자들이 쌀 주머니나 생수병을 들고 와서 불단에 놓고 기도를 했고, 신주단과 영가단에 촛불을 밝히면서 절을 했다. 법당 내에서는 시주도 보시도 안 된다는 경고문이 걸려 있다. 그래서인지 불전함에 현금을 넣는 신도는 보이지 않았다. 김홍식은 그럼 어떻게 시주를 하지, 하며 입구에서 받은 소식지를, 교회에서는 주보라고 하는데 절에서는 뭐라고 하는지 모른다, 훑어봤다. 그가 다니는 교회에서는 매주 수억 원씩 헌금이 걷힌다. 조계사 정도면 10억 원은 걷히겠지, 하며 소식지 앞뒤를 살폈으나 시주란이 없었다.

벽에 걸린 시계가 열시를 가리켰다. 법당은 신도로 거의 찼다. 김홍식이 다니는 교회 2, 3부 예배 때는 3천 명도 넘는 신도가 예배를 보는

데 법당에 앉은 신도 수가 겨우 3백 명 남짓했다.

스님 세 분이 대웅전 정문으로 법당에 들어섰다. 50대의 스님이 목탁을 치면서 마이크에 대고 독경을 시작했다. 신도들이 따라서 암송했다. 김홍식은 옆자리에 앉은 할머니가 펼쳐든 책을 힐끗 봤다. 천수경이다.

'수리수리 마하수리 수수리 사바하.'

김홍식은 주문을 들으며, 어렸을 때 친구들과 손바닥을 싹싹 비비며 장난삼아 수리수리 마수리를 외우며 소원을 빌었던 기억이 났다.

신도들은 경을 외우면서 일어서서 합장을 하고 불상을 향해 머리를 숙였다가 오체투지의 예를 올렸다. 김홍식은 그냥 앉아있을 수가 없어 옆 자리 신자들을 훔쳐보며 따라서 자리에서 일어섰다가 엎드렸다가 했다.

독경이 이어졌다. 김홍식은 스님이 외우는 경을 한 마디도 알아들을 수가 없었다. 김홍식은 신도들을 따라서 일어섰다가 엎드렸다가, 하는 것이 뭐해서 눈을 꼭 감고 버티고 앉아서 독경소리를 들었다. 무슨 말인지 알아들을 수는 없었으나, 스님의 장엄한 목소리와 여신도들의 얇은 목소리가 잘 어우러져 영혼을 빨아들이는 힘이 있었다. 김홍식은 빠져들면 안 돼, 하고 스스로에게 경고를 보냈다. 김홍식은 아들이 부러진 팔을 들고 교회에 가는 것을 보고 아들이 왜 교회에 빠졌나 알아보려고 교회에 나갔다가 성가대의 찬송을 들으며 뭉클 가슴 울리는 감동을 받고 교회를 다니는 데 더욱 열심을 냈었다. 성가대에도 들어갔다.

'구경삼아 왔다가 독경소리에 빠져 불자가 될 수는….'

반 시간이 지났다. 계속 염불만 외웠다. 설법을 시작할 기미가 보이지 않았다. 김홍식이 조계사에 온 목적은 설법을 듣고 부처님의 도가 무엇인지 알아보려는 것이었는데, 무슨 말인지 알아들을 수도 없는 염불만 계속 들으며 앉아있다!

김홍식은 부지불식간에 자꾸 염불 소리에 빠져들며 번뜩, 내가 조계사를 찾은 것은 불교를 알고 이성열이 교회를 버린 이유를 알려는 것이 아니라, 그것을 핑계로 권능이 의심되는 기독교에서 빠져 나갈 구실을 찾는 것이 아닌가, 하는 생각이 들었다.

순간 김홍식은 사내대장부가 한 번 믿기로 서약한 하나님을 배신하는 것 같아 정신이 번쩍 들었다.

'사내대장부가 한 번 믿기로 한 맹세를 뒤엎고 절에서 얼쩡거려!'

김홍식은 법문을 한 마디도 듣지 못하고 주위를 슬금슬금 살피며 법당을 빠져 나왔다.

아버지 몰래 성가대에 들어간 아들을 때려 팔을 부러트린 김홍식은 아들에게 미안하기도 했고, 도대체 아들이 팔에 기브스까지 하고 아버지가 극구 가지 말라는 교회에 그렇게 악착같이 가는지 궁금해져 슬쩍 교회에 가 봤다. 남편이 몰래 교회에 가는 것을 알게 된 아내는 결혼한 후 남편의 반대로 나가지 못했던 교회에 나가며 남편을 교회에 새 신자로 등록해 주고, 남편의 마음이 바뀌지 않도록 신경을 써줬다.

김홍식은 아내가 행복해 하고, 여러 신자들의 환영하는 분위기가 좋아 계속 교회는 나갔지만, 세례 받는 것은 기피했다. 예수가 동정녀에게서 태어났고, 죽은 후 사흘 만에 부활한 신화와 같은 교리를 도통 믿을 수가 없었다. 아내 주혜숙 집사는 세례를 받고 안 받고는 다음에 생각하고 그냥 세례 교육만이라도 받아보라고 설득했다. 세례 교육을 받고 나자, 아내는 교육까지 받았으니 세례를 받으라고 밀어붙였다.

김홍식은 목사가 세례문답을 하며 예수의 부활을 믿느냐고 묻자, 예, 하는 대답이 망설여졌다. 마지못해 결혼식장에 선 신랑이 결혼 서약을 묻는 주례의 질문에 아니요, 라고 대답할 수는 없어 예, 하고 대답하는 심정으로 김홍식은 예, 하고 대답했다. 사내 중에 사내라고 자부하는 김홍식이 예, 라고 대답했다.

사내가 한 번 뱉은 말을 거둬들이며 절에 가?

안 돼!

김홍식은 이성열이 왜 중이 됐는지 알아본다는 핑계로 절에 찾아 가서 은연중에 창조주 하나님의 대안을 불교에서 찾으려고 했던 것 같아 진땀이 났다. 그는 이런 의리부동한 짓거리는 때려치우고 사내가 한 번 믿기로 서약한 교회에 더욱 열심을 내자고 다짐하며 도망치듯 조계사 경내를 빠져 나왔다. 한 달 넘게 쉬었던 성경 필사를 계속하기로 마음을 정했다. 성경을 필사하는 가운데 성령의 은사를 받고 최후의 심판 날에 들림 받는 길을 닦기로 했다.

김홍식은 구약 다니엘서를 베끼다가 필사를 멈췄었다.

김홍식은 아직 필사하지 않은 구약의 나머지 장을 슬슬 넘기며 일별했다. 그 내용이 앞장과 비슷한 것 같았다. 당초 계획했던 대로 크리스마스까지 성경을 다 베끼려면 하루의 작업량을 대폭 늘려야 했다. 김홍식은 그가 필사한 앞장과 줄거리의 전개가 유사한 구약의 나머지 장의 필사는 그만두고 바로 신약을 필사하기로 했다. 신약만 베끼면 당초 계획했던 대로 하루 일곱 장씩만 베끼면 크리스마스까지 요한계시록의 마지막 구절까지 필사할 수가 있다!

김홍식은 마태복음 1장 '낳고' 시리즈를 베끼며, 몇 달 전 창세기를 베끼며 느꼈던 감동은 느낄 수가 없었다.

김홍식은 아브라함부터 요셉까지 28대 족보를 베끼며, 요셉은 DNA상 예수와 전혀 관계없는 의붓아버진데 왜 요셉의 족보를 신약 첫머리에 실었을까 궁금했다. 이성열이라도 만날 수 있으면 물어볼 수 있었을 텐데, 목사한테 묻다가…, 제기랄.

　김홍식의 집과 그의 앞집 노부부의 집에 도둑이 들었다. CCTV를 확인한 경찰은 도둑이 오전 10시에서 12시 사이에 들었다고 했다. 잘 아는 사람의 소행 같다고 했다. 그 시간에 노부부는 교회에 간다. 주일을 온통 교회에서 사는 김홍식네도 그 시간에 집을 비운다.
　김홍식네는 디지털 카메라, 88올림픽 기념주화, 2002년 월드컵 기념주화 등이 털렸다. 앞집은 현금과 보석류 수천만 원 어치를 털렸다. 도둑이 영리하여 수표는 가져가지 않았단다. 아파트 주민들은 하나님께 바치려고 헌금까지 챙겨들고 교회에 간 사이 하나님이 집을 좀 지켜줄 거지 뭘 했느냐고 힐난했다. 김홍식도 같은 생각이었으나 내색할 수는 없었다.

　도둑을 맞고 기분이 팍 상한 김홍식은 하나님 안에서나마 위안을 얻으려고 성경을 펼쳐 놓고 누가복음을 베끼기 시작했다.
　누가복음 3장에 요셉의 족보가 다시 나왔다. 김홍식은 마태복음 1장을 필사할 때 요셉의 족보는 이미 베꼈으니 두 번씩 베낄 것 없이 그냥 뛰어 넘기기로 하고, 요셉으로부터 시작하는 족보를 두어 구절 건성으로 읽었다. 마태복음에는 요셉의 아버지 이름이 야곱 같았는데, 목사가 설교하며 자주 인용하는 이삭의 아들 야곱과 이름이 같아 김홍식은 그 이름을 기억하고 있었다. 누가복음에는 요셉의 아버지의 이름이 헬리라고 적혀 있다. 한 번도 들어본 적이 없는 이름이다. 김홍식은 어어, 하면서 마태복음과 누가복음에 나오는 족보를 손가락으로 짚으면서 비교했다.

요셉의 할아버지는 맛단으로 같고, 증조할아버지는 마태복음에는 엘르아살이고, 누가복음에는 레위. 고조할아버지의 이름도 다르고 그 윗대도…. 마태복음은 요셉에서 다윗까지 14대인데 누가복음은 41대나 된다!

김홍식은 펜을 놓고 멍청하게 창밖에 시선을 두고 아파트 빌딩과 빌딩 사이에 걸린 둥근달을 쳐다보았다.

몇 천 년에 걸친 족보를 쓰다 보면 한두 명 이름이 다를 수는 있겠지만 어떻게 이렇게 완전히 다르지?

성경은 하나님의 말씀을 옮겨 적은 정확무오한 성전인데….

둥근 달이 앞 동 아파트에 반쯤 걸릴 때까지 창밖에 눈을 두고 멍청히 앉아있던 김홍식은 성경을 들고 마루로 나가서 연속극에 빠져 있는 주혜숙 권사를 흔들었다.

"여보, 어떻게 마태복음하고 누가복음에 나오는 요셉의 족보가 다르지? 당신은 오래 교회 다녔으니 다 알 거 같은데."

"뭐가 다르다고?"

주혜숙은 아직 연속극에서 빠져 나오지 못했다. 주혜숙은 권사로 피택된 후에 자주 성경 읽는 것을 게을리 하고 핑계만 있으면 교회 봉사도 빠지려고 한다.

"마태복음과 누가복음에 나오는 요셉의 족보가 다르다니까."

김홍식이 신경질적으로 말했다.

"그럴 리가 없는데."

주혜숙이 고개를 흔들며 다시 연속극에 눈을 두었다.

김홍식은 성경을 또 한 권 들고 나와 한 권은 마태복음을, 한 권은 누가복음을 펼쳐놓고, 손가락으로 다른 부분을 가리켰다.

"어, 정말이네. 이상하다. 당신은 그냥 믿을 생각은 않고 어떻게 성경의 이상한 점만 찾아내려고 난리야."

주혜숙이 퉁을 줬다.

"내가 일부러 찾은 것이 아니라 성경을 필사하다가 보니….'

김홍식이 변명을 했다.

"그런 거 따지지 말고 그냥 믿어. 그러니 장로가 못 되지."

주혜숙이 얼굴을 붉히며 성경책을 탁 덮고 남편이 잘못이라도 저지른 듯 째려보다가 티브이에 눈을 박았다.

"성경 박사가 그것도 몰랐어? 당신 권사 되더니…, 그러다 하나님으로부터 벌 받는다."

"내 걱정 마. 나는 하나님이 선택한 사람이야."

주혜숙이 큰 소리를 쳤다.

김홍식은 서재로 들어가며 믿는 데 게으름을 피우며 하나님이 선택한 사람이라고 큰 소리 치는 아내가 미웠으나, 입에서 나오는 대로 마구 뱉은 마지막 말, '벌 받는다' 는 말이 맘에 걸렸다.

5

김홍식은 외투 옷깃을 올리며 달랑 혼자 삭막한 정원 벤치에 앉아 지나가는 사람들과 병원을 들락거리는 차를 보며 심란한 마음으로 시간을 보냈다. 그는 힐끗 손목시계를 봤다. 아내가 수술실에 들어간 지 두 시간이 지났다. 그는 이제 수술이 끝났겠지, 하고 대기실로 올라갔다.

아들 은철은 해외 출장 중이고, 맞벌이를 하는 며느리는 시어머니가 수술실에 들어가는 것을 보고 바로 회사로 출근했다. 딸 은혜는 젖먹이 아들을 데리고 병원균이 득실거리는 병원에 올 수 없다며, 남편이 회사에서 돌아오면 아이를 맡겨놓고 저녁에나 들르겠다고 했다.

김홍식은 5×9 배열로 늘어놓은 접의자의 맨 뒷자리에 서서 전광판에 명멸하는 아내의 이름, 주혜숙을 멍청하게 올려다봤다. 아내의 이름은 다른 일곱 명 환자의 이름과 함께 두 줄로 된 '수술중' 칸에 멈춰 있었다. '수술중' 밑의 '회복실' 칸에는 환자 세 명의 이름이 흔들거렸다. 아내가 1차 수술을 받았을 때는 수술실에 들어간 지 두 시간 만에 '수술중'에서 '회복실' 칸으로 이름이 내려갔었는데, 2차 수술은 시간이 더 걸리는 모양이다.

주혜숙은 목이 불편하다며 동네 내과에서 목감기 처방을 받고 감기약을 복용했다. 차도가 없자 병원을 이비인후과로 옮겼다. 전문의는 양쪽 콧구멍과 목구멍을 소독해 주고 약을 처방해 줬다. 보름만에 이비인후과 전문의는 종합병원에 가 보라고 했다. 종합병원에서 조직 검사까지 한 후 갑상선 암의 일종인 여포암이라고 알려줬다. 약물치료를 해 볼 수도 있지만 수술을 하는 것이 좋다고 했다. 그래서 수술을 받았다.
김홍식은 아내의 수술 소식을 성가대에 알렸고 중보기도팀에도 아내의 쾌유를 기도 제목으로 올렸다. 수술하는 날 성가대 총무는 성가대원들에게 기도를 부탁하는 문자메시지를 뿌렸다.
믿음이 좋은 신도들의 기도 덕에 수술은 성공적으로 끝났다.
퇴원하는 날 주치의는 마비가 6개월은 갈 테니 조심하라고 했다. 성가대에는 설 수 없다고 했다. 주치의는 후유증으로 혹시 목에서 피가 날지도 모르니 놀라지 말고 바로 병원에 모셔오라고 했다. 간호사는 육류, 유제품은 당분간 피하고 신선한 채식 위주의 식단을 짜라고 하며 퇴원 후 주의사항이 적힌 리플릿을 건넸다.
주혜숙은 성가대에 설 수 없게 된 것은 아쉬우나, 조기에 암을 발견하고 수술이 잘 끝난 것은 다 하나님의 보살핌 덕이라며 하나님의 은총을 눈물을 흘리며 감사해 했다.

주혜숙 권사는 퇴원 일 주일만에 남편의 만류를 무시하고 요 근래 믿음이 흔들거려 새벽기도를 자주 빼먹는 남편을 끌고 추위를 뚫고 새벽 예배에 갔다. 예배 중 아내는 기침을 참지 못했다. 남편은 예배 도중 아내를 부축하여 교회당을 나왔다.

승용차 좌석에 앉자마자 주혜숙은 격렬하게 기침을 했다. 김홍식은 아내의 기침을 그치기를 기다렸다. 아내는 각혈을 했다. 화들짝 놀란 김홍식은 수술을 했던 병원 응급실로 차를 몰았다. 주치의는 바로 재수술 날짜를 잡아줬다.

김홍식은 성가대 총무가 보낸, 소프라노주혜숙권사재수술중입니다 기도부탁합니다, 라는 문자메시지를 보며 기도를 당부하는 총무의 정성이 고맙기도 했고 짜증도 났다.

김홍식은 아내같이 믿음이 좋은 성도를 왜 하나님이 챙기지 않고 2차 수술까지 받게 하는 시련을 주시는지 원망스러웠다. 유아세례를 받고 유치부부터 교회를 다닌 아내의 믿음은 그의 믿음과는 차원이 달랐다. 그녀는 한 때 폭군 남편이 막는 바람에 교회에는 가지 못했으나 계속 성경을 읽고 기도하며 주님에 대한 믿음을 놓지 않았었다. 권사가 된 후에 가끔 게으름을 피웠으나, 하나님으로부터 선택을 받았다는 그녀의 믿음은 확고했다.

수술실에 들어간 지 3시간 다 되어 가는데도 주혜숙의 이름은 '수술 중' 에 머물러 있었다.

김홍식은 문득 아내가 수술을 받다가 잘못되면, 하는 방정맞은 생각이 들었다. 김홍식은 머리를 휘저으며 방정맞은 생각을 몰아냈으나 검은 그림자가 가슴을 어둡게 했다. 김홍식은 앞에 놓인 접의자의 등걸이를 꽉 움켜잡고 눈을 반쯤 뜨고 아내의 이름이 멈춰 서 있는 전광판을 응시하다가 창밖으로 시선을 돌렸다. 눈이 펑펑 내리고 있었다.

'아내가 잘못되면….'

김홍식은 잘못되면…, 하는 걱정 속에 문득 얼마 전에 죽은 박춘복이 떠올랐다.

김홍식은 동갑내기인 박춘복 교사의 장례식장을 찾아가며 소식이 잘못 전해진 것이 아닌가 했다. 그는 빈소의 호실을 알려주는 전광판에 뜬, '10호실 고인 박춘복'을 쳐다보며, 박춘복의 이름 앞에 붙은 '고인'이라는 단어가 너무나 낯설었다. 10호실로 가는 계단을 내려가는 그의 앞에 한 무리의 여자들이 성경을 들고 목사로 보이는 남자를 앞세우고 떼지어 갔다. 그들은 11호실로 들어갔다.

김홍식은 친구의 빈소에 들어서며 목탁을 치고 앉아있는 스님을 보고 주춤했다가 빈소에 들어서서 영정사진을 마주 보고 섰다. 고인은 국화꽃 장식 속에서 환하게 웃고 있었다.

김홍식은 안수집사가 우상에게 절을, 하며 잠시 망설이다가, 수십 년 친구의 사진 앞에 넙죽 엎드려 큰절을 올렸다. 목탁 소리와 목사의 기도 소리가 섞여서 들려 왔다.

김홍식은 친구의 영정을 향하여 큰절을 두 번 올리며, 친구의 빈소에 들어서며 중을 보고 주춤하고, 친구의 영정을 우상으로 여기며 절하는 것까지 망설였던 그의 옹졸하고 융통성 없는 신앙이 죽은 친구에게 미안했다.

접객실에 둘러앉아 떠들며 술을 마시던 문상객 중 한 동료교사가 김홍식에게 술을 권하며 박춘복이 죽은 이유를 알려줬다.

"박춘복이 심장마비로 죽었데. 자다가 심장 발작을 일으켰는데 부인과 각방을 쓰는 바람에 아침까지 몰랐데."

11호실에서 기독교 신자들이 부르는 찬송가가 들려 왔다. 스님의 목탁 소리에 박자를 맞추는 것 같았다.

"며칠 후 며칠 후 요단강 건너가 만나리."

"죽음은 멀었다고 생각했는데 춘복이 죽는 걸 보니 우리 차례도 곧 오는 거 같아 좀 그렇다."

상가에 잠바를 걸치고 온 동료교사가 영탄조로 말했다.

건강을 자신하며 죽음은 한 번도 생각해 본 적도 없었던 김홍식은 잠바의 말을 들으며, 문득 나에게도 죽음이 다 찾아올까, 하고 고개를 갸웃했다.

"죽음 앞에서는 아무것도 아니다. 다 내려놓고 갈 준비를 해야지."

잠바가 말했다.

"홍식이 너는 좋겠다. 안수집사까지 됐으니 하늘나라에 한 자리 잡아놨잖아."

앞머리가 훤하게 번쩍이는 대머리 친구가 말했다.

"안수집사보다 한수 위인 장로하던 이성열이 중이 된 걸 보면 그렇지도 않은 모양이야, 그렇지?"

잠바가 물었다.

김홍식은 그렇지 않다고 대답하려다가, 술 취한 친구들에게 말해 봐야 쓸데없을 것 같아 입을 닫았다.

"걱정과 근심이 어디는 없으리 돌아갈 내 고향 하늘나라."

기독교 신자들이 스님의 목탁 소리에 박자를 맞춰 찬송가를 불렀다.

"춘복이 혼백이 헷갈리겠네, 목탁 소리에 찬송가 소리에. 극락으로 갈지 천당으로 갈지."

잠바가 냉소적으로 말했다.

김홍식은 극락이 어디 있어? 불상을 우상으로 떠받드는 불교와 기독교를 어떻게 한 반열에 둘 수 있어?, 하고 응수하려다가 오래 전 박춘복이 이슬람교와 기독교를 비교하며 이성열 장로를 놀리던 장면이 떠올라 입을 닫았다.

김홍식은 우상을 섬기는 불교와 기독교를 한 묶음으로 엮어서 말하는 술 취한 친구들의 망언을 그냥 들어 넘기며, 교회에서 극구 금하는 술까지 받아 마시며 예수님을 믿는 신자의 의무를 다하지 않은 죄책감으로 가슴이 뜨끔해져 손바닥으로 가슴을 탁 쳤다.

순간 가슴 한가운데로 찌르는 듯한 통증이 쏴 밀려왔다. 바늘로 콕콕 찌르는 것 같은 통증이 왼쪽 가슴으로 옮겨갔다. 김홍식은 오른손으로 왼쪽 가슴의 통증을 움켜쥐려다가, 건강에 관한한 최고라고 자부하는 그가, 친구들 앞에서 약한 모습을 보이기가 싫어, 손바닥으로 아픔을 툭툭 치며 고개를 돌리며 고통스러운 표정을 친구들로부터 숨겼다.

순간 죽음이 김홍식의 눈앞에 휙 다가왔다. 죽음은 캄캄했다. 죽음은 길고 깊은 터널이었다. 김홍식은 전신이 오그라드는 아픔을 누르며 의지로 긴 숨을 내뱉으며 죽음을 몰아냈다. 고통이 조금씩 사라졌다. 그렇게 몇 번 죽음을 강제로 몰아내자 가슴의 통증이 사라졌다.

김홍식은 고통이 왔다 간 그 짧은 시간이 퍽 길게 느껴졌다. 김홍식은 화장실에 가는 척하고 일어나서, 나에게도 죽음이 다 오나, 예수님을 제대로 믿지 않은 벌로 주시는 경고? 하며 스스로를 매질하며 친구들에게 인사도 않고 장례식장에서 도망쳤다.

수술실에 들어간 지 세 시간이 훨씬 지났는데 아직도 주혜숙의 이름은 '수술중' 에 머물러 있었다. 김홍식은 수술이 잘못된 것은 아닌지, 하는 방정맞은 생각을 고개를 마구 흔들며 털어냈다. 그 때 문자메시지가 왔다는 신호음이 울었다. 김홍식은 메시지를 확인했다.

소프라노 주혜숙 권사 아직 수술중입니다. 수술 잘 되도록 기도 부탁합니다.

십여 분 전 성가대장이 수술경과를 전화로 물어왔었다. 김홍식은 수술중인데 곧 끝날 것 같다고 대답해 줬다. 성가대장이 총무를 시켜서 전 성가대원에게 문자메시지를 보낸 모양이다.

김홍식은 문자메시지를 보며 자기 일에도 바쁜 성가대원 중 몇 사람이나 기도를 해 줄까 의문이 갔다.

김홍식은 나라도 기도해야지, 하며 두 손으로 턱을 괴고 기도를 올리려는 순간 며칠 전 전철 옆자리에 앉았던 중과 승객이 나눴던 대화가 떠올랐다.

김홍식은 퇴근 시간에 전철을 탔다. 그는 스님의 옆자리가 빈 것을 보고, 안수집사가 중의 옆 자리에, 하며 잠시 멈칫하다가 그 빈 자리에 가서 앉았다. 50대로 보이는 건장한 체격의 스님이 옆자리에 앉은 30대의 안경을 쓴 남자와 열심히 대화를 나누다가 고개를 돌려 김홍식에게 눈인사를 보냈다. 김홍식은 스님의 눈인사를 무시했다. 두 사람은 하던 대화를 이어갔다.

"제가 더 오래 살았고 경험도 많고."

안경이 자신 있게 말했다.

"더 오래 살고 경험이 많다고 다 옳다? 자만심에 편견까지 있구먼. 세상사는 다 양면성이 있어. 한 쪽에서 보면 옳은데 다른 쪽에서 보면 그른 것이 많아. 예를 들면, 빈 라덴은 미국 사람들이 보면 테러리스트지만 아랍 사람들이 보면 영웅이야. 외국 사람 예를 드니 실감이 잘 안 나는 모양인데…, 안중근은 우리나라에서는 의혈열사에 영웅이지만 일본 사람들이 보면, 이렇게 말하다 잘못하면 몰매 맞겠다, 빈 라덴과 같은 테러리스트야. 알겠어, 내 말."

　김홍식은 안중근 의사를 테러리스트라고 막말을 하는 중의 궤변에 놀라 스님을 힐끗 쳐다봤다.

　"그렇다고 안중근 의사를 테러리스트라고 하면."

　안경이 강하게 반발했다.

　"입장을 바꿔 보면 그렇다는 거야. 그래서 우리가 선이나 악이라고 하는 것은 주관적인 판단일 때가 많아. 내가 중이니 종교 이야기를 할까? 불교나 기독교나 이슬람교나 종교가 궁극적으로 추구하는 바는 다 같은데, 그 목표에 도달하는 방법과 과정이 다른 거야. 서로 그것을 인정해 줘야 하는데, 한쪽 종파에서는 자기가 믿는 종교는 선이고 다른 종파는 악, 이단이라고 하며 매도하며 적대시하는 바람에 종교 간의 분쟁이 끊임없이 일어나고, 그것이 전쟁의 불씨가 되어 역사상 수많은 선남선녀를 죽게 했지."

　스님이 강한 어조로 말했다.

　"선과 악은 그렇다 치고 스님께 한 가지 더 여쭙고 싶은 것이 있는데…."

　안경이 스님을 빤히 쳐다보며 말했다.

　"뭔데? 공짜로 너무 많이 알려고 한다."

　"착한 일을 해야 하늘나라에 갑니까? 아님 무조건 믿음만 좋으면 갑니까?"

　"착한 일? 그게…, 중이 불경만 들먹이면 재미없을 거고, 성경에 나오는 이야기 하나 할까? 누가복음 10장에 보면 행인이 여리고로 가다가 강도들을 만나 옷을 벗기고 죽도록 맞고 길에 쓰러져 있는데 제사장도 그냥 지나가고 레위인도 지나갔는데 사마리아인이 불쌍히 여겨 돌봐 줬다는 착한 사마리아인 이야기 있지?"

“네, 들어봤어요.”

“그런 경우 하나님이 누구를 어여삐 여기겠어?”

“그야 사마리아인이겠지요.”

“그렇지? 비록 사마리아인이 이방인이지만 착한 일을 한 사마리아인을 어여삐 여기고 챙길 거 같지. 우리 불교에서도 똑같이 착한 일, 선업을 쌓는 사람이 극락에 가는 거야.”

안경이 고개를 끄덕였다.

“그런데 그냥 그렇게만 말하면 내가 잘못 말한 거야, 모르겠어?”

안경은 고개를 갸웃하며 빤히 스님을 쳐다봤다. 김홍식도 두 사람의 대화에 귀를 쫑긋했다.

“기독교에서는 착한 일만 해서는 천당에 못가. 예수를 믿어야지. 요한복음 14장 6절에 보면 예수께서, 나는 길이요 진리요 생명이니 나로 말미암지 않고는 아버지께로 올 자가 없다고 하셨어. 그러니 착한 일도 하고 예수도 믿어야 천당에 가지. 그런데 우리 불교에서는 착한 일을 하고 선업을 쌓고 정진하며 업장을 해소하면 다 극락에 갈 수 있어. 우리 모두는 다 불성을 가지고 있고 다 부처가 될 수 있는 거야. 정토에 들면 선도 악도 없어. 그것이 불교와 기독교의 차이야. 기독교는 타력에 의지하여 목표에 도달하는 거고, 불교는 자신에 의존하는 거고.”

김홍식은 성경구절을 막힘없이 인용하는 스님이 별종 같았다. 불교는 자기 노력만으로 극락에 갈 수 있다는 스님의 말씀이 마음에 와 닿았다.

‘하나님으로부터 버림받았다고 여기는 이성열이 자력으로 성불하려고 중이 되었나?’

“그럼 기도의 효험은 어느 정도 있는 겁니까?”

안경이 집요하게 물었다.

"이 친구 우연히 전철에서 만난 나한테 본전 다 뽑으려 하네. 내 책도 좀 사 보고 우리 절에 와서 시주를 해야 나도 먹고 살지. 부처님이 살아 계실 때 한 제자가 부처님께 와서 바라문교 승려들이 비록 죄를 졌어도 자기들에게 보시를 하고 그 대가로 자기들이 기도해 주면 그 죄가 다 사해진다고 하는데 그 말이 맞습니까? 하고 물었어. 부처님이 대답은 않고 돌멩이를 주워서 강에 던지고 오라고 하셨지. 제자는 부처님이 시키는 대로 하고 왔지. 부처님이 그 돌이 어떻게 됐어? 하고 물으니, 제자가 물에 가라앉았습니다, 하고 대답했지. 부처님이 바라문교 중들이 막 빌면 그 돌이 물 위에 떠오를 것 같아? 하고 물으셨지. 빈다고 떠오를 수 없다고 대답하자, 부처님이 조용히 말씀하셨어. 우리가 지은 업장은 기도로 소멸되는 것이 아니라 욕심을 내려놓고 선업을 쌓아야 소멸되는 거야, 하고 가르쳐 주셨어."

"스님 말씀은 알겠는데 교회에서나 절에서 열심히 기도하면 하나님, 부처님이 다 알아서 이루어준다고 하잖아요? 절에 가면 소원성취를 비는 연등이 대웅전 안에 가득 걸려 있고, 교회에서는 통성기도도 하고 중보 기도팀까지 두고 개인의 소원을 비는데… 또 스님이나 목사의 중요한 임무 중 하나가 신자를 위한 기도가 아닙니까?"

"기도가 중과 목사의 임무라…, 맞는 말인데."

"스님 말씀이 왔다 갔다 하시는데."

"그렇게 들려? 기독교 신자의 최종 목표는 죽은 후 다시 부활하여 천당 가는 거고, 불교 신자의 최종 목표는 해탈하고 극락 가는 거야. 그런데 두 목표는 다 먼 훗날 이야기고 우리가 살다 보면 당장 시급한 일이 많이 생겨. 시험에도 합격해야겠고, 아픈 몸도 나아야겠고. 교회나 절에서 당장 급한 일은 내놓고 천당이나 극락 타령만 하면 신자들이 잘 모이지 않아. 그러면 중이나 목사는 뭘 먹고 사나? 그래서 기도를 하면 당장 급한 일도 다 이루어준다고 열심히 기도하라고 하지. 실제 기도를 하다 보면 대학에 합격하는 사람도 생기고 병이 낫는 사람도 생겨. 그런 것을 보고 모두 기도에 매달리고 당장 필요한 문제를 기도로 해결할 수 있다고 믿고 열심을 내서 교회도 오고 절도 오고 시주도 하고. 그 바람에 목사나 우리 중들도 먹고 살고.”

“그럼 기도의 효험이 있다는 겁니까 없다는 겁니까?”

안경이 대들었다.

“사리사욕을 채우는 기도? 없어. 저놈 보기 싫으니 죽여 주십시오, 하는 기도를 들어준다고 생각해? 우리의 기도 대부분은 자신만을 위한 이기적인 건데 대학에 합격시켜 달라느니 돈을 벌게 해 달라느니…. 서울대 정원은 딱 정해져 있는데 기도한다고 한 사람 합격시키면 딴 사람이 떨어져야 하잖아? 그런 기도를 들어줘야 한다고 생각해?”

스님의 지적에 김홍식은 뜨끔했다.

하나님의 재단에 더 큰 재물을 드려 하나님을 기쁘게 한다는 구실로 교장을 시켜 달라고 기도했었다!

‘나를 교장을 시키면….’

“그럼 대입을 기원하며 연등을 다는 거나, 병을 낫게 해달라는 기도는 다 헛일입니까?”

“헛일이면 하겠어?”

스님이 태연하게 말했다.

“조금 전 말씀과 다르잖습니까?”

“달라? 하나도 안 다른데. 절에 연등을 달고, 교회에서 기도해 주는 것은 의지할 구석이 생겨 마음이 안정되면 더 열심히 공부할 수 있는 계기가 생기는 거지. 자력으로 실력을 향상시킬 수 있는. 기도한다고 시험에 합격시켜 주는 건 아니야.”

"그래도 열심히 기도하고 헌금도 더 내고 했다가 떨어지면 더 실망할 거 아닙니까?"

"그거야 기도를 잘못 이해한 탐심의 응보지. 기도는 기도하는 제목의 일에 더 정진하겠다는 자기 다짐이야. 그런데 자기 정진은 않고 기도만 하는 어리석은 중생들이 많지."

김홍식은 기도의 효능을 믿고 교회의 일에만 매달리며 학교 일에는 소홀했었다. 그리고 교장이 되려고 했다!

"잘 이해가 될 것도 같고 아닌 것도 같고…."

"보통사람이 다 이해하면 나 같은 중은 뭐 먹고 사나? 이해 안 되는 것도 있고 해야 스님한테 묻기도 하고 하지. 그렇지?"

스님이 귀를 쫑긋하고 두 사람의 대화를 엿듣고 있는 김홍식에게 물음을 던졌다.

불의의 질문을 받은 김홍식은 열심을 내서 기도를 하고도 교장 진급에 떨어지고 헤매는 사실을 중이 다 알고 묻는 것 같아 뜨끔했다.

"이 친구 맨입으로 너무 많이 알려고 하는데. 나 내려야 해. 더 듣고 싶으면 봉투 들고 찾아와."

스님이 빙긋이 웃으며 안경과 김홍식에게 합장을 하고 표표히 전철을 내렸다.

안경은 스님을 전철에서 첨 봤다며, 그 스님은 유명한 스님으로 책도 여러 권 썼다고 알려줬다.

김홍식은 그 스님이 누군지는 알 수 없었지만, 교장이나 장로를 시켜달라고 매달리며 기도하다가 기도의 응답을 받지 못했다고 허우적거리는 자신의 몰골이 부끄러웠다.

'내가 기도를 한다고 아내의 수술이…, 그래도 기도도 않고….'

권대선 부목사도 새벽기도 때 중과 비슷한 설교를 했었다.

"우주를 창조하시고 주재하시는 하나님은 여러분 한 사람 한 사람의 기도나 일일이 챙기는 그런 한가한 하나님이 아닙니다. 요한복음에 우리의 뜻이 아니라 하나님의 뜻대로 기도하면 들어주신다고 말씀하셨습니다. 우리 뜻이 아닌 하나님의 뜻에 합당하도록 기도를 해야 이루어집니다."

그날 교회를 나서며 신도들은 목사의 설교를 이해하지 못하고 설왕설래했었다. 김홍식 집사도 어떻게 하는 기도가 하나님의 뜻에 맞는 기도인지 알 수가 없어 당황했었다.

김홍식은 수술실에 들어간 지 네 시간이 다 되는데도 아직 '수술중'에 머물러 있는 아내의 이름을 올려다보며 마음이 절박했다.

지금 당장 아내의 수술 잘 되는 것이 급한데 기도 외에 무슨 방법으로 이 조급한 심정을 하나님께 알리고 도움을 받지?

김홍식 집사는 무의식중에 "하나님 아버지"를 읊조렸다. 그는 눈을 꼭 감고 두 손을 모으고 주기도문을 외었다.

"하늘에 계신 아버지 그의 이름을 거룩하게 하옵시고……."

그는 주기도문을 몇 번이고 반복해서 외웠다. 아멘을 반복하여 외웠다. 김홍식은 문득 그의 간절한 기도의 효험으로 아내의 수술이 끝났을 것 같았다. 그는 두려운 마음으로 눈을 떠서 전광판을 올려다봤다. 아내의 이름은 아직도 '수술중'에 머물러 있었다.

김홍식은 기도의 응답이 없자 온몸에 힘이 쭉 빠졌다. 그는 쫓기는 심정으로 창가로 갔다. 하늘을 뒤덮으며 휘날리는 부연 눈발이 시야를 가려 앞 동 건물은 겨우 윤곽만 보였다.

김홍식은 눈발에 에워싸여 하나님과 단절된 느낌이 들었다. 줄서서 쏟아지는 눈발이 그와 하늘에 계신 하나님과의 소통 통로를 가로막는 것 같았다. 김홍식은 하나님과의 통로가 가로막힌 부연 하늘을 올려다보며 문득, 하나님의 권능과 전능함을 의심하며 확신도 없이 기도를 하는 그에게 하나님이 아내를 고난에 빠트리는 시험을 하며 경고를 보내는 게 아닌가, 하는 두려움이 밀려 왔다.

'아내가 재수술까지 받게 된 것은 다 내 탓…이다!'

순간 김홍식은 왼쪽 가슴에 바늘로 찌르는 것 같은 통증이 왔다. 그는 비틀거리며 의자로 기어와서 걸터앉았다. 통증에 져서 완전히 널브러진 그는 힘들게 숨을 몰아쉬었다. 하나님 소리도 나오지 않았다. 김홍식은 사람들이 주위에 옹기종기 모여 서서 걱정하는 소리도 들리지 않았다.

죽음과 마주 섰던 김홍식은 한참 만에 죽음에서 살아났다. 그는 이마의 진땀을 훔치며 자리에 앉았다. 그는 힘없이 눈을 들어 전광판을 올려다봤다. 아내의 이름이 '회복실'로 옮겨져 있었다.

김홍식은 나도 의사의 진단을 받아야겠네, 생각하며 수술을 마치고 나온 아내를 보러 수술실 입구로 걸어갔다.

6

김홍식은 쫓고 쫓기는 꿈속을 헤매다가 잠에서 깨어났다. 김홍식은 누구에게 쫓겼는지 무엇을 쫓았는지 전혀 기억이 나지 않았다. 머리만 무거웠다. 고개를 들어 벽시계를 보니 아직 새벽 3시 반도 안 됐다.

옆자리에 누운 아내는 코를 골며 잠에 빠져 있었다. 수술 후유증에 갱년기까지 겹친 아내는 불면증을 덜기 위해 안정제를 복용한다. 김홍식은 아내를 등지고 누워 아내의 코고는 소리를 자장가 삼아 잠을 청했으나 코고는 소리가 시끄러워 잠을 이룰 수가 없었다.

그는 거실로 나왔다. 거실은 싸늘했다. 김홍식은 거실의 불을 켜지 않은 채 소파에 누워 담요를 펼쳐 덮고 한 시간만 더 자고 새벽기도에 가자, 하며 잠을 청했다.

싸늘한 공기에 잠이 쪼그라들었는지 잠은 오지 않고 잡생각만 왔다 갔다 했다.

'이 추운 날에 꼭 새벽기도를 가야해? 가서 빌 것도 없는데…, 빌어봐야 들어주지도 않고…, 새벽기도 안 가면 몸도 약해진 마누라가 쨍쨍거릴 텐데…'

'이제 두 달만 있으면 정년퇴임인데 퇴직하고 뭘 한다?'

'태권도장이라도 하나 차릴까? 젊은 사범들 상대가 될까? 돈만 버리고 문 닫는 거 아냐? 그래도 연륜이 있는데…, 도장에 사범으로 취직할까? 그렇다고 한참 후배 밑에서 월급쟁이 할 수는…'

김홍식은 정년퇴임 후의 생활을 그려 봤으나, 퇴임 후의 시간들이 낯선 장벽에 꽉 막혀 뚜렷한 그림을 그려 갈 수가 없었다.

'할 일도 없는데 교회나 더 열심히 나갈까? 내 깐에는 돈도 시간도 많이 바쳤는데 뭘 돌려받았지?'

김홍식 집사는 교회에 더 열심을 내자는 생각이 땅기지 않아 쯧, 소리를 냈다.

'이성열은 잘 있을까? 지금쯤 중이 된 것을 후회하지 않을까? 이성열은 말년에 중이 되도록 예정되어 있었나?'

'창세기를 쓴 모세가 석가보다 먼저니 창세기를 쓸 때 모세는 동방에 중이 생길 거라는 것을 미처 몰랐을 텐데. 그럼 중이 될 거라는 예정은 있을 수가 없나…'

'퇴직 후 내 인생은 어떻게 예정되어 있나?'

'예수는 율법을 한 자도 고치지 말고 따르라고 했는데, 바울은 율법으로부터 자유를 찬미하고 있다. 바울이 왜 딴소리를 했지? 왜 바울이

예수님과 다른 말을 했는지 목사께 물어볼까? 에이, 나이든 사람이 공연히 목사 난처하게 할 거 없지?'

'예수님이 일러주신 주기도문에, 뜻이 하늘에서 이루어진 것 같이 땅에서도 이루어지이다, 했는데 하늘에서 이루어진 뜻은 무엇이지?…, 남한테 묻다가는 무식이 탄로 나나?'

'계시록대로 144,000명만 천년왕국에 들어가나? 이스라엘 열두 지파에서 12,000명씩 들림을 받는다는데, 우리나라 사람은 아무리 믿어봐야 낄 수가 없잖아?'

'에이! 그냥 목사의 설교나 들으며 믿고 싶은 것만 믿으며 교회에 다닐 걸, 공연히 힘들게 성경을 베꼈나? 의문만 생기잖아. 한 번 더 베끼면 애매했던 구절들의 뜻이 좀 더 확실해질까? 또 한 번 베끼겠다고? 김 집사님 참아라!'

김홍식은 소파에 누워 한 시간도 넘게 이 생각 저 생각 잡념 속을 헤매며 꼼지락거렸다. 그는 머리만 무거워졌다. 그는 담요를 털고 일어나서 커튼을 젖혔다.

김홍식은 창밖의 설경에 아, 하고 감탄사를 내질렀다.

하얀 비단이 정원을 뒤덮었다. 희미한 가로등 불빛 속에 나무줄기마다 연푸른 은색 눈꽃이 매달려 있었다.

김홍식은 넋을 빼놓고 조물주의 신묘한 조화를 내다보다가 문득 아무도 밟지 않은 눈길을 걷고 싶었다.

김홍식은 부랴부랴 등산 준비하고, 당신 또 새벽기도 안 가고 산에 갈 거야, 하는 아내의 말을 뒤로 하고 현관을 빠져 나와 지하주차장으로 갔다. 그는 자동차의 시동을 걸고 차를 지상으로 빼냈다. 차바퀴가 눈 위를 구르며 스르륵 소리를 냈다. 김홍식은 가로등에 비치는 차도

양옆의 기막힌 설경에 빠지며 천천히 차를 몰아 시내산 주차장에 차를 세웠다.

시내산은 김홍식의 아파트에서 제일 가까운 야산이다. 시내산 주차장에서 산 정상까지 왕복하는 데 한 시간 반 쯤 걸린다. 김홍식은 가로등 불빛이 희미하게 비치는 눈밭 주차장에 들어서서 대강 차를 세우고 손전등과 스틱을 챙겨 들고 차에서 내렸다. 김홍식은 부지런한 등산객들이 눈 위에 남겨놓은 발자국을 보며 첫 번째 등산객이 못된 것이 아쉬웠다.

간밤에 내린 눈이 허공에 떠다니는 먼지를 다 안고 내려왔는지 하늘은 맑았다. 날씨는 온화했다. 검고 넓게 뻗어 있는 공간에 별들이 총총 박혀 있다. 김홍식은 손전등을 비추며 앞서 간 등산객들이 밟지 않은 곳만 골라 밟으며 산길을 올랐다. 등산화의 발목까지 눈에 빠졌다.

정강이까지 빠질 때는 스틱을 짚고 허겁지겁 빠져 나왔다.

은밀한 어둠 속에 흔들거리며 내비치는 손전등의 불빛 속에 흰옷을 뒤집어쓴 나뭇가지들이 더 없이 아름답게 보였다. 귀신이 나올 것같이 괴기스럽게도 보였다. 눈길에 발길은 더디고 힘도 들었다. 정상까지 갔다 오려면 평소보다 한참은 더 걸릴 것 같았다.

계곡을 타고 목탁 소리가 은은하게 올라왔다. 염불 소리도 들렸다. 등산로에서 벗어나 몇 분만 계곡을 내려가면 조그만 절, 정토사가 있다. 김홍식은 두 발을 눈 속에 파묻은 채 목탁 소리가 들려오는 계곡을 내려다보았다. 계곡은 온통 눈으로 뒤덮여 내려가는 길을 분간할 수가 없었다.

김홍식은 목탁 소리를 들으며 문득, 엄마는 지금 극락에 가 계실까? 생각했다. 엄마는 정말 열심히 절에 다니셨다.

'나는?'

김홍식은 천당에 갈 수 없을 것 같았다. 믿음이 약한, 흔들거리는 그를 하나님이 받아줄 것 같지 않았다.

김홍식은 천당에 갈 수 없을 것 같네, 하고 생각하는 순간 전신의 기운이 쭉 빠져 나가는 기분이었다. 가슴이 뜨끔했다. 무의식중에 스틱을 든 손이 왼쪽 가슴으로 갔다.

이러다 또 심장이 아프면….

진작 병원에 가보는 건데….

너무 건강만 믿고….

눈 위에 쓰러지면….

김홍식은 덜컥 겁이 났다.

그만 집에 가자.

그는 발길을 돌렸다.

순간 한쪽 발이 눈 속에 푹 빠지며 몸의 균형을 잃고 넘어졌다. 그는 눈밭에서 빠져 나오려고 스틱으로 눈을 쿡쿡 찔렀으나 맨땅이 찍혀지지 않았다. 순간 왼쪽 가슴에 송곳으로 찌르는 듯한 통증이 왔다. 그는 손전등과 스틱을 눈 위에 아무렇게나 내던지고 가슴을 움켜쥐고 끙끙 비명을 질렀다. 가쁜 숨을 몰아쉬며 통증과 싸웠다. 죽음이 눈 앞에서 어른거렸다.

주위에는 그를 구해 줄 아무도 없었다. 이동전화기를 들고 나오지 않아 연락을 할 수도 없었다. 김홍식은 기도를 올릴 경황도 없어 간신히 눈 위에서 얼굴을 들고 고통과 싸웠다.

여기서 이렇게 죽는가?

서서히 죽음이 물러가며 고통이 사라졌다.

탈진한 김홍식은 그냥 쉬고 싶었다.

여기서 집까지 가려면 너무나 멀다! 5분만 계곡을 내려가면 사람이

사는 집이 있다!

김홍식은 눈사람이 되며 계곡을 굴러 내려갔다.

저만치 사람이 사는 집의 대문이 보였다. 사람이 사는 집에서 나오는 불빛이 보였다. 김홍식은 손바닥으로 옷에 묻은 눈을 털어내며 사람이 사는 집으로 다가갔다.

"석가모니불 석가모니불 석가모니불……."

목탁 소리에 맞춰 염불을 외우는 소리가 들려 왔다.

김홍식은 안수집사가 어떻게 절에, 하며 주춤 멈춰 섰다. 쿵, 하고 가슴이 내려앉았다. 김홍식의 왼쪽 가슴에 바늘로 찌르는 듯한 통증이 다시 왔다. 그는 그 자리에 픽 고꾸라졌다. 눈을 짚은 두 손이 눈 속에 푹 파묻혔다. 얼굴이 눈 속이 파묻혔다. 김홍식의 심장이 목탁 소리와 불협화음을 이루며 힘겹게 박동했다.

석가모니불 석가모니불 석가모니불을 외우는 소리가 더 크게 울려 왔다. 김홍식은 눈 속에 박힌 얼굴을 힘겹게 들어 올려 사람이 사는 집에서 내비치는 불빛을 보며 석가모니불 하는 박자에 맞춰 힘없이 아멘을 외웠다. 김홍식의 심장이 뚝 박동을 멈췄다.

김홍식의 얼굴이 눈 속에 처박혔다. 그는 석가모니불 소리를 들을 수 없었고, 아멘 소리도 나오지 않았다.

김홍식이 다녔던 큰 교회에서는, 장로 후보까지 올랐던 안수집사가 새벽기도를 빼먹고 새벽같이 절간에 갔다가 하나님의 노여움을 받고 천벌을 받았다고 수군거렸다. 안수집사가 절간 문 앞에서 죽었다는 사실이 교회 밖에 알려지지 않도록 쉬쉬했다.

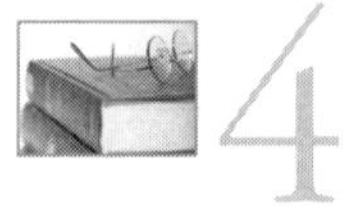

인생의 하이라이트

1

박철우는 한손에 반찬 도시락이 든 까만 비닐 봉투를 들고, 한손으로 눈 덮인 계단의 난간을 잡고 조심스럽게 지하로 내려갔다. 그는 문 위쪽에 B-105호라고 흰 페인트로 크게 써놓은 방문을 가볍게 노크했다.

방안에서는 아무런 반응이 없었다. 그는 살며시 방문을 열었다. 쾌쾌한 냄새가 확 풍겨져 나왔다.

턱밑까지 이불을 덮어쓴 박원복 할머니가 입을 반쯤 벌리고 누워있는 것이 희미하게 보였다. 열린 문으로 한겨울 찬바람이 밀려 들어갈 텐데 할머니는 꼼짝도 하지 않았다.

91세의 박 할머니는 60대 후반의 장애인 아들과 함께 살고 있다. 아들은 자주 집을 비웠다. 자원봉사자들이 아침저녁으로 방문하여 식사를 챙겨준다. 철우는 비닐 봉투를 방문 안쪽에 살짝 내려놓고 고개를 들었다. 어두컴컴한 방의 안쪽 벽에 걸린 예수상이 희미하게 보였다.

'이 상황에서 구원의 예수는 저 무기력한 할머니에게 어떤 역사를

할 수 있을까?'

　눈을 감고 꼼짝도 않고 누워있는 할머니의 영혼이 이미 그녀를 떠난 것 같아 철우는 덜컥 겁이 나서 방문을 뒤로 닫고 도망치듯 계단을 올라왔다.

　'할머니가 돌아가셨으면 신고를 해야 하는데…, 신고를 하면 경찰서에서 오라 가라 할 거고….'

　철우는 자원봉사를 하는 처지에 귀찮은 일에 말려들기가 싫었다. 그는 지난번 왔을 때도 저렇게 꼼짝 안 했었는데 살아계셨었어, 하고 생각하며 쫓기듯 자동차에 올라 시동을 걸고, 산다는 것이 무엇인지 생각하며 다음 반찬을 배달할 집, 반지하에 사는 무의탁 할아버지 집으로 자동차를 움직였다.

　박철우는 2년 전 청용시멘트 주식회사를 퇴직했다. 그는 사주의 친척도 아니었고, 손을 부비며 아부하는 재주도 없었으나, 그의 성실성을 인정한 사주는 그를 전무이사까지 진급시켜 줬다.

　대학을 졸업하고 청용시멘트에 입사한 철우는 단양에 있는 시멘트 공장에서 2년 간 근무한 후 본사로 발탁되어 퇴직할 때까지 본사 구매부서에서 근무하며 구매책임자 자리까지 올라갔다. 그는 평생 공정한 일처리를 좌우명으로 삼고 사들이는 물품의 가격을 한 푼이라도 더 깎아 회사에 보탬이 되도록 노력했다. 그가 구매했던 품목 중 가장 덩치가 큰 품목은 고령토를 굽는 데 쓰는 유연탄이었다. 유연탄을 호주에서도 샀고, 남아연방, 중국에서도 샀다.

　철우는 물품 납품업자로부터 편의를 봐주는 조건으로 파격적인 리베이트 제의를 받기도 하였으나 상대방이 기분 나쁘지 않도록 부드럽게 거절하였으며, 계약을 따낸 업자가 사례금을 가져온 적도 있었으나, 때로는 단호히 때로는 웃으며 돌려줬다. 그는 업자들로부터 융통성은 없으나 공정하고 깨끗하다는 평을 들었다.

회사의 일 밖에 모르는 남편을 믿다가는 아무것도 될 것이 없다며, 그의 아내 오선희는 아파트를 팔고 사며, 몇 번씩 이사를 하며 아파트를 키워 갔다. 퇴직 무렵 그는 종합부동산세를 내는 아파트를 보유하게 되었다.

퇴직하며 그는, 국민연금에다 퇴직금을 검소하게 쪼개 쓰면 7~8년은 아파트를 팔아 평수를 줄이지 않아도 생활을 할 수 있다는 계산서를 아내에게 들이밀었다. 아내는 남편을 회사 일만 아는 생활 무능력자로 취급하며 앞으로 살림은 내가 꾸려가겠다고 선언했다. 아내는 남편에게 국민연금의 반만 용돈으로 주겠다고 했다. 그는 그 조건을 힘없이 받아들였다.

집안 살림을 아내에게 일임한 철우는 건강하게 사는 것만이 남는 길이라 생각하고 매일 아침 한강 둔치에서 조깅을 하고, 일주일에 두세 번은 친구들과 등산을 했다. 그는 두 달에 한 번 꼴로 골프 모임에 끼며, 아직도 상류사회의 끝자락에 속해 있다고 스스로를 위로했다.

철우는 평생을 평탄하게 살게 해 준 사회에 감사하며, 여생을 의탁할 종교를 찾기로 하고, 교회도 가 보고 절도 다녔다. 어느 일요일에는 예배를 보고, 다음 일요일은 절을 찾았다.

교회에서는 독생자 예수의 보혈과 대속, 부활과 재림을 믿으며 하늘나라에서 영생을 기원했고, 절에서는 자기 탁마로 업보―윤회의 고리를 끊어내고 해탈하여 시작도 끝도 없는 영겁의 극락에 들기를 염원했다. 교회에서는 사랑을, 절에서는 자비를 가르치는 것 같았다.

철우는 모든 것은 시작이 있고 끝이 있는데 어떻게 영생 영겁에 매달리라고 하는지 바로 이해가 되지 않았으나, 사랑과 자비의 정신만은 그의 마음에 와 닿았다.

철우는 예배나 예불을 보며, 미리 인쇄해서 나눠준 예배/ 예불 순서
지의 순서에 따라서 사회자, 기도자, 설교(법)자들이 달리기를 할 때 릴
레이 주자들이 바통을 주고받듯이 정해진 순서에 맞춰서 잠시 강단을
차지했다가 자리를 내주고 물러나는 것을 보며, 그가 살아온, 살아갈
인생도 이미 정해진 순서에 따라 살아지는 것은 아닐까, 하고 스스로에
게 묻곤 했다.

철우는 예배의 하이라이트는 목사의 설교요, 예불의 하이라이트는
스님의 설법이라고 생각됐다.

철우는 그의 인생의 하이라이트는 청용시멘트에서 전무로 봉직했을
때가 아니었었나 생각하며, 현직에서 물러난 처지에 미련을 접지 못하
고 인생의 제2의 하이라이트를 쫓는 것은 허욕이라고 마음을 비우다가
도, 아직 건강하고 경험과 능력이 넘치는데 무엇인가 새로운 일을 시작
해야 하는 것이 아닌가, 하고 초조해 하기도 했다.

그는 화려하지는 않았지만 그 나름대로 성공한 일생을 살게 해 준 사
회와 이웃에 감사하며, 문득 문득 싹트는 욕심과 초조를 죽이며, 인생
의 끈끈한 욕심의 매듭에서 벗어나 조그만 일이라도 남에게 베풀며 남
은 생을 살아가자고 마음을 다잡아갔다.

박철우는 두 종교를 기웃거린 지 5주만에 가족들에게 자신의 시신을
기증하겠다고 선언하고 절차를 밟았다. 철우는 막상 시신을 기증하겠
다고 말했으나, 죽은 후 시신을 알코올에 담가놓으면 숨이 막히고, 메
스로 갈기갈기 찢으면 무척 아플 것 같아 온몸이 움츠러들어 막상 기증
서에 서명하기가 주저되었다. 그는 며칠을 망설이다가 눈을 질끈 감고
시신기증서약서에 서명했다.

철우는 그의 용돈에서 일부를 떼어내서 매월 불우이웃 돕기 성금을

내고, 불우아동 장학재단에도 기부했다.

철우는 자원봉사센터를 찾아가서 교육을 받고, 센터에서 소개하는 여러 봉사활동 중 손쉬워 보이는 밑반찬 배달을 하기로 하고, 일주일에 두 번 자원봉사자들이 조리하여 검정비닐 봉지에 담아 놓은 반찬을 그의 자동차에 싣고 비닐하우스 촌과 지하 주택에 사는 독거노인과 결손아동의 집에 배달했다.

그는 조그만 기부와 봉사를 하며 보람을 느끼다가, 겨우 이 정도 봉사를 하면서 자족하는 자신이 부끄러워져서 수줍게 웃으며, 오른손이 하는 일을 왼손이 모르게, 無住相布施…, 하며 자신의 천박함을 나무랐다.

2

박철우는 휴대전화에서 울리는 행진곡을 들으며 수화기 뚜껑을 밀었다.

"전무님 안녕하셨어요? 저 고병술입니다."

"어, 고 팀장 잘 있었어?"

고 팀장은 철우 밑에서 근무했던 간부다.

"그 동안 연락을 못 드려 죄송합니다."

"바쁠 텐데…."

"다름 아니라 로버트 클라크가 오는데 한 번 만나보시겠습니까?"

로버트 클라크는 호주 TRX 석탄회사의 영업담당 부사장이었다.

"그 친구 아직도 다니나?"

"네, 이번에 시니어 바이스 프레시덴트로 승진했어요."

"그래? 잘됐네. 10년도 넘게 싸워 정이 들었는데 보고 싶군."

"그럼 한 번 만나도록 어랜지하겠습니다."

“알았어. 잊지 않고 챙겨줘서 고마워.”

“전무님을 진작 찾아뵙지 못해 죄송합니다. 전무님께 크게 은혜를 입었는데 갚지도 못하고.”

“은혜? 그런 일 있었나?”

“제가 처벌받을 뻔했을 때 구해 주셨잖아요.”

“그때 고 팀장 잘못이 없었잖아?”

“그래도 그때 잘렸으면…, 내일 저녁에 시간 있으시면 저녁 모시고 싶은데요.”

“그래? 시간은 있는데, 저녁은 내가 사지.”

“아닙니다. 제가 모셔야지요. 중식 어떠세요?”

“중식 좋은데, 비싸잖아?”

“그럼 제가 6시 반에 댁으로 모시러 가겠습니다.”

“장소를 알려주면 내가 갈게.”

“어떻게 전무님을, 6시 반에 뵙겠습니다.”

옛 부하의 전화를 끊으며, 철호는 문득 매년 석탄 값을 깎으려고 클라크와 씨름했던 옛일이 떠올랐다.

중국집 종업원이 철우와 고병수를 별실로 안내했다. 두 사람분 식단이 마련되어 있었다.

“클라크는?”

철우는 안쪽 자리에 앉으며 물었다.

“클라크는 다음 주에 와요.”

“그래?”

고병수는 코스 요리 2인분을 주문하며 철우에게 약주는 무엇으로 할 것인지 물었다. 철우는 고량주나 한잔 하자고 했다.

"선배님, 용돈 궁하시지요?"

철우가 고량주를 세 잔째 비웠을 때 고병수가 철우를 빤히 쳐다보며 말했다.

"퇴직하고 벌어놓은 것 까먹고 있으니 그렇지."

철우는 옛 부하의 뜬금없는 물음에 뜨악하게 답했다.

"전무님 신세를 제가 너무 많이 졌는데 갚지 못해서….."

"신세진 거 없어. 고 팀장이 일을 잘해 줬는데 진급도 못시키고 나와서 오히려 내가 미안하지."

"전무님이 앞장서서 제 누명을 벗겨주시고, 월급쟁이가 돈 버는 방법을 가르쳐 주셔서 이사를 다니며 강남에 꽤 큰 아파트도 생겼고, 상가도 하나 마련했어요. 그때 잘렸으면 지금…, 정말 감사합니다."

고병수가 자리에서 일어서서 꾸벅 인사를 했다.

"무슨 말을."

"전무님께 신세를 갚고 싶었는데 퇴직하신 지 1년이 넘도록 식사 한 번 대접도 못하고…. 다름 아니라 TRX사 에이전트 계약이 금년으로 끝나요."

"일성상사에서 하고 있잖아?"

"네. 금년으로 끝나요. 그래서 이번에 전무님이 하시면."

"나더러 에이전트를 하라고?"

"네. 제가 적극 밀겠습니다. 다른 분들은 퇴직하기 전에 다 한두 건 노후 준비를 해놓고 나가셨는데 전무님은 그 분야에서 몇 십 년씩 근무하시면서 아무 것도 안 하시고 오로지 일만 하시다 나가셨잖아요?"

"다른 간부들이 그랬나?"

"네, 그랬지요. 다음 주에 클라크 오면 제가 말하겠습니다."

"나더러 에이전트를 하라고? 일성상사에서 반발할 텐데."

"아닙니다. 클라크가 금년에 일성상사와 계약이 끝나면 에이전트를
바꾸고 싶다고 여러 번 저한테 말했었습니다. 추천할 만한 분 안 계시
느냐고."

"은퇴하고 에이전트를 하면….”

철우는 평생 깨끗이 살아왔다고 자부하고 있는데, 퇴직을 한 마당에
에이전트를 하며 옛 부하들에게 돈을 밝힌다는 인상을 주기 싫었다.

"전무님 이미지 생각하시는 것 같은데, 그런 것은 다 옛날 방식입니
다. 누군가 에이전트를 할 거고, 전무님이 하시면 어때요? 회사 일도 잘
아시고, 클라크도 잘 아시고."

철우는 그게, 하며 입맛만 다셨다.

"실무적인 부탁을 하러 회사에 드나드시기가 그래서 그러시지요? 회
사와 관계되는 실무적인 것은 제가 다 도와드리겠습니다. 이번 계약 기
간이 10년은 될 턴데 앞으로 10년은 용돈 궁하지 않게 지내실 수 있으
십니다. 퇴직한 지 1년도 더 지나셨고 남의 눈치 보실 것 없어요."

"그래도….”

"보통 에이전트 피는 계약 금액의 1~2%입니다. 20만 톤만 하셔도
매년 2억 넘게 에이전트 피가 들어오니 일억은 경비로 쓰시고 일억은
용돈으로 쓰실 수 있습니다."

철우는 에이전트의 수수료 액수까지 알고 있는 옛 부하를 놀란 눈으
로 쳐다봤다. 철우는 회사에 다닐 때 중개업자가 에이전트 수수료를 얼
마나 받는지 전혀 관심을 두지 않았었다.

고병수가 옛 상사를 생각하고 선의로 하는 제의겠지만, 마음을 비워
가는 판에 회사 다닐 때 '을' 이었던 외국회사의 에이전트를 하라는 옛
부하의 제안이 철우는 모욕으로 들렸다.

"별 생각 없는데."

그는 욕심을 털고 청빈하게 살기로 정한 마음에 유혹이 파고들 틈새를 주지 않게 하려고 단칼에 거절했다.

"전무님 기분은 알겠습니다. 그 일은 제가 클라크와 상의하겠습니다. 손자는 보셨지요? 손자는 아들보다 훨씬 귀엽다고 하던데."

고병수는 일방적으로 결론을 내리고 화제를 돌렸다.

"손주 봤지."

철우는 옛 부하에게 불쾌한 감정을 보일 수가 없어 감정을 죽였다.

고병수는 옛 상사가 지루하지 않게 화제를 바꿔갔다. 철우는 아직 어린 부하로만 여겼던 고병수의 성장한 모습을 보며 자신이 한물갔다는 느낌이 진하게 들었다.

고병수는 택시를 잡아주고 기사에게 택시비를 쥐어주며 철우를 그의 아파트까지 모시라고 했다.

아파트 입구에서 택시를 내린 철우는 아파트의 지붕 위에 줄을 선 환풍기에 걸린 찌그러진 달을 올려다보며 천천히 그의 집으로 걸어갔다. 년 수입 2억 원이라는 고병수의 말이 그의 뇌리에서 맴돌았다.

겨울을 넘어서며 다가오는 봄기운이 아직 추위를 완전히 털지 못하여 으스스 한기가 밀려 왔다. 철우는 어깨를 움츠리고 갈등을 밟으며 우레탄을 깔아놓은 길을 천천히 걸었다.

이 나이에 '을' 이었던 TRX사의 에이전트를 하라고? 클라크를 상전으로 모시고? 그럼 고 팀장도 상전이 되나?

안 되지.

고개를 살래살래 흔들며 안 하겠다는 쪽으로만 생각을 굴리던 철우는 고병수의 성의가 마음에 걸렸다.

그 친구 그래도 선배를 생각해서 말한 건데…. 노, 하면 섭섭하겠지?

그래도 노, 해야지. 학처럼 살아왔는데….

2억 원이 생기면 사람 노릇을 할 수가 있잖아, 선심도 쓰고.

철우는 문득 며칠 전 문병을 갔던 고향 친구 전유철이 떠올랐다.

6인실에 입원한 전유철은 대장암 수술이 잘 됐다며 허허거렸으나 간병을 하는 부인의 얼굴은 어두웠다. 철우가 대학 등록금을 마련하지 못해 휴학을 하고 군대에 입대하려 했을 때 전유철은 그의 등록금을 선뜻 대납해 줬다. 취직을 하고 철우가 그 돈을 갚으려 하자 그는 사업이 잘 된다며 술이나 한잔 사라고 했다.

그 후 전유철이 사업이 어렵다는 소식을 듣고도, 업무에 쫓기며, 핑계였지만, 차일피일하다가 그를 찾지 못했다. 철우는 친구를 문병하고 나오며 몇 번을 망설이다가 10만 원이 든 봉투를 부인에게 건넸다.

그는 옛정을 생각해서 최소 100만 원은 내놔야 하는데 겨우 10만 원을 건네고 병실을 나오며 뒤통수가 따끔거렸다.

돈은 좋은 거잖아. 2억이 생기면 전유철에게 몇 백은 줄 수 있고…. 익명으로 모교에 한두 사람 장학금을 주는 것도 아름다운 일이고…, 마누라에게 용돈도….

일 년에 한두 번 방한하는 클라크 뒤치다꺼리야 술만 먹어주면 되고. 실제 일은 고 팀장이 도와준다니…. 후배한테 바로 사례금을 주는 것은 서로 낯간지러운 일이니 그 친구 몫으로 적금이라도 들어놨다가 퇴직 후에 모른 척 주면….

퇴직한 지 1년도 더 지났는데 아직도 그렇게 원리원칙대로 살 것 없잖아? 옛날은 옛날이고 지금은 지금이지.

이미지가 있지, 이 나이에 이미지를 구기면?

이미지가 밥 먹여 주나?

예스와 노가 교차하며 철우의 마음을 어지럽혔다.

돈이 있으면 할 수 있는 선행을 핑계대며, 돈의 유혹에 흔들리며, 욕심을 다 버렸다고 초연한 척했던 그의 허구(허풍?)가 소리 없이 무너져 갔다.

3

박철우는 쉽게 TRX사 에이전트권을 땄다. 로버트 클라크는 10년도 넘는 기간 계약 협상의 맞수, '갑' 이었던 박철우를 에이전트로 쓰라는 고 팀장의 권고를 바로 받아들였다. 클라크는 철우와 저녁을 먹는 자리에서 철우의 의향을 묻고, 철우가 긍정적으로 답을 하자, 본사에 돌아가서 바로 에이전트 계약서 초안을 보내겠다고 했다.

계약 조건은 간단했다. 철우는 청용시멘트를 비롯한 국내 시멘트 업계의 동향을 분기별로 보고하고, 입찰정보를 제공하며, 계약이 성사되었을 때 매년 물품 인도 일정, 대금 지급 등을 챙겨 준다. 그 대가로 TRX사는 매년 판매가격의 1.5%를 수수료로 지불하며, 사무실 등을 준비할 수 있도록 계약 착수금 2만 불을 선불한다.

클라크는 수수료로 1%로 제의했다. 고 팀장이 클라크에게 리베이트를 챙겨 주겠다는 암시를 하며 2%를 요구했다. 잠시 실랑이를 벌이다가 1.5%로 합의했다.

철우는 그를 대신하여 고 팀장이 클라크와 중개 수수료를 협상해 주는 것을 지켜보며 묘한 기분이 들었다. 그 장면은 오랜 동안 계약업무에 종사하며 계약부서 최고책임자까지 올랐던 철우가 한 번도 상상이나 경험을 해 본 적이 없는 세계였다. 철우는 그가 살아온 방식이 옳았던 것인지 바보같이 살아온 것인지 헷갈렸다.

철우는 에이전트 계약을 체결하기 위하여 회사를 설립했다. 회사 이름은 청용시멘트에서 '청' 자를, 그의 이름에서 '우' 자를 따서 청우상사로 했다.

청우상사와 에이전트 계약을 체결한 TRX사는 바로 선급금 2만 불을 송금했다. 철우는 비용을 줄이기 위해 그의 아파트에 사무실을 차리려 하였으나, 세금 낼 돈으로 사무실을 여는 것이 났다는 고 팀장의 충고를 받아들여 오피스텔을 임대했다.

철우는 옛 부하에게 사례를 할까 말까 망설이다가, 선급금 10%를 현금으로 바꿔 사례했다. 고 팀장은 선배님이 주시는 것이니 고맙게 받겠다며 덜컥 받았다. 고 팀장이 사양하지 않고 사례금을 받자, 철우는 사례를 너무 적게 한 것 같아 미안했다.

에이전트 계약을 체결하고 한 달도 되기 전에 청용시멘트에서 입찰 안내서가 나왔다. 철우는 고 팀장의 도움으로 계약 기간 10년, 매년 30만 톤씩 석탄을 공급하는 계약을 땄다.

계약금액이 매년 2천만 불이 넘는다. 수수료로 매년 3억 원이 들어온다!

고 팀장은 대학에 다니는 그의 딸을 직원으로 채용해 달라고 했다. 그녀의 월급은 클라크에게 챙겨줄 리베이트란다. 철우는 시니컬한 감탄을 삼키며, 고 팀장이 딸의 월급으로 주는 돈을 어떻게 클라크에게 전달할 것인지 묻지도 않고 그의 제의를 받아들였다.

고 팀장은 별도의 사례를 극구 마다했다. 철우는 한 달에 한두 번 회사 법인카드를 쓸 수 있도록 배려하고, 그가 추천한 40대의 여직원 채수희를 채용했다. 고 팀장은 채수희를 초등학교 동창이라고 소개했다. 그녀는 바람을 피운 남편과 이혼을 하고 혼자 산다고 했다. 채수희는 미인 축에 들었으며 나잇살이 없이 날씬했다. 분위기로 보아 두 사람은 가까운 사이인 것 같았다.

철우는 고 팀장이 퇴직한 후 최소 1억 원은 손에 쥐어줘야겠다고 생각하고, 고 팀장이 모르게 그의 몫으로 1억 원짜리 적금을 들었다.

분기마다 수수료가 입금됐다. 철우는 매달 사장인 그의 월급과 감사로 등재한 아내의 월급을 챙겼다.

그는 아내에게 청용시멘트와 관련이 있는 회사의 고문으로 취직되어 한 5년은 다닐 것 같다고 말하고 매달 생활비로 300만 원을 주겠다고 선심을 썼다. 퇴직한 남편에게 매달 큰돈을 받게 된 아내는 얼굴이 환해졌다. 고문 월급이 얼마나 되는지 어느 회사에 취직이 됐는지 꼬치꼬치 묻지 않았다.

철우는 복지관에 내는 성금과 장학금 액수를 올리고, 유니세프에도 50만 원을 보냈다. 그는 두 손 가득 선물을 사들고 전유철의 집을 방문하여 200만 원을 건넸다. 고등학교와 대학교 동창회에도 기금을 보내고 종친회에도 기부금을 냈다.

그는 동창회와 종친회에 기부금을 내면서 아까운 생각이 들었다. 그는 아직도 마음을 비우지 못한 자신이 부끄러웠다.

철우는 결혼기념일이 되자 지난해 저녁만 사고 넘겼던 결혼 30주년, 진주혼 기념으로 뒤늦게나마 큼직한 진주반지를 사서 아내에게 선물했다. 선물을 받고 더없이 행복해 하는 아내를 보며 그는 모처럼만에 남편 노릇을 한 것 같아 뿌듯했다.

철우는 가족들을 다 불러 중국집에서 그의 생일잔치를 열었다. 비용은 회사 업무추진비로 지불한다.

거나하게 술이 취한 철우는 회갑이 넘은 나이에도 경제력이 있다는 것을 뻐기고 싶어 혀가 가벼워졌다.

"아빠 재산은 아파트 한 채뿐이지만 그래도 백만장자다. 아빠가 쓰고 남은 돈은 다 너희들에게 물려주겠다."

철우가 큰소리를 쳤다.

"에이 아빠 언제? 20년 후? 그땐 나도 50이 되는데."

딸이 입을 삐죽거리며 쫑알거렸다.

아들은 눈을 크게 뜨고 반신반의하며 아버지를 쳐다봤다.

철우는 80까지 산다고 치고, 20년 후에나 재산을 물려받을 수 있다는 딸의 계산이 맞는 것 같았다. 당장 재산을 물려줄 것같이 큰 소리를 친 것이 멋쩍어졌다.

"너희들에게 상속세 물지 않고 물려줄 수 있는 돈은 겨우 3천만 원이야. 그래서 증여세 안 내고 물려줄 방법으로 다음 달부터 너희 이름으로 매달 100만 원씩 5년간 적금을 부어줄 거다. 적금을 다 부은 후 5년간은 찾지 않아야 한다. 그럼 그 후 완전 면세가 된다. 한 일억씩 찾을 수 있을 거다."

철우는 딸의 항의에 대한 보상으로 적금을 들어주겠다고 큰소리를 쳤다.

"아니 당신 무슨 소리 하는 거요? 당신 고문을 해서 얼마 받는다고 재들한테 매달 백만 원씩 줘?"

오선희는 술에 취한 남편이 그녀에게 주고 있는 3백만 원을 자식들에게 백만 원씩을 주겠다고 인심 쓰는 것으로 오해한 모양이다.

"당신 돈 축 안 낼 테니 걱정 마. 참 당신 옷 한 번 사달라고 했지? 다음 주 중국으로 골프 치러 가는데 내일 나랑 면세점에 가지. 옷 한 벌

사줄게. 영희 너도 가자. 너도 한 벌 사주지.”

어머니와 딸만 챙기자 아들과 며느리가 샐쭉했다.

“참 한성 어미도 가자. 내가 백 하나 사주지.”

철우는 며느리에게도 인심을 썼다.

철우는 딸과 며느리에게 큰 소리를 치며 기분이 하늘을 찔렀다.

오선희는 믿기지 않는 눈으로 남편을 쳐다봤고, 며느리와 사위는 백
수인 시아버지 · 장인이 술김에 허풍을 떨고 있다고 여겼다.

4

화요일 오전 11시 경 철우는 사무실에 출근했다. 벌써 고등학교 동창
두 사람이 사무실에 와서 바둑을 두고 있었다.

철우는 채수희가 출근하는 월, 수, 금요일을 제외하고 나머지 날은
동창들에게 사무실을 개방했다. 철우는 사무실에 바둑, 마작, 화투 등
오락 기구와, 목을 축일 음료수, 소주, 마른안주 등을 준비하고 친구들
에게 서비스했다. 철우는 몇 동창에게는 그의 사무실 열쇠의 비밀번호
까지 알려줬다.

“어, 박 회장. 늦었네.”

공무원을 퇴직한 동창이 철우를 반겼다.

“응 주말 잘 보냈어?”

철우가 공무원의 손을 잡았다.

“커피 마실 거야?”

은행을 퇴직한 친구가 비굴하게 느껴질 만큼 친절한 목소리로 말했
다.

“그럴까?”

은행은 주방으로 가서 주전자에 물을 끓였다.

"나도 한 잔."

공무원이 주문했다.

은행이 인스턴트 커피 석 잔을 타서 쟁반에 들고 왔다.

세 동창은 커피를 마시며 대통령을 씹다가, 날씨 이야기를 하다가, 지난주에 벌였던 고스톱 전과를 이야기하며 한가롭게 시간을 보냈다.

철우는 술김에 딸과 며느리에게 큰소리를 치고 면세점에 데리고 갔다가 바가지를 쓴 일을 막 자랑하고 싶었다.

"와, 뭐 옷이 그렇게 비싸냐? 마누라가 샌존 입고 싶다고 해서 평생 처음 하나 사줬는데 값이 면세점에서도 만만치 않던데…. 공연히 며느리한테 핸드백 하나 사준다고 하다가 옴팍 바가지 썼다. 누비똥 말만 듣고 비싸봐야 돈 백 들겠지 했는데 세 배도 넘더라. 샤넬은 더 비싸고."

공무원은 철우의 자랑을 미소로 받았고, 은행은 자기는 여러해 전에 기백 주고 샌존 위아래 정장을 사줬다며, 구매부서 전무까지 한 놈이 아직 마누라한테 샌존 한 벌도 안 사줬었느냐며 오히려 철우를 나무랐다.

면세점에서 터무니없이(?) 비싼 명품의 가격을 보고 상대적 빈곤을 느꼈던 철우는 친구들의 반응에 세상을 너무 순진하게 살아온 것 같아 주눅이 들었다.

점심은 은행이 샀다. 점심을 먹고 사무실로 올라오며 공무원이 치과의사를 불러냈다. 그는 나이 들어 이빨 뽑는 것도 지겹다며 병원을 닫고 벌어놓은 돈으로 여생을 즐기고 있다.

네 사람은 마작을 하며 다음 주 수요일에 골프를 치기로 했다. 마작에 빠진 철우는 바쁜 일정이 생겨서 오늘 도시락 배달을 갈 수 없다고 복지관에 전화했다. 철우는 처음 몇 번은 일이 있다고 핑계를 대고 배달을 빠지면서 미안한 마음이 들었으나, 요사이는 돈도 안 받고 하는 봉산데, 하며 미안함이 무뎌졌다.

저녁 시간이 다 되어 초등학교 교사직을 명퇴하고 놀고 있는 동창이 나타났다. 안창살에 소주를 곁들여 저녁을 먹었다. 저녁 값은 철우가 냈다. 자주 저녁 값을 내며 철우는 은연중에 그 모임의 보스처럼 군림했으나 동창들은 모른 체했다. 철우는 그런 분위기가 마음에 들었다. 저녁 값은 청우상사 업무추진비로 정산한다.

철우, 은행, 공무원, 치과의사는 내기 골프를 쳤다. 일인당 10만 원씩 거출하여 매홀당 이기는 사람이 2만 원씩을 빼먹는다. 비용이 만만치 않게 들어 두 달에 한 번 그린에 가는 것마저 망설였던 철우는 청우상사를 운영하며 이틀에 한 번 꼴로 골프를 치러 나갔다.

해외 골프도 나갔다. 대부분 회사 비용으로, 가끔 그의 월급에서 그린피를 지불했다.

철우는 파란 잔디의 촉감을 즐기며, 돈의 위력을 실감하며 허공을 향하여 호쾌한 샷을 날렸다. 그는 영양가 하나도 없는 자존심을 접고 에이전트를 딴 것은 정말 잘한 일이었다고 여기며, 그의 인생에 제2의 하이라이트를 열어준 고병수 팀장에게 감사하는 마음이 들었다.

오늘은 철우가 돈을 땄다. 그는 기분이라며 저녁을 샀다. 저녁 값은 회사 경비로 처리할 거니 전혀 돈 걱정할 필요가 없었다. 철우는 친구들에게 저녁 한 끼도 제대로 사지 못했던 시절을 떠올리며 저절로 헤픈 웃음이 나왔다.

은행이 철우와 골프채를 오피스텔 지하 주차장에 내려주고 차를 몰고 떠났다. 철우는 골프채를 그의 승용차 트렁크에 실었다. 이대로 운전을 하고 집에 가다가는 음주단속에 걸릴 것 같았다. 그는 대리운전사를 부를까 하다가 그만두고, 적당한 운동과 알코올로 풀어진 몸을 천천히 움직여 그의 사무실로 올라가며, 사무실에서 잠시 쉬었다가 가녀린 여인의 안마나 받으러 가야겠다고 생각했다.

사무실에서 불빛이 새어나왔다.

채수희는 벌써 퇴근했을 거고, 그녀는 오후 1시에 출근하여 6시에 퇴근한다. 오늘은 동창들이 올 날이 아닌데, 동창들이 쳐들어 왔나? 그럼 쉴 수가 없다.

철우는 그의 사무실을 차지하고 그가 사놓은 술을 축내며 떠들고 있을 동창들이 귀찮게 생각되었다.

"어, 아직 퇴근 안 했어요?"

철우는 사무실에 들어서며 컴퓨터 앞에 앉아있는 채수희를 보고 울컥 치미는 반가움을 담아 말했다.

"네, 할 일이 남아서…."

그녀는 어물거렸다. 당황하여 얼굴에 홍조를 띠는 그녀가 가련하고 매혹적으로 보였다.

"저녁은?"

"지금 퇴근할 참예요. 덥지 않으셨어요?"

그녀는 컴퓨터를 끄며 가방을 챙겼다.

"아니, 가을 날씨가 너무 좋았어요. 나도 저녁 안 먹었는데 같이 들래요?"

철우는 그녀와 같이 있고 싶어 저녁을 안 먹었다고 거짓말을 했다.

"어떻게 사장님과…."

"이렇게 하면 어때요? 제 차를 타고 나가서 맛있는 거 먹고 저를 저희 집 근처까지 태워다 주고 가시면."

"사장님 차를?"

“소주 한 잔 해서 운전하기가 뭐해서 그래요.”

철우가 앞장서서 사무실을 나섰다.

“벌써 같이 근무한 지 꽤 됐는데 저랑 처음 식사하시는 거네요. 무슨 음식을 대접할까요? 이탈리안 음식?”

사장을 모신 채수희는 조심스럽게 차를 몰며 대답을 망설였다.

철우는 옛 부하와 애인 사이로 보이는 채수희를 거리를 두고 대해 왔었다.

“그럼 롯데호텔 가요.”

호텔이란 말에 채수희는 움찔하며, “거기는 비싼데요” 하며 경계를 표시했다.

“아 거기 2층에 좋은 이태리언 레스토랑이 있어요. 값도 안 비싸고.”

철우가 앞장서서 식당 일마래에 들어섰다.

“일마래는 들어보셨지요? 일마래 무치카 하는 산타 루치아 첫 구절.”

자리에 앉으며 철우가 아는 체를 하였다.

“아, 네.”

철우가 그녀를 대신하여 해물 스파게티와 토마토 스파게티를 주문하고, 절반씩 나눠먹자고 했다. 이태리산 포도주 카스텔리 로마니도 한 병 주문했다.

“고병수 팀장과 동창이라시던데.”

“네. 개구쟁이였어요. 한 동네에 살았지요. 졸업 후 통 못 만났었는데 몇 년 전 재경동창회에서 만났어요. 그 후 동창회 모임 때마다 만나고, 제 사정을 알고 사장님께 부탁한 모양이에요. 저같이 나이 든 사람을 받아줘서 감사해요.”

포도주 한잔이 그녀를 풀어지게 했다.

"무슨 말씀을. 젊은 애들보다 믿을 수 있고 일도 잘하시는데."

한 번 말코가 터지자 성인 남녀는 쉽게 대화를 풀어갔다.

철우는 붉게 피어오르는 수희를 챙겨 보았다. 갸름한 턱의 선이 티 하나 없는 맑은 얼굴을 돋보이게 했다. 브래지어에 싸인 유방이 소담스럽고, 날씬한 허리에서 둔부로 이어지는 선이 고혹적이었다. 그녀의 긴 눈썹 속에 반짝이는 눈동자가 슬퍼 보여 그의 가슴에 연민의 정이 일었다.

철우는 나이보다 열 살은 더 젊어 보이는 홀로 사는 부하 여직원을 건너다보며 좀 더 일찍 이런 기회를 만들지 않은 것을 후회하다가, 옛 부하의 애인을 넘보는 것 같아 가슴이 찔렸다.

젤라또 아이스크림을 후식으로 주문했다. 아이스크림 스푼을 핥으며 그녀는 머뭇머뭇하며 철우의 눈치를 살폈다.

"할 말이 있으신 것 같은데."

철우는 병에 남은 포도주의 마지막 방울을 그의 잔에 따르며 말했다.

"저 사장님. 이런 부탁은 안 하려고 했는데…, 제 월급 몇 달치만 선불해 주시면."

그녀가 기어드는 목소리를 냈다.

"어디에 쓰시려고? 물어봐도 되겠어요?"

"제 아들 등록금을 내야 하는데…, 등록기일이 지났어요. 이달 말까지 못 내면 휴학을 해야 해서."

수줍게 애원하는 그녀의 표정이 철우의 가슴에 파도를 일으켰다.

"그래요? 해 드리지요. 얼마면?"

철우는 미녀의 말을 들어주고 싶었다.

"3백만 원만 해 주시면."

3백만 원은 그녀의 석 달치 월급이다.

"월급을 미리 드리면 생활이 어려우실 텐데…. 반 년 가까이 근무하셨는데 보너스도 못 드렸어요. 그 동안 일 잘 해 주신 보너스로 드리지요."

철우는 등록금 낼 돈이 없어 군대에 가게 되었을 때 군말 없이 도와줬던 전유철이 떠올랐다.

"네? 그렇게 많은 돈을 보너스로?"

그녀는 눈이 커졌다.

"이렇게 같이 근무하게 된 것도 인연인데 그 정도야. 저는 아들은 전 남편과 같이 있고 혼자 사시는 줄 알았어요. 내일 출근하여 봉급을 올려 줄 수 있나도 생각해 볼게요."

"감사합니다. 사장님."

그녀는 거의 그의 손을 잡을 듯 몸을 기울였다.

"저한테 돈 말씀하시느라 힘 드셨지요. 스트레스도 풀 겸 드라이브나 하면 어때요?"

철우는 승용차 조수석에 앉으며 말했다.

보너스에 월급 인상 제의까지 받은 그녀는 두 말 없이 상사의 제의에 따랐다.

미사리를 지나 팔당대교로 가는 길목에서 두 사람은 우연히 손이 마주쳤고, 남자는 여자의 손을 잡았다. 손을 뿌리칠 형편이 못되는 여자는 남자에게 손을 맡겼다.

그날은 손을 잡는 선에서 데이트가 끝났다.

손을 잡으면서 시작한 데이트는 바로 더 깊은 속까지 이어졌다. 오피스텔에서 어설프게 첫 번째 사랑을 나눈 두 사람은 러브호텔을 전전하며 은밀히 밀애를 즐기는 사이로 발전했다.

철우는 10년도 훨씬 넘는 연령 차이를 덮고 그의 애인이 된 여인에게 매월 백만 원씩 보너스를 줬다.

철우는 친구들과 놀고, 여직원과 연애하는 데 시간을 다 빼앗겨 반찬 배달할 시간을 낼 수가 없었다. 골프에 미치고, 마작에 빠지고, 심심찮게 해외여행을 다니다 보니 아침 조깅도 그만뒀다. 교회와 절을 찾을 시간은 더더구나 없었다.

5

"어, 선배님 반갑습니다."

철우는 그의 사무실로 들어서는 초등학교 선배 김춘호를 반갑게 맞았다. 철우와 한 마을에서 자란 김춘호는 도의원까지 지낸 지방의 유지이다. 빵모자를 쓴 40대가 김춘호를 따라 들어섰다. 멋으로 기른 턱수염이 눈을 확 끌었다.

"인사하지. 이분은 우리 고장에서 사업가로 가장 성공한 입지적인 박철우 회장, 이쪽은 오문병 시인. 우리 초등학교 후배로 남촌문인협회 총무를 맡고 있어. 시인이야."

김춘호가 두 사람을 소개했다. 철우는 오 시인과 악수를 하며, 이번엔 또 무슨 명목으로 얼마짜릴까, 하며 경계를 했다.

오문병의 명함에는 문인협회, 국제펜클럽 한국본부, 시인협회 회원…, 등 여러 문인 단체의 이름이 적혀 있었다.

"오 시인은 우리 고장이 낳은 불세출의 시인이야. 노벨상을 탈 후보지."

문학과 거리가 먼 철우는 오문병이라는 시인의 이름을 오늘 처음 들었다.

"의원님 별 말씀을."

오 시인이 겸손을 떨었다.

녹차가 다 식을 때까지 김춘호는 고향 이야기만 했다. 철우는 떠나온 지 수십 년이나 된 고향 이야기에는 흥미가 없었고, 그저 본론이 가볍기만을 바랐다.

"우리 고장은 예향으로 유명하잖아. 그래서 칠봉산 공원 아래에 조천수 시인 문학관을 세우기로 했어."

철우는 조천수라는 시인의 이름은 들은 적이 있었으나, 그가 고향 출신인 것은 처음 알았다.

"땅은 시에서 대기로 했어. 건립비만 한 5억 드는데 박 회장도 일조를 해야지."

김춘호가 단정적으로 말했다.

"제가 문학을 알아야죠."

"나는 뭐 문학을 아나, 고향을 위하여 봉사하라고 해서 건립위원장을 맡았고 그래서 박 회장을 찾아온 거지. 자넨 우리나라 재벌 그룹 임원도 지냈고, 그것도 구매부서에서만 있었잖아. 환갑을 지내고도 사무실을 열고 여직원도 두고. 많이도 말고 십 프로인 오천만 내지."

철우는 예상했던 것보다 요구하는 액수가 너무 많아 당황했다. 그는 문학관과 나랑 무슨 상관이야, 내가 봉이야, 하고 속으로 투덜대며, 어떻게 하면 이 잔을 피할 수 있을까 궁리했다.

"뻔지르르하게 사무실은 열어놨지만 사무실 운영비도 못 벌어요. 제가 무슨 돈이 있다고."

"선배님. 문화 사업은 영원히 남는 겁니다. 돈 벌어서 가지고 가실 것도 아닌데 한 번 보람 있는 일에 쓰시지요."

오 시인이 명령조로 말했다.

"오 시인. 돈이 있으면 나도 쾌척하지."

철우는 젊은 오 시인의 명령에 기분이 상해 퉁명스럽게 말했다.

"그런 것은 아니고…."

김춘호가 중재에 나섰다.

철우는 빚쟁이도 아닌 빚쟁이와 한참 실랑이를 하며 피로해졌다.

돈은 참 묘한 것이다.

철우는 퇴직 후 근검절약하며 궁핍하게 살다가 매달 천만 원이 훨씬 넘는 용돈을 쓸 수 있게 되자 세상이 환해졌다. 어깨가 쭉 펴지고 기가 살아났다. 차차 씀씀이도 커졌다.

생활이 헤퍼지자 천만 원은 큰돈이 아니었다. 기분을 내며 써준 공수표가 한 장 한 장 그대로 그에게 되돌아와 그는 돈에 헐떡이며 빈곤을 느끼기 시작했다. 마누라, 아들딸, 고병수, 애인……에게 써준 수표가 어김없이 제 날짜에 돌아왔다.

기분을 내며 몇 번 기부금을 쾌척했더니 기부금을 잘 내는 물봉으로 알려져서 여기저기서 기부금을 요구했다. 기부금 액수를 줄이면 기부금을 내고도 오히려 욕을 먹었으며, 기부금을 거절하면 관계를 끊겠다고 협박했다. 돈은 한없이 필요한데 더 벌 재주가 없었다.

상류 생활을 넘보기에 그의 벌이는 터무니없이 적었다.

"그 분들이 또 기부금 내래요?"

고향 분들이 돌아가자 커피를 타서 내고는 없는 듯 그녀의 자리에 앉아있던 채수희가 참견을 했다.

"문학관 건립한다고 오천을 내라는데."

철우가 애인에게 하소연했다.

"오천씩이나. 그래 준다고 했어요?"

철우는 마누라라도 된 듯 간섭하는 채수희를 멍청하게 올려다보았다. 짙은 화장으로 포장한 그녀가 퍽 늙어 보였다.

'내가 저런 여자와 사랑을 나눴나? 저 여자도 내가 돈으로 보이나?'

"아니."

철우는 항복하는 기분으로 말했다.

"그런 돈 있으면 저나 주세요."

그녀는 철우의 손을 그녀의 가슴으로 끌어가며 말했다. 벌써 일주일째 짝짓기를 못한 그녀가 발정을 한 모양이다.

그녀는 한 번 몸을 섞자 대담해져 성행위를 할 때마다 체위를 바꿔가며 대담하게 섹스를 리드했다. 황혼기에 접어든 철우는 아늑하고 평안하게 사랑을 나누고 싶었으나, 그녀는 다양한 체위로 섹스를 유희처럼 즐기려 하였다.

철우는 그녀의 요구를 거절하지 못하고 따라가며 체력의 한계를 느꼈다. 섹스가 일종의 노동 같아 젊은 여자와 섹스를 즐긴다는 자부심(?)이 차차 시들해 갔다.

철우는 이제 이 잔도 피하고 싶어졌다.

6

철우는 약속시간 전에 만찬장소인 일식집에 도착하여 브라이언 스미스를 기다렸다. 브라이언 스미스는 로버트 클라크의 후임이다. 로버트 클라크의 밑에서 영업부장을 하던 그는 로버트 클라크가 은퇴를 하자 부사장으로 승진했다.

채수희가 호텔에서 브라이언을 픽업하여 식당으로 모셔 왔다. 브라이언은 식당에 들어서며 내려다보는 자세로 철우와 건성으로 악수를 하고 당연한 듯 상석에 앉았다. 철우가 현직에 있을 때 그를 만나는 것만도 황송해 하던 브라이언이 그를 완전히 고용인 취급을 하자 그는 어이가 없었다.

TRX로부터 수수료를 받아 회사를 운영하는 철우는 굴욕을 참고 상전이 된 브라이언의 앞자리에 앉았다.

갓 진급한 브라이언은 기고만장했다. 가릴 것 없이 떠들고 거칠게 행동했다. 술이 몇 순배 돌자 브라이언은 철우의 앞에서 노골적으로 채수희에게 수작을 걸었다. 채수희는 철우의 눈치를 보며 브라이언의 아슬아슬한 공격을 막아냈다. 그런 광경을 지켜보며 철우는 속에서 열불이 났다.

"점심시간에 일성 DS사장 만났어. DS가 미스 전을 데리고 나왔던데, 미인이던데."

브라이언이 혀 꼬부라진 소리를 냈다.

일성상사는 철우가 에이전트를 따기 전 TRX의 국내 에이전트였으며, DS는 박동선 일성상사 사장의 이니셜이다. 그는 브라이언에게 성상납을 제의한 모양이다. 철우는 에이전트 계약을 유지하기 위해 성 상납까지 할 마음은 없었다.

철우는 브라이언이 현재 에이전트인 그를 제쳐두고 옛 에이전트를 먼저 만난 것도 기분이 나빴다.

"채수희 씨, 고 팀장 언제 오지?"

철우는 브라이언을 무시하고 한국말로 물었다.

"좀 늦으신다고 했으니 곧 오실 거예요."

"홧?"

브라이언은 철우가 그를 제쳐놓고 채수희와 한국말로 대화를 하자

신경질적인 반응을 보였다.

"니 이야기한 것 아니야."

철우가 한국말로 퉁명스럽게 대답했다.

"홧? 무슨 말을 하는 거야?"

브라이언이 철우를 응시하며 한국말로 지껄이는 무례를 질책했다. 알코올로 감정이 예민해진 철우는 감히 그에게 버릇없이 구는 브라이언의 작태에 화가 치밀었다.

"아무 것도 아냐. 회사 이야기했어."

철우의 목소리가 거칠었다.

"나를 두고 너희들끼리만 이야기를 하면."

브라이언이 몰아붙였다.

"그런 거 아니고 내일 브라이언의 일정 이야기했어. 내 술 한 잔 받을래?"

채수희가 브라이언의 손을 툭 치며 애교를 부렸다.

"좋아, 좋아. 여기 끝나고 춤추러 갈까?"

브라이언이 채수희의 애교에 흐물흐물해지며 2차를 제의했다.

"나 춤 못 춰."

"디스코는 아무나 춰. 막 흔들면 돼."

브라이언은 엉덩이를 흔드는 시늉을 했다.

고병수 팀장이 여종업원의 안내를 받으며 들어섰다.

"권 이사님이 놔주지 않아서."

고 팀장이 술에 취해서 흔들거렸다.

고 팀장을 붙잡았다는 권 이사는 철우가 현직일 때 부장이었다. 철우는 그의 새카만 후배인 '이사 따위' 와 술을 마시느라 그를 기다리게 한 고 팀장의 태도에 자존심이 꿈틀했다. 철우는 양주 한 병을 다시 주문했다.

끝나가던 술판이 다시 시작됐다. 술이 술을 마셨다. 운전을 해야 하는 채수희만 빼고 모두 고주망태가 되었다.

"저 전무님. 브라이언이 채수희와 2차 가자는데요."

고 팀장이 철우의 팔을 잡고 비틀거리며 거간을 섰다.

"안 돼. 그냥 택시 잡아서 호텔로 보내지."

철우가 완강히 거절했다.

"전무님, 그래도 저 친구가 원하는데 호텔 지하에 나이트클럽 있어요. 거기까지만 같이 가라고 하시지요."

고 팀장의 말은 부탁이 아니라 명령조였다.

"안 된다니까."

철우가 말했다. 말이 아닌 고함이었다.

"그러다가 저 친구가 맘 변하면…, 점심에 일성 박 사장 만난 것 같던데요. 박 사장은 비위맞추는 데 도사예요."

"안 돼. 자르면 에이전트 안 하면 되지."

철우는 그와 몸을 섞은 여자를 사업을 위해 내돌릴 수는 없었다.

철우는 에이전트를 일성상사 박 사장에게 빼앗겼다.

철우는 부당하게 에이전트 계약을 해약당하고 국제상사에 중재를 신청할까 했으나 고병수 팀장이 말렸다.

철우는 2년여 에이전트를 하며 인생을 즐겼으면 됐지, 하고 홀가분한 마음으로 그 생활을 청산하고 2년여 전으로 돌아갔다. 그는 아침에 조깅을 하고, 교회와 절을 찾으며 가난한 영혼의 안식처를 찾았다.

선심을 쓰며 들었던 적금을 해약했고, 성금 액수도 낮췄다. 당연히 채수희는 그를 떠나갔다.

비닐하우스를 지키는 개들이 요란하게 짖으며 그를 반겼다. 철우는 반찬 도시락이 든 검은 비닐 봉투를 흔들며, "낯선 손님 아니다, 짖지 말라." 큰 소리로 외치며, 판자문을 두드렸다.

"누구세요?"하며 할머니가 문을 열고, 반찬을 받아서 내려놓고, 신발을 끌고 길 입구까지 철우를 따라 나오며, "날씨가 추운데, 고마워요" 하고 인사를 했다.

할머니의 말투에 고마워하는 마음이 가득했다. 티 없는 사람의 정이 그대로 철우에게 전해져 그는 가슴이 뭉클했다.

철우는 "맛있게 드세요." 미소를 보내고, 사납게 짖어대는 개에게도 손을 흔들어줬다.

철우는 차에 올라타며 이렇게 작은 봉사라도 할 수 있는 건강을 주신 것을 큰 축복으로 여기며 잔잔한 행복을 느꼈다. 그는 다음 집으로 배달을 가려고 자동차의 시동을 걸며, 문득 이 순간, 건강한 몸으로 작은 봉사라도 할 수 있는 현재가 내 인생의 하이라이트가 아닌가, 하고 흐뭇해 했다.

–〈외도〉로 발표되었던 작품

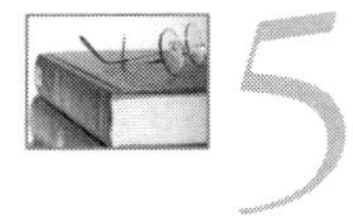

법대로 해라

1

분당에 있는 주상복합 아파트 뉴 파크 상가에 있는 복덕방에서 손님이 집을 보겠다는데 오시겠습니까? 하는 전화가 왔다. 나는 그냥 보여 드리라고 했다.

조금 있다가 중개인으로부터 "지금 905호에 있는데 누가 이사를 오셨어요. 저희 빼고 계약하셨어요?" 하고 따지는 듯한 전화가 왔다.

"이사를 오다니 그게 무슨 소리요?"

"거실에 이삿짐이 가득한데요."

"이삿짐? 누구의? 도대체 무슨 말을 하는 거요?"

"지금 오셔서 보실래요?"

"바로 갈게요."

나는 부랴부랴 차를 몰고 분당으로 달렸다.

뉴 파크 주상복합은 지하 5층 지상 31층 건물 네 동이 서로 마주보고 서 있다. 우리 부부는 C동 905호를 아내의 이름으로 샀다. 주상복합에서 나오는 월세는 환갑을 넘긴 우리 부부의 큰 수입원이다.

　나는 어리둥절 허둥대며 복덕방에 들러 중개인을 데리고 905호로 갔다. 905호에 사람은 없고 거실에 아직 풀지 않은 이삿짐이 여기저기 놓여 있었다.
　나는 "이거 어떻게 된 거요?" 하고 중개인에게 물었다.
　"저한테 물으시면 어떻게 해요? 집주인이 아시지."
　중개인은 중개수수료를 주지 않으려고 소개한 복덕방을 제치고 계약을 하고, 몰래 사람을 들여놓고 시침을 떼는 것으로 치부하는 모양이다.
　나는 우리 주상복합에 누가 이삿짐을 옮겨놨는지 알 수가 없어 귀신이 곡할 노릇이네, 하며 눈만 껌벅였다.
　중개인이 관리사무실에 가서 확인을 하고 복덕방으로 내려와서 기다리는 나에게 박동화라는 사람이 이사를 들었다고 했다.
　박동화라면 이틀 전 집을 보고 간 40대 후반의 덩치가 큰 남자다. 그는 동화상사 사장이라고 찍힌 명함을 건네며, 여러 집을 봤는데 이 집이 9층이라 전망도 좋고 집주인의 인상이 좋아 마음에 든다고 너스레를 떨며, 내일 오전 10시 아내와 같이 와서 계약을 하겠다고 했다. 박동화 사장은 헤어지며 관리사무실에 가서 몇 가지 확인하겠다고 했다.
　박 사장은 다음 날 10시에 나타나지도 않았고, 아무런 연락도 없었는데, 우리 주상복합에 이사를 들었단다.

　"그러실 수가 있어요?"
　중개인이 멍청하게 서 있는 나에게 항의했다.
　"무슨 말이요?"

"어제 오후 박 사장이란 사람이 관리실에 다시 들러 막 계약을 했다며 새 세입자라고 말했다는데."

"새 세입자? 계약한 적 없는데."

"정말 계약 안 하셨어요?"

"그제 이후 본 적도 없어요."

"무엇인지 잘못 된 것 같은데 두 분이 해결하셔야겠네요."

중개인이 뒤로 한 발 발을 뺐다.

"나보다 법을 더 잘 아실 텐데 그냥 이 짐 들어내면 안 돼요? 계약도 안 했는데."

"마음대로 못 들어내요, 짐 임자 동의 없이는."

중개인은 혹시 무슨 빌미라도 잡힐까 잔뜩 긴장하며 조심스럽게 말했다.

"집주인 허락도 없이 불법으로 들여놓은 짐을 못 들어낸다고요?"

"안 돼요. 남의 짐을 함부로 건드리면. 아직 짐을 덜 푼 것을 보면 곧 세입자가 곧 들어올 것 같으니 그 때 이야기하세요. 저 사무실에 가 봐야 하여 먼저 갈게요."

중개인이 현장에서 도망쳤다.

나는 거실을 서성이며 한참을 기다렸다. 아무도 나타나지 않았다. 빈집에서 그냥 죽치고 기다릴 수도 없어 905호를 나와서 뉴 파크 주변을 한참을 어슬렁거리다 다시 905호로 갔다. 아무도 없었다. 나는 정확한 영문을 알 수가 없어 답답했다.

나는 우선 파출소에 신고부터 해야겠다고 생각하고 지구대로 이름이 바뀐 파출소를 찾았다. 나는 파출소에 들어서며 무슨 잘못을 저질은 죄인같이 주눅이 들어 가볍게 떨었다. 경찰 세 사람이 파출소를 지키고 있었다. 두 경찰은 전화를 받는 중이고 한 경찰은 서류를 보고 있었다. 나는 책상을 사이에 두고 서류를 보는 경찰관 앞에 섰다. 경찰이 안경을 치켜세우며, "무슨 일로 오셨어요?" 했다. 나는 상황을 한 마디로 설명할 수가 없어, "누가 집에 쳐들어왔는데 쫓아내 주세요" 하고 더듬거렸다. 경찰은 내 말뜻을 이해하지 못했는지 눈만 깜박였다.

나는 부연 설명을 했다.

"우리 집이 뉴 파크 C동 905혼데요, 계약도 안 했는데 누가 이사를 왔어요."

"이사 온 분이 누군지는 아세요?" 하고 경찰이 인내심을 발휘하며 물었다.

"네 이틀 전에 집을 보러 온 사람 같아요. 박 무슨 사장이라고 했는데."

"그럼 누가 이사 왔는지도 모른다고요?" 하고 경찰이 신경질적으로 물었다.

"박 사장 같아요."

"그분들 지금 집에 있어요?"

"아니 짐만 갖다 놓고 어디 갔는지 사람은 없어요."

"그럼 뭣을 해 주시라는 거지요?"

"남의 집에 무단 침입한 범인들을 쫓아내 주시고 짐도 좀 들어내 주시면."

"집에 아무도 없다면서 누구를 쫓아내 달라는 거요? 그리고 남의 짐은 저희들이 함부로 못 건드려요."

"남의 집에 불법 침범한 현행범인데 못 쫓아낸다고요?"

"유리창을 깬다든지 집을 파손하고 했어요?"

"아니, 짐만 들여놨어요."

"짐은 저희들이 함부로 들어낼 수 없고, 사람도 없다는데 어떻게 할 수 없네요. 짐을 갖다 놓은 사람이 누군지도 모르고. 좀 더 자세히 알아 가지고 오세요."

나는 더 이상 말을 붙여 보지 못하고 파출소를 나오며, 꼭 팔푼이같이 행동한 것 같아 얼굴이 뜨거웠다.

파출소를 나와 다시 905호로 갔다. 사람이 없었다.

나는 집에 갔다 다시 오기도 그렇고 빈 집에서 기다릴 수도 없어 복합단지 근처 대형 상가빌딩에 있는 영화관에 가서 건성으로 영화를 보고 한참을 서성이다가 해질 무렵 905호로 갔다.

집안에 불빛이 보였다. 나는 벨을 눌렀다.

집안에서 "누구세요?" 하는 여인의 목소리가 들렸다.

나는 "집주인이요" 하고 큰 소리로 소리쳤다.

현관문이 열렸다.

머리에 수건을 두른 곱살하게 생긴 40대의 여인이 신발도 벗지 않고 거실에 들어서는 나를 큰 눈으로 쳐다봤다.

"어떻게 이 집에 이사 오셨어요?"

홍두깨 같은 내 질문에 여인이 무슨 말씀? 하는 눈으로 나를 쳐다봤다. 그녀의 퍽 착하게 보이는 눈동자가 흔들거렸다.

나는 "어떻게 이 집에 이사 들었냐고요?" 하고 다시 거칠게 물었다.

"무슨 말씀이신지? 집세 주고 들어왔는데."

"집세를 줬다고요, 누구한테?"

"당연히 집주인이지요. 남편이 계약해서 이사 왔는데. 누구신지?"

"나 이 집 주인인데, 계약한 적 없어요. 남편이 누군지도 모르고."

"무슨 말씀을 하시는지?"

"나랑 계약했다는 당신 남편은 누구요?"

"박동화씬데요."

"박동화? 이틀 전에 집 보러 왔던 사람 이름 같은데…, 어디 사장인가 하는."

"네. 무역중개업하는 동화상사 사장."

"이 집 계약도 안 한 집이요. 당장 짐 빼요."

"네? 남편에게 확인해 봐야겠네요, 무슨 말인지. 당신이 누군지도 모르겠고. 집주인이 여자라고 했는데."

"내가 그 집주인의 남편이요. 당신 남편이 준 명함을 안 가져왔는데 남편 전화번호 좀 알려줘요. 당장 전화하게."

여인은 나를 의심스러운 눈으로 쳐다보며 고개를 마구 흔들었다.

"복덕방 내려가서 확인합시다. 내가 집주인 남편이라는 거."

"당신이 누군지는 모르지만 저 이 집 계약하고 들어왔어요. 제가 왜 복덕방 가야 해요? 이삿짐 정리해야 해요. 당장 나가요."

여인이 냉랭한 표정으로 나가달라고 했다.

"남편 언제 쯤 들어와요?"

"그건 왜요?"

여인이 나를 꼬나보며 완강하게 저항했다.

"저녁 늦게는 들어오겠지요. 그 때 다시 올 테니 절대 짐 절대 풀지 말아요."

나는 끓어오르는 화를 누르며 별 수 없이 거실에서 물러났다.

내 말을 전해 들은 복덕방 중개인은 십여 년 복덕방을 하면서 처음 당하는 일이라며 어이없어 했다. 파출소를 다녀 온 이야기를 하자, 중개인은 파출소에서는 민사사건은 잘 다루지 않아 가봐야 쓸데없다면서 세입자와 잘 이야기해 보라고 충고했다.

나는 저녁 9시쯤 905호에 갔다. 부인은 현관문을 삐쭉이 열고 내다보며 아직 남편이 들어오지 않았다고 하며 문을 쾅 닫았다. 나는 거실로 밀고 들어갈 수도 없어 경비실로 내려와 경비실 앞에서 서성이며 현관으로 들어가는 사람을 확인했다. 경비원이 무슨 일이냐고 물었다. 나는 905호에 새로 이사 온 주인을 기다린다고 했다. 경비원은 아직 들어가시는 것 못 봤다고 했다.

나는 마누라가 기다릴 것 같아 친구들 모임에 왔는데 좀 늦어질 것 같다고 전화했다. 마누라는 나이 생각해서 술은 조금만 들라고 했다.

열시 반이 넘었다. 나는 혹시 박 사장이 집에 들어가는 것을 못 봤을 수도 있다고 생각하고 905호로 갔다. 부인은 아직 남편이 안 들어왔다고 하며 경계하는 눈빛으로 나를 쳐다보았다.

나는 이러지도 저러지도 못하고 바보처럼 경비실 앞을 왔다 갔다 했다. 5분만 5분만 한 것이 11시가 넘었다. 나는 다리도 아프고 허리도 아팠다. 피곤이 밀려왔다. 너무 지쳐서 머리가 멍했다. 불법 침입자에게 치밀던 화도 한풀 꺾였다.

허우대가 좋은 양복쟁이가 저만치서 걸어왔다. 이틀 전에 봤던 박동화라는 느낌이 왔다. 나는 엘리베이터를 타려는 양복쟁이에게 다가가서, "박동화 씨?" 하고 조심스럽게 물었다.

박동화는 술 냄새를 풍기며, "누구…?" 하며 나를 쳐다봤다. 그는 바로 나를 알아보았다.

"아, 집주인이시죠?"

"어떻게 계약도 안한 집에 주인 허락도 없이 이사를 한 거요?"

내 목소리에 날이 섰다.

"딴사람 들어요. 조용히 이야기합시다."

박동화는 주위를 살피며 큰 손으로 나를 잡고 경비실 밖으로 끌어냈다.

"딴 사람 듣다니. 남의 집에 무단 침입해 놓고 무슨 소리?"

나는 그에게 끌려가며 목소리를 높였다.

"그 심정 이해하지만 고정하시지요."

"고정이고 뭐고 당장 짐 빼요."

"집 좀 가졌다고 너무하신다. 이 밤중에 짐을 빼라고? 얼마나 어려웠으면 주인 허락 없이 짐을 옮겼겠어요?"

박동화가 오히려 목소리를 높였다.

"아니 불법 침입해 놓고 어디서 큰 소리야?"

나는 박동화에게 손을 잡혀 끌려가며 비명을 질렀다.

"제가 큰 소리쳤어요? 이 밤중에 짐을 옮기라고 하시니 그렇지요."

"그럼 어떻게 할 거요?"

"여기서는 그렇고 목이라도 축이면서 제 사정 좀 들어주세요."

"사정이고 뭐고 없어요. 당장 짐 빼요."

"저 그렇게 나쁜 사람 아닙니다. 지금 이사갈 형편이면 남의 집에 들어갔겠어요? 술이 싫으시면 저기 벤치에서 이야기합시다."

박동화는 나를 끌고 가서 공원 벤치에 앉혔다.

늦은 밤이라 공원에는 인적이 없었다. 가로등만 껌벅였다.

"어르신께 단도직입적으로 말씀드리지요."

박동화가 내 앞에 무릎을 꿇었다.

"한 달만 봐주십시오. 딱 한 달만. 네 식구 데리고 한데 나앉을 수가

없어 어르신께 미리 양해도 못 구하고 이사를 했습니다. 제가 죽을죄를
졌습니다."
　박동화가 꿇어앉은 채 내 손을 잡고 흔들었다.
　"봐주고 말고 할 문제가 아니요."
　나는 한밤중에 호젓한 공원에서 봉변을 당할지도 모른다는 공포감
이 밀려 왔다.
　"제가 잘못했습니다. 어르신. 딱 한 달만 봐주세요. 그 때 돈이 나오
는데 월세랑 보증금 이자까지 다 쳐서 드릴게요."
　"뭐라고요?"
　"어르신은 누구 돈이든 세만 받으시면 되시지요? 한 달만 봐주시면
손해 가지 않게 다 물어드리겠습니다."
　나는 박동화에게 잡힌 손을 뺄 수가 없었다. 박동화의 입에서 술 냄
새가 푹푹 풍겨 왔다.
　"저라고 도둑놈 심뽀도 아닌데 남의 집 그냥 들어가고 속이 편했겠
습니까? 살던 집에서 쫓겨났는데 어떻게 마누라랑 애들을 거리잠을 자
게 합니까? 어르신과 사모님 인상이 좋으셔서 한 달만 봐주십사고 말
씀드리고 이사를 할까 했는데 어떻게 하다 보니 그만 순서가 바뀌었네
요. 집사람은 계약도 안 하고 이사한 줄 모릅니다. 집주인이라는 남자
가 찾아왔었다는 전화 받았어요. 맨 정신으로는 뵐 수 없을 거 같아 한
잔 했습니다. 제가 사과하는 뜻으로 술 한 잔 사겠습니다. 저도 사귀고
보면 나쁜 놈은 아닙니다."
　박동화가 땅에서 일어서서 내 손을 끌었다.
　"이거 놔요. 누가 술 먹자는 거요. 당장 집에서 나가라는 거지."
　나는 인적이 없는 공원에서 박동화의 완력에 눌려 기가 푹 꺾였다.
　"이 밤중에 이사를 할 수는 없고…, 술도 안 하시겠다고 하시니 윽,

계속 붙잡고 사정할 수도 없고 윽, 그럼 제가 술 한 잔 산 겁니다. 윽, 한 달 봐주시는 거지요?"

박동화가 비틀했다.

나는 무의식중에 박동화를 부축했다. 박동화가 내 어깨에 몸을 실었다. 나는 박동화의 무게에 하마터면 나가떨어질 뻔했다.

"어르신 감사합니다. 어르신 감사합니다."

박동화가 내 어깨에 매달려서 중얼거렸다.

술이 취한 박동화는 그 자리에 혼자 설 수도 없을 것 같았다. 밀쳐내면 쓰러질 것 같았다.

나는 박동화를 끌고 가서 엘리베이터에 태웠다. 엘리베이터에서 내려 905호 앞까지 데리고 가서 현관 벨을 눌렀다. 안에서 인기척이 났다. 나는 박동화가 술이나 깨면 다시 이야기하기로 하고 물러났다.

온몸에 피로가 밀려와서 손가락 하나도 움직이기 힘들었다. 나는 현실이 아닌 극중에서 사기를 당한 주인공이 된 것같이 멍한 정신으로 마누라에게 변명할 핑계를 조립하며 차를 몰았다.

2

다음날, 나는 첫 새벽부터 남의 집(?)에 처들어갈 수가 없어 따라나서겠다는 마누라를 떼어놓고 8시쯤 뉴 파크로 갔다. 엘리베이터에서 내리자 905호에서 교복을 입은 두 학생이 나오는 것이 보였다. 나는 남매학생이 엘리베이터를 탈 때까지 기다렸다가 905호로 갔다. 박동화는 벌써 집을 나가고 없었다. 집에는 착하게 생긴 부인만 있었다.

나는 "주인아저씨 벌써 나갔어요?" 하고 거칠게 물었다.

"네. 일이 있어 일찍 나가셨어요. 어제 밤에 애들 아빠한테 사정 들었어요. 어젠 미안했어요. 감사합니다. 갈 데 없는 저희들을 보증금도 안 받고 한 달간 봐주시기로 했다고."

나는 부인의 말을 들으며, "허" 했다.

"우리 애 아빠 사업이 잘 안 돼 부도 직전이라 지금 급전 막으러 나가셨어요. 한 달 후에 받을 돈이 있는데 돈 받는 대로 선생님께 집세 보증금부터 낸다고 했어요. 참 좋으신 분이라면서. 정말 감사합니다."

부인이 구십 도로 허리를 굽혔다.

나는 물기 어린 맑은 눈망울로 나를 쳐다보며 감사하다고 하는 여인에게 차마 당장 집을 비우라고 할 수가 없었다.

"주인아저씨 오시면 저 왔다 갔다 하시고 제 핸드폰 번호 남겨놓을 테니 전화주시라고 하세요."

나는 부인에게 내 이동전화 번호를 남겼다.

나는 엘리베이터를 타면서 박동화에게 전화를 했다.

'회의 중이니 끝나는 대로 전화드리겠습니다' 하는 문자메시지가 떴다. 아직 복덕방은 문을 열지 않았다. 나는 커피숍에 죽치고 앉아서 이 일을 어떻게 처리할까 궁리했다.

전말을 들은 중개인은 오히려 나더러 어떻게 하실 건가 물었다. 나는 내 집을 불법 점거당하고도 어떻게 해야 할지 잘 모르겠다고 대답을 하며 꼭 바보가 된 기분이었다.

파출소에 또 갔다. 초면인 한 경찰이 파출소를 지키고 있었다. 경찰에게 어제보다는 조리있게 전말을 설명했다. 경찰은 "나쁜 놈이네요" 하며 내 편을 들었다. 당장 같이 가서 짐을 들어내자고 하자, "파출소를 비울 수 없다"며, "선생님 맘은 이해하지만 경찰이라고 남의 재산을 막 들어낼 수는 없으니 법원의 판단을 받으시라"고 했다. 나는 현행범인 불법 침입자를 경찰이 쫓아내줘야지 누가 할 거냐고 항의했으나, 경찰은 웃으면서 죄송하다고만 했다. 나는 빈손으로 파출소를 나왔다.

박동화로부터 하루 종일 전화가 없었다. 나는 무단으로 남의 집을 점거한 파렴치한의 전화를 멍청하게 기다리며 무력감에 빠졌다. 마누라는 당신이 물러 터져 이런 일을 당했다며 자기가 나서서 해결해야겠다고 큰소리를 쳤다.

나는 다음 날 새벽 905호로 쳐들어갔다. 벨을 눌렀다. 인기척이 없었다. 비밀번호를 눌렀다. 그 사이 비밀번호를 바꿨는지 현관문이 열리지 않았다. 나는 현관문을 두드렸다. 인기척이 없었다. 904호 부인이 문을 열고 내다봤다.

나는 메아리도 없는 905호에서 별 수 없이 물러났다. 복덕방이라도 문을 열었으면 상의해 볼 텐데 너무나 시간이 일렀다. 나는 꺼벙하게 어깨를 움츠리고 넋 나간 사람처럼 복합단지 주위를 한참을 서성이다가 아침이나 먹고 보자며 집으로 차를 몰았다.

아침을 먹은 후 뉴 파크로 다시 가기 전에 동네 복덕방에 들러 사정을 설명하고 조언을 구했다. 중개인은 재수 없게 걸렸다며, 강제퇴거 소송을 해야 할 것 같은데 법무사나 변호사 아시는 분 있으면 상의해 보라며 즉답을 피했다.

나는 한 번 더 박동화와 이야기를 해 보고 법무사를 찾기로 하고 10시 쯤 다시 뉴 파크로 갔다. 부인 혼자 집을 지키고 있었다. 부인은 현관에 서서 보증금도 안 받고 한 달 살게 해준 데 감사하다며 계속 허리를 굽실거렸다. 남편은 일 때문에 지방에 출장을 갔다고 했다. 돈이 나오면 꼭 먼저 보증금부터 드리겠다고 했다.

나는 부인과 더 이야기를 해 봐야 나올 것이 없을 것 같아 남편과 연락해서 바로 나에게 전화해 달라고 부탁하고 905호를 나왔다.

　내가 막 차의 시동을 걸 때 박동화로부터 전화가 왔다.
　"어르신 방금 집에 다녀가셨다는 전화 집사람으로부터 받았습니다. 저 지금 울산에 있어요. 집사람에게 한 달 봐주시겠다고 하신 말씀 들었습니다. 정말 감사합니다. 한 달 되는 날, 아니 그전이라도 돈이 풀리면 바로 보증금과 밀린 월세 드리겠습니다. 정말 감사합니다. 지금 회의 중이라."
　박동화는 내가 말을 꺼내기도 전에 일방적으로 전화를 끊었다. 나는 바로 그의 전화번호를 눌렀다. 회의 중이라는 메시지가 흘러 나왔다.

　나는 법무사를 하는 동창 친구를 찾아갔다. 그는 법조계에 근무하다가 퇴직했다.
　내 설명을 듣고 난 친구는, 너 큰 기업 다니며 평생 편히만 살더니 임자 한 번 만난 거 같다고 하며 웃음을 터트렸다. 나는 멍청히 나를 놀리는 친구의 입만 쳐다봤다.
　"이건 경찰서 가 봐야 해결 안 해 줄 거고, 가처분 신청해도 반년도 더 걸릴 것 같은데…, 그 친구 한달 후에는 보증금이랑 줄 거 같냐?"
　친구는 내 속이 타는 줄도 모르고 느긋하게 말했다.
　"그건 모르지. 그 친구 딱 두 번 봤는데, 한 번은 집 보러 왔을 때 봤고, 한 번은 한밤중에 술 취해 비척거리는 거 하고. 전혀 어떤 친구인지 모른다. 그 친구 부인은 착하게 생겼더라."
　"내가 물어보는 이유는 소송으로 가면 반년도 더 걸리고 서로 막가는 거라 그 친구 돈 생겨도 안 주고 버틸 수가 있다. 한 달 후에 보증금 받을 수 있을 거 같으면 그냥 한 달 후에 받는 것으로 계약서를 써주는 것도 한 방법이다. 계약서에 이자 조항도 넣으면 한 달 못 받은 보증금 이자도 받을 수 있고. 나는 그 친구 한 번도 못 봐서 이래라저래라 할 수가 없다. 니가 판단해서 해. 소송한다면 바로 소장 꾸며줄게. 너는 친구니 수수료 깎아주지.”

친구는 일사천리로 말하고, 조언을 다 했다는 표정을 지으며, 다른 동창들의 안부를 물었다. 나는 친구로부터 내 집에 쳐들어 온 놈을 당장 내쫓을 묘안을 듣고 싶었는데, 친구는 한가한 소리만 했다.

법무사 친구와 상담 내용을 전해 들은 교회 권사인 마누라는 뭐 그런 법이 다 있냐며 한참을 쫑알거리더니, 그래도 믿는 사람이 불쌍한 사람을 봐줘야 한다며 친구 말대로 보증금을 한 달 후에 받기로 하고 계약을 해 주자며 한 발 물러섰다.

마누라는 자기 친구 한 사람이 세를 줬다가 세입자가 보증금까지 다 까먹고도 안 나가서 속을 썩였는데, 소송해봐야 그렇고 해서 결국 이사 비용까지 다 물어주고 사장사정해서 내보냈다는 일화를 들먹이며, 우리가 선의로 대하면 그쪽도 선의로 나올 거라며, 하나님은 악인까지도 다 착한 구석을 심어 놨다고 강조하며 그냥 계약을 해 주자고 했다.

나는 박동화와 입주 한 달 후에 이자까지 쳐서 보증금을 주고받기로 명기한 임대차계약을 체결했다.

3

어, 하는 사이에 한 달이 지나갔다.

계약상 보증금을 주기로 한 날이 지났는데도 보증금도 입금되지 않았고 박동화로부터 연락도 없었다.

나는 하루를 기다리다가 우리 부부가 베풀어 준 선의에 대한 배신감을 곱씹으며 뉴 파크로 갔다. 착하게 생긴 부인이 현관문을 열어주며 얼굴을 붉혔다.

나는 현관에 들어서며, 어제 보증금 입금날인데 아직 돈도 안 들어왔고 박 사장으로부터 연락이 없어 왔습니다, 하고 짜증스럽게 말했다.

"죄송해요. 아침에 나가면서 오늘 돈 받으면 집세부터 보낸다고 했어요."

부인이 내가 거실로 들어올 수 있도록 옆으로 비켜주며 말했다.

"그럼 오후까지 기다려 보겠습니다."

나는 현관에 선 채 말했다.

"오늘 돈 받으면 틀림없이 넣어드릴 겁니다."

부인이 두 손을 모으고 미안해 했다.

"주인께 내가 왔다 갔다 전해 주시고 꼭 돈 넣어주시라고 말씀하세요."

나는 무기력하게 905호를 나왔다.

다음 날 10시쯤 은행 ATM부스에서 통장을 찍어 봤다. 입금된 돈이 없었다. 허탈했다. 화가 났다. 크게 배신당한 느낌이었다. 나는 박동화에게 전화를 넣었다. 회의중이라는 메시지만 나왔다.

'아침부터 무슨 회의야? 돈이 안 됐으면 연락이라도 줘야지.'

오전 내내 박동화에게 전화를 하였으나 회의중 메시지만 나왔다. 나는 화가 치밀어 참을 수가 없었다. 나는 뉴 파크로 달려갔다. 벨을 눌렀다. 대답이 없었다.

오후 내내 박동화의 전화는 불통이었다. 나는 늦은 저녁 뉴 파크로 갔다. 경비원이 나를 알아보고 아직 박 사장이 들어오지 않았다고 알려 줬다. 905호로 올라가서 착하게 생긴 부인을 만나봐야 답도 얻지 못하고 마음만 약해질 것 같아 경비실 앞 벤치에 앉아 박동화를 기다렸다. 희미한 가로등 불빛 아래 어두컴컴한 벤치에 앉아 내 집을 무단 점거한 파렴치한을 기다리며 나는 꼭 바보가 된 기분이었다.

10시가 넘었다. 나는 마음도 몸도 만신창이가 되었다. 언제 들어올지도 모르는 박동화를 더 기다려야 하는지 판단이 서지 않았다. 이 밤중에 부인과 아이들만 있는 남의 집에(?) 쳐들어가서 우두커니 박동화를 기다릴 수도 없었다.

이렇게 바보처럼 무법자를 기다릴 것이 아니라 당장 고소를 하자고 몇 번씩 다짐하며 집으로 돌아왔다.

집에 거의 도착할 즈음 박동화로부터 전화가 왔다.

"죄송합니다. 어제 집에 다녀가시고 오늘 여러 번 전화하셨는데 드릴 말씀이 없어 전화 못 드렸습니다. 지금까지 돈을 구하러 다녔습니다. 돈을 구하고 좋은 소식 드리려 했는데 그게, 정말 죄송합니다. 이 밤중까지 뛰어다녀도 돈을 못 구했습니다. 돈 줄 사람이 다음 달에 결재되는 어음을 써줬습니다. 다음 월요일에 손해 보더라도 어음 깡해서 돈을 부쳐드리겠습니다. 미안합니다."

박동화는 내가 말할 기회를 주지 않고 줄줄이 말을 이어갔다.

"그럼 다음 월요일에는 틀림없이 주는 겁니까?"

나도 모르게 약한 소리가 나왔다.

"네, 틀림없습니다. 어르신. 이렇게 이해해 주시니…, 며칠 늦은 이자까지 쳐서 드리겠습니다."

"남자끼리 약속입니다. 이자는 필요 없어요."

나는 겨우 '남자끼리 한 약속'이라는 용어를 쓰며 그에게 돈을 꼭 보내라고 못을 쳤다.

"감사합니다. 다음 월요일에는 틀림없이 드리겠습니다."

박동화가 전화를 들고 꾸벅하는 모습이 보이는 것 같았다.

마누라는 내 말을 듣고 그런 사기꾼 말을 어떻게 믿느냐며 내일 당장 고소를 하라고 채근했다. 나는 마누라에게 이번엔 틀림없을 거라고 박동화를 비호하며 쓴웃음이 나왔다.

다음 월요일, 박동화는 받은 어음이 가짜였다며, 낼 모레 고향에 있는 선산 계약을 하러 갈 건데 계약금을 받아서 주겠다며, 며칠만 아니 기다리신 김에 아예 열흘만 더 기다려 달라고 했다. 나는 선산까지 판다는데 심하게 독촉하는 것이 야박한 것 같아 열흘만 연기해 달라는 말에 긍정도 부정도 하지 않는 것으로 대답을 대신했다.

열흘이 지났다. 박동화는 내 전화를 며칠씩 씹다가, 선산을 팔려고 했으나 값이 맞지 않아 팔 수 없었다며, 자기 혼자 결정할 일이었으면 그냥 계약을 했을 텐데, 선산이라 마음대로 할 수 없었다고 변명했다. 내일 당장 결혼반지를 팔아서 돈을 마련해 주겠다고 했다. 나는 하마터면 결혼반지까지 팔 것은 없다는 말을 할 뻔했다.

나는 결혼반지까지 판다는 말에 더 이상 독촉을 못하고 마냥 입금을 기다렸다. 마누라는 결혼반지를 판다는 내 말을 듣고, 악인은 아닌 모양이네, 우리가 선하게 대하니 결혼반지까지 판다고 하잖아, 하며 하나님은 사람의 본성을 착하게 창조하셨다며 아멘, 하고 외웠다.

또 일주일이 지났다. 박동화로부터 아무런 연락이 없었다.

　고교 동창들과 저녁모임을 하고 술이 거나해서 집에 들어섰다. 아내
는 팔자 좋다며, 두 달째 월세가 들어오지 않아 생활이 어렵다고 쨍쨍
거렸다.

　결혼반지까지 팔아서 집세를 준다는 바람에 마음이 짠해서 오늘 오
늘 하며 연락을 기다리던 나는 아내의 짜증을 듣고 벌컥 화가 났다.

　박동화의 전화번호를 눌렀다.

　남자가 "네" 하고 전화를 받았다.

　"박 사장. 어디야?"

　나는 그가 단번에 전화를 받자 너무나 반가워서 나도 모르게 반말이
튀어나왔다.

　"누구신데?"

　"나 집주인이요. 결혼반지 팔아서 주겠다던 집세는 왜 아직 안 주는
거요?"

　술에 취한 내 입에서 시비조로 말이 튀어나왔다.

　"집주인? 집주인이면 그렇게 막 반말해도 돼요?"

　그쪽도 술에 취한 모양이다.

　"내가 언제 반말했소?"

　"좀 전에 했잖아."

　박동화가 꽥 소리를 질렀다.

　"뭐라고? 너는 위아래도 없냐? 어디다 반말이야?"

　"니가 나이를 더 처먹었으면 몇 살 더 처먹었다고 마구 반말이야?"

　"뭐라고? 적반하장도 유분수지. 어디다 함부로."

　"반말했으면 곱게 미안하다고 할 거지. 어떻게 결혼반지까지 팔아서
집세 내라는 거야? 당신 피도 눈물도 없어?"

　"뭐라고? 니가 결혼반지 판다고 했지 내가 팔라고 했어?"

옆에서 마누라가, "당신 지금 뭐하는 거야?" 하며 전화기를 빼앗으려 했다. 나는 전화기를 빼앗기지 않으려고 기를 썼다.

"더 긴말 않겠다. 내일 당장 고소할 테니 그리 알아."

나는 마지막 선전포고를 했다.

"그래? 법적으로 할 테면 해봐. 니 비리 다 들춰 인터넷에 올릴 테니."

"뭐라고? 이 자식이."

마누라에게 휴대전화를 빼앗겨 전화가 끊겼다.

마누라는 돈을 받으려면 달래서 받아야지, 남자들은 뭐 이렇게 철이 없냐며 짜증을 냈다.

나는 화가 치밀어 당장 달려가 박동화를 물고 내고 싶었으나, 너무 밤이 늦었다. 힘으로도 박동화를 해 볼 수가 없다. 내 비리를 다 들춰내서 인터넷에 올리겠다는 박동화의 협박이 귀에 남아 혹시 내가 잘못한 일은 없었는지 걱정도 됐다.

4

법무사 친구는 소송을 하기 전에 집을 비우라는 내용증명을 보내라고 했다. 내가 어떻게 쓰는지 모른다고 하자, 동창은 견본을 보여주며 세 통을 작성하여 우체국에 가서 부치라고 알려줬다.

나는 난생 처음 A4 용지 두 장 분량의 내용증명을 쓰면서 오후를 다 보냈다. 나는 오늘 당장 집을 비우라고 쓰고 싶었으나, 법무사 친구가 집을 비우는 데 최소 2주는 줘야 판사가 긍정적으로 본다고 해서 그렇게 썼다. 나는 우체국에 가서 꼭 죄를 지은 사람같이 움츠러들며 직원에게 편지를 내밀며 내용증명으로 부쳐달라고 했다.

나는 뭔가 잘못한 사람처럼 주눅이 들어 눈치를 보며 서류를 건넸는데, 우체국 직원은 일상적인 업무로 취급하며 사무적으로 일을 처리했다.

　그는 "한 통은 보내고, 한 통은 우체국에서 보관해요" 라고 말하며 한 통을 나에게 건네줬다.

　나는 우체국을 나서며 비싼 시간 들여가며 내가 도대체 무슨 일을 하고 다니는지 알 수가 없었다. 멀쩡한 내 집을 무단 점거한 파렴치한을 쫓아내는 데 왜 이런 일을 해야 하는지 알 수가 없었다. 법이 잘못 됐는지 내가 바보인지 알 수가 없었다.

　내용증명을 보냈는데도 박동화는 아무런 반응이 없었다. 내용증명을 받았다는 연락도 없었다.

　법무사 친구가 명도이전 소장을 준비해 줬다. 친구는 〈사건 건물 양도 등〉이라 쓰여 있는 표지에 원고 이수연, 피고 1 동화상사, 2 박동화라고 적힌 소장 초안을 나에게 건네며 내용을 확인하라고 했다. 나는 소장을 읽어보고 좋다고 했다. 친구는 서류에 마누라의 도장을 여러 번 찍었다. 친구는 〈의뢰인용〉이라고 찍힌 소장 사본을 나에게 건네며 자기가 알아서 할 거니 집에 가서 기다리라고 했다. 친구는 수수료를 최대로 깎았다며 30여 만 원짜리 청구서를 내밀었다.

　소장에 도장을 찍어준 지 일주일이 지났는데도 법원으로부터 아무런 소식이 없어 법무사 친구에게 전화를 했다. 법원에 소장을 접수했으니 곧 법원에서 접수통고가 갈 거라고 답했다. 한 달이 지나서야 접수됐다는 등기우편이 왔다.

　마누라는 생활비가 모자라다고 찡찡대며 어떻게 일을 하는데 이렇게 감감무소식이냐며 아침저녁으로 쫑알거렸다.

　소장을 접수했다는 통고를 받은 지 한 달이 지나도록 법원에서 연락이 없어 법무사 친구에게 전화를 했다. 법원에서 심사중이라며 그냥 기다리라고 했다.

또 석 달이 지나서야 법원에서 선고기일 통지서가 왔다. 법무사 친구는 출두해야 할 일이 없으니 갈 필요가 없다고 했다.

나는 공판 날짜에 금속탐지기를 통과하여 지정된 5호 법정에 들어섰다. 난생 처음 법정에 들어서며 나는 가슴이 떨렸다. 박동화는 나타나지 않았다. 단독심 판사는 원고와 피고의 출석여부도 확인하지 않고 재판을 혼자 진행했다. 내가 눈을 껌벅하는 사이에 내 사건 결정문을 낭독하고 판사는 다음 사건으로 넘어갔다.

나는 승소 판결을 받고 법원을 나서며 박동화에게 당장 집을 비우라고 하려고 전화를 넣었다. 그는 내 전화를 받지 않았다. 나는 뉴 파크로 달려갔다. 착하게 생긴 부인은 현관문을 반쯤 열고 서서, "아직 판결 소식 못 들었어요. 나는 모르는 일이니 남편과 상의하세요" 하고 말을 던지고 현관문을 콱 닫았다.

닭 쫓던 개가 된 나는 멍청하게 905호 호수가 적힌 주상복합 현관문을 한참을 처다보다가 물러났다.

법원판결이 났는데도 박동화는 꿈쩍도 안 했다. 내 전화를 받은 법무사 친구는 강제집행을 해야 한다며 판결문이 오기를 기다리라고 했다. 나는 재판도 끝났으니 그 날로 무단 점거자를 쫓아낼 수 있을 거라고 생각했었는데, 또 절차가 남았단다.

5

우체국 집배원이 법원에서 보낸 특별송달을 건네주며 인수 도장을 받아갔다. 명도 소송을 했던 법원은 성남지원인데 발신인이 서울동부지원이다.

나는 왜 동부지원에서 송달이 왔지, 하며 편지를 뜯었다. 법원에서 온 편지를 뜯으며 이상하게 가슴이 떨렸다.

채권 금액 43,565,000원, 채권자 제일물산(주), 제1채무자 동화상사, 제2채무자 박동화, 제3채무자 이수연.

마누라의 이름이 제3 채무자로 올라 있다!

마누라가 나 몰래 빚을 졌어?

순간 나는 열기가 확 솟았다.

나는 "당신 나 몰래 4천만 원이나 빚 얻어 썼어?" 하고 안방에 대고 소리쳤다.

마누라가 "무슨 소리?" 하면서 안방에서 나왔다.

나는 법원에서 온 판결문을 내밀었다. 마누라는 판결문 내용을 힐끗 보고 빚을 낸 일 없다고 펄펄 뛰었다.

나는 펄펄 뛰는 마누라와 다툴 수도 없어 판결문을 다시 읽었다.

주식회사 동화에서 물품대금 4천여 만 원을 갚지 않았으니 제3채무자인 이수연은 임대차 보증금을 채권자에게 주라는 내용이었다.

이 무슨 뚱딴지 같은? 보증금 한 푼도 받지 못했는데.

내 전화를 받은 법무사 친구는 박동화가 물품 값을 안 줘 임대차 보증금에 차압을 붙인 거라며 보증금을 안 받았으니 걱정 말라고 쉽게 말했다. 법무사 친구의 설명을 듣고 나서 이 건은 나와는 상관없는 일이라고는 생각되었으나 그래도 찜찜했다.

"이수연 씨죠?"

집 전화선을 타고 굵직한 남자 음성이 울렸다.

"이수연이 제 집 사람인데 누구시지요?"

"저 제일물산 전문데요, 판결문 받으셨지요?"

"오전에 받았어요."

"그럼 집 보증금을 박동화에게 내주시면 안 됩니다."

"보증금 받은 거 없습니다."

"무슨 말씀. 보증금을 안 받다니요? 최소 3천은 받으셨을 텐데."

"그렇게 됐습니다."

나는 생판 모르는 사람에게 보증금도 안 받고 집을 빌려줬던 바보 같은 줄거리를 말하기가 싫었다.

"혹시 박 사장께 연락받고 짜고 그렇게 말씀하시는 거 아닙니까?"

"짜기는 뭘 짜요? 나도 지금 보증금도 월세도 못 받아 소송중인데."

"박 사장과 짜고 그러시면 처벌받습니다."

협박조의 목소리가 흘러 나왔다.

"나도 소송중이라는 말 안 들려요. 그 문제는 박 사장과 이야기해요."

나는 전화를 탁 끊었다.

계속 전화벨이 울렸으나 나는 전화를 받지 않았다.

공원을 산책하고 돌아오니, 마누라는 제일물산 전무라는 사람이 집에 찾아와서 박 사장과 계약 내용을 자세히 묻고, 공연히 소송비용만 들었다고 투덜대며 갔다고 했다. 마누라는 당신이 호구로 보여 집세도 못 받고 별 봉변을 다 당한다고 쫑알거렸다.

재판 후 한 달도 더 지나서야 등기로 판결문이 송달되었다.

나는 판결문 주문, 〈건물을 양도하고 판결일부터 갚는 날까지 연 20% 비율의 금원을 지급하라. 인도일까지 월세를 내라〉를 읽으면서, 판결 후 하루나 이틀이면 보낼 수 있는 판결문을 한 달도 더 잡고 있다가 늦게 보낸 법원의 늑장 처리에 대한 불만을 터트릴 데가 없어 혼자 북북댔다.

일반 공무원들이 민원을 이렇게 늑장 처리했으면 처벌감인데 법원은 끗발이 좋아 그냥 넘어가나?

나는 법무사 친구에게 판결문이 도착했다고 전화했다. 친구는 강제 집행에 들어가기 전 피고와 대화를 하여 제 발로 나가게 하는 것이 좋다고 충고해 줬다.

나는 죽기보다 싫었으나, 법을 알고 있는 친구의 충고를 무시할 수가 없어 박동화에게 전화를 했다.

박동화는 법대로 하라면서 전화를 탁 끊었다. 나는 화가 치밀어 박동화가 눈앞에 있었으면 막 패줬을 거다.

법무사 친구가 알려준 대로 법원에 갔다. 집행관사무소에 들러 판결문을 제출하고 집달리를 동원하여 강제 퇴거시켜 달라고 했다.

서류를 받은 공무원은 다시 한 번 피고와 대화를 해 보라고 권했다. 나는 강하게 고개를 저었다. 공무원은 접수증을 건네주며 은행에 가서 납부하고 영수증을 가져오라고 했다. 예납비용 994,500원이 눈에 확 띄었다. 수수료, 여비, 노무비 등 항목이 보였다.

집행비용이 백만 원이나 된다!

무슨 돈이 그렇게 많으냐고 따졌다. 공무원은 집 평수에 따라 결정되는 거라며 더 이상 대꾸를 안 했다. 나는 마누라 몰래 숨겨뒀던 비상금을 다 털어 수수료를 냈다.

일주일 후에 강제집행 서류가 접수됐다는 통고가 왔다. 그리고 감감무소식이었다. 나는 답답하여 법원 통지서에 적힌 번호로 전화를 했다.

"서로 잘 협의가 됐지요?"

사건번호를 알려주자 잠시 뜸을 들인 후 느긋한 목소리가 울려 왔다.

"협의고 뭐고 없어요. 빨리 집행해 주세요."

"강제집행하면 서로 원수가 되는데 좋게 타협을 보시지요."

공무원은 남의 일이라서인지 정말 느긋했다. 나는 빨리 집행해 달라고 사정까지 했다.

또 한 달이 훌쩍 지나갔다. 내 집을 부당하게 점거 당하고 법원 판결까지 받았으나 나는 아무것도 할 것이 없었다.

2차 경고를 보냈다는 공문이 왔다.

법원에서 "며칠 내 집행할 건데 어떻게 타협을 보셨어요?" 하고 전화가 왔다.

"타협이고 뭐고 없어요. 빨리 집행해 주세요."

법원은 "알았어요. 최종 통보 보냈으니 며칠만 더 기다렸다가 집행하지요. 그 안에 타협 보면 알려 주세요" 하고 한가한 소리를 했다.

나는 뉴 파크에 있는 복덕방 중개인으로부터, "어떻게 잘 해결되셨어요?" 하는 전화를 받았다.

"무슨 말씀?"

나는 꼭 내가 바보요, 하고 말하는 것 같아 기분이 더러웠다.

"905호 오전에 이사 가던데요."

"이사를 가요?"

"네. 이사를 갔어요. 세 놔 드릴까요?"

나는 전신에서 힘이 다 빠져 나가 더 이상 말을 할 수가 없었다.

강제집행 바로 직전에 침입자가 도망쳤다!

"지발로 나갔어? 그 친구 꾼 같은데 잘됐다. 강제집행 비용으로 낸 돈 중 상당액을 돌려받을 수 있겠네."

내 전화를 받은 법무사 친구가 정말 한가하게 말했다.

"그럼 밀린 월세랑은 어떻게 받냐?"

"그거? 소송해야 한다. 내가 해 줄게. 한 반 년 걸릴걸."

법무사 친구는 너무나 쉽게 말했다.

나는 우리 부부의 선의를 무참히 짓밟은 배신에 허탈했다. 그래도 인간의 본성은 착한 거라 믿은 순진했던 신뢰가 부끄러웠다.

시비가 명명백백한 명도이전 소송을 하고 강제집행까지 가는데 열 달도 더 걸렸다.

밀린 월세 받자고 민사소송을 하면 또 얼마나 걸릴까? 반 년? 아니 그보다, 압류할 재산이 없으면…, 소송비만 날린다!

소송을 않겠다고 하면 인간의 본성이 어떻고 했던 마누라가 어떤 반응을 할까? 물 같은 남편이라고 쫑알댈까?

법대로 하고도 손에 쥔 것이 없었던 나는 바보가 된 기분으로 손재수가 들었다, 아니, 액땜을 했다, 하고 자위하며, 월세를 받아내기 위해 소송을 않기로 했다.

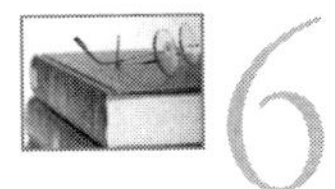

사면초가

1

"그렇게 말렸는데 데모 간다고? 이 추위에."

일성금속주식회사 사장은 민주노총이 주관하는 비정규직 입법 반대 서울역 광장 집회에 그의 회사 노조도 참석한다는 관리본부장의 보고를 받고 소파에서 벌떡 일어서며 벌컥 화를 냈다.

일성금속은 자동차 부품을 만들어 공급하는 회사로, 대한자동차(주)가 주거래처다.

이번 서울 원정 데모를 2개월 전 사장으로 취임한 신임 사장과 첫 합을 겨루는 투쟁의 장으로 간주하고, 집행부를 새로 구성한 지 갓 3개월 된 노조집행부가 사장에게 힘겨루기를 선포한 것이다.

사장은 정부 고위관리 출신으로 대한자동차(주)와의 관계를 고려하여 일성금속의 오너가 모셔 왔다.

"네, 죄송합니다. 상급기관에서 참석하라는 독촉이 성화 같은 모양입니다."

관리본부장이 손을 비비며 쩔쩔매는 척했다.

"우리 노조가 꼭 민주노총 지시를 따라야 해요?"

"네. 우리 노조가 민노총 산하라서 어쩔 수 없이 참석하여야 합니다. 사장님 지시도 있고 하여 여러 번 설득했습니다만…, 최소 열 명은 가야 하는 것 같습니다. 삼십 명은 가야 한다는 것을 겨우 설득했습니다."

관리본부장은 아직 노조의 속성을 잘 모르는 사장의 눈치를 보며, 자신이 데모에 가려는 인원수를 대폭 줄인 공을 은근히 내세웠다.

"음, 열 명은 가야 한다."

"네. 위원장이 막 사정을 합니다. 자기도 조직을 이끌려면 어쩔 수 없다고."

"알았어. 그럼 위원장하고 전임 두 사람은 자기들이 알아서 하라고 하고, 나머지는 휴가 처리하고 가라고 해."

사장이 인상을 빡 쓰며 결론을 내뱉었다.

"그것이….

"뭐 더 할 말 있어요?"

"네, 그것이…, 관례라서."

"관례라니?"

"열 명은 숫자도 많지 않고 하니 가는 것을 모르는 체하시면….

"그게 무슨 말이요?"

"저…, 휴가 처리하면 연차에서 빠집니다. 그러니 슬쩍 다녀오도록 하면."

직원들은 취업규칙에 명시된 연차휴가를 가는 대신 휴가를 가지 않고 근무하고 통상임금의 1.5배를 쳐주는 보상금 받는 것을 선호한다.

"데모 가는 놈들이 연차 걱정해?"

"그래도…, 지금까지 계속 모른 체했었습니다."

"그러니까 계속 데모에 참석하지. 사장이 바뀌었어요. 나는 옛날 사장하고 달라요. 원칙대로 휴가 처리하고 가라고 해요."

사장이 꽥 소리를 질렀다.

"원칙은 그렇지만…."

"경영간부가 그렇게 노조 눈치만 보니 계속 원칙이 무너지지. 당신도 임기 있는 임원이요. 소신껏 해요. 나는 전임 사장들같이 노조 눈치만 보지 않을 테니. 원칙대로 해요."

사장은 관리본부장을 꼬나보며 목소리를 높였다.

"네…, 네에에."

관리본부장은 손을 비비며 곁으로는 죄송한 척했으나, 속으로는 권위만 내세우는 공무원 습성에 젖은 세상물정을 제대로 모르는 사장을 딱하게 여기며 어눌하게 대답했다. 사장은 관리본부장에게 할 말을 다 했으면 나가보라는 신호로 소파에 놓인 《변해야 산다》는 제목의 단행본을 집어 들었다.

"그럼 삼십 명이 아니고 열 명만 보내는 것으로 하겠습니다."

관리본부장은 참석인원을 삼십 명에서 열 명으로 줄인 그의 공을 다시 한 번 사장에게 상기시켰다.

"그놈들이 언제 우리 말 들었어? 휴가원이나 받아."

사장이 씹듯이 말을 내뱉고 책을 읽는 시늉을 했다.

관리본부장은 꾸벅 절을 하고 사장실을 나갔다.

2

"열 명 갔습니다. 위원장하고 전임 두 명, 공장에서 6명, 기술연구소

1명, 관리본부는 단 한 명만 시위에 갔습니다."

사장은 소파에 앉아서 부동자세로 보고하는 관리본부장을 올려다보았다. 관리본부장은 자기 부서의 참가 인원이 단 한 명뿐인 것을 은연 중 강조했다.

"공장에서 그렇게 여러 명 가도 생산에 차질이 없는 거요?"

사장이 눈초리를 치켜세웠다.

"네. 공장장께서 빠진 자리는 조장이 대신한답니다."

"거기 인원 줄여야겠구먼."

사장이 이맛살을 찌푸리며 씹듯이 내뱉었다.

"노무부장을 시위현장에 보냈습니다. 우리 회사 직원들을 잘 구슬러 참석했다는 눈도장만 찍고 바로 내려오도록."

사장은 불쾌한 표정으로 관리본부장을 빤히 쳐다봤다.

"상황이 바뀌면 다시 보고 드리겠습니다."

관리본부장은 사장이 '휴가건'을 다시 챙겨 말하기 전에 도망치듯 사장실을 나왔다.

"저희 부서에서도 민노총 시위에 한 명 참석하여 죄송합니다."

관리본부장이 나가자마자 기술연구소장이 사장실에 들어서며 사과 아닌 사과를 했다.

"앉아요."

사장이 어색하게 서 있는 기술연구소장에게 말했다.

"이번에 금속표면처리 기술도입과 관련한 피알엠이 리용에서 있습니다. 연구소에서 세 사람 출장을 보냈으면 하는데요."

기술연구소장이 사장의 눈치를 살피며 조심스럽게 말했다.

"보내야지요. 보낼 사람은 소장이 알아서 해요."

사장이 대범하게 권한을 위임했다.

"감사합니다. 김필수 실장과 조동만 박사, 이한수 과장을 보내겠습니다."

"알았어요. 그런 것은 소장이 알아서 하라니까."

"우리 연구소에서 시위에 간 친구는 10년 근속 보상휴가를 쓰도록 했어요."

사규에 10년 근속자는 3일간 특별휴가를 별도로 쓸 수가 있도록 되어 있다.

"잘했어요. 원칙대로 해야지. 그래야 다음부터는 다시는 그런 시위에 참여하지 않지."

사장이 소장의 보고에 긍정적인 반응을 보였다.

"공장이 문제예요. 그곳은 노조위원장 텃밭이라 말을 잘 안 듣는 것 같습니다. 위원장이 책임진다고 그냥 데모에 참여하라고 한 모양이에요. 우리 직원이 왜 연구소만 휴가원을 내라고 하느냐고 항의하는 것을 겨우 설득하여 휴가원을 받았습니다."

"노조위원장이 사장이요? 회사 근무기강의 시작은 근태인데 휴가원을 안 내고 그냥 가라고?"

"아니, 뭐…."

마음이 여린 기술연구소장은 다른 부서의 잘못을 사장에게 고자질하고 부담을 느끼며 어물거렸다.

"내가 그렇게 데모 갈 때는 근태처리를 하고 가라고 지시했는데."

"휴가를 내고 가면 연차가 빠져 하루에 십만 원 이상 손해가 갑니다."

"데모 가려면 그만한 각오는 해야지."

"네에에."

기술연구소장은 사장의 눈치를 보며 자리에서 일어섰다.

"공장장 오시라고 해."

기술연구소장이 집무실을 나가자 사장이 인터폰에 대고 여비서에게 지시했다.

공장장이 수첩을 들고 긴장한 얼굴로 사장실에 들어섰다.

"공장에서 제일 많이 데모에 갔다면서요?"

"그게, 죄송합니다. 지금 집행부가 공장 직원 중심이라서."

공장장이 변명을 하였다.

"휴가원은 다 받았지요?"

"그것이…."

"그럼 안 받았단 말이요? 관리본부장에게 지시했는데 못 들었어요?"

"그게…, 관례라서."

"관례는 무슨 관례. 휴가원 안 내고 갔으면 무단결근 처리해요."

"노조에서 반발이 심할 텐데요. 지금까지 그럴 땐 모르는 척했었는데."

"내 지시를 어떻게 아는 거요?"

"그래도 관례가…."

"사장이 바뀌었어요. 내가 사장으로 있는 한 그런 원칙에 어긋난 일 안 돼요. 당장 휴가원을 받더니 아니면 무계결근 처리해요."

"저…."

"부하들 근태처리 하나 못하는 상사가 상사요? 감사실 시켜서 조사시켜야겠네. 부하들 근태 하나 원칙대로 처리 못하는 상사를 처벌하는 수밖에. 나가 봐요."

"아니, 근태 처리토록 하겠습니다. 죄송합니다. 전임 사장님들께서는 그냥 좋은 것이 좋은 거라고 눈감아 주셔서."

"전임 사장들은 노조와 말썽 나는 것이 무서웠던 모양인데, 나는 안 돼요. 나는 전임 사장들같이 자리에 연연하지 않아요."

"네, 바로 조치하겠습니다."

공장장이 부동자세로 다짐을 하고 사장실에서 물러났다.

오후 5시.

사장은 최근 부품의 원자재인 철강 값이 50% 이상 올라 어려우니 계약가격을 인상해 달라는 부탁을 하러 대한자동차(주) 구매담당 전무를 만나고 나오는 길이었다. 구매담당 전무는 원자재 값이 올라 생산원가가 오른 것은 이해하지만, 계약가격은 올릴 수 없다고 칼같이 잘랐다. 계약가격 인상을 요구하는 하청업자와는 계약관계를 재고하라는 회장님 오더가 있었다는 핑계를 댔다.

공무원 시절 그의 앞에서 설설 기며 그의 말에 복종하는 척했던 전무가, '을'이 된 사장에게 완전히 안면을 바꾸고 회장을 핑계대며 그의 부탁을 거절하자, 사장은 터져 나오려는 호통을 간신히 누르며 전무실을 나섰다.

승용차가 막 대한자동차(주) 정문을 통과하여 도로에 접어들 때 사장의 이동전화가 울렸다. 발신자는 노조위원장이었다. 사장은 신호음이 몇 번 울리고 나서야 이맛살을 찌푸리며 전화를 받았다.

"여보세요."

"사장님, 접니다."

위원장이 숨 가쁜 목소리를 냈다.

"추위에 고생 많으십니다."

사장은 시위현장에서 추위에 떨며 전화를 하는 위원장에게 형식적인 위로의 말을 보냈다.

"사장님. 그러실 수가 있습니까?"

위원장의 목소리가 거칠었다.

"네?"

"우리들이 회사를 위해서 데모를 하는데 격려는 못해 주시고."

"회사를 위해서?"

"우리 노동자는 회사의 주춧돌 아닙니까? 그런데 어떻게."

"무슨 말씀인지요?"

"공장장이 과잉 충성하느라 데모 나온 사람들 휴가원 안 내면 무계 결근 처리하라고 지시한 것 같은데 좀 저지시켜 주십시오."

"공장장이 시킨 것이 아니라 내가 지시한 거요."

"사장님이? 사장님은 통할 줄 알았는데."

"통하다니요?"

"사장님은 회사 전체를 보시잖아요?"

"그러니 원칙대로 하라는 것 아닙니까?"

"원칙이요?"

"네. 근태는 회사 근무의 기본이요."

"그거야 알지만 사장님께서 통 크게 풀어 주셔야죠. 사장님이 앞장 서서 노조를 탄압하시면."

"노조 탄압한 것 없는데요. 데모 가려면 가되 데모는 회사 근무가 아 니니 휴가를 내던지 하라는 거요."

"저희들이 놀러 왔습니까? 다 회사를 위하여 이 추위에 떨며 고생하 고 있는데."

"제품 생산 팽개치고 데모하는 것이 회사를 위하는 거요?"

"그럼 우리가 놀러 왔다는 겁니까?"

"어쨌든 그쪽은 자신의 목적이 있고 소신이 있어 데모를 하는 모양
이니 회사 규칙에 따라 휴가를 내던지 휴가를 안 내면 무단결근 처리하
겠습니다."

"정말 그러실 거요? 그럼 저도 원칙대로 나갑니다."

"좋습니다. 원칙대로 합시다. 감기 조심하세요."

사장은 강한 목소리로 말을 내뱉고 수화기 뚜껑을 탁 닫았다.

3

"노조원들이 이틀째 서울역에서 농성을 하고 있습니다. 노무실장까
지 올라가서 설득을 하고 있는데 우리 회사만 빠질 수가 없다고 꿈쩍도
안 하고 있어요."

관리본부장이 사장 옆자리에 앉으며 그의 눈치를 봤다.

"자기들 좋아서 하는 것 별 수 없죠. 근태 처리는 제대로 했죠?"

"네, 근태 처리는 제대로 한 것 같습니다. 위원장이 어제 저녁에 전화
로 저한테 난리를 쳤습니다."

"무슨 일로?"

"사장님이 원칙대로 하신다는데 제대로 사장님을 모시라고."

"제대로 모시다니?"

"역대 사장님이 노조위원장 눈치를 봤거든요."

"왜 위원장 눈치를 봐요?"

"회사의 문제점을 노조가 다 알잖아요?"

"뭐 노조에 꿀리는 짓 했어요?"

"그런 것은 아니지만."

"그런데 왜 쩔쩔매는 거요?"

"노조가 이 것 저 것 시비 붙으면 귀찮습니다."

"공정하면 되지 왜 노조에 끌려 다녀요?"

"죄송합니다. 지난번 사장님 계실 때 노조에서 사장님 비위를 들추고 협박도 했습니다."

"나는 그런 것 없으니 걱정 말고 원칙대로 해요."

사장은 근태 문제를 노조 뜻대로 봐주자는 설득을 하려 그의 집무실을 찾은 관리본부장을 노려보며, 이 친구 이 따위로 편법을 건의하면 사표를 받아야겠군, 생각하며 불쾌한 감정을 숨기지 않았다.

"네 알겠습니다. 죄송합니다. 계속 데모대에서 빠져 내려오도록 설득하겠습니다."

"노조에서 생산 현장 정시 출퇴근을 충동할 움직임입니다."

공장장이 난처한 표정을 지으며 사장에게 보고했다.

"뭐라고? 오티(주: 시간외 근무)를 않겠다고? 그러면 납품에 지장이 있는 거 아니요?"

"네, 있습니다. 사장님이 원칙대로 하신다니 자기들도 원칙대로 하겠다고 서울에 있는 위원장이 김 부위원장에게 지시한 모양입니다. 무단결근을 풀도록 사장님께 무언의 압력을 넣는 것 같습니다."

"그게 말이나 돼요? 그럼 회사가 어떻게 되는데?"

"그 친구들 회사가 어려워야 자기들 뜻대로 된다고 정시 출퇴근을 하겠다는 겁니다."

"정시 출퇴근하면 며칠간 버틸 수가 있어요?"

"일주일은 버틸 수가 있습니다. 오티 없이 일주일 넘으면 생산 물량에 차질이 예상됩니다."

"물러날 수 없어요. 데모 간 놈들 월급을 주라고? 무노동 무임금 원칙을 깰 수 없어요."

"현장 종업원을 잘 설득하겠습니다."

"경영간부들이 이렇게 물러 빠졌으니 노조가 저렇게 강하게 나오지."

"사장님이 오서서 원칙대로 하시겠다는 것이 아직 현장까지 잘 전달되지 않은 것 같습니다. 노력하겠습니다."

공장장이 머리를 90도로 숙여 인사를 하고 사장실을 나갔다.

사장은 경영간부라는 친구들이 하나같이 노조의 비위나 맞추려는데 짜증이 났다.

'이 친구들을 싹 물갈이 해 버려?'

사장은 팔짱을 끼고 창가에 서서 차가운 하늘에 떠 있는 구름을 보며 중얼거렸다.

4

"노조위원장님이 사장님 독대를 원합니다."

여비서가 문을 열고 들어와서 어색하게 보고했다.

"위원장이?"

사장이 눈살을 찌푸리며 물었다.

"네. 10시에 뵙고 싶다고 하는데요."

"오전에 시간 없다고 해. 그리고 관리본부장 좀 오시라고 해."

사장은 짜증나는 목소리로 말했다. 여비서는 다소곳이 인사를 하고 사장실에서 물러갔다.

"사장님 찾으셨습니까?"

관리본부장이 노크를 하고 사장실에 들어섰다.

"앉아요."

본부장은 사장 오른쪽 자리에 앉으며 수첩을 폈다.

"적을 건 없고…, 노조위원장이 왜 날 만나자는 거요?"

"네, 그것이…."

관리본부장이 침을 삼켰다.

"어제 제 방을 찾아와서 한참을 이야기하고 갔습니다. 자기가 상집 더러 데모 가자고 했는데 무결 처리되어 체면이 말이 아니라며 선처해 달라고."

"회사 비우고 데모 갔으니 무결 처리된 것은 당연한 것 아니요?"

"네. 당연합니다. 그러나 노조위원장은 옛날 생각만 하고 데모 간 모양인데 회사에서 강력하게 나오니…, 더구나 무결 처리까지 됐으니."

"그럼 휴가 내라고 해요. 그 정도는 봐주지."

"무결이나 휴가나 월급에서 빠지는 것은 똑 같습니다."

"얼마나 줄어드는 거요?"

"이틀이니 20만 원 이상씩 줄어듭니다."

"그 정도 각오도 없이 데모를 가요? 노조 맹비에서 보전해 주면 되겠구먼."

"그러면 되지만 대의원 대회도 거쳐야 하고, 그렇게 되면 위원장 체면이 말이 아니지요."

"본부장은 누구 편이요?"

"아, 그런 것은 아닙니다. 위원장이 와서 하도 사정을 하여 사장님께 보고드리는 겁니다. 사장님께는 차마 말씀을 못 드리는 모양입니다. 전화로 다투셨다면서요?"

"다퉜다고까지 할 것은 없고 원칙대로 하자고 했지요."

"통화할 때 사장님 심기가 불편했던 때라는 설명은 해 줬어요. 대한 과 납품가격 때문에 실랑이를 하시고 이야기가 잘 안 돼서."

"그 친구들 회사를 위해서 데모한다고 하던데, 그래 이 어려운 판에 데모나 하게 됐어요? 더구나 준법투쟁한다면서요. 오티도 안 하고."

"아, 그것은 화가 나서 한 말이랍니다. 지금 준법투쟁 안 하고 있잖습니까?"

"그래서 관리본부장은 나한테 뭘 바라는 거요?"

"다음에 다시는 데모 안 가겠다는 약속을 받고 근태문제를 해결해주시지요."

"그 친구들 약속을 어떻게 믿어요. 또 이런 경우가 자주 있을 텐데. 이참에 아예 버릇을 고쳐야지."

"위원장 새로 당선됐는데 한 번 아량을 베푸시면."

"경영간부라는 사람들이 뭐 그렇게 흐물거려? 공장장도 그렇고."

"워낙 오랜 관례라서."

"안 돼요. 원칙대로 합시다. 사장도 회사 규정안에서 업무를 해요. 딴소리 말고 그대로 밀어붙여요."

"네, 알겠습니다."

관리본부장은 난처한 표정을 지으며 어물거렸다.

사장은 본부장의 태도를 보며 이미 그가 노조위원장에게 모종의 약속을 한 것 같은 낌새를 챘으나 모르는 척했다.

"위원장이 그 말 하려 날 만나자는 거요?"

"네. 사장님께 부탁을 드리려."

"본부장이 말해요. 원칙대로 하자고. 만날 필요 없다고."

"사장님. 제가 위원장 만나서 타이르겠습니다. 그래도 한 번 만나주시지요. 체면이 있는데. 위원장이 막가면 귀찮습니다."

관리본부장이 강하게 사장에게 권고했다.

"가서 전해요. 원칙대로 하자고."

“네, 알겠습니다.”

관리본부장이 정중하게 허리를 숙이고 사장실을 나갔다.

“사장님! 위원장이 사장님을 꼭 뵙고 싶다고 하는데요.”

외부에서 점심을 마치고 1시 반쯤 사장이 집무실에 들어서자 여비서가 그의 코트를 받으며 사장의 눈치를 봤다.

“꼭 만나야겠다는 거야?”

“네, 들어오시면 연락 주라고.”

“알았어. 그럼 두 시에 올라오라고 해.”

사장은 내뱉듯이 말했다.

두 시 정각, 여비서가 노조위원장이 응접실에서 기다린다고 알려줬다.

“이 추위에 감기는 안 걸렸어요?”

사장은 응접실에 들어서며 위원장의 손을 잡았다.

“네, 아직 젊어서 괜찮습니다.”

노조위원장은 30대 중반의 나이이다.

“건강 조심하셔야지.”

“염려해 주셔서 감사합니다.”

“따뜻한 차 가져와.”

사장은 인터폰에 대고 여비서에게 지시했다.

“저 한 말씀만 드리고 가겠습니다. 일전에 통화할 때 사장님 심기가 불편하신 것을 몰랐습니다. 죄송하게 됐습니다.”

“멀리서 분위기를 알 수는 없지요.”

사장은 떨떠름한 기분으로 위원장의 사과를 받았다.

"사장님도 회사를 위하여 노력하시지만 저희들도 회사를 위하여 노력하고 있습니다."

"우선 회사가 살아야 우리가 다 사는 것 아닙니까? 위원장님의 많은 협조를 부탁드립니다."

사장은 원론적인 이야기를 이어가며 위원장이 근태문제를 꺼낼 기회를 봉쇄하려고 했다.

"당연히 회사가 잘 돼야지요."

"최근 제가 쇼크 받은 것이 있습니다. 우리 회사 경쟁사인 미국 크론사가 우리와 조인트 벤처를 하고 싶은데, 우리 인건비가 자기들보다 더 비싸서 어렵다는 말을 듣고 놀랐어요. 어떻게 국민 소득 4만 불이 훨씬 넘는 미국 회사보다 국민 소득 이제 2만 불 수준인 우리 기업의 인건비가 더 비싼 건지. 지난달에 왔던 불란서 친구들도 우리 인건비가 자기보다 싸지 않다고 말했어요. 생산라인을 증설하는 데 과연 우리 인건비로 경제성이 있겠느냐고. 우리 회사는 완전히 국제경쟁에 노출되어 있어요. 노사가 한 마음으로 같이 뛰지 않으면 국제경쟁에서 살아남기 어려워요."

사장이 열변을 토했다.

"사장님 말씀은 알겠습니다. 오늘 사장님을 찾은 것은 지난번 통화 중에 실례를 한 것 같아 해명하러 왔습니다. 데모 관련 건은 관리본부장에게 일임해 주시지요."

노조위원장이 사장에게 형식적인 사과를 하고, 반대급부로 근태문제를 본부장에게 위임토록 하여 본부장과 짝짜꿍하여 노조 입맛대로 해결하려는 고단수 수법을 쓰는 것이 눈에 훤히 보였다.

"그 때 나도 기분이 좋지 않은 터라 막말을 했어요. 서로 협조하여 잘 합시다."

"그럼 사장님만 믿고 가겠습니다."

위원장이 엉거주춤 자리에서 일어섰다.

"근태는 원칙대로 합니다."

사장은 톤을 낮춰 말했다.

"근태문제는 관리본부장하고 이야기하겠습니다."

위원장은 크게 양보를 했다는 투로 말하며 손을 내밀었다.

사장은 위원장 말에 더 이상 토를 달지 않고, "건강 조심해요" 하며 손을 맞잡았다.

"사장님도 건강 조심하십시오."

사장은 위원장의 손을 잡고 흔들며, 골치 아픈 근태문제를 사장이 나서서 직접 노조와 부딪히지 말고 관리본부장에게 위임할까, 하는 유혹을 느꼈다.

5

"사장님. 위원장이 내 방에 다녀갔습니다. 2시간 이상 귀찮게 하고 갔습니다."

위원장이 사장을 만나고 간 다음날 아침, 사장이 출근하자마자 관리본부장이 사장실에 들어섰다.

"무슨 이야기를?"

"근태문제입니다. 사장님이 저한테 처리를 맡기셨다고 저더러 풀어 달라는 겁니다."

관리본부장은 사장의 눈치를 살폈다.

"나 위임한 적 없는데."

사장이 눈초리를 올리며 신경질적인 반응을 보였다.

"어제 사장님 만나뵙고 말씀드렸다고."

"말이야 들었지. 예스한 적 없어. 원칙대로 해요."

사장이 무 자르듯이 말했다.

"네, 알았습니다. 하도 위원장이 자기 체면이 말이 아니라고 도와달라고 하여."

관리본부장은 지나가는 투로 말했다.

"이미 근태처리 끝나서 다 컴퓨터에 입력됐을 테니 바꿀 수 없을 거고."

"그것이…, 사장님 뜻을 전하겠습니다."

사장은 관리본부장이 말끝을 흐리며 어물거리자, 이 친구들이 근태처리를 정식으로 하지 않고 편법으로 처리하지 않았나, 하는 의심이 갔다.

"내 뜻을 전할 게 아니라 본부장은 이 회사 임원이요. 나랑 같이 회사 책임을 지는 임원이란 말이요. 내 뜻을 전할 게 아니라 본부장도 같이 원칙을 지켜야지요."

사장은 젊잖게 본부장을 나무랐다.

"네, 명심하겠습니다."

본부장이 비굴할 만큼 저자세를 취했다.

"나가 봐요. 손님 올 시간 됐어요."

사장은 소신 없이 노조에 휘둘리는 본부장에게 불쾌감을 감추지 않았다.

"사장님 다음 주 월요일부터 노조에서 정시 퇴근하겠답니다."

관리본부장이 다녀간 지 한 시간도 되기 전에 공장장이 사장에게 보고했다.

"왜 다음 주부터야?"

사장이 짜증을 냈다.

"회사에 생각할 시간을 주겠다는 겁니다."

"생각할 시간을 준다고?"

"네. 노조가 회사와 막가기는 싫답니다."

"오티 안 하면 납품물량 맞출 수 없다는 걸 뻔히 아는 친구들이 오티 못하게 막겠다고?"

사장은 입맛이 썼다.

"죄송합니다."

"어떻게 해 달라는 거요?"

"데모 간 직원 무단결근 풀어달라는 겁니다."

"그건 이미 끝난 이야기요."

"그래도…, 사장님이 결심하시면."

"관리본부장도 나더러 양보하라고 하더니 당신도 나더러 원칙을 깨라는 거요? 임원이라는 친구들이 누구 편이요?"

"죄송합니다. 오티를 안 하면 생산에 차질이 있어서."

"나가 봐요. 이미 근태문제는 끝난 거라 전해요. 오티는 회사에서 시키면 법정시간 내는 하도록 되어 있지요?"

"네, 규정상은 그렇습니다."

"그런데?"

"실제 노조에서 들고 일어나서 단체적으로 안 하면 처벌이 어렵습니다."

"처벌이 어렵다고?"

"네, 그것이…."

"다음 주부터 오티를 않겠다고? 형편없는 친구들. 이래가지고 어떻게 선진국으로 가나?"

"네, 그렇습니다."

공장장은 사장의 눈치를 보며 앵무새가 되었다.

"오티 없이 간부들로 생산 계획을 세워 보고해요."

사장은 강한 어조로 지시했다.

"네."

공장장이 쩔쩔매며 방을 나갔다.

"보고드릴 것이 있습니다."

노무실장이 주눅이 든 표정으로 사장실에 들어섰다.

"뭐야? 노조가 또 뭐 요구하나?"

"아닙니다. 보고드릴 말씀이 있어서."

"……."

사장이 노무실장을 노려봤다.

"근태 처리 아직 컴퓨터에 입력하지 않았습니다. 각 부서에서 제출한 무단근태 처리 서류를 그냥 가지고 있습니다."

"뭐라고? 컴퓨터에 입력하지 않았다고? 무단결근 처리 아직도 안 한 거야?"

사장이 벌컥 화를 냈다.

"네, 했습니다."

노무실장이 깜짝 놀라며 말을 더듬었다.

"관리본부장 오시라고 해."

사장이 인터폰에 대고 여비서에게 지시했다.

"사장님. 관리본부장 복통이 나서 병원에 가셨답니다. 병원으로 연락했습니다. 지금 치료 끝나고 들어오고 계십니다."

여비서가 사장의 눈치를 보며 보고했다.

"그 친구 말도 없이 병원에 가. 이 친구들 사장 지시를 어떻게 아는 거야? 컴퓨터에 입력도 안 했다고? 아예 짜고…, 관리본부장하고 같이 와."

사장이 두 손을 모아 비비고 서 있는 노무실장에게 호통을 쳤다.

"사장님! 사장님이 손님하고 말씀 중이라 말씀 못 드리고 병원 다녀 왔습니다. 노조 때문에 소화가 안 돼서."

관리본부장이 노무실장을 대동하고 사장실을 들어서며 기어드는 목소리로 말했다.

"근태 처리 컴퓨터에 입력도 안 했다고?"

사장이 고함을 쳤다.

"네, 죄송합니다. 저도 컴퓨터에 입력한 줄 알았는데…, 확인해 보니, 죄송합니다. 아마 컴퓨터에 입력했다 취소하려면 어려울 것 같아 그런 모양입니다."

"무슨 소리야?"

"지금까지 한 번도 무단결근 처리한 적이 없어서."

"뭐라고? 사장 지시를 어떻게 아는 거야?"

"죄송합니다. 제가 챙기지 못하여."

"당장 감사실 시켜 조사를 해야겠구먼, 누가 지시했나."

"사장님. 한 번만 참으십시오. 그렇게 되면 노사관계가 감정싸움으로 되고 정말 걷잡을 수 없이 됩니다."

지금까지 저자세이던 관리본부장이 강경한 목소리로 말했다.

사장은 관리본부장이 뻣뻣하게 그의 말에 대응하자 움찔했다.

"컴퓨터 처리 안한 직원들은 제가 나무라겠습니다. 제대로 감독 못한 제 불찰을 용서해 주십시오."

관리본부장이 당당하게 나왔다.

"어떻게 회사가 사장만 나쁜 사람이 되나? 같이 대응해야지."

사장의 목소리가 비장했다.

"당장 무단결근 처리해요. 원칙대로 하란 말이요. 나가 봐요."

"네 죄송합니다. 직원들 교육 잘 시키겠습니다."

관리본부장과 노무실장이 도망치듯 사장실을 나갔다.

임원도 직원도 하나같이 노조와 한 통속이 되어 원칙을 버리고 좋은 것이 좋은 것이다, 하는 식으로 처리하려 한다!

편법이 판을 치는 세상에서 원칙을 지키려고 홀로 버티며 사장은 너무나 외로웠다. 그는 고립무원의 고도에 선 것 같은 짙은 고립감에 빠져 창밖에 휘날리는 눈발을 하염없이 내다봤다.

"감사님 오셨습니다."

여비서가 감사에게 문을 열어주며 창밖의 눈을 쳐다보고 있는 사장에게 말했다.

"어서 오십시오."

사장은 감사는 그의 편을 들어 줄 것 같았다. 그가 반가웠다.

"사장님, 다음 주부터 노조에서 정시 퇴근하겠다고 하던데 힘드시지요?"

감사가 사장 옆자리에 앉으며 위로했다. 그는 정치권 출신이다.

"그러면 생산 차질이 있는데 노조는 우리 회사 직원 아닌가요?"

"맞지요. 그런데 그 친구들이, 위원장이 몇 번 제방 다녀갔습니다."

"그래요?"

"그 친구 입장이 어렵다고 도와달라고."

"이미 끝난 이야기를 아직도 하고 있습니까?"

"며칠 후에 월급날이니 그 때 가서 정말 월급에서 결근한 날짜만큼 빠지면 곤란하다고."

"그런 각오도 없이 데모 갔데요?"

"위원장이 자기가 책임지겠다고 했답니다."

"어떻게요? 지 월급에서 줄 건가요?"

"사장님. 이 일은 관리본부장에게 맡기고 빠지시지요. 사장님 이미지가 직원들 간에 좋으신데 공연히 젊은 노조 친구들이랑 티격태격할 것 없잖아요?"

사장은 그의 직책에 걸맞지 않는 말을 하는 감사를 못마땅한 눈으로 쳐다봤다.

"노조랑 시끄러우면 회사 이미지도 실추되고."

"한 번 원칙이 깨지면 걷잡을 수가 없어요."

"그야 그렇지만 노조와는 불가근불가원의 관계를 유지해야 하지요."

"그래야지요."

감사는 세상 돌아가는 이야기를 한참 하다가 물러갔다.

사장은 근태문제를 앞장서서 챙겨야 할 직위에 있는 감사가 오히려 불법을 눈감아 주라며 노조 편을 드는 것을 보고 몹시 불쾌했다.

사장은 불쾌감을 삭이려고 신문을 집어 들었다.

국회에서 노사합의 없이 비정규직 법안을 통과시키면 노조에서 전면파업을 하겠다는 기사가 사회면을 덮었다.

6

사장은 신문을 내려놓고 조용히 일어서서 팔짱을 끼고 방안을 서성거렸다.

‘어떻게 된 회사가 임원들이 다 원칙을 깨고 노조에 굽실거려?’

‘다음 주부터 준법투쟁을 벌이면 일주일도 가기 전에 납품물량을 채울 수가 없고…, 납품에 지장이 생기면 대한에서 난리가 날 거고…, 그렇다고 오티 않는 직원들을 다 처벌할 수도 없고…, 그래도 원칙을 깨면 안 되지.’

사장은 진퇴유곡에 빠졌다.

‘이거 감사까지 노조 편을 드니 어떻게 한다? 확 뒤엎어버려? 본보기로 관리본부장 사표를 받아?’

‘이번에 무너지면 내 임기 내내 노조에게 밀린다!’

사장은 누구와 상의라도 하고 싶었으나 회사 내에는 상의할 사람이 없었다.

‘내가 너무 고집을 부리는 건가? 임기 3년인데 편히 하다 갈까?’

‘그럴 수는 없지.’

사장은 고개를 살래살래 흔들며, 의인 열 사람만 있으면 소돔과 고무라를 심판에서 구해 주겠다고 한 구약성경의 일화가 떠올랐다.

‘한 사람의 의인만 있으면…, 니가 무슨 의인이냐? 그렇다고 원칙을 깰 수는 없지.’

사장은 더없이 짙은 고독에 허우적거리며 방안을 서성거렸다.

똑똑똑 문을 두드리는 소리가 났다.

“들어와요.”

사장이 방 가운데 서서 노크에 답했다.

관리본부장이 조심스럽게 들어왔다.

“앉지.”

사장이 먼저 소파에 앉으며 말했다.

“네.”

관리본부장이 조심스러운 자세로 사장을 마주보고 앉았다.

“무슨 일로?”

사장이 차분한 목소리로 물었다.

“감사님이 다녀가셨다면서요?”

“그래요.”

“감사님 말씀이 사장님이 근태처리 저한테 위임하신다고 하셨다고 하시던데.”

“감사가 그렇게 말했어요?”

사장은 정색을 하고 물었다.

“비슷하게 말씀하셨습니다.”

관리본부장이 말끝을 흐렸다.

“비슷하게? 자네 사표 내지.”

사장이 담담하게 말했다.

“사표요?”

사표를 내라는 청천벽력에 관리본부장의 얼굴색이 확 변했다.

“그렇게 노조 편들려면 사표 내요.”

“그런 것이 아니고 공장장이 다음 주부터 정시 퇴근하면 생산에 차질이 있다고 걱정을 하고….”

“그것은 공장장이 걱정할 일이고.”

“네, 그렇습니다.”

“당신한테 맡기면 어떻게 할 건데요?”

“사장님 뜻이 그렇게 굳으신데 사장님 뜻대로 하겠습니다.”

“그래?”

“사장님 말씀대로 밀어붙이겠습니다.”

"그렇다면 본부장 믿고 본부장에게 위임하지. 노조위원장이 그 일로 내 방에 다시 오는 일 없도록."

"예, 다음 주 수요일이 월급날이니 그 때까지만 버티면 됩니다."

"알았어요. 그럼 본부장한테 위임했어요. 다시 말하는데 원칙대로 해요. 아님 사표를 내던지."

"네, 사장님 뜻을 받들겠습니다."

관리본부장은 90도로 인사를 하고 사장실을 나갔다.

관리본부장이 어떻게 노조를 구워삶았는지 월요일부터 시간외 근무를 않겠다던 노조 집행부에서는 노조원들의 시간외 근무를 방관했다. 노조위원장도 누구도 그 문제로 사장을 찾지 않았다.

사장은 데모에 참여했던 노조원들의 근태문제를 어떻게 처리했는지 그 후 확인하지 않았다.

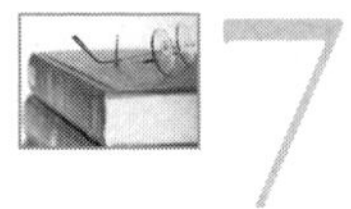

7

전화 피싱

1

고등학교 동기 동창 산악회에서 주관하는 월례 산행을 마치고 삼겹살집에서 뒤풀이를 했다. 다양한 직업을 가졌던 동창 이십여 명이 길게 둘러앉아 소주잔을 돌리며 한 달 동안 쌓였던 회포를 풀었다. 동창들은 주 메뉴인 건강을 화제로 판을 돌리다가, 미국발 금융위기로 화제를 바꿨다. 휘청대는 경제, 깡통 주택, 반 토막 펀드, 치솟는 미 달러 환율, 국민의 신뢰를 잃은 경제팀…을 안주 삼아 씹었다.

초등학교 교감으로 정년퇴직한 김형배는 주식이나 펀드에 투자했다 목돈을 날리고 경제팀을 욕하며 분통을 터트리는 친구들의 성토에는 귀를 막고 술만 마셨다. 지들이 돈 놓고 돈 먹으려고 펀드에 들어놓고, 그 손실을 정부의 탓으로 돌리려는 동창들의 성토에 끼는 것을 자존심이 허락하지 않았다.

김형배는 퇴직할 때 반년 치 월급에 해당하는 돈을 비자금으로 마련했다. 안전제일을 생활신조로 삼고 평생 살아온 김형배는 돈이 생기면 예금에만 넣었다. 친구들이 펀드에 투자하여 많게는 년 50%, 적게는 년 10%를 먹었다는 자랑을 들을 때마다 김형배는 세금 떼고 겨우 년 3~4% 이자만 먹어온 자신이 바보처럼 느껴졌다.

지난 해 10월, 그는 비자금을 조금이라도 불려보려고 은행을 찾아갔다. 젊고 매력적인 여직원이 살살 웃으며, BRIC 4개국, 브라질, 러시아, 인도, 중국 등 신흥 개발도상국의 경제 성장세가 높고 그 전망이 좋다며, 최소 년 15% 이익은 문제 없이 먹을 수 있을 거라며 BRIC 펀드 가입을 권유했다. 여직원의 말이 그럴 듯하여 그는 쓰고 남은 비자금을 몽땅 브릭스 펀드에 투자했다.

미국발 금융위기의 영향으로 우리 경제가 가볍게 휘청거린다는 기사가 연일 보도되었다. 김형배는 바로 은행을 찾아갔다. 여직원은 커피를 대접하며, 선생님 펀드도 약간 손실은 났으나, 조금만 참고 기다리시면 곧 회복될 거라고 애교스럽게 말했다. 김형배는 이미 까먹은 원금이 아까워서 은행 여직원의 권고를 못이기는 체 받아들였다.

미국발 금융위기가 지구를 몇 바퀴 돌고 돌았다. 김형배가 펀드를 가입한 지 1년만에 그의 비자금이 반의 반 토막이 됐다. 푼돈이 됐다. 김형배는 은행 여직원에게 사기를 당한 기분이었으나, 여직원에게 책임을 따질 마음은 아니었다.

"삼겹살이 정력에 좋다는데 많이 먹어라."
은행을 퇴직한 소병철이 김형배 앞자리로 옮겨와서 소주잔을 권했다.
"삼겹살이 정력에 좋다고? 난생 처음 듣는다."
김형배는 웃기는 소리 말라는 식으로 대답했다.

"정말 좋데. 며칠 전 대학교수로부터 강의 들었다."

"그 대학 교수 엉터리 아니야?"

"저쪽에서 보니 너 술만 마시던데 너도 펀드로 많이 날렸지? 나는 외제 차 한 대 날렸다."

소병철이 허탈하게 말했다.

"그렇게나 많이?"

"주식해서 돈 벌어 차 바꾸려 했다. 코스피 1,900 때 샀는데 900도 깨지게 생겼으니."

"MB가 3,000까지 올린다고 했잖아?"

"너 정치가의 공약을 다 믿니? 그래도, …, 나야 반¾ 사기를 당했고 세월이 가면 만회할 날도 있겠지만 김택수 녀석 안 됐다."

소병철이 무슨 비밀이라도 공개하듯 목소리를 낮추어 말했다.

"택수 캐나다 이민 갔잖아? 설마 캐나다에서 사기 당한 것은 아닐 거고."

"너 택수 소식 모르는 모양이구나. 한 4억 날린 것 같다."

"4억씩이나? 어쩌다가 그렇게 큰돈을?"

"택수가 캐나다 이민 가면서 분당에 있는 집을 3억 5천에 전세 놓고 갔다."

"그런데?"

"전세계약을 할 때 부부가 같이 왔었는데 부인 이름으로 계약을 했데. 지난해 그 부인이 미국에서 전화를 했는데, 아들이 영어 연수를 와서 일 년간 미국에 있을 거라며 돈이 필요하니 아직 계약기간 2년은 안 됐지만 전세금을 빼달라고 했데. 복덕방비랑은 자기가 물겠다고 하면서. 그래서 복덕방에 전세를 내달라고 국제전화를 한 거야. 요새 경기가 좋지 않아 전세가 나가지 않지, 부인은 자꾸 독촉하지, 그래서 전세금 받아 예금해 놓은 거라도 찾아주려고 했는데, 마침 세든 남편이 자기 친구가 집을 구하고 있으니 3억에 전세를 놓으라고 하여 그렇게 하기로 했데. 5천은 별 수 없이 생돈 물어줄 셈치고. 남편의 친구가 계약금 3천을 택수의 은행통장에 넣고 집을 도배해 달라고 한 모양이야. 남편은 도배하게 미리 집을 비워줄 테니 전세금을 돌려주라고 하고. 택수가 덜컥 들어올 사람 전세금도 받지 않고 남편 통장으로 3억 5천을 보낸 거야."

"그런데 뭐가 문제야?"

"거기서부터 꼬이기 시작했어. 그 친구라는 사람이 도배해 놓은 집에 들어와서 살면서 잔금을 안 주는 거야. 그래서 국제전화로 독촉을 하니, 그 친구 말이, 전세 들었던 친구한테 빚 받을 것이 있어 빚을 받으면 잔금을 주려 했는데, 전세금을 주인한테 돌려받고도 빚을 안 갚는다는 거야, 전세금 받으면 갚겠다고 해 놓고."

"계약서도 안 썼어?"

"팩스로 왔다 갔다 한 모양이야."

"그럼 계약할 때 귀국도 않고?"

"귀국 않고 복덕방에 맡겼지."

"그 큰 계약하면서 비행기 값 좀 아끼려고 안 들어와?"

"누가 그럴 줄 알았냐? 그런데 문제가 더 복잡해졌어. 부인한테 전세 나갔다는데 왜 전세금을 안 내주냐고 전화가 왔데."

"남편한테 줬잖아?"

"그게 부인 말이 남편과 이혼을 했데. 그래서 남편은 남이래. 계약은 자기하고 했으니 전세금을 내놓으라는 거지."

"허…."

"택수가 부랴부랴 귀국하여 남편을 찾아가니 남편은 그 돈 다 쓰고 한 푼도 없다는 거야. 부인이 전세금 반환 소송을 하고 집에 차압을 붙인 거야. 3천 내고 전세 들어온 친구는 집을 비워야 하니 3천 내놓으라고 하고."

"뭐가 아귀가 잘 안 맞는다."

"그렇기는 한데, 변호사를 사서 남편을 상대로 고소를 했는데 한 푼도 없다는 놈 잡아봐야 뭐하겠어? 전세금 3억 5천에 계약 선급금 3천, 변호사비해서 한 4억 이상 날아갈 것 같다."

소병철이 신이 나서 주워섬겼다.

"부인이랑 남편이랑 짜고 사기 치는 거 아냐?"

"법적으로 분명히 이혼되어 있는데. 짜고 치는 고스톱 같기도 한데 법적으로는 택수가 이길 수가 없는데. 택수 녀석이 고급 사기에 걸린 거야. 참 안 됐다."

"뭐가 복잡하다. 어쨌든 세상이 너무 험해진다."

"그렇지? 세상이 험해지니 별 사기가 다 성행한다. 전화 사기, 방문 사기, 특히 우리 노틀들이 많이 당한데."

"그거야 넋 나간 친구나 당하지."

김형배는 코웃음을 쳤다.

"사기 당하려면 순간적으로 정신이 뽕 간데. 김 교감이야 워낙 빈틈없으니 사기 당할 염려는 없지만. 그래도 우리 노틀들 조심해야지. 자 그런 의미에서 건배."

"별 실없는 건배가 다 있다."

김형배는 중얼대며 소병철과 잔을 부딪쳤다.

2

김형배는 산악회 모임에서 술을 너무 많이 마셨던지 집에 온 지 두 시간이나 지났는데도 정신이 알딸딸했다.

　김형배는 소파에 비스듬히 누워 바둑 프로, 우승상금이 40만 불이 걸린 응씨배 준결승전 녹화중계를 보았다. 떠오르는 별 이세돌이 지는 별 이창호에게 진 바둑이다. 지는 별의 팬인 김형배는 이미 결과를 알고 있는 바둑을 느긋한 마음으로 즐겼다.

　벽시계가 오후 4시를 가리켰다. 부인은 한 시간은 더 있어야 모임에서 돌아올 거다. 김형배는 낮잠이나 잘까, 하고 티브이 전원을 끄고 소파에 편히 누웠다. 잠이 막 들려는데 이동전화가 노래를 불렀다. 김형배는 누운 채 손을 뻗어 이동전화를 끌고 와서 뚜껑을 밀었다.

　"여보세요."

　"저 마티스 주인인데요, 수리비 십오만 원 나왔어요."

　날카로운 여자의 목소리가 김형배의 귀를 울렸다.

　"그렇게 많이 나왔어요?"

　김형배는 벌떡 일어나 앉았다.

　지난 주말, 김형배는 승용차를 몰고 피아노 독주회에 갔었다. 음악에 취미가 없는 그는 부인이 자기 동창 딸의 귀국 리사이틀에 꼭 가줘야 한다고 우겨 별 수 없이 차를 몰고 따라갔었다. 그는 예술의 전당 지하 주차장에 들어서다가 급정거하는 빨간색 마티스의 뒤꽁무니를 받았다. 받았다기보다는 살짝 건드렸다.

　어두컴컴한 주차장에서 마티스 뒤꽁무니에 상처가 보이지 않았으나, 마티스를 몰고 온 젊은 여자는 악착같이 뒤차 운전수의 항복을 받아내고, 정비소에서 수리한 후 비용을 청구하겠다며 연락처를 요구했다.

김형배는 운전 하나도 제대로 못하느냐는 부인의 눈총을 받으며 연락처를 알려줬다.

"정비소 영수증 보내드릴까요?"
여자는 당당했다.
"됐어요. 계좌번호나 불러줘요."
김형배는 수리비 15만 원을 보험처리하려다가 귀찮아서 그냥 그녀의 요구에 항복했다.

김형배는 인터넷 뱅킹으로 15만 원을 송금했다. 그는 은행 잔고가 9만 5천 원 남은 것을 확인하고, 연금이 입금되려면 아직 일주일은 더 기다려야 하는데, 그 동안 손가락이나 빨며 살아야 하나, 하며 이맛살을 찌푸렸다.
'펀드로 날리지만 않았어도 비자금을 쓸 수 있는데….'
김형배는 수리비를 송금하고 떨떠름한 마음으로 인터넷 뉴스를 일별했다. 주가가 폭락하여 사이드카가 발동됐다는 기사가 눈을 확 사로잡았다. 김형배는 그 뉴스를 보며 반의 반 토막도 안 남은 그의 비자금이 허공으로 날아가는 기분이었다.

거실에 설치된 유선전화가 시끄럽게 울었다.
"여보세요?"
김형배는 허둥지둥 거실로 나와 전화를 받았다.
"여기 우체국인데요, 반송된 메일이 있습니다."
발음이 어눌한 것 같았다.
"반송된 메일? 계속 집에 있었…, 아참 점심시간에 잠시 집을 비웠네요.”

“6백만 원 융자 신청한 건데.”

“융자 신청한 적 없는데요.”

“그래도 융자를 신청하셨으니 편지가 발송됐겠지요. 거래은행에서 보낸 것 같은데요.”

“제일은행이요, 신한은행이요?”

김형배는 허겁지겁 물었다.

“SC제일은행에서 보냈네요.”

“융자신청한 적 없어요. 수신인이 잘못된 편지 같은데.”

“김형배 씨 맞으시지요? 주소는 송파구 잠실동 포세이돈 아파트 210동 1205호시고.”

“네. 주소는 맞는데 융자신청한 적 없어요.”

“아, 그럼 개인정보가 유출된 것 같네요. 요새 그런 일이 많아요. 바로 보호조치를 해야 하니 제가 경찰서에 신고해 드리겠습니다. 핸드폰 번호는?”

“개인정보 유출?…. 핸드폰 번호는 017 3456 2345입니다.”

김형배는 언론에 자주 보도되는 개인정보 누출 당사자에 자신도 긴 것 같아 가슴이 철렁했다.

“그럼 바로 조치하겠습니다. 경찰서에서 바로 연락이 갈 겁니다.”

“감사합니다. 제가 해도 되는데.”

경찰서 어느 부서에 신고를 해야 하는지 알 수 없었던 김형배는 우체국 직원의 친절이 고마웠다.

3

“사이버 수사대 편경수 경삽니다.”

우체국 직원과 통화를 하고 소파에 앉자마자 바로 전화가 왔다.

아직 술이 덜 깬 김형배는, '편씨가 다 있나? 편조의 후손?' 하며, "네" 하고 전화를 받았다.

"송파우체국 김 주임으로부터 연락을 받았습니다. 개인정보가 누출되었다고요?"

"제 개인정보가 누출됐는지는 모르겠고, 제 이름으로 융자 신청을 했다는 편지가 왔답니다."

"아~ 그것이 전형적인 사기 수법의 시작이에요. 선생님을 떠보는. 신용정보가 새나갈 만한 일이라도?"

"그런 일은 없고, 아, 석 달 전 신용카드를 잃어버렸는데 바로 취소했어요."

김형배는 잘못을 저질은 아이처럼 말을 더듬거렸다.

"신용카드를 잃어버리셨다고? 된통 정보가 다 샌 것 같네요. 바로 신고돼서 정말 다행이네요. 대출신청을 했다는 우편이 온 것은 선생님 은행정보가 다 새어나갔다는 이야긴데 은행에 예금은 많으세요?"

"제일은행에 십만 원 쯤 있고, 신한은행에 비슷한 액수가 있는 것 같네요."

김형배는 예금 액수가 너무 적어 창피했다.

"은행 잔고가 적어 다행이네요. 그 정도 가지고 손댈 것 같지 않고, 혹시 마이너스 카드도 쓰세요?"

"네. 신청은 해놨는데 한 번도 쓴 적은 없어요."

"SC제일은행에서 융자신청 서류를 보냈다고 하던데 SC제일은행 마이너스 융자한도는 얼마나 되세요?"

김형배는 그냥 '제일은행'이라고 부르는데, 편경사는 꼭 'SC'를 붙여서 불렀다. SC를 붙이니 더 무게가 있게 들렸다.

"2천만 원입니다."

"오, 아주 신용이 좋으시네요. 빨리 보호 조치를 해야겠네요."

"보호 조치?"

"네, 이미 SC제일은행 개인정보가 다 노출되어 마이너스 대출을 해 갔는지 모르겠네요. 2천만 원이면 큰돈인데."

김형배는 펀드로 날렸는데 마이너스 통장까지, 하는 생각이 번뜩 들었다. 정신이 아찔했다. 등에서 진땀이 났다.

"나도 모르게요?"

"예, 빨리 조치를 해야 해요."

"어떻게?"

"집에서 에이티엠 부스가 멀리 있어요?"

"에이티엠 부스가 뭐요?"

"아, 현금인출기 있는 곳입니다."

"아, 우리 아파트 단지 상가에 제일, 신한은행 다 있어요."

"그럼 잘 되셨다. 빨리 SC제일은행과 신한은행 통장을 챙기시고, 먼저 SC제일은행 에이티엠 부스로 가서서 통장을 찍어 보세요. 인출이 됐나 확인해 주시고 제 핸드폰 전화번호로 바로 전화를 주세요. 제 번호가 찍혀 있지요."

"네. 010… 2564… 578X이지요?"

"네. 일초가 급해요. 빨리 확인하세요. 그 동안에 빼갔는지도 몰라요."

김형배는 당장 2천만 원이 날아가는 것 같아 정신이 없었다.

그는 급히 통장을 챙겼다. 혹시 도장이 필요할지 몰라 도장까지 챙겼다.

금요일 오후라서인지 현금 인출기마다 사람들이 붙어 서서 조작을 하고 있었다. 차례를 기다리는 김형배는 속이 탔다.

차례가 되자 김형배는 허겁지겁 잔액조회란을 눌렀다. 카드나 통장을 넣으라는 신호가 떴다. 그는 통장을 집어넣었다. 마음이 조급한 그는 허둥대다가 비밀번호를 두 번이나 제대로 입력을 못하여 처음부터 다시 시작했다.

김형배가 편경수 경사가 가르쳐준 이동전화번호를 누르자, "사이버 수사대"라고 녹음된 여성목소리에 겹쳐서 바로, "사이버 수사대 편경수 경삽니다" 하는 목소리가 들려왔다.

"아직 대출해간 것 같지 않아요."

김형배는 숨 가쁘게 편 경사에게 보고했다.

"다행입니다. 정말 다행입니다. 그럼 제가 시키는 대로 하세요. 그 친구들이 마이너스 통장을 이용하여 대출해 가지 못하도록 즉시 2천만 원을 대출하세요."

"한 번도 대출해 본 적이 없는데…. 마이너스 통장을 쓰면 이자를 물어야 하고."

"2, 3일이면 이자가 만 원도 안 돼요. 2천만 원 날리는 것과 같아요? 거기 대출업무가 보이지요. 그 칸을 누르세요."

"네, 알겠습니다. 눌렀어요."

"자동이체 신청을 누르세요. 선생님 계좌로 들어갑니다."

"네, 눌렀어요."

"비밀번호를 누르시고 머신이 시키는 대로 버튼을 누르시면 됩니다. 전화 끊지 마시고 하시다가 잘 안 되면 말해 주세요."

김형배는 한 손으로 핸드폰을 들고 귀에 대고, 한 손으로 화면에 뜨는 지시에 따라서 키를 눌렀다. 남의 돈을 훔치는 것같이 가슴이 벌렁거리고 전신이 떨렸다. 글씨가 잘 보이지 않았다.

확인 버튼을 누르자 통장이 미끄러져 나왔다. 그는 막 떨려 고개를 흔들며 정신을 가다듬고 통장을 확인했다.

20,095,000\이 찍혀 있었다.

은행원을 만나지도 않았고, 기계가 시킨 대로 키만 몇 번 눌렀는데 그의 통장에 2천만 원이 입금됐다!

김형배는 입금된 사실이 믿겨지지가 않았다. 꼭 거짓 같았다. 귀신에 홀린 것 같았다.

"대출 아주 쉽지요?"

김형배가 멍하니 통장을 보고 있을 때 전화기를 타고 편 경사의 음성이 들려왔다.

"네에 네."

겨우 정신을 차린 김형배는 말을 더듬거렸다.

"그럼 그 돈을 신한은행 선생님 구좌로 이체하세요."

"신한은행 구좌로요?"

"네, 선생님 SC제일은행 구좌는 비밀이 다 노출되었어요. 사기꾼들이 수시로 선생님 구좌를 체크하고 인출해 갈 수도 있어요. 바로 신한은행 선생님 계좌로 이전하세요."

"제 계좌로?"

"그럼 어디로 이전하겠어요? 선생님 돈인데. 지금 4시 반이니 은행 문 닫을 시간이 됐어요. 은행에 가서 이체하기는 늦었어요. 아직 신한은행 비밀은 안 샌 것 같으니 빨리 이체하시고 신한은행 에이티엠 부스 가서서 확인하셔야 안심하실 수 있습니다. 한시가 급해요."

김형배는 머뭇거리는 사이에 사기꾼들이 그의 돈을 다 빼가는 것 같아서 조바심이 났다. 금요일 오후라 현금을 찾는 사람이 많았다. 가운데 자리 부스가 비어 있다. 허겁지겁 비어 있는 부스로 갔다. 〈고장〉 딱지가 붙어 있었다. 그는 제일 줄이 짧은 부스로 가서 줄을 섰다. 일초가 급한데 앞사람이 계속 반복하여 같은 동작을 되풀이 하였다. 현금인출기를 처음 써보는 모양이다. 그는 앞사람을 밀쳐내고 싶은 충동을 간신히 참았다.

김형배가 〈계좌이체〉를 누르자 바로 화면에 '낯선 사람의 전화를 받고 거래하시면 안 됩니다' 라는 경고문이 떴다. 경고문 위에 '최근 공공기관(국세청, 우체국, ……)을 사칭한 사기가 많다' 는 안내문이 보였다.

"거래에 신중하라는 경고문이 뜨는데요."

김형배는 경고문이 떴다는 말을 하며, 편 경사를 의심하는 것 같아 미안했다.

"네, 당연히 조심하셔야지요. 지금 선생님 돈을 딴 은행 선생님 계좌로 이체하는 겁니다."

편 경사의 목소리가 강경했다. 화가 난 것같이 느껴졌다.

"네에에."

김형배는 편 경사를 의심한 것 같아 미안해서 말소리가 제대로 나오지 않았다. 김형배는 5백만 원씩 네 번에 걸쳐 제일은행 계좌의 돈을 신한은행 그의 구좌로 이전했다. 김형배는 잔액 9만 5천원이 남은 그의 통장을 보며 안도의 한숨을 내쉬었다.

4

김형배는 이체를 마치자마자 바로 편 경사에게 보고했다.

"지금 이체를 마쳤습니다. 이렇게 신경 써주셔서 감사합니다."

"정말 다행이네요. 우체국 김 주임이 바로 신고해 주셔서 사기를 면할 수 있었습니다."

"편 경사님 감사합니다. 일간 찾아뵙고 소주라도 한 잔 사겠습니다."

"무슨 말씀. 그게 저희들의 일인데. 한 발 늦어 그런 일을 당한 분들 보면 정말 딱해요. 사기꾼들이 돈을 찾고 바로 중국이나 홍콩으로 도주하여 거의 해결되는 경우가 없습니다. 선생님은 다행히 그런 사기꾼 손을 벗어나셨습니다. 마지막으로 보호 장치를 해야 합니다. 신한은행 가서서 돈이 이체됐나 확인하시고 저에게 전활 주시지요. 이렇게 신고를 받았으니 끝까지 보호해 드려야죠."

"네, 바로 가서 확인하고 전화 드리지요."

"확인하실 때 옆 사람이 비밀번호를 못 보게 조심하세요. 현금 인출 창구 뒤에 서서 서성거리다 비밀번호를 훔쳐보고 돈을 빼가는 경우가 있어요."

"네, 신문에서 본 것 같아요."

"신한은행 부스가 멀어요?"

"바로 옆이에요."

김형배는 세상에 정말 친절한 경찰도 있구나, 생각하며 전화를 끊었다.

김형배는 신한은행 ATM 부스 앞에 도착하여 부스가 비기를 기다렸다.

"선생님 무슨 문제 있습니까? 그럼 바로 출동하고."

편 경사가 먼저 전화를 해 왔다.

"아니요, 예금 찾는 사람들이 없을 때 확인하려고 기다리고 있습니다."

　"아, 신중할수록 좋지요. 잘하셨습니다. 저는 또 혹시 문제가 발생했나 해서 전화 드렸어요. 최근에 자금 이체하고 확인하러 가는 도중에 돈을 빼간 경우도 있었거든요. 제가 신고를 받았는데 잘못 되면 제 책임이지요."

　"그럴 수도 있어요?"

　"요사이 비밀이라는 것이…, 인터넷이니 휴대폰이니 쫙 깔려서 저희 사이버 수사대가 눈코 뜰 새가 없어요. 이체 확인을 하고 나시면 우리 사이버 경찰대만 아는 비밀 보호 장치를 해 드릴게요. 안심하고 주말 보내시고 월요일에 은행 가서서 새 통장 만드시고 비밀번호도 바꾸고 하세요."

　"새 통장까지?"

　"네, 그래야 안전하지요."

　"그렇게까지 신경 써주서서 정말 감사합니다."

　"이거 다 민주경찰이 하는 일입니다. 끝까지 선량한 시민의 재산을 지켜 드려야죠. 일이 생기면 바로 조치해야 하니 전화를 끊지 마시고 켜놓고 계세요."

　김형배는 한 손으로 뚜껑이 열려 있는 핸드폰을 귀에 대고, 노는 손으로 키를 눌러 이체여부를 확인했다. 핸드폰을 든 손이 가볍게 떨렸다.

　그의 신한은행 통장에 2천만 원이 입금되어 있었다.

　"경사님 제대로 이체됐어요."

　편 경사에게 보고하는 김형배의 목소리가 떨렸다.

　"축하드립니다. 그럼 저희 사이버 수사대에서 고안한 비밀장치를 해 드릴 테니 편히 주말을 쉬세요. 좀 전에 제가 말씀드린 대로 월요일 일찍 은행 가서서, 회사에 출근하시면 회사 근처 지점에 가서서 바로 조치하세요."

"저 정년퇴직하고 하루 놀고 하루 쉽니다. 편 경사님, 저는 경찰들은 무뚝뚝하고 불친절한 분들로만 알았는데 오늘 좋은 분을 만났습니다."

"어르신이시군요. 저희 아버님도 국영기업체 정년퇴임하시고 집에 계십니다. 어르신께서 그렇게 우리 경찰을 잘 봐주시니 감사합니다. 그럼 우리 사이버 경찰대에서 개발한 감시 장치를 붙여드리겠습니다. 24시간 선생님의 계좌를 감시하며 누가 선생임 계좌에 손을 대면 바로 보호 장치가 발동하여 돈을 인출할 수 없게 합니다. 월요일에 선생님이 은행 가서서 저에게 전화주시면 풀어드리겠습니다."

"그렇게까지요?"

"우리 경찰을 비난하는 언론 보도가 자주 나옵니다만 그것은 몇몇 경찰의 비행이고, 우리 경찰은 우리의 본연의 임무를 묵묵히 수행하고 있습니다. 그럼 보호 장치를 깔겠습니다. 제가 부르는 대로 하시지요. 우선 계좌 이체를 누르십시오."

"계좌이체요?"

김형배는 계좌이체를 누르며 고개를 갸웃했다.

"네, 선생님 계좌를 월요일까지 우리 사이버 수사대와 공유하는 겁니다. 우리도 선생님 계좌를 계속 모니터링하면서 선생님 계좌를 24시간 감시해 드립니다. 그래야 안전하지요."

김형배는 잠시 왜 이체하라고 하지 하고 망설였다.

편 경사의 "이체하고 계시지요?" 하는 독촉을 받자, 그는 얼굴에서 열이 나고 머리가 띵해졌다. 마법에 걸린 듯 생각이 멈췄다. 아무런 판단을 할 수가 없었다.

"제가 부르는 번호를 누르세요. 그럼 비밀번호 네 자리를 누르시고,

확인을 누르시고."

김형배는 편 경사가 지시하는 대로 숫자를 눌렀다.

"네, 명세표가 나오네요."

"명세표에서 비밀이 샐 수 있으므로 바로 분쇄기에 넣으세요. 지금부터 선생님의 돈은 안전하게 감시됩니다. 그럼 월요일에 전화 주세요."

바로 전화가 끊겼다.

김형배는 명세표를 보았다.

예금 잔액 113,000\

왜 잔액이 이것뿐이지?

김형배는 기계가 밀어내는 예금통장을 황급히 확인했다.

통장 맨 아래 줄에 20081024 ATM *20,000,000박분임 *113,000 305가 찍혀져 있었다.

'이게 어떻게 된 거야?'

김형배는 정신이 번뜩 돌아왔다.

그는 핸드폰 뚜껑을 열고 최근 통화 기록 맨 윗줄에 있는 편 경사의 전화번호를 허겁지겁 눌렀다.

"없는 전화번홉니다."

버튼을 누르자 바로 음성 메시지가 나왔다.

그는 다시 통화버튼을 눌렀다.

"없는 전화번홉니다."

김형배는 전신이 굳어졌다.

그는 다시 통화 버튼을 눌렀다. 같은 메시지가 나왔다.

그는 눈앞에 캄캄했다. 머리가 백지가 되어 아무 생각도 나지 않았다. 너는 빈틈없으니 사기 당하지 않을 거라던 친구의 얼굴이 지나갔

다. 어떻게 바보같이 사기를 당했냐고 질책하는 아내의 얼굴이 지나갔
다. 수치감, 당혹감이 전신을 훑고 흘러갔다. 그는 펄썩 바닥에 주저앉
았다.

　김형배는 한참 만에 겨우 정신을 차리고 가까운 경찰서 지구대에 가
서 신고했다.
　"좀 전에도 같은 신고를 받았어요. 조심했었어야죠."
　당장 날아간 돈을 찾을 수 있을 거라는 기대를 걸고, 학교 교감을 했
었다는 신분이 밝혀지는 것을 두려워하며 창피를 무릅쓰고 지구대를
찾아갔던 김형배는 민주경찰의 사무적인 훈계만 들었다.
　"사이버 수사대에 신고를 접수했어요. 연락 오면 알려 드릴게요."
　전화 피싱 신고를 받은 경찰은 무덤덤하게 말했다.

8

공모共謀

1

영어 선생님이 학생을 한 명 한 명 교단 앞으로 불러내어 월말 고사 시험지를 나눠줬다. 시험지를 받아 들고 자리로 돌아가는 중학교 1학년 학생들의 얼굴 표정에서 그가 받은 점수를 읽을 수가 있었다.

김종민은 급우들이 다 볼 수 있도록 100점을 받은 시험지를 까발려 들고 득의양양한 표정으로 자리로 들어갔다.

사지선다형 딱 두 문제를 자신 없게 찍었던 민동수는 운이 좋아 그 문제의 정답을 찍었기를 간절히 빌며 가슴조이며 그의 이름이 불리기를 기다렸다.

영어 선생님이 민동수를 불렀다. 그는 떨리는 가슴을 쓸어내리며 선생님 앞으로 나갔다.

'몇 점?'

답안지를 받아든 동수는 가슴이 덜컥 내려앉았다. 시험지 첫 장에 X 표시는 하나도 안 보이는데, 시험지 위쪽에 붉은 색연필로 크게 94점을 써놓고 그 밑에 두 줄을 쳐놨다. 세 문제나 틀린 모양이다.

동수는 급우들이 보지 못하도록 시험지를 접어들고 자리로 돌아왔다. 동수는 자리에 앉자마자 시험지를 책상 밑에 숨기고 페이지를 넘겼다. 3페이지에서 한 문제, 4페이지에서는 두 문제나 틀렸다.

옆 책상에 앉은 종민이 손가락으로 원을 그리며 신호를 보내왔다. 동수는 친구의 신호를 못 본 체하며 고개를 창밖으로 돌렸다. 하늘에 뭉게구름이 한가롭게 흘러갔다. 흰 구름을 배경으로 그의 점수를 보고 실망하는 엄마의 얼굴이 어른거렸다.

'아들이 겨우 94점 받은 것을 알면 엄마는 거의 기절할 거다!'

종민의 엄마는 틀림없이 엄마한테 전화를 걸어 종민이가 100점 받았다고 자랑을 늘어놓을 것이다. 엄마는 입으로는, 종민이 잘했네, 칭찬하면서도 속으로는 친구의 아들에게 뒤진 동수를 다그칠 방법을 궁리할 거다.

동수의 엄마와 종민의 엄마는 고등학교 동기동창으로 무척 친하다. 그런데 항상 아들을 사이에 놓고 경쟁을 벌린다.

동수의 엄마는 약대를 나와서 약방을 하고 있고, 종민이 엄마는 교육대학을 나와 초등학교 선생님을 하다가 얼마 전 교감이 됐다.

행정고시에 합격한 동수의 아빠는 정부 중앙부처 고참 과장이며, 종민의 아빠는 대학교 교수다. 고등학교 선생님을 하다가 대학으로 옮겼다. 동수의 아빠와 종민의 아빠는 가끔 만나서 술을 마신다. 두 집안은 무척 가까운데, 동수 엄마와 종민의 엄마는 자라가는 두 아들의 성적을 비교하며 은근히 경쟁을 한다.

어른들이 아들을 사이에 두고 벌리는 대리전을 이해하지 못하는 두 아들은 엄마들의 지나친 관심이 짜증스럽다.

100점 대 94점, 1등과 십 몇 등, 하늘과 땅 차이다.

동수는 94점을 받은 시험지를 낭패스런 마음으로 내려다보며 엄마에게 어떻게 변명을 할지 걱정이 컸다.

'세 문제씩이나 틀렸는데 어떻게 엄마에게 설명을 하지? 종민이 엄마가 벌써 자랑했을 텐데.'

'종민이 엄마만 아니면 시험지 받은 것을 슬쩍 숨겨도 되는데…'

동수는 얼굴에서 열이 났다.

동수는 급우들이 모두 교실을 떠날 때까지 자리에서 일어설 수가 없었다. 동수는 텅 빈 교실에 혼자 남아 멍청하게 시험지를 내려다보았다.

'어떻게 한다?'

동수는 주위를 살피고, 아무도 없는 것을 확인하고, 두 문제나 틀린 문항이 있는 4페이지를 접어서 책가방에 따로 챙겼다. 동수는 가방에서 붉은 색연필을 꺼내, 가볍게 떨며 '4' 자를 '8' 자로 고쳤다. '8' 자 모양이 각이 지고 부자연스러웠다. 고친 것이 바로 들통이 날 것 같았다. 그렇다고 각진 곳에 개칠을 하면 더욱 뚜렷하게 표가 날 것이다.

동수는 바로 시험 점수를 고친 것이 후회되었으나 이제 어쩔 수가 없었다.

2

동수가 번호 키를 눌러 문을 열고 아파트 현관에 들어서자 티브이를 보고 계시던 할아버지와 할머니가 손자를 반겼다.

"손 씻고 나와라. 간식 줄게."

할아버지가 자리에서 일어섰고, 할머니는 간식을 챙기러 부엌으로 갔다.

동수는 가방을 그의 방 책상에 놓고 세면장으로 가서 손을 씻고 거실로 나왔다. 할머니는 소파에서 참외를 깎고 계셨다.

"영어 시험지 나눠 줬다면서, 잘 봤니?"

할머니가 따뜻한 눈길로 손자를 건너다보며 물었다.

"어떻게 아셨어요?"

"엄마한테 전화 왔었다. 종민이 엄마한테 전화 왔었다고."

"네, 나눠줬어요."

동수는 가슴이 떨렸다.

"그래, 좀 보자."

"할머니도 보실래요?"

"내가 보면 안 되냐? 엄마가 보고 전화해 달라고 했다."

"엄마 저녁에 오셔서 보시면 될 텐데."

동수는 할머니에게 만점을 받지 못한 시험지를 보여드리기가 싫었다.

혹시 점수 고친 것이 들통 날지도 모른다!

"나도 좀 보자. 우리 손자 공부 잘 하는 거 자랑 좀하게."

할아버지도 가세했다.

"시험지예요."

동수는 방에서 시험지를 들고 나와서 할아버지에게 건넸다.

"98점, 잘했네. 나 학교 다닐 때면 98점이면 문제없이 일등인데 백 점씩 맞는 애도 다 있냐?"

할아버지가 힐끗 시험지를 보고 무릎에 내려놓으며 칭찬했다.

"잘 모르겠어요. 백 점 맞은 애가 있었는지."

동수는 거짓말을 하며 붉어지는 얼굴을 어색한 웃음으로 감췄다.

"몇 문제 틀린 거야?"

참외를 깎으며 할머니가 물었다.

"한 개 틀린 것 같은데. 한 개 틀렸으면 아주 잘 한 거지."

할아버지가 시험지를 넘겨보며 말했다.

첫 관문을 무사히 넘긴 동수는 몰래 안도의 한숨을 내쉬었다.

"너희 반에 정말 백점이 없냐?"

할머니가 물었다.

"잘 모르겠어요. 선생님이 말씀 안 했어요."

동수는 같은 답을 되풀이했다.

"98점이면 아주 잘 했다. 니 엄마가 100점 못 받았다고 잔소리하면 할아버지가 응원해 줄게, 참외 먹고 과외 가거라."

할아버지가 손자의 편을 들겠다고 하셨다.

"당신이 며느리한테 전화해 줘."

할아버지가 참외 깎던 손을 씻고 나오는 할머니에게 말했다.

"어디 나도 한 번 보자."

할머니는 시험 문제까지 다 읽는지 시험지를 꼼꼼히 훑으며 한 장 한 장 넘겼다.

"한 문제에 몇 점이지?"

할머니는 시험지 셋째 장에 X 표시가 있는 틀린 문제를 손가락으로 집어가며 꼼꼼히 읽으며 중얼거렸다.

동수는 눈자위에서 땀이 났다.

"무슨 말이야? 한 문제 틀렸는데. 98점이면 한 문제에 2점이지."

할아버지가 시답지 않게 무슨 시비냐는 반응을 보였다.

"이상한데. 41번까지 밖에 없어? 한 장 어디 갔지?"

할머니가 손자를 다그쳤다.

할아버지가 할머니로부터 시험지를 빼앗아 마지막 문제의 번호를 확인하고, 동수를 힐끗 쳐다보았다. 동수는 이마에서 진땀이 났다.

"어 8자가 이상한데 동수 너 점수 고친 거냐?"

할아버지가 색연필로 고쳐놓은 점수를 뜯어보다가, 고개를 들고 동수를 꼬나보며 질책했다.

"저, 그게…."

손자는 당황하여 중얼거리며 그의 방으로 도망을 쳤다.

"동수 너 못나와!"

할아버지가 고함을 쳤다.

동수는 안에서 문을 잠궜다.

"이 녀석 문까지 잠가!"

할아버지가 동수의 방문 앞에서 소리쳤다.

"조용히 불러내서 타일러요. 그렇게 윽박지르면 무서워서 나오겠어요?"

할머니가 할아버지를 진정시켰다.

"손자 하나라고 귀여워해 줬더니 시험지를 다 고쳐!"

할아버지가 소파에 털썩 앉으며 개탄했다.

"지 부모가 매일 늦어 애 얼굴 볼 날도 없으니."

할머니가 개탄했다.

할아버지와 할머니는 손자의 어이없는 행동에 넋을 잃고 마주보며 눈으로 심란한 마음을 나눴다.

"할아버지, 할머니 잘못했어요."

10분도 더 지나 손자가 울면서 방에서 나왔다.

"동수야, 시험지를 고치는 나쁜 버릇을 어디서 배웠냐?"

할아버지의 표정이 근엄했다.

"할아버지 잘못했어요. 다시는 안 그럴게요."

손자가 두 손으로 할아버지에게 흰 종이를 바치며 빌었다.

할아버지는, "이게 뭐야?" 하며 종이를 받았다.

반성문

할아버지, 할머니 죄송합니다.

시험지를 받고 94점이라는 점수를 보는 순간 실망하고 화를 내실 엄마 얼굴이 떠올랐어요. 시험지를 보니 셋째 장에서 한 문제, 마지막 장에서 두 문제를 틀려서 마지막 장만 감추고 4자를 8자로 고치면 되겠다고 쉽게 생각하고 잘못을 저질렀어요.

할아버지, 할머니.

제가 잘못했어요. 다시는 이런 나쁜 짓 안 할게요.

그리고 열심히 공부해서 다음에는 100점 맞을게요.

이번만 용서해 주시고 엄마한테는 말씀드리지 말아 주세요.

손자 민동수 올림

손자의 반성문을 본 할아버지는 허, 하며 반성문을 할머니에게 넘겼다.

"이런다고 용서될 줄 아냐?"

할머니가 반성문을 탁자에 내던지며 고함쳤다.

"잘못했어요."

동수가 무릎을 꿇고 할아버지에게 매달렸다. 할아버지는 손자를 물끄러미 내려다보았다.

"여보, 동수가 정직하게 잘못했다고 빌며 다음부터는 안 그러겠다고 하니 용서해 줍시다."

할아버지는 옛 기억을 떠올리며 목소리를 깔아서 말했다.

할아버지는 중학교 2학년 1학기말 성적표를 받고, 지난 학기보다 12등이나 떨어진 성적표를 아버지에게 보일 수가 없어 몰래 목도장을 훔쳐 찍어 담임 선생님에게 제출했다가, 뒤에 들통이 나서 아버지에게 종아리를 맞고 혼구멍이 났었다.

"안 돼요. 지 엄마한테 이야기해서 나쁜 버릇 뿌릴 뽑아야지."

할머니는 쉽게 손자를 용서해 주려 하지 않았다.

"옛날 워싱턴도 벚나무를 벤 잘못을 정직하게 부모에게 이야기하고 용서받고 평생 정직하게 살며 미국을 독립시킨 위대한 지도자가 됐어. 동수가 잘못을 뉘우치고 정직하게 잘못을 이야기하며 용서를 구하니 용서해 줍시다."

할아버지가 사정조로 할머니를 설득했다.

할아버지는 94점이나 맞은 점수를 고친 손자가 불쌍했다. 할아버지가 중학교에 다닐 때는 90점만 조금 넘으면 반에서 1등을 했다. 94점이면 당연히 1등이다. 학교 성적이 중간을 오르내리던 할아버지의 시험 점수는 대부분 70점대였고, 80점만 조금 넘게 점수를 받으면 시험을 잘 쳤다며 으쓱댔었는데, 요사이 애들은 94점을 맞고도 시험을 잘못 봤다고 난리다. 아이들을 시험 치는 기계로 만들려는 모양이다.

"당신이 손자를 다 망쳐요. 엄할 때는 엄해야지. 누구는 손자 안 귀여운지 알아요?"

할머니가 할아버지의 물러빠진 손자 사랑에 불평을 늘어놓았다.

"할머니 다시는 절대 안 그럴게요."

손자가 할머니의 무릎에 매달리며 빌었다.

"다시는 그러지 마라. 늦겠다. 그만 학원 가야지."

할아버지가 사면령을 내렸다.

"할머니 다시는 안 그럴게요."

손자는 여전히 입이 나와 있는 할머니에게 다시 맹세를 했다.

할머니가 더 이상 나무라지 않자, 동수는 자리에서 일어서서 할아버지와 할머니에게 착한 미소를 보내고 그의 방으로 갔다.

할아버지는 손자의 미소를 보며 순간, 잘못을 용서받고 고마움을 표시하는 천사의 착한 미소인지, 술수를 부려 위기를 넘긴 악마의 회심의 웃음인지 헷갈렸다. 할아버지는 손자의 순수한 미소를 악의적으로 해석하려는 자신의 노추老醜가 부끄러워져서 실눈을 뜨고 허공에 시선을 두었다.

할머니는 할아버지가 손자의 버릇을 잘못 가르친다고 계속 쫑알댔다.

"할아버지 할머니 과외 다녀올게요."

동수가 책가방을 끌고 그의 방에서 나오며 공손히 인사를 했다.

동수는 원어민 영어 과외에 갔다가, 체육관에 들러 태권도를 수련하고, 한자 교육을 받고, 수학 과외를 마치고, 밤 10시가 넘어서야 집에 돌아온다.

"잘 다녀와라. 차 조심하고."

할아버지가 손자를 챙겼다. 할머니는 과외를 가는 손자를 쳐다보지도 않았다.

"할아버지 저 용서해 주셔서 감사합니다. 앞으로 다시는 그런 짓 안 할게요."

손자가 집을 나서며 깍듯이 예의를 갖추며 다시 할아버지에게 인사를 했다.

"할머니, 저 열심히 공부해서 다음 시험에는 꼭 100점 받을게요. 이번 시험 잘못 본 거 용서해 주세요."

손자는 신을 신으며 할머니에게 응석을 부렸다.

"조심해서 다녀와."

할머니도 어쩔 수 없이 귀여운 손자의 응석에 무너졌다.

"할아버지 저 용서해 주셨으니 엄마한테 98점이라고 전화해 주세요."

할아버지와 할머니의 용서를 받아낸 손자가 현관에 서서 당당하게 말했다.

"98점으로 하라고?"

할아버지가 이맛살을 찌푸리며 말했다.

"할아버지 이왕 용서하셨으니 화끈하게 용서해 주세요. 조지 워싱턴의 아버님도 아들의 잘못을 화끈하게 용서하고 용기를 북돋아 주어 아들이 용기를 얻고 열심히 공부하여 뒤에 미국 대통령이 되었어요."

노부부는 입을 헤 벌리고 현관을 나서는 당찬 손자의 뒷모습을 홀린 듯 쳐다봤다.

"몇 점이라고 전화할 거야?"

손자가 현관문을 닫고 사라지자 할아버지가 할머니에게 물었다.

"왜 내가 전화해요? 당신이 용서했으니 당신이 전화해요. 당신이 며느리랑 친하잖아."

할머니는 악역을 늙은 남편에게 떠넘기고 건넌방으로 사라졌다.

손자의 잘못을 쉽게 용서해 준 할아버지는 며느리에게 몇 점이라고 전화를 해야 할지 답이 나오지 않아 허공만 쳐다봤다.

3

동수의 엄마는 밤 10시에 약방문을 닫고 집에 왔다.

"영어 월말고사 본 것 시험지 나눠줬던데 우리 종민이는 백점 맞았어, 동수 공부 잘하니 당연히 백점 맞았겠지?"

동수 엄마의 귓가에 아직도 의기양양 떠벌리던 여고 동창생의 목소리가 쟁쟁했다.

집에 계신 시부모님이 전화를 않는 것을 보니 만점은 받지 못한 모양이다.

시부모는 소파에서 연속극을 보다가 밤늦게 들어오는 며느리를 맞았다.

"애비는 일이 바쁜지 아직 안 들어왔다."

시어머니가 아들의 늦은 귀가를 변명했다.

"오늘 평가회의 마치고 저녁 먹고 늦는다고 했어요."

며느리가 남편이 늦는 사유를 해명했다.

시부모는 다시 연속극에 빠져들었다. 며느리는 집에 들어서자마자 바로 시부모님에게 동수의 영어 성적을 물을 수는 없었다.

며느리는 평소처럼 세면장에서 세수를 하고 밤 화장까지 하고 거실로 나왔다.

"아직 동수가 안 오네요. 시험지는 보셨어요?"

며느리가 주저하며 물었다.

"곧 올 건데. 시험지 책상 위에 있을 거다."

시아버지가 대답했다.

“잘 맞았어요?”

“그래 잘 봤더라. 98점인 거 같더라.”

시아버지 입에서 무심결에 대답이 나왔다. 시어머니가 시아버지를 빤히 쳐다봤다.

전기 작가가 조지 워싱턴을 영웅화하려고 꾸며서 쓴 픽션을 들먹이며 할머니를 설득하고 손자를 쉽게 용서해 줬던 할아버지는 손자가 높게 고쳐 쓴 점수를 무심결에 대고 입맛이 썼다.

“98점요? 그럼 한 문제 틀렸겠네.”

동수의 엄마는 시부모의 석연찮은 반응에 고개를 갸웃하며 아들 방으로 갔다. 책상 위에 있을 거라던 영어 시험지가 보이지 않았다. 엄마는 가방을 뒤졌다. 시험지는 영어 교과서 갈피에 겹쳐서 끼어 있었다. 엄마는 시험지를 펼쳤다. 98이라는 숫자가 눈에 확 들어왔다.

‘98점. 맞네. 녀석 한 문제만 더 맞지.’

엄마는 종민의 엄마한테 변명할 거리를 찾기 위해 어떤 문제를 틀렸나 확인하려고 시험지를 훑었다.

‘아니 이런 쉬운 문제를 다 틀려? 비싼 돈 들여 과외까지 시켰더니.’

동수가 너무나 쉬운 문제를 틀렸다. 엄마는 불끈 화가 났다.

엄마는 여고 동창생에게 다 아는 문제를 잠깐 착각해서 틀렸다고 변명해야겠다고 생각했다.

엄마는 시험지를 접어서 영어 책갈피에 끼우려다가 부자유스럽게 보이는 ‘8’ 자에 눈이 갔다. 엄마는 고개를 갸웃하며 시험지를 넘겼다. 마지막 문제가 41번이다.

‘41번이면 한 문제에…’

‘이 녀석이 점수를 고쳤어? 4자를 8자로? 그럼 세 문제나 틀렸잖아? 시험지 한 장은 어디다 감췄지?’

엄마는 불끈 화가 치밀었다.

'이 녀석, 시험지를 다 고쳐! 들어만 와봐라.'

책상 앞에 걸린 거울 속에 엄마의 잔뜩 화난 얼굴이 비춰졌다.

'세 문제나 틀리고 점수를 고치는 나쁜 짓까지 해!'

엄마는 아들을 팍팍 패 주고 싶었다.

'종민이 녀석은 다 맞았다는데 세 문제나 틀려!'

엄마는 아들이 시험 점수를 고친 잘못보다는 세 문제나 틀린 사실이 더 마음에 걸렸다. 엄마는 눈을 홉뜨고 허공에 눈빛을 모았다.

세 문제나 틀렸다고 하면 고소해 할 여고시절부터 라이벌인 종민 엄마의 얼굴이 눈앞에 아른거렸다.

'94점? 그렇다고 세 문제나 틀렸다고 할 수는 없잖아?'

엄마는 아들의 잘못은 꾸짖더라도, 그냥 시험 점수를 98점이라고 말하기로 마음먹었다.

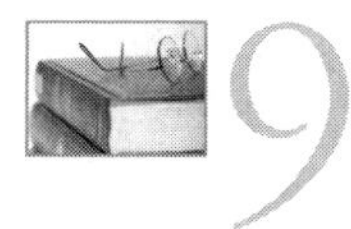

나비효과 · 2

1

열두 시 반, 성도건설 김기창 회장은 리비탄 컨트리클럽 로비에 들어섰다. 먼저 와서 기다리던 동화물산 이희수 사장이 손을 내밀었다. 두 사람은 10여 년 전 클럽 친선골프대회 때 같은 조에서 시합한 것이 인연이 되어 골프친구가 되었다. 건설 기자재를 납품하는 동화물산은 두 사람이 친분을 튼 후 성도건설의 주요 거래선, '을'이 되었다.

김기창은 육순을 넘기며 벌어놓은 돈으로 여생을 즐기려고 국내 수주 순위 30위 안에 드는 회사의 사장 자리를 큰 아들에게 넘겨주고 회장으로 물러났다.

"박 사장이 부인이 갑자기 몸이 아파 병원 가느라 못 나오겠다는 연락이 왔어."

나이가 비슷한 두 사람은 말을 텄다.

"그래? 그럼 우리 둘이 라운드할 수는 없고…."

"프런트에 사정 이야기를 했더니 마침 우리랑 같은 처지의 여자 분들이 있다고 하여 같이 치겠다고 했는데, 괜찮지?"

"좋지. 꽃 속에서 라운딩하게 됐네."

김 회장은 동반자가 예쁘고 싱싱한 꽃이기를 기대하며 나긋하게 말했다.

40대 중반으로 보이는 두 여인이 김 회장과 이 사장에게 인사를 해왔다. 빨간색 티셔츠를 입은 홍정희는 활달하게 보였다. 알맞은 키에 불룩한 젖가슴과 두툼한 입술이 섹시해 보였다. 하늘색 티셔츠를 입은 오미라는 약간 큰 키에 마른 몸매였다. 수줍음을 탔다.

높은 하늘, 상큼한 공기, 쾌적한 온도. 일행은 두 홀도 지나기도 전에 서로 편해졌다. 네 남녀는 무의식 속에 숨어 있는 성적인 끌림을 체면으로 가리며 가벼운 농담을 주고받으며 전반을 마쳤다.

전반에 최저타를 친 김 회장이 그늘 집에서 배와 마실 것을 샀다. 그는 스코어 카드를 슬쩍 보이며, "두 분 실력 대단하십니다" 하며 보기 플레이를 한 두 여자를 추켜세우는 척하며 은근히 자신의 실력을 과시했다. 43타를 친 이 사장도 덩달아 여자들의 골프 실력을 추켜세웠다.

"뭘요. 두 분 싱글이신데 저희들이 방해된 건 아닌지?"

홍 여사가 한 손으로 브래지어를 슬쩍 밀어 올리며 미소를 보냈다. 그녀의 눈웃음에 남자들의 눈이 반짝했다.

이 사장이 손사래를 치며, "아뇨, 아주 즐거웠습니다" 했다.

"초면에 실례인 것 같은데…, 맹탕으로 치니 심심해요. 서로 실력도 알았으니 후반에 가볍게 내기를 하시면…."

홍 여사가 빨간 입술 사이로 하얀 배 조각을 밀어 넣으며 생글 웃었다.

김 회장이, "내기? 좋지요. 그냥 스크래치로 해야겠지요?" 했다.

홍 여사가 김 회장을 빤히 쳐다보며, "스크래치? 좋아요. 두 분이 저희들보다 한수 위시니 롱홀에서 한 타씩만 주시면" 했다.

김 회장이 홍 여사의 시선을 마주 받으며, "그러면 되겠어요? 저희들이 여사님들 돈을 따먹을 수는 없는데…" 했다.

이 사장이, "롱홀에 한 타? 좋아요. 그렇게 합시다. 그럼 타에 만 원?" 하며 끼어들었다.

홍 여사가, "그래도 시합인데, 타당 10만원 어때요? 저희들이 네 타 받고 치면 잘 해야 한두 홀 이기고 질 것 같은데, 많이 잃어야 한 20만원" 하며 판돈을 올렸다.

김 회장은 판을 키우는 여자들이 술집 마담? 하고 추측해 보며, "좋습니다. 그럼 진 사람이 따불을 칠 수 있습니다" 하고 흔쾌히 대답했다.

오 여사가 머리를 매만지며, "너무 판이 커지면 안 되니 따불은 한 홀만 유효하기로 해요. 버디는 두 배" 하고 말했다.

전반에 제일 스코어가 좋았던 김 회장이, "그럽시다. 제가 따면 저녁 사지요" 하고 기분을 냈다.

첫 홀, 김 회장은 파를 잡고 나머지 세 사람은 보기를 잡았다.

2번 홀로 옮겨가는 카트 속에서 홍 여사가, "김 회장님 축하드립니다" 하고 호들갑을 떨며 10만 원짜리 수표를 김 회장에게 건넸다.

김 회장이 세 사람의 돈을 받으며, "다 끝나고 정산해도 되는데…" 하고 말했다.

"그래도 매홀 주고 받아야 내기하는 기분이 나지요. 제가 잃었으니 따불을 칩니다."

홍 여사가 검지와 무명지를 세웠다. 김 회장은 아직 쓸 만한 꽃들과 운동을 하며 돈까지 따자 기분이 째졌다.

티박스로 올라가는 김 회장에게 홍 여사가 이마를 살짝 찌푸리며, "아, 이번 홀은 롱홀이네요. 한 타씩 주셔야지요" 하며 진한 눈짓을 보냈다.

홍 여사의 뇌쇄적인 눈짓에 집중력을 잃은 김 회장은 티샷을 숲 속으로 날려 보냈다. 레이디 티에서 친 홍 여사의 티샷은 정확히 페어웨이 한가운데로 날아갔다. 이 사장의 공보다 더 멀리 갔다. 오 여사의 티샷은 페어웨이 가장자리로 날아갔으나 두 번째 샷하기에 지장이 없는 자리였다.

오비를 한 김 회장은 더블 보기, 이 사장과 홍 여사는 파, 오 여사는 보기를 했다. 롱홀에서 남자들이 여자들에게 한 타씩을 주기로 한 약속에 따라 홍 여사가 2번 홀을 이겼다.

"야 이거 횡재했네. 김 회장님은 세 타 지셨으니 60만원, 이 사장님과 미라는 20만원, 이렇게 벌다가 재벌 되겠네. 다음 홀은 따불 없습니다."

홍 여사가 풍만한 유방을 흔들며 즐거워했다. 김 회장은 홍 여사의 눈을 빤히 쳐다보며 수표를 건네며, '쓸 만한데 미끼를 던지며 수작을 걸어봐?' 생각했다.

홍 여사의 샷 폼은 프로의 폼이었다. 김 회장은 파란 하늘을 배경으로 그려지는 홍 여사의 날씬한 폼 위에 그녀의 벌거벗은 풍만한 몸을 겹쳐서 상상하며, 라운딩 후에 작업을 걸기 위한 미끼로 얼마쯤 돈을 잃어 줄까 계산했다.

해가 서산에서 한 발 쯤 남았을 때 경기가 끝났다. 홍 여사가 남자들의 돈 3백여 만 원을 땄다.

"돈을 땄으니 케디피를 제가 내지요. 오늘 라운드 즐거웠습니다."

홍 여사는 10만 원짜리 수표를 캐디에게 건네고 두 남자에게 각듯이 인사를 하고 답례할 틈도 주지 않고 여자 라커룸으로 사라졌다.

"우리가 꾼에게 완전히 당한 거지?"

이 사장은 '갑'인 김 회장이 돈을 잃은 것을 자기의 탓처럼 미안해 했다.

"그런 셈인가? 그래도 꽃밭에서 놀았잖아?"

김 회장이 욕조에 몸을 담그고 물속에서 아랫도리를 쓸며, "액땜했다고 생각하자고" 하며 느긋한 체했다.

산전수전을 다 겪으며 맨땅에서 회사를 키우며 돈이 행복을 가져다 주고, 행복은 돈으로 살 수 있다고 굳게 믿고 있는 김 회장은 여자들을 어떻게 해볼 기회도 잡지 못하고 돈만 잃고 기분이 상했다. 다음에 만나면…, 꼭 밑천을 뽑아야겠다고 다짐했다.

2

김 회장은, 오늘 돈도 잃었는데 우리 동네 고깃집에서 간단히 저녁을 하자며 이 사장을 오원가든에 데려갔다. 두 사람은 창가 자리에 앉았다. 삼십대 중반의 여종업원이 쪼르르 달려왔다.

김 회장이 "너무 늦었지?" 하고 불필요한 인사를 했다.

"어서 오세요. 저희 집 열시까지 해요. 이제 겨우 여덟시 조금 넘었는데. 회장님은 언제 오셔도 환영입니다."

김은심이라는 명찰을 단 여종업원이 쌍꺼풀 진 눈에 애교를 담아 환하게 웃었다.

"생갈비 2인분하고 제비추리 일인분. 술은 맥주 한 병하고, 시야시 잘된 것으로, 그리고 소주 한 병."

김 회장이 만 원짜리 지폐를 은심의 손에 쥐어주며 주문을 했다.

“매번 이러시면…, 생갈비가 떨어졌나 알아보고 없으면 다시 올게요.”

은심은 지폐를 손에 말아 쥐고 주문표를 끊으러 카운터로 갔다.

“아담하고 예쁘게 생겼네.”

이 사장이 여종업원의 외모를 한 마디로 평했다.

“인물만 좋은 것이 아니라 마음씨도 고와. 이 집에 온 지 2년 넘었을 걸.”

“교포야?”

“그런 것 같지는 않고, 인물도 괜찮지만 싹싹하고 친절하여 인기가 좋지.”

“김 회장 보더니 깜박하던데.”

김 회장은 팁 만원으로 산 행복을 즐기며, “그거야 단골이니” 하고 말했다.

“어쨌든 오늘 우리 꾼들한테 걸려 잔뜩 바가지 썼어. 타에 10만원 하자는 때부터 알아봤어야 했는데. 인물값 하던데, 술집 마담일까?”

“그런 것 같기도 해. 또 만날 것도 아니니 다 잊어버리자고.”

“요즘 건설경기가 안 좋아서… 환율도 그렇고.”

두 사람은 맥주로 입가심을 하고 골프와 세상 이야기를 반주하여 소주 한 병씩을 비웠다. 돈을 잃고 떫은 기분에 죽죽 들이마신 술이 두 사람의 나사를 풀었다.

이 사장이 후식을 들고 온 여종업원에게, “은심 씨, 김 회장이 은심 씨가 너무 마음에 든다는데” 하고 수작을 걸었다.

은심이 김 회장을 빤히 쳐다보며, “정말이세요?” 하고 물었다.

김 회장도 여자의 눈을 마주 쳐다봤다.

"그럼. 끝날 시간 다 됐는데 노래방 갈까?"

이 사장이 발동을 걸었다.

은심이 김 회장을 똑바로 쳐다보며, "노래방이요?" 하고 김 회장의 의중을 떠봤다.

김 회장이 10만 원짜리 수표 두 장을 은심에게 건네며, "이 친구 취했나? 이거 계산하고 나머지는 가져" 하고 관심이 없는 척했다.

"아이구 많이 남을 텐데. 좀 전에 팁도 주셨는데."

"다 은심 씨가 좋아서 주는 거야. 노래방에서 보지."

이 사장이 작업을 마무리하려 했다.

"김 회장님 정말이세요?"

은심이 김 회장의 팔을 툭 쳤다. 김 회장의 전신에 전류가 죽 흘렀다.

"어른들이 거짓말 하겠어. 저기 길 건너 88노래방 보이지? 그리로 와."

이 사장이 일방적으로 만남을 정했다.

"그래도 괜찮아요, 회장님?"

"회장님, 오늘 노 마크 찬스야. 부인이 친구들과 놀러 갔어."

이 회장이 헤프게 말했다.

자궁암을 앓던 부인을 먼저 보내고 10여 년을 혼자 살던 김 회장은 한 달 전에 바둑친구 한민정과 결혼했다. 새 부인은 동창들과 남해안으로 놀러갔다.

김기창은 한돌기우회 회장, 한민정은 총무다. 바둑을 좋아하며 사회 지도층이라고 자부하는 공무원, 교수, 의사, 사장 등 40대 남자 열다섯 명이 모여 한돌기우회를 결성했다. 월례 친선대회를 마친 후 뒤풀이를 하는 자리에서, 회원 한 사람이, 기우회를 창립한 지 10년이 넘었고, 여

성들의 바둑실력도 많이 늘어 상대할 만하니, 기우회를 활성화하는 차
원에서 바둑 실력을 갖춘 수준에 맞는 여성 회원 몇 명을 받아들이자고
제의했다.

　김기창 회장은 회원으로 가입한 아마 3단 실력의 한민정을 총무로
지명했다. 한민정은 여비서와 바람을 피운 대기업 이사인 남편과 이혼
을 했단다.

　어느 비가 부슬부슬 내리는 날 골프를 치고 돌아오는 길에 회장은 술
에 취한 총무를 호텔로 유인했다. 두 사람은 2년 가까이 은밀히 사귀다
가 열다섯 살의 나이 차를 넘고 결혼했다.

　김 회장은 노래방에 가자는 말에, "쓸데없는 소리. 자 그만 가지" 하
며 정색을 했다.

　"보세요. 김 회장이 싫다시잖아요."

　"여기가 자기 구역이라 체면 차리느라 그래. 88노래방에서 기다릴
게. 공연히 바람맞히지 말고 오는 거다."

　이 사장이 김 회장의 등을 밀며 은심에게 다짐했다.

　은심이 살랑살랑 웃으며, "저나 바람맞히지 마세요" 했다.

　육감적인 홍 여사의 손도 한 번 못 잡아보고 돈만 날리고 속이 상했
던 김 회장의 취한 가슴에 젊은 여자의 미소가 폭 꽂혔다.

　김 회장이 남자끼리 무슨 노래, 그만 집에 가지, 하며 일어설 때, 하얀
색 티셔츠를 입은 은심이 빠끔히 노래방의 문을 열고 들어섰다. 하얀
옷을 입은 여자가 들어서자 어두컴컴했던 실내가 환해졌다.

　"늦어서 죄송해요. 마무리하고 오느라."

　이 사장이, "기다리게 했으니 세 곡은 해야지. 무슨 노래?" 하고 독촉

했다.

김 회장이, "목이나 축이고 하라고 해" 하며 느긋한 체했다.

세 사람은 플라스틱 컵을 부딪치며 건배를 했다. 음료수 컵 속에는 노래방에서 판매가 금지된 맥주가 들어있었다.

은심의 노래 실력은 프로급이었다. 노래방을 자주 가는 모양이다.

첫 곡이 끝나자, "가수해도 되겠다" 하고 이 사장이 칭찬했다.

김 회장은 순진하고 착하게만 보아왔던 은심의 노래 솜씨에 눈이 커졌다. 노래를 마치고 숨을 고르느라 반쯤 벌려진 여자의 입술이 섹시했다.

노래의 파도를 타고 박수와 과장된 칭찬이 오고갔다. 이 사장이 플라스틱 컵을 다시 주문했다. 컵들이 키스를 했고, 누런색 액체가 목구멍으로 넘어갔다. 소주와 맥주가 뒤섞이며 두 남자를 들뜨게 했다.

이 사장이 마이크를 잡고, "자 내가 노래 부를 테니 두 사람 춤을 춰" 하며 분위기를 잡았다.

이 사장은 블루스를 불렀다. 김 회장이 은심에게 손을 내밀었다. 은심이 김 회장의 손을 잡았다. 그녀의 손은 부드럽고 따뜻했다. 은심은 남은 한 손을 김 회장의 어깨에 얹었다. 김 회장의 남은 한 손이 자연스럽게 여자의 허리를 안았다. 탄력적인 여자의 감촉이 남자를 자극했다.

여자의 향기가 남자의 코를 자극했다. 술에 취한 남자의 전신이 여자에게 빠져들어 갔다. 여자를 안은 남자의 팔에 힘이 들어갔다. 여자가 잡혔던 손을 빼서 남자의 겨드랑이를 꼈다. 여자의 유방이 남자의 가슴에 뭉클 꽂혔다. 여자의 유방이 남자의 가슴에 침을 놓자, 남자의 아랫도리에 번쩍 힘이 실렸다. 남자의 발기한 성기가 하복부에 꽂히자 여자가 엉덩이를 뒤로 뺐다. 남자는 강하게 여자의 엉덩이를 끌어당겼다.

이 사장의 노래가 끝났다. 남자는 아쉽게 여자를 놔줬다.

이 사장이, "한 곡 더" 하며 다시 블루스를 불렀다. 한 차례 몸을 맞대며 탐색을 마친 남여는 자연스럽게 어울리며 몸통을 접착제로 붙였다. 여자의 체취와 낭창거리는 육감에 빠진 남자는 정신이 몽롱했다.

술에 취한 남자의 몸이 강렬하게 여자를 원했다. '을' 인 이 사장이, "나 계산하고 갈게." 말을 던지고 자리를 피해 줬다.

"이제 막 시작인데 가자고? 우리 술 한 잔 더할까?"

은심을 풀어주며 김 회장이 갈라진 목소리를 냈다.

은심이 콧소리를 내며, "술 사주실래요? 저 양주 못 마셔 봤는데" 했다.

"양주? 좋지. 어디로 갈까?"

"저는 안 가 봐서 잘 몰라요. 아무데나."

"그럼 한 30분 드라이브하러 나갈까?"

"11시 다 됐는데…, 저 내일 10시까지 출근해야 해요."

"하루 쉬면 안 돼? 일당은 걱정 말고. 저 앞에 보이는 호텔 갈까? 근사한 빠가 있는데."

"손님하고 술 하다 남의 눈에 띄면 안 돼요."

"그래? 그럼 내가 좋은 데 안내하지. 둘이 조용히 마실 수 있는 곳."

"그런 데도 있어요?"

김 회장이 은심을 끌며, "있지. 나만 따라와. 거기 가면 양주도 있고 포도주도 있어" 했다.

남자가 프런트에서 받은 열쇠로 호텔 방문을 열고 들어섰다. 여자가 망설였다.

"여기 남의 눈에 띄지 않고 조용히 술을 마실 수 있는 곳이야. 들어와 보고 맘에 안 들면 다른 데 가고."

남자는 방문을 활짝 열어놓고 한 쪽으로 비켜섰다. 여자가 고개를 길게 빼고 안쪽을 들여다봤다. 실내에 응접세트와 회의용 책상만 보였다. 여자는 눈을 휘둥그레 뜨고 거실을 훔쳐봤다.

남자는 여자에게 길을 비켜주며, "슈트 룸이야" 했다.

"외국 브이아이피가 오면 쓴다는 데요?"

남자가 문을 닫았다. 문이 자동으로 잠겼다.

"저는 스카이라운지 가는 줄 알았는데 이런 데도 다 와 보고 영광이에요."

여자가 창문으로 달려가 커튼을 제치고 창밖을 내다보며 감탄사를 연발했다. 남자는 조용히 여자에게 다가가서 여자를 뒤에서 안았다. 여자의 유방이 뭉클 팔에 눌려졌다. 남자는 팔에 힘을 더했다.

"술 사주신다고 하셨잖아요."

은심이 부드럽게 김 회장의 품에서 빠져 나왔다.

김 회장이 냉장고를 열며, "무슨 술 마실까 포도주 아님 위스키" 하고 물었다

"이런 데 술은 비쌀 텐데."

"그럼 포도주 마실까?"

은심은 말 대신 눈만 반짝했다. 남자는 여자의 어리벙벙한 표정이 너무 귀여웠다.

김 회장이 능숙하게 술상을 차렸다. 적포도주 병, 크리스털 잔 두 개, 마른안주를 챙겨 왔다. 김 회장은 능숙하게 코르크 마개를 땄다. 은심이 잔을 들었다. 졸졸졸, 포도주가 잔에 흘러내리는 소리가 실로폰 연주소리 같았다. 잔을 부딪쳤다. 쨍, 금속성이 공간에 파문을 그렸다.

감격한 은심이 헤 입을 벌리고, "너무 멋있어요. 이렇게 멋진 곳 구경시켜 주시고, 이렇게 비싼 포도주도 사 주시고…" 하며 감탄했다.

탁자를 사이에 두고 마주 보고 앉았던 김 회장이 은심의 옆자리로 갔

다. 다시 한 번 건배. 쨍하는 소리가 공간으로 퍼져 나갔다.

"참, 아직 방 구경 안 했지. 저 문 열고 들어가면 욕실이고 저쪽은 침실이야."

"사무실인 줄 알았더니 목욕탕도 침실도 따로 있어요?"

"여기는 일하는 곳이고 호텔인데 잠도 자고 해야지."

은심이 눈을 크게 뜨고, "그래요?" 하며 김 회장을 쳐다봤다.

세잔 째 술잔이 반쯤 비워졌을 때 김 회장이 은심의 포도주 잔을 받아서 탁자에 내려놓으며, "넌 예쁘다. 눈 감아봐" 하고 중얼거렸다.

여자가 반쯤 눈을 감았다. 남자가 여자의 얼굴을 두 손으로 감싸 안고 가볍게 키스했다. 여자가 조용히 남자를 받아들였다.

남자가 여자를 와락 안았다. 여자는 가쁜 숨만 내쉬었다. 남자가 여자의 귀에 대고, "넌 예뻐" 속삭이며 여자의 입술을 격렬하게 공격했다. 여자는 고개를 좌우로 돌리며 남자의 거친 공격을 피했다.

남자는, "참 선물" 하고 허겁지겁 지갑에서 수표 한 장을 꺼내 여자의 손에 쥐어주었다. 여자는 수표를 힐끗 보고, "이렇게 큰돈을" 하며 놀라워했다.

남자는, "사랑스러워"를 연발하며 여자의 몸을 점령해 갔다. 여자는 가만히 남자에게 몸을 맡겼다. 남자가 여자의 젖무덤을 움켜잡았다. 여자가 끙 소리를 냈다. 남자가 티셔츠 속으로 손을 밀어 넣었다.

여자가 브래지어 끈을 풀어줬다. 입술은 입술을 희롱하고, 손은 전신을 애무했다. 여자의 허벅지를 더듬던 남자의 손이 숲을 향했다. 여자가 가벼운 비명을 질렀다. 남자는 여자의 손을 남자의 기둥으로 끌고 갔다. 여자가 바지 위에서 남자의 기둥을 잡았다.

여자를 터트리지 않고는 더 이상 참을 수 없게 된 남자가 여자를 번쩍 안아 들고 침실로 갔다. 기갈이 든 남자가 여자의 옷을 벗기기 시작했다.

여자가 목말라 하는 남자를 살짝 밀치며, "제가 벗을게요. 씻고 오세요" 했다.

남자가, "오늘 운동하고 목욕했는데" 하고 앙탈했다.

"그래도 씻고 오세요. 뭐 그리 급하세요. 저 도망 안 가요."

남자는, "알았어" 소리를 지르고 욕실로 달려갔다.

나신으로 침실로 달려온 남자가, "어서 씻고 와" 하고 들뜬 소리를 냈다.

여자가, "바로 씻고 올게요."

덤덤한 목소리로 말하고 욕실로 사라졌다.

한참을 기다려도 여자가 돌아오지 않았다. 기다리다 목이 빠진 남자가 거실을 건너 목욕탕 쪽으로 살금살금 걸어갔다. 샤워 소리가 들렸다. 남자는 여자에게 조급증을 들키지 않으려고 발소리를 죽이며 침대로 돌아왔다.

여자가 가운을 걸치고 침실에 들어섰다. 남자가 침대에서 발딱 일어나서 여자를 낚아챘다.

"아이 급하시기는. 저 어디 안 도망가요. 얼굴에 로션이라도 좀 바르고."

여자가 살짝 남자를 밀었다. 나신의 남자는 하늘을 향하여 고개를 끄덕이는 기둥을 두 손으로 가리고 침대에 걸터앉았다.

여자가 화장을 하는 시간이 남자에게 너무나 길게 느껴졌다. 남자는 더 이상 참지 못하고 여자를 침대로 몰고 갔다.

"불을 끄고요."

남자는 침대 옆 탁자에 설치된 스위치를 조작했다. 실내가 어두워졌다.

남자는 여자의 가운을 제치고 유방부터 공략하기 시작했다.

덜컹 침실 문이 열리고, "이 년 놈이" 하는 고함소리가 방안을 울렸다. 남자가 몸을 일으키며, "웬 놈이야?" 하고 맞고함을 쳤다.

"이 새끼가 남의 마누라 끼고 지랄하며 무슨 개소리야."

침입자의 주먹이 남자의 미간에 꽂혔다.

침입자는 살기등등한 표정으로 김 회장을 노려봤다. 바지에 러닝셔츠 차림의 김 회장은 침입자와 테이블을 사이에 두고 마주앉아 곤혹스러운 표정을 짓고 있었고, 가운으로 맨살을 가린 은심은 머리를 어깻죽지에 파묻고 쥐 죽은 듯이 소파 끝에 앉아 있었다. 김 회장의 부어오른 콧등이 얼굴의 대칭을 깼다.

"이런 비싼 호텔에 남의 마누라 꼬셔온 것을 보니 돈푼깨나 있는 모양인데 경찰에서 거저 먹여주는 호텔에 가야겠어."

침입자가 눈을 부라렸다.

평생 막가는 건설 현장에서 닳고 닳은 김 회장은 입을 닫고 침입자를 비스듬히 건너다보며 침입자의 의도와 약점을 찾았다.

호텔문은 자동으로 잠긴다. 열쇠가 없으면 밖에서 열 수가 없다. 누군가 문을 열어줬다. 이 여자가?

언제 남편에게 연락을? 남편이 호텔에 오는 시간을 벌어주려고 목욕탕에서 시간을 끌었나?

꽃뱀?

간통 현장을 잡혔으니 꼼짝할 수 없다. 돈을 뜯어내려는 연극 같으니 버텨보자.

김 회장의 머리에 갓 결혼한 부인 민정이 어른거렸다.

결벽증인 민정이 이 사실을 알면…, 외도한 전 남편과 못 참고 헤어졌다는데….

"이 친구 잘못했다고 빌지도 않아. 빽 있다 해 보라 그거지. 콩밥을 먹어야 정신을 차리겠구먼."

침입자가 자리에서 벌떡 일어나서 손을 번쩍 들었다. 김 회장은 고개를 비스듬히 쳐들고 침입자를 노려봤다.

"이 자식 째려 봐? 눈깔을 빼 버리겠다!"

침입자가 검지와 장지를 꼿꼿이 새워 김 회장의 눈을 찌르려 했다.

"여보 잘못했어요. 용서해 주세요. 회장님은 다치게 말아요."

머리를 다리 사이에 박고 동정을 살피던 은심이 침입자의 다리를 붙잡았다.

"뭐라고? 늙은 놈팽이와 바람나더니 한 편이야?"

침입자가 은심의 등을 철썩 쳤다. 은심이 바닥에 퍽 쓰러졌다. 김 회장은 남녀의 수작을 건너다보며 얼마면 이 고비를 넘길 수 있을까 계산했다.

은심이 다시 기어가서 남편의 다리를 잡고 매달렸다.

"여보, 제발."

"이 여편네가 미쳤어? 너도 감방에 가고 싶어?"

침입자가 다리에 매달리는 은심의 팔을 푸는 척했다.

은심이 김 회장을 쳐다보며, "김 회장님, 잘못했다고 비세요" 하고 애원했다.

김 회장은 파랗게 질려 있는 은심의 착하게 생긴 얼굴을 내려다보며, 이 여자가 무슨 사연으로 침입자와 짜고 꽃뱀 노릇을 할까, 하고 불쌍해지려는 마음을 되잡으며, 어느 순간에 '돈'을 제시하여야 할지를 쟀다.

두 연놈이 적당이 쇼를 하도록 두다가 기회를 잡자!

"우린 그냥 이곳에 술을 마시러 온 것뿐인데 웬 소란이요?"

길길이 날뛰며 욕설을 내뱉는 침입자의 행동을 조용히 보고 있던 김 회장이 목소리를 깔고 말했다.

"뭐라고? 연놈이 옷을 벗고 침대에서 딩구는 것을 내 두 눈으로 똑똑히 봤는데."

"그렇다고 꼭 무슨 일이 일어나는 거요? 흥분하지 말고 앉으시오. 말로 합시다."

김 회장이 자리에서 일어섰다 앉으며 침착하게 말했다.

"뭐라고? 술만 마셨다고? 너 이 새끼랑 그 짓했지?"

김 회장의 반격에 눈을 꼬나 뜨며 침입자가 은심을 족쳤다. 은심이 고개를 저었다.

"지금 부인이 아무 일도 없었다고 하잖아요. 우린 술만 마셨소."

김 회장이 침입자가 말을 뱉기 전에 선수를 쳤다.

"이 연놈이 짜고 뭐가 어째, 술만 퍼마셨다고?"

침입자가 은심의 머리를 쥐어박았다. 은심이 "아" 하고 비명을 질렀다.

"죄 없는 부인 때리지 말고, 이 방은 문을 닫으면 자동으로 잠기는 데 열쇠도 없이 어떻게 들어왔소? 문을 부수고 들어왔으면 불법 침입에 기물 훼손이고."

김 회장이 냉기를 품으며 반격했다.

"불법 침입? 뭐 기물훼손? 남의 마누라 덮치고 뭐가 어째?"

침입자가 김 회장의 반격을 까부수려 주먹을 들었다.

"때려 봐요. 상해죄까지 겹치게. 열쇠도 없이 어떻게 이 방에 들어왔지? 공범이 몰래 열어준 모양인데 이 여자 공범이지?"

김 회장이 고삐를 당겼다.

"뭐라고? 똥 뀐 놈이 썽낸다고 어디서 큰 소리야?"

"당신이 어떻게 이 방에 들어왔나 호텔 지배인 불러 확인해야겠구먼, 프런트에서 열쇠 준 적 있나."

노회한 김 회장은 그의 반격에 침입자가 흔들하는 것을 놓치지 않았다.

"이리 앉아요. 내가 당신 부인을 이곳에 모셔 와서 술을 하자고 한 것이 기분 나쁠 수도 있으나, 조금 전 당신 부인이 아무 일도 없었다고 고개를 저었고, 나도 술만 마셨다고 하잖소. 결국 당신이 어떻게 이 방 문을 따고 들어왔는지 침입죄만 문젠데 우리 앉아서 조용히 이야기합시다."

침입자가 허허 소리를 공간에 내품었다.

"못 앉겠다. 그럼 지배인 부르고. 나도 남의 부인을 이런 데 모시고 와서 술을 마셨다면 오해를 받을 수 있지만 당신 불법침입죄가 더 커. 부인이 문을 열어줬다면 공범이고."

침입자가 끙 소리를 내며 김 회장 앞자리에 앉았다.

"나는 당신 부인을 2년 이상 식당에서 봐 왔어요. 항상 상냥하고 친절하여 손님들한테 귀여움을 독차지하고 있지요. 마침 오늘 늦게 저녁을 하게 되어 10시 쯤 저녁을 마치고 술 한 잔 할 수 있냐고 했더니 손님과 술하는 거 알려지면 안 된다고 하여 이 방에 왔고, 이런 곳에 와본 적이 없는 착한 부인과 포도주 한잔 같이 했어요. 남녀가 호텔에 왔으니 남이 오해할 만은 하지요. 내가 남의 부인을 호텔방까지 데리고 와서 술 마신 것을 사과하는 의미에서 백만 원 드리겠소."

김 회장은 완전히 판을 역전시키고 주도권을 잡아갔다.

침입자가, "백만 원? 누구를 거지로 알아?" 하며 콧방귀를 뀌었다.

"싫어? 그럼 그만 두지. 내가 오해는 좀 받겠지만 부부가 짜고 나를 함정에 빠트렸다는 것을 입증하여 두 사람을 감방에 처넣으면 되지. 경찰에나 검찰에 내 친구가 많으니 당신들 잡아넣는 것은 식은죽 먹기야."

김 회장이 마지막 펀치를 날렸다.

"뭐라고? 백만 원, 웃기고 있네. 껌값 가지고 나를 놀려? 두 연놈을 다 간통죄로 감방에 처넣겠다."

침입자가 자리에서 벌떡 일어섰다.

김 회장이, "호텔방에서 포도주 같이 마셨다고 간통죄도 성립하지 않지만 간통죄로 고소하면 이혼해야 해" 하고 점잖게 침을 놓았다.

은심이, "이혼을 해야 한다고?" 하며 사색이 되었다.

김 회장이 노회하게, "간통죄 고소는 이혼을 전제로 하는 겁니다" 하며 여자의 아픈 곳을 찔렀다.

침입자가, "까짓것 이혼하면 되지" 하고 막나갔다.

은심의 얼굴색이 변하며, "이혼을 하자고?" 하며 울상을 지었다.

"용돈이 필요해서 그런 모양인데 그 동안 은심 씨랑 음식점에서 좋은 인연을 생각하여 백만 원 더 드리지. 싫어? 프런트에 전화해서 지배인 올라오라 하고."

김 회장은 백만 원짜리 수표 두 장을 한 손에 들고, 한 손으로 수화기를 들었다.

김 회장을 노려보던 침입자는 수표를 낚아채고 은심을 끌고 방을 나갔다.

사태를 수습하는 데 억대는 들 거라고 예상하고 한껏 버텼던 김 회장은 아마추어 꽃뱀에게 걸린 것을 행운으로 여기며 한숨을 내쉬었다.

'내가 누구라고 지들 따위가 내 등을 치려고 해?'

김 회장은 값싸게 위기를 넘긴 자신의 기지와 용기에 스스로 감탄하며 어깨를 으쓱했다.

'재수 옴 붙은 날이군. 돈만 날리고 실속은 없고.'

김 회장은 젊은 여자가 도망치며 의자 위에 벗어놓은 시체처럼 누워 있는 가운을 멍청하게 쳐다보며 자신의 널브러진 영상이 그 위에 투영되어 강하게 고개를 흔들었다.

3

김 회장은 부인 민정과 남한강 유역에 자리한 그의 별장 베란다에 마주앉아 크리스털 잔 밑 부분에 깔린 칼바도스를 손바닥의 훈기로 데우며 한 방울씩 혀로 핥았다. 강 건너편 도로를 따라 흘러가는 자동차의 불빛에 강물이 일렁거리고, 하늘엔 어느새 나온 샛별이 반짝였다. 바람에 살랑거리는 단풍잎이 네온등 불빛에 반사되어 회색으로 보였다. 저만치서 풀벌레도 울었다.

김 회장은 연한 어둠 건너편에 앳된 소녀로 앉아있는 부인을 건너다보며, 어떻게 저렇게 예쁜 여자가 내 아내가 되었을까, 참 돈은 좋은 거야, 하고 흐뭇해 하며, 코냑의 향취와 함께 인생의 황혼기에 찾아온 행복을 즐겼다.

"당신 지난 주 이 사장이랑 골프 갔었지요? 나 친구들과 남해안 놀러 갔을 때."

민정이 포도주 잔을 탁자에 내려놓으며 지나가는 말처럼 말했다.

"응."

"그날 여자들이랑 같이 라운딩했지요?"

김 회장이 한가하게, "갑자기 박 사장이 부인이 아파 못나오는 바람에” 하고 말했다.

“내기 치셨어요?”

“어떻게 알았지?”

“같이 친 여자가 홍정희지요?”

“이름은 잊었고 홍 뭐라고 했는데.”

“제 대학 동창이에요. 당신 돈 많이 잃었다면서?”

“많이는…, 몇 십 잃었지. 홍 여사 만났어?”

“어제 만났는데, 건설회사 김 회장과 건설 자재 납품하는 이 사장이랑 같이 골프를 쳤는데, 들어보니 당신하고 이희수 사장인 것 같았는데 정말이네.”

“세상 좁다. 그렇게 다 얽히나?”

“당신 엉큼하게 홍정희 몸매 힐끔거리느라 짧은 퍼팅도 놓치고 돈 다 잃었다면서요? 정희가 나잇살이나 먹은 사람이 뭐 그렇게 여자를 밝히는지 그 사람 부인이 누군지 모르지만 남편 잘 단속해야겠더라고 하며 낄낄대어, 내 남편 같다고 할 수도 없고 얼굴이 뜨거워서….”

김 회장이, “힐끔거리기는. 그 여자 프로야. 전반에 보기 플레이도 못 했는데 후반엔 거의 싱글을 치는 거라. 당신 친구에 그런 꾼도 있었나?” 하고 받아쳤다.

“꾼이라니? 당신이 여자 엉덩이 힐끔거리느라 돈 다 잃고. 나 한 이틀 집을 비웠다고 여자가 그렇게 그리웠어요?”

“무슨 쓸데없는 소리.”

“그럼 개들이 없는 소리 했겠어요? 저 다른 것은 다 참아도 남자 바람 피우는 것은 못 참아요. 전 남편도 바람피우다가 이혼당한 거 당신도 알잖아요?”

“누가 바람 피웠다고 억지야.”

"지난 2년 동안 당신 사귀면서 진실하고 저만 바라보는 것 같아 집에서 나이 차이 난다고 반대했지만 당신과 결혼했어요. 앞으로 다른 여자와 바람피우는 것 내 눈에 띠면 당장 갈라설 거요."

"갈라서다니 무슨 쓸데없는 소리. 이제 등기도 끝났고 세금도 다 냈으니 내일이라도 당장 결혼신고부터 합시다."

김 회장이 매달렸다.

민정은 아무 대꾸도 않고 거실로 들어갔다. 김 회장은 허공에 반짝이는 별들을 올려다보며, 민정이 어떻게 이 사장을 알지? 하필 홍정희가 마누라의 동창이야, 하며 속으로 투덜댔다.

몸은 섞었으나 막상 김 회장이 구혼을 하자 민정은 결혼을 망설였다. 김 회장은, "나이 많은 내게 무슨 일이 일어났을 때 아들들 눈치 보지 않고 혼자 살아갈 수 있도록 결혼 후에 바로 아파트 한 채를 물려주겠다"고 돈을 제시했다. 며칠 뜸을 들이던 민정은 결혼을 승낙하며, "결혼 후 아파트를 증여하는 절차를 밟는 것보다는 그 아파트를 나에게 파는 형식을 취하면 양도소득세가 증여세보다 훨씬 적을 거요. 결혼하면 당신 돈이 우리 돈이니 절세합시다"고 말했다.

회사 세무사는 김 회장에게 민정의 말이 맞는다고 확인해 줬다. 신혼여행에서 돌아온 김 회장은 헐값에 딱지를 사서 재미를 본, 시가 십억 원 넘게 호가하는 재건축이 한참인 아파트 중 한 채의 매매계약을 민정과 체결했다. 중도금과 잔금을 주고받은 것으로 영수증을 꾸미고, 서류를 갖추어 등기 이전했다. 그러느라 결혼신고가 늦어졌다.

김 회장은 결혼한 지 며칠 됐다고 벌써 헤어진다는 소리야, 투덜대며 젊은 부인을 위로하려 거실로 들어갔다.

4

밤 열시가 넘어 가볍게 취한 김 회장이 현관에 들어섰다. 항상 쪼르르 현관까지 마중 나오던 부인은 보이지 않고 가정부가 그를 맞았다.

가정부는 주인에게, "저녁 하셨어요?" 묻고 주인이 고개를 끄덕이자 그녀의 방으로 들어갔다.

김 회장은 '어디 아픈가?' 중얼거리며 안방으로 들어갔다.

민정은 이불을 뒤집어쓰고 침대에 누워있었다.

김 회장이 이불을 걷으며 늦게 술까지 마시고 들어온 미안함을 담아서, "당신 어디 아파?" 하고 물었다.

민정이, "내 몸에 손대지 말아요" 하고 표독스럽게 말했다.

김 회장의 눈이 커지며, "무슨 소리?" 했다.

민정이 침대에서 일어나서 똑바로 앉으며, "내가 다른 것은 다 참지만 바람피우는 것은 못 참는다고 했지요" 하고 표독스럽게 말했다.

"내가 언제 바람을 피웠다고?"

"당신 오원가든 여종업원과 노래방 갔었지요?"

"뭐라고?"

"어떻게 식당 여종업원과 노래방을 다 갈 수 있어요?"

"그것이⋯."

"그럼 안 갔어요?"

"이 사장이랑 갔었어. 이 사장이 권하는 바람에."

"이 사장 핑계는. 그날 홍정희 꼬시려다 안 되니 식당 여종업원 꼬시려 한 거지요?"

"무슨 소릴 그렇게."

"노래방에서 그 종업원과 노래하다 어디 가는 것을 본 사람이 있는데 어디 갔었어요?"

"가기는 어디 가? 그냥 헤어졌지."

김 회장은 그의 동네에서 음식점 여종업원을 데리고 노래방에 가는 바보짓을 한 자신을 탓하며 어정쩡하게 말했다.

"술에 취해 이 사장이 이끄는 대로 노래방에 간 것은 잘못이지만 그게 전부야."

김 회장은 젊은 부인에게 구구절절 변명을 하며, 젊은 여자와 사랑을 나누고 헤어질 때의 아쉬움을 참지 못하고 10억 원이 넘는 아파트까지 넘겨주며 결혼했던 것이 후회가 되고 화도 났다.

'혼자 살 때는 편했는데 공연히 결혼을 하여….'

"당신 못 믿겠어요. 우리 결혼 다시 생각해 봐야겠어요."

민정이 싸늘하게 말했다. 긴 세월을 남의 위에 군림하며 살아온 김 회장은 민정의 앙탈에 울화가 치밀었다.

김 회장이, "결혼을 다시 생각하다니. 무슨 말도 안 되는 소리" 하고 소리쳤다.

"바람둥이 남편하고 어떻게 살아요. 당장 나가겠어요."

"바람둥이 남편이라니?"

"그럼 뭐예요. 내가 겨우 이틀 동안 집을 비운 사이를 못 참고 딴 여자를 기웃거리는 남편을 어떻게 믿고 살아요."

"노래방만 갔다고 하잖아. 그렇게 남편을 못 믿으면 어떻게 같이 사나."

김 회장은 젊은 부인과 더 다퉈봐야 손해만 볼 것 같아 꽥 고함을 지르고 서재로 도망쳤다.

민정은 천한 음식점 여종업원과 호텔까지 간 바람둥이 남편과는 더 이상 한 지붕 아래에서 살 수 없다며 짐을 싸서 집을 나갔다.

　　김 회장은 몇 번이나 민정을 찾아가서 결백을 주장하며 집에 들어가자고 간청했으나 민정은 요지부동이었다.

　　김 회장은 젊은 여자가 완강하게 버티자 자존심이 부글거렸다.

　　"더 이상 같이 살자고 않겠다. 아직 결혼신고도 안한 처지니 서류상 이혼할 것도 없고, 오늘부터 남남이다."

　　김 회장은, "바람둥이 남자와는 더 이상 상대 않겠다" 하는 여자의 비수에 쿡 찔리고 너무나 맘이 상해 앞뒤를 재지 않고 쏘아붙였다.

　　기다렸다는 듯이 민정이 얼음같이 굳어진 얼굴로 현관문을 열어놓고, "좋아요. 이제 더 이상 볼 필요 없네요. 그럼 안녕히 가세요" 하고 차갑게 말했다.

　　"알았다. 간다. 마지막으로 한 마디만 하겠다. 내가 준 아파트는 내놔야 한다."

　　김 회장은 남자의 자존심상 차마 말을 못 꺼내고 참았던 마지막 말을 터트렸다.

　　"아파트를 내놓으라니? 무슨?"

　　"내가 당신한테 준 아파트. 결혼 조건으로."

　　"당신이 준 아파트? 아아, 내가 산 아파트."

　　"샀다고?"

　　"매매계약서 보여드릴까요?"

　　"매매계약서?"

　　여자가 조롱하는 웃음을 던지며, "네, 계약서" 했다.

　　"못 돌려주겠다. 그럼 법정에서 봐야겠구먼."

　　"그래요. 법정에서 봐요. 그리고 다시는 우리 집에 오지 마세요."

　　민정은 김 회장이 현관을 빠져 나가자마자 문을 쾅 닫았다.

　　김 회장은 깜짝 놀라며 뚫어지게 닫힌 문을 쳐다봤다.

"회장님. 재판을 해 봐야 이기실 수 없습니다. 증여를 해 주셨으면 다툴 사유가 되지만 회장님이 서류상 그 분에게 매매를 하고 중도금은 물론 잔금까지 다 받은 것으로 되어 있어요. 잔금을 받고 인감증명서 등 등기에 필요한 모든 서류를 넘겨주셔서 완벽하게 판 것이 된 겁니다. 관련 세금도 다 냈고."

고문변호사는 미안한 듯 손을 비비며 김 회장에게 차근차근 설명했다.

"안 된다는 말이요?"

"그 여자가 처음부터 계획적으로 회장님께 접근한 거 같습니다."

변호사는 그의 대답에 회장의 얼굴이 굳어지는 것을 보고 아차 했으나, 뱉은 말을 주워 담을 수는 없었다.

김 회장은 돈을 벌기 위해 살아왔고, 돈으로 안 되는 일이 없다고 여기고, 돈을 앞세워 모든 일을 처결하며 살아왔는데, 이번에는 정말 바보처럼 돈을 날렸다. 처음 본 여자와 딱 한 번 내기 골프를 친 것이 화근이 되어 젊은 부인에게 이혼까지 당하고 피 같은 재산을 날렸다.

설마 한민정이 이 사장과 은심이랑 짜고 꾸민 각본은 아니겠지?

김 회장은 고개를 살래살래 흔들었다.

설사 각본에 따라 놀아났다 해도 김 회장은 그것을 인정하기 싫었다. 천하의 김기창이 각본에 놀아나는 패배자의 반열에 끼기 싫었다.

10

수채화

1

"당신 회사 퇴직했다고 매일 산에나 가고 기원이나 갈 거야?"

10년도 넘게 각방을 쓰고 있는 안방마님이 막 현관을 나서는 나의 등에 비수를 날렸다.

"그럼 뭘 어쩌란 말이야?"

"제2의 인생을 준비해야지, 힘 있는 사람들도 좀 만나고. 남자가 꿈이 있어야지."

"꿈? 한 30년 돈 벌었으니 이제 좀 쉬자."

나는 힘 있는 사람 좋아하네, 하며 속으로 콧방귀를 뀌며 안방마님의 잔소리가 더 이상 듣기 싫어 서둘러 집을 나섰다.

지금 내가 안방마님이라 비꼬아 부르는 조연선을 나는 대학 축제 때 그룹미팅에서 만났다. 미팅에서 심지를 뽑아 조연선이 내 짝이 되었다. 그녀는 나보다 한 학년 밑으로 음대 피아노과를 다녔다. 그녀가 내 짝으로 뽑혔을 때 나는 그녀의 화려한 미모에 혹하며 땡을 잡았다고 기뻐했다. 그녀는 고시 준비를 하고 있다는 대학 3학년 남학생을 그녀의 꿈을 이뤄 줄 백마를 탄 왕자로 점찍고 접근해 왔다.

어머니는 나를 잉태할 때 치마로 태양을 받는 태몽을 꾸었다고 자랑하시며 조연선에게 내가 큰 사람이 될 거라는 희망을 불어넣어줬다. 나는 대학 4학년 때 고시 1차는 합격했으나 2차 본고시에 낙방했다. 그녀는 어떻게 알아냈는지 아깝게 0.3점 차이로 떨어졌다며, 다음 번에는 꼭 붙을 거라고 나를 격려하며 위로 파티를 열어주고 몸을 줬다.

한 번 몸을 준 그녀는 그녀의 방식대로 행동하며 나를 압박했다. 나를 격려한다며 공부하는 짬짬이 찾아온 그녀는 당연한 듯 나를 가졌고 그녀는 임신했다. 나는 바로 잘나가는 집의 사위가 되었다. 장인이 내 병역문제를 해결해 줬다.

나는 다섯 번째 고시에도 낙방했다. 나는 법률 서적이 징그러워져 책을 놓고 허둥댔다. 처삼촌이 우선 직장을 다니면서 마음의 안정을 찾고 새로운 마음으로 고시 준비를 하라며 특채로 나를 은행에 취직시켜 줬다. 그러나 나는 더 이상 법률 책을 들지 않았다. 그러자 아내는 남편이 은행장이 되는 것으로 꿈을 바꿨다.

아내는 결혼 후에도 처가에서 용돈을 타다 썼다. 그것이 내 자존심을 건드렸다. 우리 부부는 대화가 단절되고, 나는 의무적인 남편으로 바뀌어갔다.

사십대 중반의 나이에 차장 자리에 안주하는 나를 보고 아내는 은행장은 물 건너갔으니 은행을 때려치우고 시의원에 출마하라고 강권했다. 정당공천과 선거자금은 처가에서 알아서 해 주겠다고 했다.

아내는 유권자의 인지도를 높이기 위해 시의원을 먼저 하고 다음 선거에는 국회의원에 출마하라고 아주 쉽게 말했다. 당선된다는 보장도 없었고, 정치인들을 원조 거짓말쟁이로 여기는 나는 단호히 아내의 제의를 거부했다. 아내는 당신같이 꿈도 없는 남자와는 더 이상 한 이불 속에서 살 수 없다며 나를 문간방으로 쫓으며 시위를 벌렸다.

나는 그녀의 시위를 무시했다. 아내는 쌍까풀 수술을 하고 짙은 화장을 하며 육체를 미끼로 시위의 강도를 높였다. 각방을 쓰며 몸이 멀어진 터에 아내의 분수에 넘는 화려함은 내 몸을 유혹하지 못했고 혐오의 대상만 되었다. 차차 내 마음도 딴방을 차려갔다. 나는 조연선의 호칭을 아내에서 안방마님으로 격상(?)시키며 내 공간에만 머물렀다.

나는 기원으로 오르는 계단 입구에서 문득, 매일 바둑이나 두고 산에나 가며 세월을 죽이는 것도 지겨운데 안방마님의 극성을 들어주는 척하며 영어학원이라도 등록할까, 하는 마음이 생겼다.

지하철 2호선 강남역 근처에 영어학원이 많다는 말을 들은 기억이 났다.

강남역 출구에 아주머니들이 줄을 서서 추위에 손을 호호 불며 학원을 선전하는 전단지를 나눠줬다. 나는 전철역에서 가까운 CKY 영어학원에 들어섰다. CKY 학원은 고층 건물의 3개 층을 다 쓰는 학원 기업이다. 나는 등록처에서 'free talking 반' 8등급을 신청했다. 최상급반인 9등급을 신청하려다가 겸손을 부려 8등급으로 낮췄다.

등록처 아가씨가 신청서를 반려하며, 신청을 하시기 전에 먼저 원어민과 회화를 해 보시라고 했다. 일종의 테스트를 받으란다. 나는 내 돈 주고 배우겠다는데 무슨 테스트, 하며 떫은 기분으로 원어민 방에 들어섰다. 40대의 화사한 백인 여교사가 이것저것을 물었다. 모처럼만에 해 보는 영어가 입안에서만 맴돌았다.

여교사는 사무적으로 5등급에 등록하라고 했다. 안방마님과 같은 분위기를 풍기는 흰둥이 여교사의 낮은 평가에 내 자존심이 꿈틀했다.

'더러워서 영어 안 배운다.'

나는 학원에서 나와 북북거리며 두 블록을 걷다가 추위를 피해 전철을 타러 지하도를 내려갔다.

우리 아파트 상가 4층 벽에 '이지연 미술학원 개원'이라는 플래카드가 흔들거렸다. 나는 문득, 제법 그림 같아 보이는 손수 그린 수채화에 유명한 시인의 시를 써서 매주 한 편씩 이메일로 보내주는 친구가 떠올랐다. 그는 지난해 퇴직하자마자 미술학원에 등록하여 수채화를 배우고 있단다. 곧 전시회에도 출품할 거라고 자랑했다.

'나도 미술이나 배워볼까?'

나는 유치원과 교회 사이의 칸 문 양쪽에 개업을 축하하는 화환 두 개가 보초를 서고 있는 미술학원의 문을 밀고 들어섰다.

30대 중반으로 보이는 여자가 나를 반갑게 맞았다. 그 여자의 특이하게 생긴 코가 눈에 확 들어왔다. 뾰쪽한 삼각뿔 모양으로 깎은 조각을 얼굴 한가운데에 붙여놓은 것 같았다. 나는 그녀의 코를 보며 거짓말을 할 때마다 코가 커진다는 피노키오가 떠올랐다.

"어서 오세요."

여자가 자리에서 일어서서 나를 맞았다. 나는 눈에 코만 보이는 그녀의 얼굴을 똑바로 쳐다보기가 민망하여 고개를 돌려 학원 안쪽 탁자 위에 놓인 베토벤의 흉상과 팔이 잘린 반신의 비너스 상을 번갈아 보았다.

"언제 개원하셨어요?"

나는 그녀와 마주 앉자, 저 코 때문에 고민 좀 하겠네, 생각하며 먼저 말을 걸었다.

"지난 월요일에 개원했어요. 3일 됐어요."

"아 그래요? 미술 좀 배울까 하고."

"예전에 하셨어요?"

"고 2 때 배운 것이 마지막입니다."

"그럼 기초부터 하셔야겠네요."

"그래야겠지요?"

"어느 분야를 하실지 생각해 두신 거 있으면."

"수채화를 했으면."

나는 미술의 여러 장르 중 친구가 그린다는 수채화가 문득 떠올랐다.

"수채화? 잘 선택하셨어요. 수채화는 종이가 생겨나면서부터 그렸습니다만 미술의 한 장르로 확실히 자리매김한 것은 19세기부터예요. 영국의 풍경화가 데이비드 콕스라든지 터너 등이 수채화의 차원을 높인 화가들이지요. 지금은 수채화 물감 품질이 좋아져서 21세기에는 수채화가 화단을 주도할 거예요. 처음엔 일주일에 두 번은 오셔야 하는데 시간이…."

생소한 분야에 대한 그녀의 설명이 나를 주눅 들게 했다.

"시간은 넘치는데 한 번 오면 몇 시간이나 그려야 해요?"

"한 두 시간."

"일주일에 두 번이면 월 목 오전 시간이 있는데. 다른 날은 약속이 있는 것 같고."

"그럼 월 목 하시지요. 지금 등록하시겠어요?"

"등록?"

"성함과 연락처만 남기시면 돼요. 레슨비는 월 18만원입니다."

이 학원에는 영어학원 같은 깐깐한 사전 테스트는 없는 모양이다. 나는 등록서류를 작성하고 은행 ATM 부스에서 현금을 찾아 18만원을 건

넀다.

"감사합니다. 임 사장님이 개원하고 첫 손님이에요. 정말 감사합니다."

선생님은 돈을 받아들고 나에게 꾸벅 절을 했다. 선생님이 꼭 돈을 향해 절을 하는 기분이었다.

"선생님 성함이 이지연? 미술학원 이름이 이지연 미술학원이던데."

"네, 이지연이에요. 홍대 미대를 나왔어요. 미전에도 입상했고."

"그래요? 홍대 미대면 좋은 대학인데."

"감사합니다."

"무엇을 준비하면 되지요? 물감도 사야 할 것 같고."

"네, 준비물은 붓, 물감, 팔레트, 도화지, 물, 물통, 이젤, 화판, 화구상자 등입니다. 스케치를 위해 4B 연필도 필요하고, 붓은 5호, 10호 15호를, 물은 미네랄 성분이 적은 증류수를 준비하시고. 물감은 우선 국산을 쓰세요. 신한 18색 세트가 만 원 남짓해요. 어느 정도 숙달되시면 일제나 프랑스제로 바꾸시든지. 물감 가격이 굉장히 차이가 나요. 도화지는 우선 스케치북을 준비하시고."

"아유, 너무 여러 가지라 다 못 외우겠는데. 어디 가서 사면 돼요?"

"제가 준비해 놓을게요. 영수증 보시고 주시면 돼요."

"그런 수고를."

"수채화는 보이는 대로 그리면 돼요. 그냥 잘 보고 잘 그리면 되는데, 수채화에 대한 기초를 좀 말씀드릴까요?"

첫 수강생을 받은 선생님은 자신의 유식함을 자랑하고 싶은 모양이었다.

"오늘은 등록만 할게요."

나는 선생님의 호의를 꺾으며 자리에서 일어섰다.

“그렇게 하시지요. 그럼 내일부터?”

“네, 내일 10시에 오면 되지요?”

선생님은 고개를 끄덕였다. 그녀는 복도까지 따라 나오며 나를 배웅했다.

2

다음날 열시도 되기 전에 집을 나서자, 안방마님은 이렇게 일찍 또 기원에 가느냐고 투덜댔다.

“미술학원.”

나는 말을 던지고, 안방마님이, “미술학원?” 하며 되묻는 말을 뒤로 하고 현관을 나섰다.

화실에 들어서자 책을 읽고 있던 이지연 선생님이 반갑게 나를 맞았다. 특이하게 생긴 코만 내 눈에 들어왔다. 나는 그녀의 얼굴을 힐끗 보고, 평평한 판 위에 코를 덜렁 얹어놓은 것 같다고 생각하며, “조용하네요” 하고 말했다.

“아직 학생이 없어요. 홍대 미대에서 실기를 보지 않아 학생이 적어요.”

나는 선생님의 말뜻을 알아듣지 못하고 그냥 고개만 끄덕였다. 선생님은 화판을 챙겨 오고 그림 도구 한 보따리를 내놓았다.

“당장 필요한 도구예요. 9만7천원 들었어요.”

선생님이 영수증을 내밀었다. 나는 10만원을 건네며 수고비로 얼마를 드려야 하는지 고민이 되었다. 선생님이 거스름 돈 3천원을 내밀었다.

“사시느라 수고하셨는데 수고비를 드려야 하는데….”

나는 더듬거렸다.

“그런 걱정은 마세요. 전문 화방에 전화하면 가져다 줘요.”

나는 내키지 않았으나 3천원을 돌려받았다.

“우선 스케치하는 것부터 해 보실까요?”

선생님이 뾰쪽하게 깎은 4B 연필을 나에게 건네며 스케치 북을 꺼내라고 했다.

“스케치를 할 때 우선 완성될 그림의 틀을 머리에 그리며 부드러운 선은 연필을 눕혀서, 섬세한 선은 세워서 그립니다. 그릴 때, 아직 무슨 말인지 잘 모르시겠지만, 외곽선을 따라 그리는 것이 아니라 밝고 어두운 빛을 잡아가는 겁니다.”

선생님이 옆자리에서 시범을 보이고 나는 선생님이 하는 대로 연필을 놀렸다. 선생님이 내 손을 잡고 연필 잡는 법을 고쳐줬다.

나는 좁은 공간에 젊은 여자와 단둘이 앉아 가볍게 손을 부딪치며 스케치를 배우며 긴장이 되었다. 나는 외설스러워지는 내 마음을 선생님에게 들키지 않으려고 열심히 그리는 척했다.

12시가 다 되어 첫 시간이 끝났다.

“점심 식사라도?”

나는 의례적으로 물었다.

“그러실 것 없어요. 매일 점심시간에 끝날 텐데. 시간 되면 다른 학생이랑 함께 자리를 마련할게요.”

나는 점심 제의를 거절당하고 머쓱해졌다.

“제 후배 생겼어요?”

“어제 오후에 여자분 한 분 등록하셨어요. 그분은 화금에 오셔요.”

“제가 선생님 첫 번째 제자니 그분은 제 사매가 되네요.”

“사매요?”

“중국 무협영화에서 사형 사매하잖아요.”

“아, 그러면 임 선생님이 사형이시네.”

“그렇지요. 사매에게 동문수학하는 사형이 진심으로 환영한다고 인사 전해 주세요.”

“그럴게요. 그럼 다음 월요일에 뵈어요.”

선생님이 제자에게 깍듯이 인사를 했다.

3

“오늘도 저 혼자예요?”

나는 의자에 앉아 커피를 마시고 있는 선생님에게 말했다.

“아, 어서 오세요. 새로 등록한 분이 없어서…. 그럼 시작할까요?”

“저 혼자 연습할게요.”

“그래도…, 참 사매께서 사형의 안부인사 감사하다고 전해 주라고 했어요.”

“그래요? 사매는 어떤 분이에요?”

“우아하고 아름다운 미망인이에요.”

나는 ‘미망인?’ 이라는 단어에, ‘반짝’ 흥미를 느끼며, 학창시절 내 선망의 여인상이었던 우아하고 아름다운 여배우 그레이스 켈리를 상상했다.

“우리 아파트에 사세요?”

“네. 시간이 달라서 만날 기회가 없으실 것 같은데…, 언제 같이 한 번 모실게요.”

“그래요? 자리 마련하시면 이 사형이 쏠게요. 제 뜻을 사매에게 꼭 전해 주세요.”

나는 장난기 어린 눈으로 선생님의 피노키오 코를 보며 말했다.

“그럴게요. 그럼.”

선생님은 나의 시선을 피하며, "시작할까요?" 했다.

유치원에서 "꽃밭에는 꽃들이…" 노래가, 교회에서는 찬송가가 울려 왔다.

"점심 어떻게 했어?"

스케치북을 들고 현관에 들어서자 짙게 화장을 한 안방마님이 무슨 바람이 불었는지 내 점심을 다 챙겼다.

"학원 끝나고 중국집에서 들고 왔어."

"학원 여선생이랑?"

"아니 혼자."

"젊은 여선생한테 배우니 좋겠네."

"좋지. 더구나 미인인데."

"미인이야? 잘해 봐. 나는 관심 없으니까."

나는 속으로, 웬 간섭, 하며 안방마님의 말을 못들은 체하고 내 방으로 들어갔다. 안방마님이 그녀의 공간에서 피아노 건반을 마구 두들기는 소리가 들려왔다.

4

나는 미술학원에 들어서며 선생님께 목례를 하고 매번 하던 대로 사매의 안부를 물었다.

"우아하고 아름다운 사매님은 잘 계시지요?"

"네, 부드럽고 잘생긴 사형께 꼭 안부 전해 주라고 했어요."

선생님은 '나를 최수종을 닮은 부드럽고 잘생긴 남자'로 사매에게 소개했단다. 사매는 최수종의 팬이라면서 나를 꼭 만나보고 싶다고 했다고 했다. 선생님도 최수종의 팬이란다.

"언제쯤 우아하고 아름다운 사매님을 만날 수 있지요?"

나는 덜렁 코만 보이는 선생님의 얼굴에 시선을 두고 말했다. 선생님의 불완전한 코를 보고 있으면 연민의 정이 인다.

"기초가 끝나면 제가 만날 기회를 만들게요."

"감사합니다. 그럼 부지런히 그려야겠네요."

"그래요. 어느 정도 스케치는 했으니 오늘부터 그림물감 쓰는 것을 배워요. 우선 팔레트의 각 구간에 물감을 짜서 넣으세요. 그리고 여러 색을 도화지에 옅게도 그려 보고 진하게도 그려 보고 하세요. 그것이 어느 정도 되면 2색, 3색, 4색을 섞어서 도화지에 그려 보는 겁니다. 여러 색을 섞었을 때 배합에 따라 어떻게 색깔이 바뀌는지도 보고. 말하기는 쉬우나 실제 해 보면 쉽지 않을 거예요. 색감을 터득하려면 많이 연습하는 길 밖에 없으니 집에 가서서도 해 보시고."

나는 도화지에 색색으로 물감 칠을 하며 꼭 어린애가 장난을 치는 것 같아 웃음이 나오려 하였다. 선생님은 내가 물감을 가지고 노는 것을 잠시 보아주고 전시회에 출품할 그림을 손보았다.

이제 선생님과 단둘이 화실에 있는 것에 습관이 되어 처음처럼 긴장되거나 어색하지 않았다.

"자꾸 싱글싱글 웃으시는데 색칠하는 것이 어린애 장난치는 것 같지요?"

선생님은 수업도중 녹차라도 한 잔 하자며 말했다.

"수채화를 그릴 때 한 번 색칠을 하면 벗겨낼 수가 없어요. 그래서 지금 연습하시는 것이 중요해요. 여러 색을 섞어서 칠해 보시면서 바라던 색을 내는 것이 얼마나 어려운지 곧 아실 거예요."

나는 녹차 잔을 들고 서서 이제는 눈에 익숙해진 선생님의 코를 보다가, 고개를 돌려 베토벤 흉상의 코를 보고, 비너스 여신의 코를 보았다.

각이 지게 조각한 베토벤 흉상의 코는 얼굴과 조화를 이루며 청각을 잃고 고뇌하는 베토벤을 더 생생하게 표현하는 것 같았다. 부드러운 선으로 이어지는 오뚝한 비너스의 코는 정말 예술이다!

'선생님의 코를 두부처럼 쉽게 잘라서 성형할 수만 있다면…, 콧등을 비너스의 코처럼 우아하고 아름답게 다듬을 수 있을 텐데….'

나는 쓸데없는 상상을 하다가 선생님의 코에 대한 나의 주제넘은 상상이 미안해졌다. 나는 연민의 마음으로 선생님의 얼굴을 건너다보았다. 기형적으로 높고 뾰쪽한 콧잔등 위편에 깊고 맑은 눈동자가 슬프게 반짝였다.

'아, 눈동자가 너무나 맑고 아름답다!'

선생님의 빛나는 아름다움을 발견하고, 나는 수업이 끝난 후 전해 주려던 우표세트를 콤비 안주머니에서 꺼내 선생님에게 건넸다.

"선생님, 삼일절 기념우표를 샀는데 한 세트는 선생님 것, 한 세트는 아름답고 우아한 사매님 겁니다."

"임 선생님 우표 수집이 취미세요?"

선생님이 포장된 우표 세트를 받으며 말했다.

"네. 대학 때부터 모았어요. 기념우표를 사면서 선생님 생각이 나서."

"내가 아니라 사매님이겠지요. 어쨌든 사매 덕분에 저도 선물 받네요."

선생님이 얼굴을 살짝 붉히며 눈을 껌벅했다. 호수같이 맑은 눈동자에서 쏟아지는 섬광이 내 가슴을 푹 찔렀다.

"아니, 선생님 것 사면서 사매님 것도 샀어요."

나는 속 보이는 거짓말을 하였다.

"어쨌든 고마워요. 잘 전해 줄게요."

　며칠 후 수업을 시작하기 전 커피를 마시며 선생님이 예쁘게 포장한 가늘고 길쭉한 선물꾸러미를 내밀었다.

　"사매님께서 선물 잘 받았다고 감사하다며 이 선물을 답장으로 줬어요."

　"선물까지?"

　나는 설레는 마음을 숨기려고 큰소리를 냈다.

　"풀어 보세요. 무엇인지 궁금해요."

　선생님이 독촉했다.

　나는 조심스레 선물 포장을 뜯었다. 직육면체 검정색 상자 중앙 하단에 두 줄의 흰색으로 인쇄한 MONT와 BLANC가 보였다.

　"우표 세트 하나 보냈는데 이 비싼 만년필을."

　나는 눈을 크게 뜨고 선생님을 쳐다보았다.

　선생님이, "편지도 있어요" 하고 상기시켰다.

　메모지 크기의 분홍색 색종이에 정성스럽게 썼다.

부드럽고 잘 생긴 사형!
30통이나 편지를 받고 이제 겨우 답장을 쓰네요.
사형의 수채화처럼 아름다운 사연 감사합니다.
그럼 ～～～

　"편지를 30통이나 했다고요?"

　나는 사매의 편지를 선생님에게 건네며 물었다.

　"지난번 선물하신 우표세트에 우표가 서른 장 들어있었어요."

　나는 "아" 하고 비명을 질렀다.

　사매는 우아하고 아름다울 뿐 아니라 유머와 멋도 있다!

“저도 답장을 써야 하는데….”

“집에 가서서 선물로 준 몽블랑으로 써 오세요. 지금 굉장히 업되셨
는데 그림을 그리실 수 있으실까?”

선생님이 눈을 찡긋했다. 눈동자가 맑게 반짝였다.

답장 석 줄을 쓰는 데 한 시간도 더 걸렸다. 나는 젊은 날 육법전서에
만 매달릴 것이 아니라 시라도 몇 줄 외워둘 걸, 하며 후회했다.

5

“선생님, 이 머플러 인도 여행가서 산 겁니다.”

나는 인도 여행길에 가이드가 선택 코스로 데리고 간 실크 전문점에
서 산 머플러를 내밀었다. 하나에 10$를 부르는 것을, 깎고 또 깎아서
10$에 다섯 개를 샀다.

“감사합니다. 사매님 것도 사오셨을 테니 주세요. 전해 드릴게요.”

선생님이 환하게 웃었다. 웃는 모습이 퍽 착하게 보였다. 피노키오
코가 눈에 익숙해져 전혀 특이하지가 않았다. 나는 선생님의 반짝하는
호수 같은 눈매에 빠져 가슴이 찡해졌다. 불완전한 아름다움이 나를 빨
아들였다.

“선생님 것 사면서 사매님 것은 덤으로 샀습니다.”

나는 사족을 달며 얼굴이 달아올라 고개를 돌렸다. 받침대 위에 비스
듬히 고개를 틀고 앉아있는 비너스상이 나를 내려다봤다.

부드럽고 잘 생긴 사형!
인연의 나라 인도까지 가셔서 사 오신 머플러!!!!
감사~~~~.
제가 손수 만든 넥타이를 보냅니다.

사매의 답례품은 넥타이였다. 얕은 보라색 바탕에 빨간 매화꽃을 길게 가로질러 그렸다. 매화 가지에 앉아 있는 참새를 또한 참새가 날갯짓을 하며 간질였다.

"우아하고 아름다운 사매가 넥타이로 내 목을 끌어당기는 기분인데요."

시답잖은 농담을 던지고 나서, 나는 표현이 부적절한 것 같아 얼굴이 뜨거워졌다.

선생님이 나를 빤히 처다보며, "그런가요?" 하며 재미있다는 반응을 보냈다.

"그런데 사매는 어떻게 이런 넥타이까지 다 만들 수 있지요?"

나는 어색함을 얼버무리며 물었다.

"아마 응용미술을 부전공으로 한 모양이지요. 그 넥타이 대한민국에서 단 하나뿐인 넥타이예요."

"대한민국에서 하나뿐인?"

"수제품이니 딱 하나지요. 수업 시작할까요?"

선생님이 사무적으로 말투를 바꿨다.

나는 화대로 가서 붓을 들었다.

선생님은 잠시 나를 지도해 주고 전시회에 출품할 작품을 마지막으로 손봐야 한다며 그녀의 화대로 갔다.

도화지에 한참 색칠을 하던 나는 문득 고개를 창 쪽으로 돌렸다. 플라타너스 가로수의 푸름이 내 눈을 덮었다. 창틀을 가린 푸름을 배경으로 왼손 엄지손가락에 팔레트를 끼워들고 오른손에 붓을 든 삼매경에 빠진 선생님의 모습은 한 폭의 그림이었다.

옆방 유치원 원생들이 음률에 맞춰, 'I am a boy, you are a girl'을

반복하여 불렀다. 나는 삼매경에 빠진 선생님을 건너다보며, 마음 속으로 나와 선생님을 번갈아 손가락으로 가리키며, 유치원생들을 따라서, 'I am a boy, you are a girl'을 반복하여 외웠다.

교회에서 '시온의 영광이 밝아 오네. 어둡던 이 땅이 밝아 오네.' 찬송가가 은은히 울려왔다. 원생들의 노랫소리와 찬송가가 조화를 이루며 하늘로 퍼져 올라갔다. 나는 노랫소리에 빠져들며 그림에 빠진 선생님의 옆얼굴을 쳐다봤다. 짙은 눈썹 아래 오뚝하게 솟아오른 코가 그 나름대로 조화롭게 보였다. 성형을 한 티가 줄줄 나는 가짜 미인을 볼 때 느껴지는 불쾌감이 없었다.

나는 소리를 죽이며 선생님의 뒤로 가서 그림을 감상했다. 내가 선물했던 머플러와 비슷한 색상의 실크 머플러로 머리를 감싼 한 여인이 울창한 푸른 숲속의 오솔길로 걸어 들어가는 그림이다. 명암과 색채가 조화를 이루고, 푸른 잎이 햇빛을 반사하며 바람에 팔랑거렸다. 여인의 뒷모습이 꼭 선생님을 닮았다.

'선생님은 왜 여인이 숲으로 들어가는 뒷모습을 그렸을까? 선생님의 기형적인 코를 감추기 위하여?'

나는 울컥 연민의 정이 일어 선생님을 뒤에서 꼭 껴안아주고 싶었다.

"어, 내 그림 보고 있었어요?"

등 뒤에 강한 시선을 느낀 선생님이 돌아서며 놀라는 표정을 지었다.

"너무 그림이 좋아요."

나는 느닷없이 껴안고 싶었던 충동을 숨기려고 큰 소리로 감탄사를 내질렀다.

"그래요? 고마워요."

선생님은 진심으로 내 칭찬을 고마워하는 것 같았다. 나는 선생님의 손을 꼭 잡고 흔들며 정말이라고 말해 주고 싶은 마음을 간신히 누르며 내 화대로 갔다. 나는 선생님을 향한 돌발적인 감정의 홍수에 마음이 흔들려 제대로 붓을 놀릴 수가 없었다.

"당신 점심은?"

내가 현관에 들어서자 안방마님이 물었다. 화장을 안 해 눈꺼풀의 칼자국이 그대로 노출됐다.

"중국집에서 짬뽕 먹었어."

나는 속으로 또 웬 점심 걱정? 하며 무표정하게 대답했다.

"젊은 여자한테 배우니 저절로 그려져?"

안방마님이 그녀답지 않게 시비를 붙었다.

"응. 잘 그려지지. 전시회 출품할 준비하라는데."

"전시회? 그 수준 알 만하다. 남자가 뭐 할 일 없어서 그림이야? 정치를 하라니까."

나는 안방마님의 시비를 못 들은 체하고 머그잔에 커피를 가득 타서 들고 내 공간으로 들어갔다.

안방마님의 공간에서 피아노 건반이 부서지는 소리가 났다. 잠시 침묵이 흐른 후, 라흐마니노프의 협주곡이 흘러왔다. 안방마님이 아내였던 시절에 아내는 피아노를 연주하고 나는 옆 의자에 앉아 커피를 마시며 아내의 연주를 감상하곤 했었다.

각방을 쓴 지 10년이 넘은 지금 마음까지 딴방을 차려 우리는 그냥 부부라는 명목으로 한 지붕 아래 살고 있다. 나는 라흐마니노프를 들으며 방과 방 사이의 거실이 끝 모를 깊은 계곡같이 느껴졌다.

우리를 부부로 만들어 준 아들은 대학을 졸업하고 몸과 머리가 커지자 우리 둘을 잇는 가교의 역할을 벗어던지고 그만의 별도의 공간을 만들어가고 있다. 벽돌로 구획 지어진 165㎡의 공간에 함께 사는 우리는

화목한 가정이라는 소문과는 달리 서로 다른 세계의 공간을 만들고 그
공간에 갇혀서 공간과 공간을 잇는 다리를 다 잘라 버리고 호적상 식구
로 잘 살아가고 있다.

6

이지연 선생님과 대학동문인 두 미술학원 원장들이 공동으로 예당
문화원에서 제자 작품전시회를 열었다. 문화원은 근린공원 한 끝에 자
리하고 있다.

아름답고 우아한 미망인 사매를 만난다는 기대로 가볍게 들떠서 허
둥대며 전철에서 내린 나는 3번 창구로 나와 50대 여인이 손가락으로
일러주는 방향의 공원 산책로에 들어섰다.

'사매를 만나 내가 너무 티나게 반가워하면 선생님이 섭섭해 하겠
지?'

산책로 입구에 문화원 안내판이 보였다. 산책로를 따라 양옆에 진달
래꽃이 흐드러지게 피어 있다. 한 부분씩 잘라서 그대로 화폭에 옮겨
놓으면 대단한 수채화 걸작이 될 것 같다.

주위 경관의 화려한 아름다움에 주눅이 든 나는 내가 출품한 작품이
너무 초라한 것 같아 어깨가 움츠러들었다.

최수종을 닮았다고 소개된 사형이 보잘것없는 나이 든 백수라는 것
을 알면 아름답고 우아한 미망인 사매가 얼마나 실망할까?

선생님이 입구에 서서 환하게 웃으며 나를 반갑게 맞았다. 그녀의 호
수같이 맑은 눈을 마주보며 나는 아찔한 기분이었다. 매주 보아온 코가
이제는 눈에 익숙해져 이상하지 않을 뿐만 아니라 오히려 불완전한 조

화가 매력적이기까지 했다.

"사모님은 같이 안 오시고?"

선생님이 말했다.

"그게…, 사매님은 오셨어요?"

나는 사매의 소식을 물으며 선생님께 죄송한 마음이 들어 더듬거려졌다.

"사매 와 있어요. 콤비에 넥타이 잘 어울려요."

어제 선생님은 사매에게 내가 선물로 준 머플러를 두르고 나오라고 말할 테니 사매가 준 넥타이를 매고 나오라고 했었다.

"아, 그래요? 선물 받고 첨 맸어요."

선생님은 내가 선물한 머플러를 두르고 있었다.

전시장은 작품을 출품한 제자들의 부모, 친척, 친구들로 가득했다.

나는 홀에 줄줄이 걸려 있는 제자들의 작품을 보는 둥 마는 둥하고 조바심을 감추고 내 작품 앞으로 갔다.

나는 가지마다 눈덩이를 이고 있는 소나무를 배경으로 눈 덮인 잔디 위에 깃털을 세우고 앉아있는 비둘기 두 마리를 그렸다. 비둘기는 부리를 마주 비비며 추위를 쫓고 있다.

나는 내 작품을 약간 비켜서서 내 작품을 훔쳐보며, 누가 수준 이하의 작품을 출품했다고 욕이라도 할 것 같아 가슴이 떨렸다. 관람객은 내 그림을 힐끗 보고 지나가고, 멈춰 서서도 보았다. 특별히 반응을 보이는 사람은 없었다.

"사형은 누구보다 열심히 그렸어요. 집에서 습작도 많이 하시고. 이 삼년 배운 분들과 비교해도 조금도 손색이 없어요."

"이번은 빠지고 내년에 작품을 내겠다"고 하자 선생님이 나를 격려

하며 작품을 내라고 했었다.

　내 작품의 구도를 말하자, 선생님은 봄에 전시할 건데 하며 고개를 갸웃하다가, 생각대로 그려 보라고 했다. 선생님은 처음 스케치부터 채색과정까지 열심히 지도해 줬다.

　넓은 얼굴에 펑퍼짐한 코를 단 피둥피둥 살이 찐 40대 후반의 남자가 시의원 명함을 돌리며 전시장을 쓸고 다녔다. 개막 행사에서 시의원은 축사를 했다. 나는 전시장을 휘젓고 다니는 시의원을 보며 뒤를 봐줄 테니 시의원에 출마하라고 하던 아내의 권유를 한 마디로 거절했던 일이 가볍게 후회되었다.

　간결한 개막 행사 후에 뷔페를 차려놓은 전시장 옆방으로 이동했다. 여자들이 끼리끼리 모여서 떠들었다. 나는 종이컵에 오렌지 주스를 따라 들고 힐끔거리며 자리를 옮겨 가며 내가 선물한 머플러를 두르고 나왔을 우아하고 아름다운 사매를 찾았다.

　봄이라 머플러를 하고 나온 여자가 많지 않을 것으로 생각했었는데, 대부분 여자들이 머플러를 맸다. 머플러는 핸드백과 함께 여자의 필수품 중 하나인 모양이다. 머플러의 디자인과 재료도 다양했다.

　나는 괜찮게 생긴 여인을 고르고 그녀가 두른 머플러를 확인했다.

　어, 저 여자!
　실크 머플러를 두른 분위기가 환한 여인이 주위를 두리번거렸다.
　나는 여인에게 다가갔다. 나이는 40대 중반쯤, 진한 미모가 눈을 확 사로잡았다. '우아함' 과는 거리가 있고 화려했다. 끼가 넘치는 아름다움! 여인을 보며 나는 문득 안방마님이 연상되어 가슴이 푹 내려앉았다.

　"안녕하세요? 머플러가 참 잘 어울려요."

나는 실망을 감추며 그녀에게 환하게 꾸민 웃음을 보냈다.

"네?"

여인이 눈을 크게 떴다.

"대한만국에 하나뿐인 이 넥타이 멋지지요?"

여인은 큰 눈으로 나를 쳐다보고 묘한 표정을 짓다가 자리를 피해 갔다. 나는 피해 가는 여인을 잡지 못했다.

'정장을 하고 와야 했나? 최수종을 닮았다는 나에게 실망을 하고 도망치는 건가?'

"사매님 찾으셨어요?"

선생님이 내게 다가와서 내가 선물로 준 머플러를 만지작거리며 수줍게 물었다.

물음을 던지며 선생님은 얼굴을 살짝 붉혔다.

나는 순간 수줍어하는 선생님의 불완전한 아름다움에 휘청하며, 마음 속으로, '그럼 선생님이?…' 하고 속삭였다.

"그게…."

나는 허둥대며 말을 더듬거렸다.

11

할아버지 언제 죽어?

1

"어머님은 왜 여태 안 오시는 거야?"

선희가 남편 동수를 흘겨보며 쫑알거렸다.

토요일 오후, 동수 부부는 직속상사인 지점장의 저녁 초대를 받고, 시간에 맞춰 가려고 외출 준비를 하고, 다섯 살짜리 외아들 기찬을 돌보려고 집에 오시기로 한 어머니를 기다리고 있었다.

지점장은 그의 외아들의 대학 입학을 침이 마르도록 축하하는 부하 직원들에게 한 턱을 쏘겠다며 집에 초대했다.

"곧 오시겠지."

동수는 손목시계를 보며 떨떠름하게 말했다.

"벌써 다섯 시 이십 분이야. 노인이 시간관념이 없어."

선희가 분첩을 열고 얼굴 화장을 확인하며 말했다. 동수는 이맛살을 찌푸리며 그의 어머니에게 막말을 하는 부인을 흘겨봤다.

그때 동수의 이동전화가 울렸다.

동수가 네, 아버님. 알겠습니다, 하며 이동전화를 끊고 부인에게 말했다.

"아버님이 차를 가지고 오시는 중인데 교통사고가 나서 꼼짝도 못하고 길에 갇히셨대. 별 수 없이 기찬이 데리고 가야겠는데."

"노인들이 공짜 전철이나 타고 오지 웬 차는 가지고 온다고…."

선희가 투덜댔다.

"기찬이 저녁 밖에서 사주려고 차 가지고 오시겠지. 늦겠으니 그만 나가지."

동수가 앞장서서 아파트 현관으로 나갔다.

"기찬이 데리고 가려면 옷을 입혀야지, 혼자 나가면 어떻게 해?"

선희가 쫑알거렸다.

동수는 입이 주먹만큼 나온 부인을 힐끗 쳐다보고 아들 방에서 바지와 잠바를 챙겨 가지고 나와서 아들에게 입혔다.

아빠가 운전을 했다. 엄마와 아들은 뒷좌석에 탔다. 부모와 나들이를 하며 신이 난 아들이 좌석에서 방방 뛰었다. 아빠는 아들에게 자리에 앉지 못해, 하고 강한 어조로 나무랐다. 아들은 엉거주춤 자리에 앉자마자 운전석 의자를 발로 팍팍 차고 주먹으로 창문을 퍽퍽 쳤다. 엄마는 아들을 말리는 척만 했다.

동수는 아파트 현관에 들어서며 지점장과 나란히 서서 인사를 하는 지점장의 아들에게 축하의 말을 하고, 구두나 사서 신으라며 백화점 상품권이 든 봉투를 건넸다. 지점장은 그냥 오지 무슨 선물, 하며 입치레를 했다.

먼저 온 남자들은 거실에서 양주 칵테일을, 여자들은 부엌에서 맥주나 주스를 마시면서 떠들고 있다가 동수 부부를 맞았다.

아들을 데리고 온 직원은 동수뿐이었다. 어린 아들에게 신경을 쓰며 선희는 지점장 부인의 기분을 살폈다. 엄마가 안주인에게 굽실거리는 것을 보고 기찬은 엄마를 졸졸 따라다니며 눈치를 봤다.

지점장 아들은 초청한 손님이 다 온 후 슬그머니 사라졌다.

6시 반이 되자 집주인이 베란다에서 상을 꺼내 와서 거실에 펼쳤다. 직원들은 황송해 하며 상사를 도왔다. 그 때 현관 벨이 울렸다. 문을 열어주자 중국집 배달원이 음식을 들고 들어와서 상에 죽 늘어놓았다. 음식을 담아 먹을 접시와 젓가락도 별도로 준비해 왔다. 종업원은 저녁으로 짜장면, 볶음밥, 우동이 있다고 빠르게 말하고 음식 이름을 하나씩 대며 손을 들라고 했다.

상 주위에 빙 둘러 앉아 포도주를 반주하여 요리를 나눠들었다. 몇 여자는 접시에 음식을 담아가지고 부엌으로 가서 식탁에 둘러앉아 먹었다. 선희는 기찬을 옆자리에 앉히고 영양가 있는 음식만 골라서 먹였다. 요리 접시가 거의 비어가는 때를 맞춰 저녁이 배달됐다.

식사가 끝나자 빈 접시와 그릇을 주섬주섬 챙겨서 복도에 내놓고, 남자들은 소파에 둘러앉아 남은 술을 비우며 담소를 나누고, 여자들은 부엌에 모여앉아 안주인을 도와 과일을 깎았다.

분위기에 익숙해진 기찬은 자기 집 거실보다 훨씬 큰 거실을 오가며 이곳저곳을 기웃거리고 부엌을 들락거렸다. 심심해진 기찬은 아빠 옆에 붙어 앉아 술에 취해 떠드는 어른들을 뚫어지게 쳐다보았다. 아무도 그를 상대해 주지 않자 기찬은 거실의 전기 스위치를 껐다 켰다 했다.

"얘야, 그러면 안 되지."

지점장이 젊잖게 나무랐다.

동수가 날쌔게 아들을 낚아채서 무릎에 앉혔다. 아들이 아빠의 품에서 빠져 나가려고 버둥거렸다.

"애가 부잡스럽구먼."

제법 술이 취한 지점장이 부하의 아들을 심란한 눈으로 쳐다보며 말했다.

"예예, 죄송합니다. 혼자 자라다 보니."

동수가 상사에게 변명을 했다.

"어릴 때는 다 그렇지."

상사가 관대하게 받아넘겼다.

선희가 깎은 과일을 모양새 있게 담은 접시를 들고 남자들이 둘러앉아 있는 거실로 나왔다. 아빠의 품에서 버둥거리던 기찬이 아빠의 품을 벗어나며 엄마가 들고 오는 접시를 팔로 툭 쳤다.

접시가 댕그랑 거실 바닥이 떨어졌다. 접시가 깨지고 과일이 흩어졌다. 안주인이 부엌에서 뛰어왔다.

"녀석 혼나봐야겠다."

안주인이 기찬의 엉덩이를 가볍게 두 차례 때렸다. 기찬이 앵 울었다. 선희가 날쌔게 아들을 안았다.

"사모님 아무것도 모르는 애를 때리면 어떻게 해요. 접시 깨진 거 물어줄게요."

선희의 눈 모양이 삼각형이 되었다. 안주인이 눈을 둥그렇게 뜨며 몸으로 아들을 감싸는 손님을 쳐다봤다.

"그냥 미안하다고 하면 됐지 물어준다는 말은 왜 해?"

저녁 모임을 마치고 집에 돌아가는 차 속에서 동수가 운전대를 잡은 선희에게 핀잔을 줬다.

"기찬을 막 때리기에 나도 모르게 소리가 나왔어. 자기가 지점장 부인이면 부인이지 남의 귀한 애를 왜 때려."

"그게 때린 거야? 그냥 엉덩이에 손을 댄 거지."

"남의 귀한 자식 엉덩이에 손은 왜 대. 겨우 과일 좀 엎은 걸 가지고."

남편은 아내를 힐끗 쳐다보고 더 이상 상대해 봐야 좋은 말이 나올 것 같지 않아 입을 닫았다. 아들은 아빠의 품에서 곤히 잠들었다.

"내일 아침 먹을 빵 사가지고 갈 테니 오빠는 기찬이 데리고 먼저 들어가."

선희가 차를 주차시키면서 먼저 내린 남편에게 말했다. 잠에서 깨어난 기찬이 엄마를 따라가겠다고 졸랐다.

동수는 터덜터덜 제과점에 따라갔다. 선희는 빵을 골라 집게로 집어 쟁반에 담았다. 동수는 문 앞에 서서 팔짱을 끼고 부인이 빵을 고르는 것을 쳐다봤다. 엄마의 꽁무니를 따라 다니던 기찬이 엄마가 계산을 하는 사이 유리문에 눈을 대고 그 속에 진열해 놓은 생일 케이크를 훑어보다가 문을 열고 딸기가 박힌 케이크를 손가락으로 콕콕 찔렀다.

딸기를 떼어내서 좌우로 돌리며 봤다.

"애야 뭐하니?"

빵집 여종업원이 소리치며 기찬에게 달려갔다. 빵 값을 계산하던 선희가 여종업원이 쫓아가는 쪽으로 고개를 돌렸다. 여종업원이 기찬의 손을 잡고 끌어냈다.

"뭐 하는 거야?"

선희가 고함을 치며 여종업원에게 달려갔다.

"애가 케이크를 못 쓰게 하여."

여종업원이 선희의 험악한 표정에 움찔했다.

"빵 값 내면 될 거 아냐. 애를 놀라게 하면 어떻게 해."

선희가 고함을 쳤다. 기찬은 엄마의 엉덩이 뒤로 가서 숨었다.

"죄송합니다."

여종업원이 사과했다. 선희는 던지듯 빵 값을 지불하고 여종업원을 노려보며 빵집을 나왔다.

"애가 잘못했으면 나무라야지, 그렇게 감싸기만 하면 어쩌자는 거야?"

동수가 짜증을 냈다.

"사내자식 기죽이면 안 돼."

"잘못한 것은 잘못했다고 가르쳐야지."

동수가 정색을 했다.

"내 애는 내가 알아서 키워."

"어떻게 니 애만 되니. 내 애도 되지."

"하숙생 주제에 오빠가 애 키우는 거 뭐 알아. 우리 기찬이는 내가 알아서 잘 키워 놓을 테니 오빠는 상관 마."

동수는 더 이상 다퉈봐야 본전도 못 찾을 것 같아 입을 닫았다.

2

기찬이 고개를 숙이고 지하철 개찰구를 빠져 나가 역구내로 들어갔다. 선희는 카드를 찍고 개찰구를 나와 기찬의 손을 잡고 계단을 내려갔다.

"그거 내가 들고 갈게."

기찬이 할머니 집에 가지고 가는 과일이 든 비닐봉지를 빼앗으려고 했다.

"무거워서 안 돼."

"나도 들 수 있는데."

기찬이 떼를 썼다.

"엄마가 안 된다면 안 되는 거야."

엄마가 인상을 썼다.

"으앙, 나도 들 수 있어."

엄마는 별 수 없이 비닐봉지를 우는 시늉을 하는 아들에게 넘겼다. 아들이 낑낑거리며 봉지를 들다가 바닥에 떨어트렸다. 봉지에서 토마토가 쏟아져 나왔다. 엄마는 당황하며 토마토를 주워 담았다.

전철은 한산했으나 일반 좌석은 다 찼다. 한쪽 편 경로석이 다 비어 있었다. 선희는 아들의 손을 끌고 경로석으로 가서 앉으라고 했다. 기찬이 날쌔게 좌석 위로 뛰어 올라가서 손으로 창문을 집고 폴짝폴짝 뛰었다.

"애 신이나 벗겨요. 거긴 어른들이 앉는 자리요."

앞쪽 경로석에 앉은 안경을 쓰고 품위가 있어 보이는 할머니가 선희를 보고 따끔하게 말했다.

"어린애가 모르고 그런 것을 벗으라면 되잖아요."

선희가 쫑알거리며 기찬에게 신을 벗으라고 했다. 아들이 엄마의 말은 들은 체도 않고 방방 뛰었다.

"애야 신 벗고 올라가야지."

할머니가 안경 속의 눈을 반짝이며 어린애에게 소리를 쳤다.

기찬이 움찔하며 자리에 앉았다.

"제가 알아서 할 텐데 애 기죽게 왜 큰소리세요?"

선희가 할머니에게 항의했다.

"뭐라고? 알아서 한다고? 당장 신 벗으라고 해."

할머니가 고함쳤다.

"남의 애한테 왜 이래라 저래라 해요?"

"어미가 잘 가르쳤으면 내가 말을 하겠어? 어미가 제대로 못 가르치니 나라도 말해야지."

"잘못 가르친 거 뭐있어요? 애들이 신발 좀 신고 올라갈 수도 있지요. 나이 드신 분이 손자 손녀 있으실 텐데 그 정도도 못 봐주고."

"그래 잘했다는 거야? 미안하다고 한 마디 하면 될 걸."

"또 제가 잘못한 것이 뭐있어요? 그리고 할머니는 저 언제 봤다고 반말이세요?"

"반말 한다고? 뭐 저런 배워 먹지 못한 것이 있어. 어미가 저러니 그 자식이 그렇지."

"제 자식이 어쨌는데요. 우리 자식 키우는 데 동전 한 푼 보태준 적 있어요?"

할머니가 "뭐라고?" 고함을 치며 자리에서 벌떡 일어섰다.

주위사람들이 두 사람을 말렸다.

선희는 벌겋게 상기된 얼굴을 뻣뻣이 들고, "참 별꼴 다보겠네" 중얼거리며 그녀의 꽁무니에 달라붙는 아들의 손을 잡고 전철을 내렸다.

"아빠 회사 끝나면 바로 이리로 온대."

할아버지와 나란히 앉아 티브이를 보며 기찬이 말했다.

"아빠는 온대가 아니라 오신대야."

할아버지가 존댓말을 가르쳤다.

"왜 오신대야? 육신대 아니고?"

"육신대? 허허 이놈 봐. 여보, 기찬이 말하는 거 봐. 아빠가 온다고 하길래 오신대라고 알켜줬더니 오신대가 아니라 육신대래."

할아버지는 입을 헤벌리며 부엌에서 며느리와 같이 저녁을 장만하는 할머니에게 손자의 재치를 자랑했다.

"오바마 대통령을 육바마 대통령, 이명박 대통령을 삼명박 사명박 대통령이라고 하는데. 어린 것이 어떻게 머리가 빙빙 잘 돌아가는지 당할 수가 없어."

할머니가 손자의 칭찬에 가세했다.

"기찬아, 할아버지 보시게 유치원에서 배운 노래해 봐."

시부모가 아들을 칭찬해 주자 신이 난 며느리가 끼어들었다.

손자가 티브이의 전원을 끄고, 티브이 앞에 서서 두 손을 모으고 공손히 절을 했다.

할아버지 할머니가 허공에 손을 저으며 허허, 호호 웃었다.

"박수 쳐야지."

손자가 할아버지와 할머니를 번갈아보며 독촉했다. 노부부는 흐뭇한 표정으로 박수를 쳤다.

"에이 비 씨 디 이 에프 지…."

기찬이 알파벳 노래를 불렀다.

할아버지는 손자가 영어 알파벳을 끝까지 다 외우자 감격하여 간이 간지러웠으나, 아직 우리말도 제대로 못하는 어린이에게 과연 영어부터 가르쳐야 하는지 의문이 들어 마음이 개운치 않았다.

노래를 마치자 세 어른이 박수를 쳤다. 어린이가 몸을 비틀어 삐딱한 자세로 절을 하고 뒤돌아서서 티브이 옆에 놓인 전화기의 수화기를 들고 번호를 마구 눌렀다. 신호가 울리고, "여보세요" 하는 소리가 들렸다. 어린이가, "여보세요" 대꾸하고 바로 수화기를 탁 내려놓았다. 어린이는 다시 수화기를 들고 번호를 눌렀다.

"그렇게 전화기 못살게 하면 못쓴다."

할아버지가 나직한 목소리로 말했다.

"어떻게 못 쓰는데?"

손자가 할아버지를 빤히 쳐다보며 물었다.

"모르는 사람에게 전화하면 실례 된다."

"실례가 뭔데?"

"할아버지가 못 쓴다면 못 쓰는 줄 알아."

대답이 궁해진 할아버지가 목소리를 높였다.

손자가 움찔하며 고개를 떨어트리고 소파 한 구석으로 걸어와서 웅크리고 앉아 할아버지의 눈치를 봤다. 할아버지는 풀이 죽어 움츠리고 앉아있는 손자가 안쓰러웠다.

"기찬이 노래 잘하던데 또 무슨 노래 배웠니?"

할아버지는 손자의 기분을 풀어주려고 일부러 비행기를 태웠다.

"꽃밭에서도 배우고, 트윈클 트윈클 리틀 스타 노래도 배웠는데 할아버지는 그 노래 모를 거야."

손자가 금방 기가 살아나서 목소리가 환해졌다.

"모르겠는데 한 번 불러봐라."

손자가 소파에서 폴짝폴짝 뛰며 영어로, 〈반짝 반짝 작은 별〉을 부르며 전기 스위치를 컸다 껐다 했다. 나트륨등이 들어왔다 나갔다 하며 거실을 조명했다.

그 때 동수가 자물쇠의 비밀번호를 눌러 현관문을 열고 집에 들어서며 소리쳤다.

"기찬아, 할아버지 정신 없으시다. 그만 해."

기찬이 주춤하며 부엌으로 도망갔다.

"오늘 토요일인데 늦었구나."

아버지가 아들에게 말했다.

"접대 골프 치고 오는 길입니다. 저녁을 사야 하는데 아버님 어머님

모시려고 그냥 왔습니다."

"다음부터는 그러지 마라. 접대 골프 치고 저녁 안 사면 골프 친 거 다 무효될 수 있다."

중견기업체 영업담당 경영간부를 했던 아버지가 아들에게 충고했다.

"겨우 일주일에 한 번 부모님 뵙는데 저녁 시간 맞춰서 와야지요."

아들이 하얀 머리의 아버지와 눈을 맞추며 의젓하게 말했다. 효자 아들의 말에 아버지는 가슴이 뻐근했다.

"애비는 처자식 먹여 살리려고 주말도 없구나. 저녁 준비 다 됐다. 씻고 와라."

어머니가 부엌에서 말했다. 시어머니가 아들만 챙기자 맞벌이를 하는 며느리의 눈꼬리가 샐쭉 올라갔다.

식사 중에 기찬은 잠시도 쉬지 않고 부잡스럽게 나분댔다. 밥 한 숟갈을 먹고 거실로 뛰어가서 티브이를 켜고, 밥 두 숟갈을 먹고 티브이를 껐다. 거실의 스위치를 켰다 껐다 하고 식탁 주위를 빙빙 돌았다. 동수가 간간이 기찬의 부잡스러움을 나무랐으나, 기찬은 반응이 없었다. 어른들은 어디로 밥이 들어가는지 알 수 없었다.

그래도 노부부는 손자가 너무나 귀여웠다. 후식을 들면서도 기찬은 가만히 앉아있지를 못했다. 사과 한쪽을 입에 물고 거실 바닥을 기어가서 장식장 문을 열고 장식품을 꺼내서 한 줄로 늘어세웠다.

"그거 할아버지가 해외 가서서 사온 비싼 거다. 깨지면 안 된다. 장에 다시 넣어."

동수가 눈에 힘을 주고 목소리를 낮춰서 아들에게 말했다.

아들은 아버지의 꾸중을 듣고 눈치를 보며 장식품을 다시 꺼냈던 자리에 진열했다.

"아유 우리 손자 기특도 하지. 어떻게 하나도 안 틀리고 다 그 자리에 넣지."

할머니가 손자를 껴안고 볼에 뽀뽀를 했다. 며느리는 아들의 얼굴에 뽀뽀를 하는 비위생적인 시어머니가 못마땅하여 이맛살을 찌푸렸다.

손자가 할머니의 품에서 빠져 나와 과일을 포크로 찍어 할아버지에게 건넸다. 할아버지는 과일을 건네는 손자의 손가락을 깨물어주고 싶었다. 손자는 할머니에게도 과일을 건넸다. 할머니는 눈에 넣어도 안 아플 손자의 시중에 마음이 촉촉이 젖었다.

"할아버지, 이 집 나줘."

할아버지와 할머니 사이에 끼어 앉아 연신 과일을 찍어 건네던 손자가 할아버지를 빤히 쳐다보며 말했다. 할아버지는 장난감을 달래듯 쉽게 큰 아파트를 달라고 말하는 손자가 귀여웠다.

"뭐하게?"

"우리 가지게."

"가져? 그러지 말고 니가 이 집에 와서 살면 되겠네."

"그럼 엄마랑 같이 와도 돼?"

"엄마가 할아버지랑 사는 거 싫어할 걸."

"그럼 할아버지 집이랑 우리 집 바꾸자."

"기찬아 쓸데없는 소리 그만해."

동수가 기찬에게 소리쳤다.

"애 놀라겠다. 기찬이도 큰 집에 살고 싶어하는 거 보니 너 빨리 돈 벌어야겠다."

할머니가 아들을 나무랐다. 기찬은 어른들의 눈치를 살피다가 더 이상 꾸중을 않자 다시 집안을 헤집고 다녔다. 저녁 9시 뉴스를 시작하자

동수가, "뉴스 끝나면 주무셔야죠" 하며 일어섰다.

할아버지와 할머니는 주차장까지 따라 내려와서 손자를 배웅했다.

노부부는 난리를 피우던 손자가 떠나고 조용해진 집에 들어서며 휴 한숨을 내쉬었다.

손자를 보낸 가슴은 허전했으나, 눈과 귀가 편안했다.

"여보, 우리 아들 참 잘 됐어요. 딴 집 애들은 늙은이들 쳐다도 안 보 는데 그래도 매주 토요일 손주 데리고 와서 재롱도 보여주고."

할머니가 소파에 늙은 몸을 부리며 말했다.

"동수도 그렇지만 며느리가 요새 며느리 같지 않아. 군말 없이 따라 와서 솜씨 부려 저녁 짓는다고 애쓰는 걸 보면. 저도 직장 다니느라 고 단할 텐데."

할아버지가 며느리를 칭찬했다.

"기찬이 녀석이 이 집이 지 집보다 더 좋은 모양이지, 달라고 하는 걸 보니."

할머니가 티브이를 켜며 말했다.

노부부는 한 눈으로 뉴스를 보며 한가하게 이야기를 이어갔다.

"그렇겠지. 더 넓고 경치도 좋고 하니."

"어린 것이 뭐 경치를 알겠어?"

"이제 살 날도 얼마 안 남았는데 이 집 물려주고 양로원에나 들어갈 까?"

"그럼 지수가 가만히 있겠어? 딸도 다 자식인데."

"지수가 당신 친구라…. 울산으로 이사 가는 바람에 자주 못 만나 섭 섭하겠네. 그래도 제사 챙겨줄 사람은 기찬이 어미잖아."

"그렇기는 하지. 어, 아들이 돈 안 준다고 애비를 죽여?"

할머니가 돈을 안 준다고 아들이 아버지를 때려 죽였다는 뉴스를 보며 비명을 질렀다.

"나라 망조야. 삼강오륜이 다 무너지고. 그래도 우리 아들딸들은 정말 효자야."

할아버지가 한탄조로 말했다.

"그렇지? 아들이 애비를 안 죽이나 애비가 자식을 패서 안 죽이나. 눈 뜨고 보기 민망하구먼. 나 먼저 자요."

할머니가 혀를 차며 안방으로 들어갔다.

3

유치원 복도에서 기찬을 기다리던 할머니는 수업이 끝나자마자 와밀려 나오는 어린이들 중에 손을 흔들며 뛰어오는 손자를 보자 전신에 찌르르 전류가 흘렀다. 손자가 할머니를 외치며 달려와서 할머니의 품에 폭 안겼다. 손자를 안은 할머니의 눈이 저절로 감겨졌다.

"오늘 뭐 배웠냐?"

할머니가 손자의 비단보다 더 부드러운 손을 꼭 잡고 건널목을 건너며 말했다.

"오늘 종이 접기 했는데 집에 가서 같이 만들자."

손자가 할머니를 올려다보며 씩씩하게 말했다.

"기찬아, 이 상처 어떻게 났어?"

할머니가 손자의 얼굴에 긁힌 자국을 보고 놀라서 물었다.

"명수가 손톱으로 긁었어."

"어쩌다가?"

"명수가 내가 만든 종이배를 자꾸 빼앗아가려 하길래 한 방 때렸더니 손톱으로 할퀴었어."

"친구랑 싸웠구나."

"명수 코피 흘리며 울고 했어."

손자가 당당하게 말했다.

"친구끼리 싸우면 못 쓴다. 다음부터는 말로 해."

할머니는 손자가 싸움에 이긴 정황을 눈치 채고 점잖게 나무랐다.

손자는 길가에 좌판을 벌려놓은 뽑기 장사에게 신경을 팔며 할머니의 말을 꿀꺽 먹었다. 할머니는 좌판을 기웃거리는 손자의 손을 끌고 아파트 단지로 들어섰다.

"할머니, 놀이터에서 10분만 놀다 가자."

손자가 할머니의 눈치를 봤다.

"그래 딱 10분이다. 할아버지 심심하실 거니."

손자는 "할아버지도 왔어?" 소리치며 그네로 달려갔다.

노부부는 며느리가 직장에서 건 전화를 받고 손자를 봐주러 아들집에 왔다. 며느리는 오후 2시 유치원이 파할 때 기찬을 데리고 와서 퇴근할 때까지 봐주는 도우미 아줌마가 급한 일이 생겨 올 수 없다며, 시어머니에게 아들을 봐주십사 했다. 손자와 놀고 싶은 할아버지는 할머니를 차에 태워다 준다는 핑계로 같이 왔다.

손자는 그네를 타다 미끄럼틀을 타다 시소를 타다 하면서 할머니에게 으쓱 눈짓을 보냈다. 할머니는 공원 벤치에 앉아 손자가 뛰노는 광경을 흐뭇한 눈으로 지켜봤다. 손자는 친구들과 어울려 노느라 10분만 놀고 집에 간다던 말을 잊었다.

집에서 손자를 기다리던 할아버지가 놀이터로 나왔다. 할아버지를 본 손자가 발아래 놓인 공을 발로 뻥 차고 할아버지를 부르며 달려가 품에 폭 안겼다. 할아버지는 손자를 번쩍 안아 올렸다. 손자는 까르르 웃으며 몸을 흔들었다.

노부부는 벤치에 나란히 앉아 손자가 뛰어노는 모습을 보며 혹시 다치지나 않을까 아슬아슬했으나 그 뛰노는 모습이 너무나 대견했다.

집에 들어서자마자 손자는 바로 화장실로 가서 손을 씻고 나오며 할부지 할머니도 밖에 나갔다 왔으니 손을 씻으라고 했다. 노부부는 어른스럽게 말하는 손자가 너무나 대견스러웠다.

할머니가 깎아준 사과 한쪽을 입에 물고 손자는 길게 하품을 했다. 할머니는 손자를 안아서 침대에 눕혔다. 손자는 바로 잠이 들었다. 노부부는 손자가 잠에서 깨어날까 봐 조심하며 티브이 소리를 줄였다.

잠에서 깨어난 손자가 짜장면을 먹자고 했다. 할아버지의 차로 중국집에 갔다. 탕수육과 짜장면을 사줬다. 입가에 짜장을 가득 묻힌 손자는 쉴 새 없이 재잘거렸다.

"오후 내내 기찬이 보시느라 고생하셨어요."

며느리가 현관에 들어서며 현관문이 열리는 소리를 듣고 달려간 기찬을 안으며 인사치레를 했다.

"유치원 갔다 와서 쭉 잤다."

할머니가 인사에 답했다.

"저녁은?"

"짜장면 먹고 싶다고 하여 짜장면 사줬다. 탕수육하고."

"탕수육은…."

며느리는 기름에 튀긴 음식을 사 먹인 시부모를 탓하려다가 아차, 하며 입을 닫았다.

"어 기찬이 얼굴이 뭐니?"

며느리가 기찬의 어깨를 잡고 흔들며 질겁했다.

"친구하고 놀다가 싸운 모양이더라."

시어머니가 대신 대답해 줬다.

소파에 앉아 집에 들어온 며느리를 올려다보며 며느리의 인사를 기다리던 시아버지는 며느리가 눈짓도 안 주고 아들의 상처만 붙들고 호들갑을 떨자 멋쩍어 창밖으로 눈길을 돌렸다.

"누가 니 얼굴을 이렇게 했니?"

며느리의 표정이 표독해졌다.

"명수가. 명수는 코피 흘렸어."

엄마의 험악한 표정에 기가 죽은 기찬이 고개를 떨어뜨리며 변명했다.

"명수가? 그 녀석을 그냥."

며느리가 서두르며 핸드백에서 이동전화를 꺼내 번호를 눌렀다.

"여보세요. 저 기찬이 엄만데요."

며느리의 목소리가 싸늘했다. 노부부는 기세등등한 며느리의 기세에 눌려 고개를 쑥 접고 눈짓을 교환했다.

"애들 간에 놀다가 다툰 거라고요?"

며느리의 목소리가 커졌다.

"기찬이 얼굴에 손톱자국이 한 뼘이나 났어요. 애를 맡겼으면 책임지고 잘 보살펴야죠."

"미안하다면 다요? 그래 가지고 어떻게 애를 유치원에 보내겠어요?"

며느리가 유치원 원장을 닦아세우는 전화를 들으며 노부부는 자신들이 잘못한 것 같아 움찔 오그라들었다. 노부부는 시부모를 완전히 무시하고 시부모 앞에서 막말을 하며 따지는 며느리의 불손한 태도에 은근히 화가 났다.

한참을 타닥거리던 며느리가 이동전화 뚜껑을 탁 닫았다.

“나 간다.”

전화가 끝나기를 기다리던 시아버지가 자리에서 일어섰다.

“차라도 한잔 하시고 가시지요.”

“됐다. 차도 마시고 과일도 먹고 했다. 갑시다.”

시아버지가 바람을 일으키며 현관으로 나갔다. 손자 방에 웃옷을 걸어놨던 시어머니는 부랴부랴 옷을 챙겨 입고 남편을 따라 나갔다.

며느리는 뒤늦게 엘리베이터를 타고 내려왔다. 시아버지의 차는 아파트 정문을 향해 가고 있었다.

4

토요일 오후, 동수는 부인과 아들을 차에 싣고 아버님의 아파트를 찾았다. 동수는 부인이 시키는 대로 농수산물시장에 들러 싱싱한 회와 조개를 샀다. 쑥갓, 상추 등 야채도 샀다. 집에 있던 포도주도 한 병 들고 갔다. 노부부, 아들, 며느리, 손자가 식탁에 죽 둘러 앉아 포도주로 건배를 하고 화기애애한 분위기에서 저녁식사를 했다.

며느리는 기찬의 얼굴에 난 손톱자국을 보고 순간적으로 너무 화가 나서 아버님 어머님 계시는데 소란을 피웠다며 얼굴을 붉히고 사과했다. 시부모는 침묵으로 며느리의 무례를 용서했다. 자칫 어색해질 분위기를 손자가 살렸다.

손자는 할아버지에게 유치원에서 배운 공룡 이름을 들먹이며 공룡이 왜 어느 날 갑자기 사라졌냐고 물었다. 할아버지는 그 이유를 몰랐다. 손자는 별이 떨어져서 그랬다고 어깨를 으스대며 설명해 줬다. 할아버지는 그가 중학교 다닐 때도 몰랐던 공룡의 이름을 술술 외우는 손자의 천재성에 입을 다물지 못했다.

시어머니와 며느리는 식탁에 마주보고 앉아 과일을 깎고, 아버지와 아들은 소파에 앉아 연속극을 보았다. 손자는 부엌과 거실을 오가며 부산을 떨었다.

포도주에 가볍게 취한 할아버지는 손자의 재롱에 흠뻑 취하며 이것이 바로 세상 사는 재미구나, 생각하며 행복한 미소를 삼켰다.

며느리가 깎은 과일을 담은 접시를 쟁반에 받쳐 들고 와서 소파 앞 탁자에 놓고 부엌으로 갔다. 시어머니와 며느리는 식탁에 마주 보고 앉아 사이 좋게 과일을 먹으며 이야기를 나눴다.

손자가 포크로 딸기를 찍어 할아버지에게 건넸다. 동수가 "할머니도" 하자 기찬은 포크에 배를 찍어 들고 부엌으로 가서 할머니에게 건네주고 소파로 달려왔다.

할아버지가 "너도 먹어야지" 하며 포크로 배를 찍어서 건넸다.

손자는 배를 찍은 포크를 한 손에 들고, 다른 손으로 딸기를 집어 입에 넣으며, "할아버지" 하고 불렀다.

할아버지가 사랑을 가득 담은 눈으로 손자를 쳐다봤다.

"할아버지 언제 죽어?"

손자가 아무렇지도 않게 물었다.

"왜?"

의외의 질문에 놀란 할아버지의 눈이 커졌다.

"할아버지가 죽어야 이 집 우리 집 되지."

"허…, 누가 그러데?"

할아버지는 기가 막혀 말이 나오지 않았다.

"엄마랑 아빠랑 맥주 마시면서 그랬어."

손자는 입으로는 말을 하며 포크로 배를 찍어 할아버지에게 넘겼다.

할아버지는 온몸이 떨려 포크를 받을 수가 없었다.

아들 동수의 얼굴이 흙빛이 되었다.

12

여정

번뜩, 흰 눈에 뒤덮인 공간이 스쳐갔다.
'한 번 산 물건을 물리면 어떻게 해요?' 하는 소리가,
'도망쳤어?' 하는 소리와 뒤섞여 꿈결처럼 들려왔다.
소리와 환영이 바로 무의식의 세계에 묻혔다.

1

고등학교 동기동창 네 부부가 한정식 식당에서 격월 모임을 가졌다. 네 친구는 돌아가면서 식당을 정하고, 식당을 정한 친구가 밥값을 낸다.

"담 목요일에 캐나다 간다."

공무원을 퇴직한 현수가 은행을 퇴직한 창남의 빈 막걸리 잔을 채워주며 해외여행을 간다고 노래하듯 읊조리며 은근히 자랑했다.

"뭐 또 해외여행 간다고? 너는 좋겠다."

칠십이 다 되도록 소아과 병원을 개업하고 있는 상호가 말했다.

"너도 병원 때려 치고 여행가면 되잖냐? 니가 돈이 없냐, 뭐가 없냐? 아직도 쩐에 눈이 어두워서…. 캐나다면 꽤 비싸겠네?"

신문사 광고부서에 근무했던 대성이 말했다.

"담 주 목요일, 28일, 딱 하루만 백구십 만원이다. 다른 날은 이백칠십이고. 5월 되면 삼백오십으로 오른다. 딱 하루만 백구십, 특가야 특

가, 싸구려.”

청렴하게 공무원을 했다고 자랑해대는 현수가 싸구려를 강조했다.

“그렇게나 차이가 나? 창남아, 이번 무척 싸다는데 현수랑 같이 다녀와라.”

상호가 창남을 빤히 쳐다보며 권했다.

“야, 창남이가 어디 돈 아까워서 가겠냐? 공연히 입 아프게 헛소리 마라.”

대성이 창남의 부인을 건너다보며 말했다.

“돈이 아깝기는. 그런데 뭐 하러 이백만 원씩이나 퍼드리고 고생하며 캐나다까지 가냐? 우리나라도 볼 데 천진데.”

창남이 정색을 했다.

“우리나라랑 같니? 백구십이면 거전데, 내가 놀면 다녀오겠다.”

상호가 창남을 부추겼다.

“백구십이 뉘 아이 이름이냐?”

창남이 벌컥 화를 냈다.

“자식, 화를 내기는. 너 그 많은 돈 어디다 쓰려고 그렇게 아끼냐?”

대성이 핀잔을 주었다.

“내가 무슨 돈이 있어?”

창남이 얼굴을 붉혔다.

“한 달 임대료만 수천 나온다며 니가 돈이 없으면 누가 있냐?”

상호가 핀잔을 주었다.

창남은 영등포에 있는 5층짜리 빌딩과 대치동에 있는 상가에서 월 수천만 원의 월세를 거둬들인다. 그리고도 친구들에게 항상 죽는 소리다.

“창남아, 그거 무척 싼 상품인 거 같다. 현수랑 다녀와라. 제수씨 가시고 싶으시지요? 로키도 보고 나이아가라도 보고. 더 나이 들면 가고 싶어도 못 간다."

상호가 창남의 부인을 건너다보며 부추겼다.

"정말 나이아가라랑 밴프 구경할 만해요. 한 번 다녀오세요."

상호의 부인이 끼어들었다.

"나이아가라 다녀오셨어요?"

창남의 부인이 부러워했다.

"네. 토론토 의사 세미나 따라 갔다가 구경 갔어요. 정말 한 번 가 볼 만해요. 대단해요."

상호의 부인이 은근 슬쩍 으스댔다.

대성과 상호가 번갈아가며 창남을 꼬드겼다. 현수는 구두쇠인 창남과 해외여행을 같이 가는 것이 부담되었으나 차마 싫다고 말할 수는 없었다.

"그렇게 좋아? 그럼 한 번 가 볼까?"

친구들의 강권에 창남의 마음이 반쯤 움직였다.

"제수씨, 창남이가 캐나다 모시고 간답니다. 다 우리 덕인 줄 아세요."

대성이 창남의 부인을 건너다보며 히죽 웃었다.

"가 봐야 가는 거지요."

창남의 부인이 실감이 나지 않는다는 반응이었다.

"창남이 마음 변하기 전에 예약하고 올게."

대성이 자리에서 일어섰다.

"내일 하면 되지 이 밤중에 무슨 예약."

창남이 대성을 잡았다.

"아니. 쇠뿔은 단김에 뺀다고 카운터 가서 컴퓨터로 예약하고 올게."

"인터넷으로 예약했다."

대성이 한참만에 방에 들어서며 창남을 보고 싱긋 웃었다.

"내일 예약해도 되는데…. 예약했다 해약하면 페널티 무니?"

창남이 대성을 올려다보며 말했다.

"해약하려고? 당연히 해약금 물지."

대성이 능청스럽게 말했다.

"아직 계약금도 안 냈는데?"

창남이 걱정스런 목소리를 냈다.

"대성이 애써 예약까지 해 줬는데 딴말 말고 다녀와라. 그리고 현수 덕에 2백만 원 벌었으니 오늘 저녁은 니가 사라."

상호는 친구들에게 눈을 찡긋하며 구두쇠 친구를 떠보았다.

"우리 둘이 가려면 4백이나 드는데 2백을 벌다니? 오늘 현수 차렌데 순서 깨지면 안 된다."

창남이 강경하게 말했다.

"야, 현수 덕에 2백만 원이나 싸게 가면서 저녁 값 2십만 원도 못 내 겠다!"

대성이 끼어들었다.

"캐나다 갈 여행비 니들이 내줄래? 그럼 내가 저녁 사고."

세 친구는 자린고비 창남의 말에 입을 닫았다.

다음 날 오전, 창남은 전화로 간다고 했다가 못 간다고 했다가 마음 을 바꾸며 현수를 귀찮게 했다. 창남은 오후에 여행사에 직접 찾아가서 현금 결제를 조건으로 한 사람 당 2만원씩이나 깎았다며, 너보다 훨씬 싸게 간다는 뉘앙스를 풍기며 현수에게 으스댔다. 창남은 꼭 현수를 위 해서 캐나다에 가주는 것같이 공치사도 했다.

2

　현수는 삼성동 공항터미널에서 리무진을 타고 집합시간 2시보다 조금 늦은 2시 15분경에 인천공항 M 카운터로 갔다. 창남 부부가 먼저 와 있었다.

　"이제 오니?"

　창남이 손을 내밀었다.

　"네 시 반 출발이니 시간 충분해. 점심 먹고 오다 보니 좀 늦었다. 점심은?"

　현수는 의례적으로 창남의 손을 잡고 흔들었다.

　"못 먹었어. 시간 없어서."

　"시간이 없다니? 느네 집이 우리 집보다 공항에서 더 가까운데."

　"너같이 돈 많은 사람이야 리무진 타고 오지만 전철 타고 오려면 시간이 훨씬 더 걸린다."

　"전철 타고 왔어? 몇 번씩 갈아타야 할 텐데."

　현수의 눈이 커졌다.

　"그럼 전철 타야지, 김포까지는 공짠데."

　현수는 "허" 하는 탄성을 꿀꺽 삼켰다.

　사는 집 빼고도 빌딩과 상가를 합쳐 창남의 재산이 3백억 원은 넘는다! 그 돈 어디다 쓰려고 저렇게 구두쇠 노릇을 할까?

　"4시 반에 비행기 뜨면 다섯 시 반은 넘어야 식사 줄 거다. 식당 가서 뭐 좀 먹고 와라."

　현수가 진지하게 말했다.

　"야 공항식당이 얼마나 비싼데 공항식당에서 밥을 먹어? 몇 시간만 참으면 될 걸."

　창남이 정색을 했다.

창남의 부인은 남편과 친구를 외면하고 허공에 시선을 두었다.

현수는 그의 부인에게 눈을 끔벅하고 입을 닫았다.

현수와 창남 부부는 뒤에서 세 번째 줄에 나란히 앉았다. 부인들을 창가의 자리에 앉혔다.

'Easten Seat Belt' 사인이 꺼졌다. 바로 음료수를 제공했다.

"야, 저 사람들 포도주 마시는데 그냥 주는 거니?"

해외여행 경험이 거의 없는 창남이 현수에게 귓속말을 했다.

"응. 그냥 서비스로 주는 거야. 맥주도 있어."

"그래?"

창남의 눈이 반짝했다.

사십은 훨씬 넘어 보이는 뚱뚱한 체구의 백인 스튜어디스가 음료수를 실은 카트를 밀고 왔다. 현수는 적포도주를 주문했다. 스튜어디스가 미니 포도주 병, 땅콩, 플라스틱 컵을 현수에게 건넸다. 창남이 손가락으로 현수가 받은 포도주병을 가리키며, 한국말로 "맥주도 한 캔 달라고 해" 하고 현수에게 말했다.

"포도주 시켰잖아?"

현수가 이맛살을 찌푸렸다.

"맥주도 거저라면서? 큰 돈 내고 비행기 탔는데 맥주도 한잔 해야지."

창남이 태연하게 말했다.

현수는 식사 전에 입맛을 돋우라고 제공하는 음료를 공짜라고 취하도록 마시려는 친구가 창피했다. 현수가 맥주를 달라는 통역을 하지 않자, 창남은 포도주를 받아들고 스튜어디스에게, "비어" 했다.

"홧 카인드 오브 비어?"

스튜어디스가 물었다. 창남이 눈으로 무슨 말하며, 현수를 쳐다봤다.

"애니 카인드."

현수가 창남을 대신해서 대답해 줬다. 스튜어디스가 OB 맥주 캔을 창남에게 건넸다. 창남은 캔을 등 뒤에 감췄다. 현수는 얼굴을 찡그리고, 그거 탁자 위에 놓고 먹어도 돼, 하고 친구에게 알려줬다.

창남은 한국인 스튜어디스에게 백포도주도 한 병 달래서 마셨다.

3

밴쿠버 공항에 내렸다. 날씨가 서울보다 쌀쌀했다. 50대의 앞머리가 벗겨진 뚱뚱한 남자 가이드가 출국장 입구에서 푯말을 들고 기다렸다. 대형버스가 나왔다.

창남은 부리나케 달려가서 버스 맨 앞자리에 앉았다. 현수는 중간 쯤 자리에 탔다. 일행은 열아홉 명이었다. 부부 여섯 쌍, 50대의 여고 동창 다섯 명. 빨간 잠바를 입은 50대의 여자와 30대의 여자는 혼자였다.

챙이 큰 모자를 쓴 30대 여자는 뒷자리에 혼자 떨어져 앉아서 틈만 나면 목소리를 죽이며 이동전화를 걸었다.

밴쿠버 시내를 대충대충 안내한 가이드는 오후 선택 관광으로 세계에서 제일 긴 현수교인 카필리노 서스펜션브리지를 돌아보는 코스가 준비되어 있다고 했다. 옵션 관광료는 45U$. 옵션을 선택하지 않는 분은 공원 입구에서 기다리시든지 차에서 기다리라고 했다.

모두 옵션을 선택했다. 창남은 부인의 눈치를 보다가 마지못해 옵션을 선택했다.

가이드는 입장권을 사올 테니 공원 입구에서 기다리라고 했다. 창남은 가이드를 따라서 매표소까지 갔다.

가이드는 입장권과 한글로 된 안내 지도를 나눠주며 관광시간으로 한 시간 반을 드리겠다고 했다.

회전문을 통과하여 공원에 들어선 두 친구 부부는 주위 경치를 둘러보며 천천히 현수교로 걸어갔다.

"가이드 친구 해 먹어도 너무 해 먹는데."

창남이 현수에게 불평을 했다.

현수는 주위의 빼어난 경관에서 눈을 돌려 불평을 하는 친구를 돌아보며, 눈짓으로 무슨 말? 하고 물었다.

"내가 매표소에 따라가 봤는데 입장료가 29불 75센트였다. 한 사람당 15불이나 튕겨 먹었다."

창남의 눈에 번쩍 불이 이는 것 같았다. 창남 부인의 얼굴이 일그러졌다.

"캐나다 달러가 더 세잖아."

현수는 이 좋은 경치를 보며 돈 타령은 그만하고 구경이나 하자는 말을 꿀꺽 삼키며 퉁명스럽게 말했다.

"세기는, 겨우 일이 프로 비싼데. 말도 안 돼. 한 사람에 15불이면 가이드가 삼백 불이나 해 먹는데 그냥 둘 수 없지."

"그거 다 여행사가 싸게 상품 내놓고 벌충하는 방법이다. 여기까지 와서 돈 그만 따지고 구경이나 하자."

현수는 보채는 창남을 떼어놓고 아내를 독촉하여 다리를 건넜다. 현수교의 길이는 백 미터도 안 됐다. 세계에서 제일 긴 현수교라는 가이드의 선전은 거짓 같았으나, 계곡의 경관과 잘 어우러진 다리는 한 폭의 그림이었다.

"도진이 아빠는 그 많은 돈 어디다 쓰려고 여기까지 와서 또 돈타령이야?"

다리를 건너며 현수의 아내가 남편을 보고 쫑알댔다.

"저 바위가 멋있지?"

현수는 아내의 불평을 못들은 척하고 현수교를 두 발로 굴렀다.

"여보, 정신 없어. 흔들지 마."

아내가 짜증스런 표정을 지었다.

시차로 졸리고 멍청해졌던 머리가 수백 년 수령의 전나무 숲속의 맑은 공기와 자연의 조화에 환하게 맑아졌다. 현수 부부는 감탄사를 연발하며 사진을 찍었다.

"어, 도진 아빠가 가이드랑 다투는 것 같은데."

아내가 현수의 옆구리를 쿡 찌르며 한 곳을 가리켰다. 인디안 픗대 앞에서 창남과 가이드가 손짓 발짓을 하며 다투고 있었다. 창남의 아내는 하늘을 쳐다보고 있었다.

"내버려 둬. 저렇게 악착같이 했으니 그 돈을 모았지."

현수는 호수 옆에 자리한 '벌목꾼의 집' 으로 아내를 끌며 도통한 사람처럼 말했으나, 너무 돈만 밝히는 친구의 악착스러움이 창피하고 마음이 무거워져서 경치가 눈에 들어오지 않았다.

창남은 가이드가 정해 준 시간보다 20분이나 늦게 버스에 올랐다. 버스에서 기다리던 일행이 눈살을 찌푸렸다.

"가이드 녀석에게 15불 내노랬더니 본사 지시라서 자기는 어떻게 할 수 없다며 본사에 얘기하라고 발뺌하는 거야."

관광을 마치고 버스에서 내리며 창남이 현수에게 씩씩거렸다.

"일정표에도 45불로 나와 있잖아. 이왕 왔으니 그냥 경치나 즐기다 가자."

현수는 창남과 같이 온 것을 후회하며 짜증스럽게 말했다.

"그래도 그렇지, 어떻게 50%나 더 받아먹을 수가 있어? 본사에 말해서 당장 고치라고 해야지."

"그럼 지금 전화해라. 힘없는 가이드 귀찮게 말고."

현수가 툭 쏘았다.

"야, 전화를 하라고? 한 통화에 이천오백 원이나 한다는 문자 메세지 못 봤냐? 몇 통화는 해야 할 텐데, 그 돈이 15불 넘겠다. 호텔 가서 이메일로 해야지."

"알아서 해. 너 매번 늦던데 단체 생활이니 시간 좀 지켜라."

현수는 친구를 불쌍해 하는 눈으로 쳐다보며 완곡하게 충고했다.

"내가 늦었다고? 야, 15불이나 더 냈으니 밑천 뽑아야지."

창남은 당당하게 말했다.

현수는 일행이 친구의 말을 들었을까 두려워하며 주위를 돌아보았다.

둘째 날 여정은 페리를 타고 한 시간 반쯤 조지아 해협을 항해하여 브리티시컬럼비아 주정부인 빅토리아로 가서 일대를 돌아보고 오는 코스였다.

페리는 450대의 중대형 차량을 실을 수 있는 대형 유람선으로 2~4층은 주차장, 5, 6층은 객실이었다. 선내에 식당, 칵테일 라운지, 매점이 구비되어 있었다.

창남은 잠시도 쉬지 않고 부지런히 페리 위 아래층을 오르내리며 바다와 지나치는 섬들을 카메라에 담았다.

"주변 경관이 대단한데. 니 덕분에 좋은 구경한다!"

창남이 의자에 앉아 한가하게 주변 경관을 둘러보는 현수에게 다가 왔다.

"볼 만하지?"

현수는 친구가 긍정적인 평을 하자 마음이 밝아졌다.

"우리 커피나 한잔 할까?"

현수가 자리에서 일어서며 아내에게 라운지로 가자는 신호를 보냈다.

"야, 커피 한잔에 3불50센트나 하더라."

창남이 또 돈 타령이다.

"서울에서도 커피 한잔에 3천원 넘는다. 내가 살게 가자."

현수는 돈만 따지는 친구에게 커피를 마시자고 한 것이 후회되었다.

"니가 좋은 구경 싸게 소개해 줬으니 내가 살게."

무슨 바람이 불었는지 창남이 사겠다고 했다.

"그래? 그럼 가자."

현수가 앞장을 섰다.

"여기서 기다려 내가 사올게. 제수씨 어떤 커피 드시겠어요? 아메리카노?"

창남이 제일 값싼 커피 이름을 댔다.

"네. 아무거나 사다 주세요."

현수의 아내는 커피를 사겠다고 하는 남편의 구두쇠 친구를 신기해하는 눈으로 쳐다봤다.

창남이 달랑 커피 한 컵을 사들고 왔다.

"쓴 커피 많이 마실 거 없고, 라지로 사왔다. 우리 한 모금씩 목만 축이자."

창남이 먼저 한 모금 마시고 종이컵을 현수에게 넘겼다. 현수는 컵을 받을 수도 받지 않을 수도 없었다. 창남의 아내는 얼굴을 붉히며 어쩔 줄 몰라 했고, 현수의 아내는 망연자실 바다에 눈을 뒀다.

다음날 새벽, 일행은 다음 여행지인 캘거리로 가는 비행기를 타려고 버스를 타고 밴쿠버공항으로 갔다. 버스 뒷좌석에서 전화질을 했던 30대의 여자가 버스에 나타나지 않았다.

30대와 한방을 썼던 빨간 잠바의 여자가 미국에 일이 있어 먼저 떠난다고 했다고 가이드에게 알려줬다.

가이드는 빨간 잠바의 말을 듣자마자, "미국 불법 입국 알선조직과 접속하여 도망쳤어요" 하며, 자기만 알고 있는 비밀을 털어놓는 듯 의기양양했다.

가끔 미국에 바로 들어갈 수 없는 사정이 있는 사람들이 입국하기 쉬운 관광객으로 위장하여 캐나다에 입국한 후 미국에 밀입국한다고 했다.

현수는 젊은 여자가 '도망쳤다'는 가이드의 말을 들으며 "허" 하는 탄성을 삼켰다.

메아리처럼 들렸던, '도망쳤어?' 하는 환청이 현실로 나타났다!

미리 정해진 일?

머리를 한방 맞은 현수는 정신이 아득해졌다.

캘거리 공항에 내린 일행은 바로 한식당으로 가서 갈비탕으로 점심을 때우고 버스에 탔다. 버스는 캐나다 최초의 국립공원인 밴프를 향해 달렸다. 계절은 4월 말이나 아직 봄이 오지 않아 들판은 황량했다. 비행기를 타러 새벽 5시에 일어났던 현수는 시차까지 겹쳐 스르르 잠이 들었다.

왁자지껄 소리에 현수는 눈이 떠졌다.

쾌청한 하늘 아래 백설을 인 장엄한 로키 산줄기가 버스 좌우에 줄을 섰다. 가이드는 좌우로 보이는 산들이 백두산보다 훨씬 높다고 강조하며, 이렇게 좋은 날씨에 로키를 찾으신 여러분들은 평소에 덕을 많이 쌓으신 것 같다고 덕담을 했다.

버스 맨 앞자리에 앉은 창남이 중간쯤에 앉은 현수에게 계속 엄지손가락을 들어 보였다. 현수는 친구가 돈 타령을 놓고 경관에 심취하는 모습에 후, 안도의 한숨을 내쉬었다.

온통 얼음으로 뒤덮인 영혼의 호수, 미네완카는 주위의 경관과 하늘에 뜬 반달과 어울려져 한 폭의 한국화였다. 창남은 현수에게 몇 번이나 최고라는 사인을 보내며 부산하게 오가며 카메라 셔터를 눌렀다. 현수는 자연의 위대함에 기가 죽어 감히 카메라를 들이댈 엄두를 못 내고 눈으로만 사진을 찍었다.

다음날도 새벽 5시 기상, 6시 식사, 7시 출발 일정이 되풀이 되었다.

날씨는 쾌청. 버스는 아직 시즌이 일러 한가한 고속도로를 달렸다. 로키 산맥 중허리를 뚫어 건설한 고속도로 양편으로 백설을 뒤집어 쓴 장엄한 산줄기가 죽 이어졌다.

가이드는 영국 왕녀의 이름, 처음 로키에 발을 디딘 탐험가의 이름 등을 따서 붙인 산봉우리의 이름을 알려줬다. 만여 년 전부터 로키에 정착하며 살아온 원주민들이 붙였던 이름들은 간데없고, 겨우 이삼 백 년 전에야 이곳에 왔을 유럽 사람들의 이름을 딴 산의 이름이 판을 쳤다. "저 산은 영국 **이 처음 발견했다"는 등 유럽에서 온 정복자들이 어처구니없게 왜곡한 역사의 파편들이 가이드 입에서 계속 튀어나왔다.

버스는 사진을 찍기 위해 포토 존에서 잠시 멈춰선 것 외에 두 시간을 넘게 해발 천육백에서 2천 미터 고지에 건설한 4~6차선 고속도로를 달렸다. 현수는 변화 없이 이어지는 순백의 장관에 눈이 시려 눈을 감았다 떴다 했다.

밴프 국립공원을 벗어난 버스는 제스퍼 국립공원에 들어섰다. 버스 양편으로 흰 눈이 이어졌다. 현수는 끝없이 이어지는 변화 없는 눈길이 지루했다.

일행은 컬럼비아 대빙원 입구에서 버스를 내렸다. 쾌청한 하늘 아래 백설을 인 산 정상이 푸르스름했다.

한 대에 9억 원이나 한다는 사람 키만큼이나 큰 바퀴를 여덟 개나 단 8륜구동 설상차로 바꿔 타고 빙하의 초입까지 들어갔다. 가이드는 설상차 앞좌석에 서서 실력을 뽐내며 자연을 설명했다.

"콜롬비아 빙원의 면적은 325제곱킬로미터로 서울시 반보다 크다. 평균 고도 3천 미터. 빙원에서 흘러내린 빙하수는 태평양, 대서양, 북극해로 흘러간다. 눈 앞에 보이는 아사바스카 빙하의 면적은 6제곱킬로미터, 깊이는 엠파이어 스테이트 빌딩의 높이와 맞먹는 300미터. 지구 온난화로 빙하의 꼬리가 일 킬로미터나 짧아졌다. 환경운동가들이 개방을 반대하고 있어 언제 쯤 관광이 중지될지 모른다."

가이드는 보통 날이 흐려 앞을 잘 볼 수 없는데, 이 좋은 날씨에 이곳에 오게 된 여러분들은 평소에 좋은 일을 많이 하신 분들이라고 몇 번이나 치켜세우며 팁을 내도록 유도했다. 현수는 가이드의 덕담이 싫지 않았다. 현수는 가이드의 덕담을 들으며 왕구두쇠인 창남도 좋은 일을 했을까, 하며 고개를 갸웃했다.

일행은 온통 눈으로 뒤덮인 눈밭에 내려섰다. 가이드는 경계 표지판 밖에는 크레바스가 있어 위험하니 절대로 들어가지 말라는 주의를 줬다. 5백 미터 쯤 저만치 아사바스카 빙하의 정상에 쌓인 만년설이 푸르스름한 빛을 내뿜었다. 정상 너머에 거대한 컬럼비아 설원이 있다고 했다.

현수는 무협지에 나오는 고수처럼 눈 위에 발자국을 남기고 않고 사뿐히 눈 위를 날아 정상까지 뛰어오르고 싶었다.

창남은 카메라를 들고 설원을 오가며 현수에게, "니 덕분에 좋은 구경한다. 밑천 다 뽑았다"는 말을 몇 번이고 했다.

현수는 이 위대한 자연 앞에서 밑천 타령을 하는 창남이 딱했다.

쉴 새 없이 카메라 셔터를 눌러대던 창남이 경계선 밖의 미답의 눈 속으로 발자국을 만들며 걸어 들어갔다. 발목까지 눈에 빠진 창남이 허우적거렸다. 가이드가 "나오세요" 하고 고함쳤다.

창남의 밑천 타령이 듣기 싫어 멀찌감치 떨어져서 오리털 잠바의 옷깃을 세워 찬바람을 막으며 경관에 취해 있던 현수는 가이드의 질책을 받는 친구를 모른 체할 수가 없어 친구에게 달려오며, "야, 위험해 빨리 나와" 하고 고함쳤다.

창남이 어기적거리며 눈밭에서 나왔다.

"거기 들어가지 말랬는데 들어가면 어떻게 하니?"

현수가 친구에게 짜증을 냈다.

"내가 알아서 다 한다. 비싼 돈 내고 와서 남이 밟은 눈만 밟고 가면 쓰겠냐. 남이 밟지 않은 설원을 밟아봐야 돈 값 하지."

"그러다 빠져 죽으면."

"죽기는. 이렇게 멀쩡하게 살아 있는데."

현수는 할 말을 잊고, 나이깨나 든 두 친구의 대화를 묘한 표정으로 듣고 서 있는 가이드를 쳐다봤다.

　설원 관광을 마치고 버스에 올랐다. 창남은 맨 앞자리보다는 중간 자리가 더 시야가 넓다며 현수 옆자리로 왔다. 가이드는 이번 여행의 하이라이트인 세계 10대 경관의 하나인 레이크 루이스로 출발한다며 분위기를 잡았다. 가이드는 출출할 테니 캐나다 특산을 맛보시라며 육포를 찢어서 한 쪽씩 돌리고, 플라스틱 스푼으로 꿀을 퍼서 권했다. 가이드는 맛이 어떤가 물었고, 공짜를 맛본 일행은 맛이 좋다고 합창했다. 가이드가 바로 선전을 시작했다.

　"육포는 캐나다 소의 70%를 생산하는 엘버타주의 청정 소고기를 말린 것으로 1kg 한 포에 30$, 석청은 로키산맥 수목 성장 한계선 위쪽에 여름철에만 피는 야생화에서 벌들이 채취하여 바위틈에 비축한 꿀을 채집한 것으로 한 통에 60$. 곰들은 바위 틈에 벌들이 모아놓은 석청을 먹고 겨울잠에 든다. 석청은 위장에 더 없이 좋고, 얼굴 마사지용으로도 좋으며, 캐나다 정부에서 그 품질을 보증한다. 한 박스에 여섯 통이 들어있다. 한 박스를 사면 가이드가 먹을 커미션에서 10$ 빼주겠다."

　설명을 마친 가이드는 앞좌석부터 주문을 받아왔다. 현수는 친가와 처가, 그리고 본인용으로 석청 세 통을 샀다. 창남의 부인이 아홉 통을 주문했다. 현수는 잘못 들은 게 아닌가 하고 옆 자리의 아내를 쳐다봤다. 현수의 아내는 눈을 크게 뜨고 도진이 엄마가 아홉 통이나 주문했어, 하고 속삭였다.

　창남의 아내는, "시댁에 3통, 우리 집에 다섯 통, 한 통은 우리가 먹을 것" 하고 용처를 설명해 줬다. 창남은 현금이 없다며 신용카드로 지불하겠다고 했다. 아홉 통이면 500불이 넘는다. 현수는 부자 친구라 역시 통이 크네, 했다.

　눈이 온통 루이스 호수를 뒤덮었다. 등산화로 눈을 밀어내자 에메랄

드 빛 얼음판이 나타났다. 관광객들은 눈 덮인 호수를 가로질러 내놓은 눈길을 따라 빙하 밑까지 줄을 서서 걸어갔다.

아내와 나란히 눈 덮인 호수 위에 내놓은 눈길을 걸어가는 현수에게 창남이 다가왔다.

"경치 최고지? 얼음이 녹으면 호수 물 빛깔이 정말 끝내준데. 너무 아름답지?"

현수가 친구의 동의를 구했다.

"호수가 녹았을 때 와야 했는데 너무 일찍 왔다."

"그래서 싸게 왔잖아."

"그래도…, 현수야! 내가 미쳤지. 휙가닥했어. 어떻게 헤픈 마누라가 아홉 통이나 산다는데 가만 있었지?"

"친가 처가에 선물하기로 했다면서. 로키에 온 기념으로 좋은 선물이 될 거다. 정부에서 보증한다니 가짜는 아닐 거고. 나도 세 통 샀다. 엄마랑 장모 드리려고."

"야, 내가 미쳤냐? 한 통에 60불이나 하는 선물을 하게, 6불도 큰데."

"그럼 물려."

현수가 욱하는 감정을 그대로 내질렀다.

"물려도 되니?"

"아직 카드 사인 안 해 줬으니 물려도 될 거다."

현수는 말을 던지고 친구를 피해 도망쳤다.

현수의 부인이 저만치서 창남과 그의 부인이 다투는 광경을 손가락으로 가리키며, "도진이 아빠 그 많은 돈 어디다 쓰려고 저렇게 짠돌이 노릇하지? 도진이 엄마가 불쌍하다. 남 보기도 창피하고" 라고 쫑알댔다.

현수는 부인의 불평을 못들은 체했다.

버스가 숙소로 출발했다. 가이드는 하루 종일 힘드셨으니 편히 쉬시라며 마이크를 껐다. 창남과 부인이 소리를 죽여 심하게 다퉜다. 현수는 창밖의 설경을 보는 척했으나, 옆 좌석에서 신경을 끌 수가 없었다. 얼굴이 상기된 창남의 부인이 맨 앞좌석에 앉은 가이드에게 다가가서 귓속말을 주고받았다. 창남 부인이 굳어진 얼굴로 자리에 돌아왔다.

하룻밤을 묵을 호텔 현관에 버스가 섰다. 먼저 버스에서 내려 기다리던 창남이 현수를 끌고 한쪽으로 갔다.
"꿀 취소했다."
창남은 의기양양했다.
현수는 짧게, "그래?" 대답하며 정신이 휘청했다.
'물렀다고?'
현수는 그 말을 환청으로 들었었다.
그것도 이미 결정된 일!!!
현수는 전신에서 힘이 쭉 빠져 나갔다.
현수는 나이가 들면서 자주 예시가 현실로 나타나는 경험을 한다.
창남과 눈 덮인 캐나다에 온 것도, 꿀을 샀다가 물린 것도 다 미리 정해졌다!!!
정말 미리 정해졌나?
그럼 다음은?
이런 사소한 일까지 다 미리 정해졌다면, 우리 의지로 개척해 가는 삶은?

4

　마지막 관광지인 토론토에서 세계에서 두 번째 높다고 선전하는 CN 타워를 비롯하여 시내 관광을 하고 버스는 나이아가라 폭포로 향했다.

　"와, 너무 거창하다."
　창남은 50미터도 넘는 높이에서 쏟아지는 나이아가라 폭포의 거대한 물줄기를 보며 탄성을 발했다.
　"현수 니 덕에 이런 좋은 경치를 보게 됐다. 고맙다. 정말 고맙다. 친구 잘 둔 덕이다."
　창남은 현수의 손을 잡고 흔들며 몇 번이고 감사의 뜻을 전했다. 현수는 친구의 과잉반응에 쑥스러워졌다. 친구는 돈 이야기는 안 했다.

　현수가 조명을 받으며 쏟아져 내리는 폭포의 야경을 호텔 창문에서 내려다보며 정신을 놓고 있을 때 노크소리가 났다. 창남이 이 좋은 밤에 칵테일 한잔 하자고 했다.
　현수는 칵테일 딱 한잔을 시켜 둘이 나눠먹자고 하면 어쩌나, 하며 친구를 따라 나서기가 싫었으나, 거절할 수도 없어 옷을 챙겨 입었다. 두 친구 부부가 호텔 바의 창가에 앉았다. 나이아가라 폭포가 바로 눈 아래 내려다보였다. 조명을 받은 폭포는 붉은 색, 보라색 커튼을 번갈아가며 쳤다. 햇빛 아래 보았던 장관하고는 다른 신비함이 있었다.
　두 친구는 진토닉을 주문하고, 부인들은 맥주를 주문했다.
　"현수 니 덕에 정말 싸게 좋은 구경했다. 고맙다."
　창남이 건배를 제의하며 진심으로 고마워했다.
　현수는 칵테일을 씹으며, 이 친구 공치사를 하는 것이 나더러 칵테일 값을 내라는 제스처군, 하고 넘겨짚고 마지못해 술값을 낼 요량을 하다

가, 이런 거대한 자연 앞에서 친구에게 술 한 잔 사는 돈을 아까워하는
자신이 초라하게 느껴졌다.

토론토 공항을 떠나 열다섯 시간을 비행하여 인천공항에 도착했다.
비행기에서 내려 공항 복도로 들어서자마자 복도 위에 설치된 전광판
에 15번 컨베이어에서 수하물을 찾으라는 안내문이 주르륵 흘러갔다.
"6년 연속 서비스 부문 세계 일위 공항답네."
현수가 어깨를 나란히 하고 걷는 친구에게 말했다.
"그래도 우리나라가 제일 좋다. 집에 오니 마음이 푸근해진다."
창남이 영탄조로 말했다.

입국 수속을 마치고 수하물 수취장에 도착하니 벌써 가방들이 뒤뚱
거리며 컨베이어 벨트를 돌고 있었다.
두 친구는 가방을 끌고 세관을 통과했다.
"성훈 아빠 감사해요. 덕분에 좋은 구경했어요."
창남의 부인이 현수에게 깍듯이 인사를 차렸다.
"저도 덕분에 좋은 구경했어요."
현수가 친구 부인에게 인사를 했다.
"이이가 성훈 아빠 덕에 2백 이상 벌었다며 남들이 보기 어려운 이
좋은 경치를 보며 맘이 바뀌기 전에 기부해야 한다며 아가페 고아원에
텔레뱅킹으로 번 돈에다 조금 보태서 바로 기부했어요. 아가페는 이이
가 매달 후원하는 자선단체 중 하나예요."
창남의 부인이 수줍게 말했다.
"아 그러셨어요?"
현수는 의외의 사실을 알고 놀라 눈을 크게 뜨며 친구를 쳐다봤다.

"겨우 천 보낸 거 가지고 뭘 그래. 돈이란 것은 참 묘한 거다. 한 번 손에 쥐면 펴지지가 않는다. 이제 손이 펴질 나이도 됐는데. 나 갈게. 좋은 구경 시켜줘서 정말 고맙다."

창남이 손을 내밀었다.

"너 또 전철 타고 갈 거니?"

친구의 통 큰 기부에 감동한 현수가 친구의 손을 꼭 잡고 흔들었다.

"응. 정부가 비싼 돈 들여 지어놨는데 철도 이용해야지. 김포까지만 가면 공짜로 전철 탈 수 있고."

현수는 돈타령만 하던 친구가 크게 보였다. 친구는 대수롭지 않게 말을 던지고 손을 흔들며 가방을 끌고 공항철도를 타러 갔다.

순간, 현수는 이 장면을 이전에 어디선가 봤던 것 같은 환상에 빠졌다가 고개를 흔들며 환상에서 벗어났다. 친구는 사라지고 없었다.

현수는 가방을 끌고 공항 터미널로 가는 리무진 버스를 타러 10B 정류소로 갔다. 지하철을 타고 간다는 부자 창남에게 미안한 맘이 들었다.

줄이어 버스들이 달려와서 지정된 정류장에 멈춰 서서 승객들을 싣고 떠나갔다. 현수는 그가 타고 갈 버스를 기다리며, 그가 타고 갈 버스의 경유지와 종착점이 정해져 있는 것같이, 설마 우리 인생의 여정도 미리 다 정해진 길을 따라서 가는 것만은 아니겠지, 하며 어두움이 가시는 허공에 시선을 두었다.

13

또 맞선을?

1

작은 이모가 초등학교 여선생과 맞선을 주선했다.

여선생과 선을 보게 되면 그녀는 내가 백 번째 맞선을 보는 여자가 된다.

돌아가신 아버지는 예쁜 처녀를 만나면 겨우 신혼 몇 달만 행복하고, 착한 신부를 만나면 일생이 평온하고, 지혜로운 여자를 만나면 삼대가 평안하다는 말씀을 자주 하시면서 지혜로운 며느릿감이 집에 들어오기를 바라셨다.

그래서 아버지는 연애를 하고 눈에 콩깍지가 끼어 지 눈에 안경인 여자와 허겁지겁 결혼하는 것보다는, 선을 보고 조건에 맞는 상대를 먼저 고른 후, 그 여자와 연애를 하고 결혼에 골인하는 것이 바람직하다고 강조하셨다. 아버지의 말씀에 세뇌된 나는 선을 봐서 지혜로운 짝을 찾겠다고 하면서도 은근히 여자의 외모를 따졌다.

나는 키가 작은 것이 흠이지만 단정한 용모에 일류대학 출신, 박사학

위도 있고, 직장도 튼튼하여 여자들이 좋아할 만도 한데, 퐁당 빠지지 못하는 성격 탓인지 열애에 빠질 기회가 없었다.

나는 고등학교 1학년 때 딱 한 번 이웃집 누나에게 진한 사랑을 느끼며 밤잠을 이루지 못한 적이 있었는데, 눈치를 챈 어머니가 심하게 방해를 하여 혼자만 애를 태우다가 세월과 함께 사랑하는 마음도 흘러가 버렸다. 그 후 선을 본 여자에게 몇 번은 가벼운 연정을 느끼기도 했었으나 밤잠을 이루지 못한 적은 없었다.

처음 몇 번은 선을 보러 나가며 기대가 되고 가슴도 설레었으나, 이러저런 이유로 결혼까지 가지 못하고 계속 깨어지자 이제 선을 보러 나가는 것이 두렵고 피곤하고 지겨웠다. 시간과 돈이 아깝다는 생각이 들었다. 동물원의 원숭이가 된 기분이 들 때도 있었다.

20대 중반부터 끊임없이 신붓감을 소개받았다.

맞선을 보는 횟수가 늘어가며 나도 모르게 선을 본 후 여자를 대접하는 패턴이 정해져 갔다. 만나 첫눈에 아니다 싶으면 여러 핑계를 대고 차만 마시고 바로 자리에서 일어섰다. 중매한 사람의 체면을 생각하여 한 끼 정도 식사를 대접한 적도 있었으나 그것으로 끝이었다.

두 번째 만나서도 마음이 끌리면 다음 만날 때는 남산 팔각정에 올랐다. 나는 남산 정상에서 여자와 어깨를 나란히 하고 대한민국의 수도를 한눈에 내려다보며 내 포부를 설파했다. 여자의 반응이 긍정적이면 그때부터 본격적인 데이트를 시작했다. 술도 마시고, 극장도 가고…, 반응이 별로이면 바로 안녕.

야외로 드라이브를 나갈 만큼 가까워지면 어머니에게 신부 후보라는 신호를 보냈다. 어머니는 대통령보다 잘난 아들에게 최고의 신부를 안겨주려고 몰래 여자의 학교 성적표를 떼어보고, 호적서류도 확인하고, 이웃 사람들에게 여자의 됨됨이를 묻고, 건강 상태를 체크하며 사전 심사절차를 밟았다.

데이트를 하다가 나도 찼고 가끔 여자도 찼다. 어머니의 사전 심사를 눈치 채고 자존심이 상해 떠나기도 했고, 혼수가 문제된 적도 있었다.

잘난 외아들이 30대 중반이 되도록 장가를 가지 못하자 어머니의 결혼 독촉이 심해졌다. 쉴 새 없이 선을 볼 여자를 구해 왔다.

한 달 전 맞선을 본 여자와는 자리에 앉은 지 30분도 안 되어 나는 회사 일을 핑계대고 자리에서 일어섰다. 나는 어깨를 떨어트리고 풀이 죽은 모습으로 멀어져가는 여자의 뒷모습을 보고 큰 죄를 지은 것 같았다. 당장 쫓아가서 그녀를 붙잡고 저녁을 먹자고 하고 싶었다.

나는 지난 10여 년 동안 100번도 넘게 맞선을 봤다.

그때마다 시간도 들고, 돈도 들고, 정신적인 압박도 받았다. 요즘 나는 자주 선을 본 여자와 한두 번 만나고 헤어지며 별 것도 아닌 내가 멀쩡한 처녀들에게 못할 짓을 하며 내세에 지옥에 떨어질 악업을 쌓는 것 같은 죄책감이 들었다.

나는 한 달 전 차만 마시고 헤어진 여자와의 만남을 99번째 맞선을 본 것으로 치고, 실은 그보다 더 많이 선을 본 것 같지만, 어차피 결혼은 해야 할 판, 40대 후반에 혼자 되신 어머니가 친손자를 안고 싶어 하시는 소원도 풀어 드릴 겸, 여자를 그만 울리고 다음 100번째 맞선을 보는 여자와 무조건 결혼하기로 마음을 정했다. 100번째 소개받은 여자가 기형이나 불구라도 무조건 결혼하기로 결심했다.

작은 이모가 100번째 선을 볼 후보로 서른세 살이나 먹은 초등학교 여선생을 들고 왔다. 어머니는 박사인 아들과 격이 맞지 않는다며 중매를 선 작은이모를 나무랐으나, 이모가 어떻게 설득했는지 반대를 접고 종당에는 선을 보라고 권했다.

이모는 천사띠 처녀라며 입에 침이 마르도록 여선생을 칭찬했다. 여선생은 가문도 좋단다. 이모는 처녀의 미모는 강조하지 않았다. 처녀가 예쁜 편은 아닌 모양이다. 이모는 선생님은 사회적으로 존경받는 직업으로 60세 이후까지 직장에 다닐 수 있고, 퇴직 후 연금도 쏠쏠히 나올 거니 노후도 보장된다고 강조했다. 중매쟁이들의 뻥튀기 관행에 익숙해진 나는 이모의 허풍을 한 귀로 흘려 들었다.

내가 그런 천사띠가 어떻게 여태까지 결혼 못했냐고 물었더니, 이모는 아직 '인연'을 만나지 못해서라며 무조건 나와 '천생연분'이란다. 언제 사주까지 맞춰 받는지 찰떡궁합이란다.

나는 처녀의 사진을 보여 달라고 했다. 이모는 '선생님답게' 생겼다며, 이모가 다 알아서 소개하는 거니 사진 같은 거 볼 거 없다며 바로 실물을 보란다. 나는 이번에 선을 보는 여자와 무조건 결혼을 하기로 결심한 터라, 사진도 안 보고 선을 볼 생각이 없어 이모와 어머니의 성화를 무시했다. 내 결심을 알 리 없는 이모는 어머니와 짜고 선보는 날짜와 시간을 정해서 나에게 통고했다.

2

어머니는 선을 보러 나가는 나에게 어제 백화점에서 사온 거라며, 정열의 상징인 이 빨간 넥타이를 매고 나가면 틀림없이 혼사가 이뤄질 거라며 새 넥타이를 챙겨 줬다.

100번째 선을 보는 여자와 무조건 결혼하기로 마음을 먹어서인지 선생님을 만나러 나가며 나는 가볍게 가슴이 설레었다. 퍽 오랜만에 느껴 보는 감정이다. 나는 차를 몰고 선을 보기로 한 호텔로 가며, '선생님답게 생겼다' 는 여자의 외모가 궁금했다.

'가냘프고 섬세한…? 설마 안경을 쓴 신경질적인 올드미스는 아니겠지….'

약속장소인 하얏트 호텔에 일찍 도착한 나는 호텔 이곳저곳을 기웃거리며 시간을 보내다가 약속시간 5분 전에 커피숍에 들어섰다. 하얏트 호텔은 처녀가 사는 단독주택이 있는 삼선동과 우리 아파트가 있는 대치동의 중간쯤에 위치한다.

이모님은 두 사람이 선보러 오는데 걸릴 시간까지 배려하여 장소를 잡았다. 약속 시간을 오후 5시로 잡은 것은 커피숍에서 가벼운 대화를 나누며 워밍업을 하고 저녁을 같이 하라는 뜻일 거다. 카운터에 앉은 여종업원에게 장영호를 찾는 여자 분이 오면 안내하라고 일러주고 한강이 한눈에 내려다보이는 창가에 앉았다.

손목시계가 다섯 시 10분을 가리켰다. 내 이마에 천川자가 그려졌다. 유니폼을 입은 늘씬하고 얼굴이 매력적인 호텔 여종업원이 키가 작고 초라해 보이는 여자를 내 앞에 데리고 왔다.

그녀는 "안녕하세요?" 인사하고 늦은 것을 사과도 않고 자리에 앉았다. 나는 첫 만남부터 약속시간을 어기는 여자의 매너에 상한 감정을 감추며, "장영홉니다" 하고 나를 소개했다.

여자가 고개를 갸웃하며, "애령이에요, 성은 김" 하고 무성의하게 이름을 댔다. 그녀의 이름이 데굴데굴 구르는 느낌이 들었다.

그녀는 어설퍼 보였다. 사각 턱이 고집스레 보였으며, 말하는 투가 성깔도 있어 보였다. 10년 넘게 직장생활을 한 여성답지 않게 세련미도 없었다. 나보다 두 살이나 젊은 여자가 나보다 더 나이가 들어 보였다. 그녀가 100번째 선을 보는 여자만 아니었으면 나는 커피만 마시고 바로 일어섰을 것이다.

나는 선을 보기 전에 미리 사진을 보자고 우길 걸, 하고 후회하며, 무슨 말이라도 이어가야 할 것 같아 이모에게 들어서 대강 알고 있는 그녀의 가족 사항을 물었다. 그녀는 잠시 나를 빤히 쳐다보더니, 보고하듯 자세히 가족을 소개했다.

초등학교 교장으로 정년을 마친 아버지는 영어 신봉자란다. 재직 시절에 국비로 6개월 미국 연수를 다녀온 것을 평생의 자랑으로 여기며 영어를 못하는 사람은 한 끗발 낮춰서 내려본단다. 퇴직한 지금도 영어 회화 책을 손에서 놓지 않는단다.

의대를 나온 큰 오빠는 처갓집에서 차려준, 그녀는 간접적으로 표현했다. 압구정동에 있는 성형외과 원장을 하며 눈, 코, 턱, 가슴 등을 예쁘게 뜯어고쳐 주고 돈을 긁고 있단다.

생명공학을 전공한 둘째 오빠는 미국에서 박사를 하고 워싱턴 소재 국립연구소에 다니고 있으며, 교포 2세인 여의사와 결혼했단다. 오빠는 콧대가 높은 올케에게 쥐어서 산단다. 아버지는 영어를 술술 하는 올케를 무척 좋아한단다.

지난 여름 휴가를 내서 한국에 온 올케와 아버지는 영어로만 대화를 나누며 가족들과 차별화하며 자신의 영어 실력을 뽐냈단다. 언니는 무역회사 회장의 아들에게 시집가서 잘 살고 있으며, 없는 보석이 없고 명품만 들고 걸치고 다닌단다. 애령은 오빠와 언니의 배필과 걸맞은 짝을 구하다 보니 결혼이 늦어졌단다.

처녀로부터 자세히 가족을 소개받은 나는 간단히 우리 가족을 소개했다. 나는 삼남매 중 막내, 두 누나는 시집을 갔다. 나는 돌아가신 아버지가 무엇을 하셨는지 매형들이 무엇을 하는지 소개하지 않았다. 나는 왜 아직까지 독신인지 이유도 말하지 않았다.

　우리는 호텔 식당으로 자리를 옮겼다. 나는 여자의 외모가 마음에 차지 않았으나, 이번 선을 본 여자와 무조건 결혼을 하기로 한 내 결심을 지키기 위해 눈을 질끈 감고 저녁을 하자고 했다. 포도주로 건배를 했다. 애령이 주로 이야기를 했다. 그녀는 내가 언제 어디서 박사를 했는지, 선을 많이 봤을 것 같은데 몇 번이나 봤냐고 물었다. 선을 본 여자 중 마음에 든 여자도 있었을 텐데 왜 여태까지 결혼을 못했냐고 물었다. 나는 처음 만난 여자로부터 당돌한 질문을 받고 기분이 상했으나 꾹 참았다.

　붉은 포도주 빛을 닮아가는 그녀의 얼굴에서 어설퍼 보이던 분위기가 가시고 젊음이 살아났다. 두 번째 잔을 비운 애령은 알코올 기운에 긴장이 풀려서인지, 그녀를 따라다니는 선생님 이야기도 하고, 선을 본 남자 중 마음에 들었던 남자 이야기도 했다. 나는 그녀의 허풍을 들으며, 분명 허풍일 거다, 맞선을 보는 날, 아무리 술이 약하다고 해도, 주책없이 자기가 인기 짱인 양 다른 남자 이야기를 늘어놓는 애령에게 짜증이 나고 화도 났다. 나는 이런 여자를 만나는 것이 내 팔잔가, 하고 반쯤 체념하며 참자 또 참자며 마음을 다독였다.

　나는 가볍게 취한 상태에서 그녀를 옆자리에 태우고 차를 몰았다. 갇힌 공간에 여자가 내품는 향수의 향기가 내 코를 자극했다. 식사를 하며 거의 혼자 떠들던 그녀는 입을 닫고 창밖에 시선을 두었다. 나는 가볍게 취한 젊은 남녀가 어깨를 나란히 하고 차를 타고 가며 입을 닫고 있는 답답한 분위기를 녹이려고 음악을 틀었다. 한국 가요가 줄줄이 흘러나왔다. 그녀는 나를 쳐다보며 성악가들이 참 노래를 못하네요, 그전에 나를 본 적이 없어요? 하고 물었다.

　나는 사방에서 위로 올려 비취는 조명발에 덩그렇게 떠있는 듯한 동대문을 내다보고 있는 그녀의 옆얼굴을 흘깃 돌아보며, 얼굴이 눈에 많이 익다고 거짓말을 했다. 차량들이 뒤엉켜 나는 정신을 집중하여 핸들을 조작했다. 내 옆얼굴에 그녀의 강렬한 시선이 느껴졌다.

그녀는 5년 전에 친구의 소개로 나랑 선을 봤었는데 기억나지 않느냐고 물었다. 순간 등골을 타고 찬 기운이 죽 흘러 내려갔다. 그녀에 대한 기억이 전혀 없는 나는 힐끗 그녀를 돌아보며 어물거렸다.

그 날 나는 회사에 급한 일이 있다며 후루루 차를 마시고 마주 앉은 지 채 30분도 안 되어 도망쳤단다. 너무나 황당하게 푸대접을 받은 그녀는 아직도 내 이름과 얼굴을 똑똑히 기억한다고 했다.

그때는 박사가 아니었었는데, 이제 박사까지 되어 콧대가 더 높아졌을 텐데 무슨 바람이 불어 저녁을 사주고 집에까지 차를 태워 주느냐고 물었다. 나는 당신이 백 번째 선을 보는 특별한 여자라고 할 수가 없어, 5년 동안 둘 다 짝을 찾지 못하고 헤맨 것은 다 인연을 찾지 못해서 그런 거니 앞으로 잘해 보자며 얼버무렸다.

그녀는 이번에는 나보다 먼저 자리를 박차고 일어나 그날 무시당했던 빚을 톡톡히 갚을 심사로 선보는 자리에 나왔었는데 어떻게 하다 보니 저녁을 얻어 먹고 차까지 얻어 타고 집에 가게 됐다며, 이번엔 중매쟁이가 짱짱한 모양이라고 쫑알거렸다. 나는 허허 웃으며 언제 시간 있느냐고 물었고, 그녀는 우리 또 만나는 거요? 하며 눈을 동그랗게 떴다.

세 번째 만나는 날, 나는 그녀를 끌고 남산을 올랐다. 2월의 하늘이 잔뜩 흐렸다. 우리는 케이블카를 탔다. 케이블카 정류장에서 내려 몇 걸음도 옮기기 전에 비가 내리기 시작했다. 우리는 누가 먼저랄 것도 없이 손을 잡고 팔각정으로 뛰어갔다. 팔각정은 비를 피하는 사람들로 가득했다. 아직 봄이 오기는 이른데, 계절에 앞서 가벼운 옷차림을 하고 나온 그녀는 추위에 떨었다. 그녀는 겨우 세 번째(?) 만난 남자가 남산에 오르자고 할 것은 상상도 못했던 모양이다.

장사치들이 비 오기를 기다린 듯 파란 비닐우산을 들고 나타났다. 나는 비닐우산 하나를 샀다. 나는 그녀의 어깨를 껴안고 그녀의 머리가 비에 젖지 않도록 비닐우산으로 가려주며 이런 분위기에서 내 포부를 늘어놓기는 틀렸네, 아쉬워하며 식당으로 갔다.

나는 식당에서 제일 비싼 축에 드는 불고기 정식을 주문하고, 소주를 시킬까 물었다. 그녀는 독주는 싫다고 했다. 나는 복분자주를 주문했다. 내가 그녀의 잔에 술을 따르려 하자 그녀가 술병을 빼앗아 두 손으로 바쳐 들고 먼저 내 잔에 가득 술을 부었다. 나도 두 손으로 그녀의 잔을 채웠다. 우리는 붉은 색 술이 채워진 흰 도자기 잔을 부딪치며 건배를 했다.

그녀가 꽃 피는 시즌도 아닌데 웬 남산이냐고 물었다. 나는 남산에서 대한민국의 수도 서울을 한눈에 내려다보며 내 소박한 포부를 털어놓으려 했는데 비가 와서 무드가 깨졌다고 대답했다. 그녀는 잔을 내려놓고 빤히 내 눈을 쳐다보며 눈짓으로 말해 보라고 재촉했다.

내 인생을 세 주기로 나눠 살 거다. 처음 30년은 학문을 닦고 준비하는 기간, 다음 30년은 일을 하고 가정을 돌본다. 여생은 그동안 모은 재산과 시간을 다 털어서 사회를 위해 산다.

제1기 30년은 이미 지나갔다. 그 동안 박사까지 하며 제2기를 준비했다. 제2기 30년은 우리나라 미래의 먹거리를 창출하는 첨단사업에 뛰어들어 부를 움켜잡겠다. 나는 내 포부를 설파하며 나도 모르게 열기가 뻗쳐올라 주먹을 휘두르며 열변을 토했다.

지금은 월급쟁이로 남의 밑에서 일을 하지만 곧 독립할 거다. 로봇사업을 할 거다. 휴머노이드와 사이보그 기술을 융합한 차세대 로봇 기술을 개발하여 빌게이츠나 스티브 잡스 같은 거부가 되겠다. 다섯 친구가 벤처 설립을 준비하고 있다. 딱 60세가 되면 현업에서 은퇴하고 그 동안 번 돈으로 사회사업을 한다.

그녀는 그런 거창한 꿈을 꾸는 오빠가 나이에 비해 너무나 순진하다 며, 칭찬인지 비아냥거림인지 모를 말을 했다.

지난 10여 년 동안 내 포부도 여러 번 바뀌었다. 떼돈을 벌어 내가 설 계한 세종시 같은 신도시를 건설하는 꿈을 꾼 적도 있었고, 정계로 나 가 큰 인물이 되는 포부도 가졌었다. 지금은 로봇 사업을 하는 것이 내 목표다.

케이블카를 타고 내려오며 나는 남의 눈을 의식하지 않고 추위에 떠 는 그녀의 어깨를 꼭 껴안아줬다. 그녀는 가만히 있었다. 눈 아래 줄을 선 빌딩에서 쏘아내는 불빛이 가는 빗줄기에 묻혀 희미했다. 어둠의 커 튼에 둘러싸인 좁은 공간에서 여자를 안고 흔들거리며 하강하는 기분 이 좋았다. 팔과 가슴으로 전해 오는 그녀의 따뜻한 체온과 부드러운 감촉이 내 관능을 간질였다.

우리는 한강 둔치를 거닐다가 어둠 속을 달리는 자전거의 전조등 불 빛에 주춤하며 어설프게 키스를 했다. 그녀의 입술은 부드러웠고, 타액 은 달콤했다.

그녀와 헤어져 집에 들어서며, 나는 입안에 남은 그녀의 감촉을 혀로 음미하며 어머니에게 그녀와 결혼할 거라고 통보했다.

노총각 노처녀를 둔 두 집에서 바로 결혼을 서둘렀다.

키스까지 한 후에도 그녀는 내 눈치를 보며 조심스럽게 나를 대했다. 나는 그녀의 외모는 별로이지만 마음씨는 천사띠, 아버지가 바라셨던 신붓감으로 합격점을 줘갔다.

35년을 총각으로 살아온 남자의 몸이 여자를 원했고, 33년을 처녀로 살아온 여자의 몸이 남자를 원했다. 결혼을 하기로 한 두 남녀는 자연스럽게 어울렸다.

3

우리는 시간을 만들어서 만나고, 식사하고, 영화나 연극을 보고, 드라이브를 했다. 짬을 내서 사랑도 나눴다. 몸을 섞고 서로 흉허물 없이 친밀해지자 그녀는 점점 조심성이 없어지고, 나를 학생 다루듯하며, 그녀의 입맛에 맞는 남자로 바꾸려고 했다.

어느 토요일 오후, 고교 시절 1, 2등을 다투던 친구가 어제 귀국했다며 오늘 밖에 시간이 없으니 저녁에 꼭 만나자고 했다. 그는 고등학교를 졸업하고 바로 미국으로 유학 가서 박사를 하고 미시간 주에서 공무원을 한다. 나는 애령에게 미국에서 온 옛 친구를 만나야 하니 오늘 약속은 취소하고 내일 저녁에 만나자는 문자메시지를 보냈다.

그녀는 나보다 친구가 더 중요하냐며 약속 장소에서 기다리겠다고 답신해 왔다. 나는 그녀에게 전화를 걸어 그 친구는 고등학교 때 둘도 없는 친구로 몇 십 년만에 만나는 거며, 오늘 안 만나면 언제 만날지 모른다고 사정을 설명했다.

그녀는 나를 다시 안 볼 거면 친구를 만나러 가라고 협박하며 전화를 탁 끊었다. 나는 화가 치밀었다. 선생님씩이나 하는 여자가 뭐 이렇게 융통성이 없어, 투덜대며 핸드폰 뚜껑을 탁 닫았다. 나는 그녀의 경고를 무시하고 친구를 만나러 갔다.

다음날 저녁 그녀는 연락도 없이 약속장소에 나오지 않았다. 나는 기다린다는 문자를 보내고 한 시간을 더 기다렸다. 그녀는 답신도 주지 않고 나타나지도 않았다.

다음 날도 그 다음 날도 그녀는 내 문자를 씹었다.

나는 100번째 선을 본 여자와 무조건 결혼하겠다고 한 혼자만의 결심을 깨고 그녀와 만남을 끝낼까, 하고 몇 번을 고민했다. 작심삼일, 남자가 결심을 바꾸는 것을 내 자존심이 용납하지 않았다. 차마 어머니에게 또 여자와 헤어졌다는 비보를 전할 수도 없어 자존심을 접고 그녀의 학교까지 찾아가서 퇴근하는 그녀를 붙잡고 사정했다.

그녀는 이번 주일에 교회에 나오면 만나주겠다고 했다. 나는 마지못해 그녀의 제의에 동의를 하면서도 입맛이 썼다. 독실한 불교 신자인 어머니가 알면 펄쩍 뛸 일이다.

그날 저녁 몸을 섞고 난 후 내 팔을 베고 누워 그녀는 단호하게 힌두교도식 내 인생의 주기를 바꾸라고 했다. 나는 힌두교도식의 인생 주기가 뭐냐고 물었고, 그녀는 힌두교도들은 일생을 범행기, 가주기, 임주기, 유행기 4주기로 나눠서 살아가는데 오빠가 일생을 세 주기로 나눠 살려는 것은 힌두교도식 삶을 본 뜬 거 아니냐며 내 일생일대의 계획을 폄하했다.

그녀는 제2기 가주기를 30년으로 못 박지 말고 일을 할 수 있을 때까지 하는 것이 책임 있는 남자의 도리라고 강조했다. 좋은 직장을 그만두고 벤처를 시작하려는 것은 만용에 가깝다며 그 계획도 바꾸라고 했다. 가주기가 끝난 후 남은 삶을 하나님을 위해 바치는 것이 은혜로운 길이라고 했다. 그녀는 내 젖꼭지를 비틀며 그녀의 주장을 떠벌렸다. 힌두교를 모르는 나는 그녀가 내 계획을 폄하하는 것에 화가 났다. 나는 성교 후에 밀려오는 회한을 다독거리며 옆에 누운, 나를 무시하는 나신의 여자를 밀쳐내고 싶은 역겨운 감정을 눈을 질끈 감고 눌렀다.

토요일 오후, 교외로 드라이브를 나갔다. 사랑을 나누고 집까지 그녀를 태워다 줬다. 차에서 내리며 그녀는 내일 교회에서 보자고 했다. 나는 그녀의 등에 대고 내일 회사에 일이 있어 교회에 갈 수 없다고 했다. 그녀는 빙그르 돌아서더니 표독한 눈빛으로 나를 노려보며 하나님 일보다 더 크고 중요한 일이 어디 있느냐며 내일 교회에 꼭 나와야 한다고 못을 박고 뒤도 돌아보지 않고 집으로 사라졌다.

공립학교 선생님인 그녀는 대기업에서 공무원보다 월급 몇 푼을 더 얹어주고 직원의 하루 24시간을 몽땅 회사 것으로 치부하는 것을 이해하지 못하는 모양이다. 주말의 시간까지 회사에 맡긴 시간이란 것을 잘 모르는 모양이다.

오늘도 그녀와 데이트 약속을 지키기 위해 상사에게 친구 아버지의 상가에 간다는 핑계를 대고 저녁시간을 할애 받았었다.

나는 사회를 전혀 모르고 말도 안 되는 일로 토라져서 집으로 들어가는 왜소한 그녀의 등을 보며, 100번째 선을 봤다고 꼭 결혼해야 하는 법도 없는데 왜 저 여자와 결혼하겠다고 버티는 지 짙은 회의가 왔다.

집에 들어서니 입이 잔뜩 나온 어머니가 시큰둥한 눈빛으로 나를 맞으며 웃옷을 벗는 데까지 따라오며 푸념을 했다.

이모의 주선으로 안사돈끼리 약식으로 상견례를 했단다. 미래의 두 안사돈은 자리에 앉자마자 이모 앞에서 자식자랑 대회를 연 모양이다. 애령의 어머니는 입에 침도 안 바르고 아들, 딸, 사위를 뻥튀기하며 자랑해댔다. 애령은 단번에 임용고시에 합격했으며, 월급을 허투루 쓰지 않고 저축한단다.

어머니도 질세라 아들 자랑을 했다. 아들은 회사에서 없어서는 안 될 엘리트로 회사에서 돈을 다 대고 박사까지 시켜줬다고 뻥을 쳤다. 나는 회사를 다니며 박사학위를 했다. 학비는 내가 냈고, 회사는 강의시간에 회사를 잠시 비우는 것을 인정해 줬다.

어머니는 아버지가 안 계신다고 우리를 무시하는 것 같다며, 겨우 초등학교 교장 한 것이 무슨 대수냐며, 아버지가 살아계셨으면 장관도 더 하셨을 거라고 푸념했다. 그 여편네, 어머니는 애령의 어머니를 그렇게 불렀다, 저희 집만 못한 집이 어디 있어? 흥분하며, 그렇게 돈도 많고 잘 나가면 점심 밥값이라도 내야지 밥값을 낼 때는 아예 저만치 서서 팔짱을 끼고 구경만 했다고 열을 올렸다.

애령은 지난 토요일 헤어질 때 지었던 표독했던 표정을 싹 접고 환한 얼굴로 약속장소에 나타났다. 나는 지난 주 교회에 빠진 이유를 그녀가 다 이해한 걸로 치고, 다음부터는 가능하면 교회에 나가도록 노력하겠다고 입치레를 했다. 그녀는 눈을 샐쭉하며 하나님의 일이 더 중요하지 어떻게 세속적인 일에 매달리느냐고 했다.

나는 세속적인 일을 해야 돈이 생기지 교회에 가면 하나님이 월급을 주느냐고 맞받아치려다가 말을 삼켰다. 그녀는 한 번 봐줄 테니 그 벌로 자기 친구들에게 저녁이나 사라고 했다. 친구들에게 신랑감을 소개하고 싶다고 했다. 나는 마지못해 고개를 끄덕였다. 후식을 들며 사랑을 나누자는 신호를 보내자 그녀는 오늘은 벌로 몸을 열 수 없다며 고개를 저었다. 그녀는 마치 몸을 주는 것을 나만을 위한 자선사업인 양했다. 나는 어이가 없어 허허 웃었다.

나는 애령을 태우고 그녀의 안내를 받으며 서래마을 길가에 있는 식당에 갔다. 낯선 외래어를 상호로 쓰는 식당 입구가 초라했다.

'이왕 대접하려면 밝고 깨끗한 식당에서 할 것이지…'

주차 요원에게 승용차의 키를 맡기고 식당 안에 들어섰다. 내부 장식이 어수선했다. 어두컴컴한 실내 벽에 걸린 큰 배와 황소 머리가 눈을 혼란하게 했다. 애령이 앞장서서 2층으로 올라가서 큰길이 내려다보는 창가의 자리에 앉았다. 길가로 낸 베란다 위의 하늘을 비닐로 덮은 임시로 꾸며서 만든 자리였다. 허름한 의자에 앉으며 떨떠름해 하는 나에게 애령은 이 집에서 제일 좋은 자리라며 겨우 잡았다고 생색을 냈다.

그녀의 친구 네 사람이 한 차로 왔다. 세 사람은 유부녀, 한 사람은 처녀였다. 종업원이 메뉴판을 가져왔다. 일인분에 만팔천 원하는 스파게티부터 구만천 원하는 세트 메뉴까지 있었다. 허름한 식당 치고 너무 값이 셌다. 여자 친구들은 돈을 낼 나에게 묻지도 않고 일인분에 5만5천 원하는 스테이크를 시키며, 세트 메뉴를 시키려다가 봐줬다며 인심을 썼다. 애령은 일류기업에 다니는 남친의 월급이 높다며 친구들에게 더 비싼 것을 주문하라며 으스댔다.

내가 맥주를 주문하려 하자 처녀 친구는 스테이크에 어울리는 포도주를 마시자고 했다. 내가 한 병에 4만 원하는 월급쟁이 수준에 걸맞는 포도주를 고르자 처녀 친구가 눈을 끔벅하며 10만 원도 넘는 포도주를 주문했다. 여자들은 나에게 몇 마디 말을 건네고는 저녁을 사는 나를 완전히 따돌리고 자기들끼리 떠들어댔다. 애령도 그 축에 끼었다. 나는 외톨이가 되어 여자들이 떠드는 것을 구경했다. 포도주 병이 비자 애령은 나에게 눈짓도 보내지 않고 마시던 포도주를 주문했다. 나는 물봉이 되어 바보같이 자리를 지켰다. 친구들과 어울려 신나게 떠드는 애령이 너무나 낯설었다.

메뉴에 적힌 음식 값에는 부가세가 빠졌고, 봉사료는 별도란다. 나는 저녁을 샀다는 생색도 나지 않을 것 같은 허름한 식당에서 부가세와 봉사료를 포함하여 70만원이 넘는 밥값을 카드로 결제하며 속이 쓰렸다. 결혼하기로 한 남자에게 실속도 없이 바가지를 씌운 애령이 미웠다.

100번째 선을 보는 여자와 무조건 결혼하겠다고 한 결심을 후회했다.

나는 일요일마다 회사와 교회 사이에서 갈등했다. 어쩌다 교회에 가도 목사님의 설교가 귀에 잘 붙지 않았다.

성가대원인 그녀는 부활절 특송 칸타타를 연습해야 한다며 교회에서 기다리라고 했다. 나는 그녀의 연습이 끝나기를 기다리며, 아는 사람도 없는 교회의 복도를 왔다 갔다 했다. 1층에서 4층까지 계단을 오르내리며 각방에 붙은 명패를 읽고, 도서실에 들러 서가를 가득 메운 종교서적의 제목을 훑었다. 도서실 의자에 앉아 다리를 쉬며 목사가 설교했던 부활의 기적을 되새겼다.

나는 200억 광년까지 죽 뻗어있다는 우주의 어디에 부활했다는 예수가 올라가서 하나님 보좌의 옆에 앉아 있을까 궁금해 하다가, 일요일 교회 도서실에 앉아서 기독신에게 불경을 저지르는 것 같았다. 옆 자리에서 열심히 신앙서적을 읽는 독실한 신자들에게 미안한 마음이 들었다. 나는 그녀에게 지하 카페에서 기다린다는 문자를 보내고, 카페로 내려가서 쓰디쓴 커피를 마셨다. 남편이 될 남자를 고도에 혼자 팽개쳐 두고 성가 연습을 하는 여자를 기다리는 자신이 너무나 처량했다.

'100번째 선을 본 여자와 결혼하겠다는 맹세를 깨 버릴까?'

이모가 안사돈 간에 혼수를 흥정하는 데 중재를 섰다.

나같이 잘 생기고 전도가 유망한 박사 아들을 장가보내는 어머니는 요구조건이 많았다. 가전제품은 당연히 대형으로 해 와야 하고, 예단은 시아버지가 안 계시니 시어머니 몫으로 시아버지 몫까지 쳐서 밍크코트, 명품 의류, 명품 핸드백, 고급 화장품…, 등등 20여 가지를 주문했다. 두 시누이 몫도 물목에 넣었다.

어머니는 아들을 장가보내며 평소 가지고 싶었던 명품들을 다 장만
하시려는 모양이다. 물건을 사서 보내기가 번거로우면 예단 비용으로
5천만 원만 보내라고 했다. 봉채비는 알아서 보내겠다고 했다. 이모가
과하다며 깎자고 하자, 어머니는 박사 아들을 내주고 서른세 살이나 먹
은 노처녀를 데려오면서 일억 쯤 부르려다가 봐준 거라며 예단비용을
깎으려는 이모에게 핀잔을 줬다.

어머니가 사주쟁이 집에 가서 결혼 날짜를 잡아왔다.

혼수 문제도 해결되지 않은 마당에 청첩장에 찍을 예식장 문제로 어
머니와 예비 장모가 정면으로 붙었다. 어머니는 예식장과 주례는 신랑
측에서 정하는 거라며, 대통령보다 잘난 박사 아들의 결혼식은 호텔 예
식장에서 대학교 은사를 주례로 모시고 치르겠다고 통보했다. 교회의
권사인 예비 장모는 교회에도 잘 안 나오는 사위를 맞은 것만도 하나님
께 죄를 짓는 일이라며, 결혼식은 담임목사님을 모시고 꼭 교회에서 해
야 한다고 우겼다.

이모가 중재를 섰다. 어머니는 호텔 예식장에서 결혼식을 올리되 주
례는 담임목사로 해도 좋다고 양보했다. 예비 장모는 양보를 몰랐다.
초등학교 교장이셨던 예비 장인이 호화판 호텔 결혼은 시킬 수 없다고
가세했다. 애령은 호텔 결혼식을 찬성했었으나 부모의 반대에 부딪혀
어정쩡한 태도를 취했다.

이모가 어머니와 예비 장모의 만남을 주선하려 했으나 두 사람은 서
로 만나는 것을 꺼려 했다. 이모가 전화를 연결해 줬다. 예의를 갖추며
시작한 대화가 본론으로 들어가자 어머니는 예식장과 주례는 남자측
에서 정하는 거라고 우겼고, 예비 장모는 하나님의 전당에서 하나님의
사도인 목사의 주례로 결혼식을 해야 하나님께서 내려다보시고 은총

을 주신다고 맞받았다. 어머니는 서양 종교를 믿는 사람들은 우리나라 관습도 경우도 모르냐고 따졌다. 독실한 기독교도인 예비 장모와 불교 신자인 어머니의 다툼이 종교 논쟁으로까지 번졌다.

이 결혼은 없던 것으로 하자는 선까지 악화됐다.

어머니는 단호한 목소리로 나에게 이 결혼은 없던 것으로 하기로 했으니 결혼 말은 아예 꺼내지도 말고 애령과 다시는 만나지 말라고 통고했다. 나는 그녀의 입맛에 맞도록 나를 바꾸려는 애령을 내려놓는 것이 싫지 않았다. 이제 교회에 가지 않아도 된다고 생각하니 한 짐을 던 기분이었다.

그러나 몸까지 섞은 여인을 버리는 것이 개운치 않았다. 양가 부모의 반대를 핑계로 100번째 선을 본 여자와 꼭 결혼하기로 했던 맹세를 깨려는 내가 비겁한 것 같았다.

'그냥 눈 딱 감고 결혼 신고를 해 버려? 우린 성인이잖아.'

'그래도….'

어머니가 마음에 걸렸다. 번뜩 섬광이 뇌리를 스쳤다.

애령은 5년 전에 선을 봤던 여자. 100번째 선을 본 여자가 아니다!

4

어머니들 간에 심히 다툰 일주일 후에 애령으로부터 문자메시지가 왔다. 서로 용서하고 만나자고 했다.

나는 우리들 사이의 갈등 때문이 아니라 어머님간의 자존심 싸움에 깨진 인연을 다시 이어야 하는지 판단이 서지 않았다. 애령은 100번째 선을 본 여자도 아닌데, 100번째 선을 본 여자와 결혼하겠다고 했던 결심에 얽매일 필요도 없어 답신을 안 했다.

밤늦게 퇴근한 나에게 어머니는 애령이 너무 버릇없다고 투덜댔다. 시어머니가 될지도 모르는 어른에게 무릎 꿇고 빌어도 시원찮은데 건 방지게 하나님 뜻 운운하며 용서하고 화해하자는 문자메시지를 보냈 단다. 집에서 보고 배운 것이 없어 그런 버릇없는 행동을 했단다.

나는 어머니에게 요사이 젊은 사람들은 문자메시지로 소식을 주고 받고 약속도 정한다는 변명의 말을 하지 않았다.

이모가 양쪽 어머니를 설득하려 했으나, 평행선을 달리는 양측의 자 존심이 먼저 무릎 꿇는 것을 거부했다.

애령의 몸에 익숙해진 내 몸이 문득 문득 그녀의 몸을 그리워했다.

애령으로부터 다시 만나자는 두 번째 문자메시지가 왔다. 메시지를 보며 하복부에 열기가 불쑥 솟았다. 손은 답신을 서둘렀으나, 이성이 안 돼, 하고 소리쳤다. 나는 그녀의 문자를 또 씹었다.

애령이 어머니에게 또 문자메시지를 보냈다. 어머니는 화난 말투로 배우지 못한 년, 하며 나더러 문자메시지를 지우라고 했다.

더 이상 그녀로부터 문자메시지가 없었다.

애령과 어정쩡하게 깨어진 지 두 달이 지나도록 어머니는 101번째, 아니 100번째 선을 볼 처녀를 소개하지 않았다.

토요일 오후, 작은 이모가 옷이라도 한 벌 얻어 입을까, 하고 중매를 섰는데 깨졌다며 저녁이나 사라고 전화해 왔다. 나는 어머니를 모시고 나가겠다고 했다. 이모는 나랑 단둘이 데이트하고 싶다며 희원에 예약 해 놓을 테니 7시까지 혼자 나오라고 했다. 희원은 이모랑 몇 번 저녁 을 같이 한 중국식당이다.

나는 희원 카운터에서 이모의 이름을 댔다. 안내양이 모란실로 안내했다. 안내양이 방문을 안으로 밀어서 열고 옆에 비켜섰다. 방문 맞은편 의자에 앉아있던 이모가 자리에서 일어서며, 왔어? 하고 나를 반겼다. 문을 등지고 앉아있던 여자가 자리에서 일어섰다. 여자의 뒷모습이 젊다. 나는 순간 미리 귀띔도 없이 또 선을 보이나, 하며 눈초리가 올라갔다. 짜증이 났다. 얼굴에 열기가 확 올랐다.

이모가 이리 와서 앉아, 하며 이모의 옆자리를 손가락으로 가리켰다. 나는 엉거주춤 서 있는 젊은 여자를 힐끔 쳐다보고 이모 옆자리로 갔다. 나는 자리에 앉으며 젊은 여자를 올려다봤다. 낯설지가 않았다.

이모가 서로 잘 아는 사이에 인사도 안 해? 하며 두 사람을 번갈아 쳐다봤다.

여자가 영호 씨 안녕하셨어요? 하고 인사했다. 나는 내 이름을 부르는 여인을 훑어보며 애령 씨? 하고 물었다.

두 달여 시간이 흐르는 사이 그녀의 눈꺼풀이 쌍꺼풀로 바뀌었고, 코가 높아지고 길어졌다. 고집스레 보이던 사각턱이 날씬해졌다. 이모는 결혼 날짜까지 잡았던 애인도 못 알아봐? 하며 나를 힐책했다.

나는 네? 네, 어물거리며, 서양 스타일로 성형한 얼굴을 들고 나온 애령을 멍하니 쳐다봤다.

이모는, 너한테 잘 보이려고 성형까지 했어. 천생연분은 어쩔 수 없는 거다. 다 잊고 다시 시작해라. 언니한테는 내가 잘 말할게, 했다.

나는 두 달여 만에 눈코가 더 예뻐지고 얼굴의 고집스럽던 윤곽이 부드러워진 애령을 건너다보며, 그녀가 몇 달 전에 선을 봤던 여자인지, 100번째 새로 선을 보는 여자인지 헷갈렸다.

책을 내면서

  몇 년간 문학지에 발표했던 단편 십여 편을 모아 《11월 어느 날 22시》 창작집을 냅니다.

  작가의 주변에 머물거나 스쳐간 사람들의 이야기를 저자의 경험 · 지식과 버무려서 소설을 쓰다 보니 작가의 나이가 들어감에 따라 자연히 주인공의 나이도 들어갑니다. 들어가는 나이를 반영하여 책 제목을 정했습니다.

  우리 삶의 주인은 나입니다만, 우리는 주위에 둘러싸여 얼기설기 인연의 사슬을 엮어가며 주위에 도움을 주는 것보다는 더 많은 도움과 은혜를 받으며 살아가고 있습니다. 우리는 혼자가 아니라는 것을 자주 잊습니다.

  여러 차례 제 책을 내 주신 지구문학 김시원 발행인님과 퍽 여러 해 동안 책을 쓸 공간을 마련해 주신 상지상사 표상기 회장님께 감사를 드립니다. 예쁘게 책을 기획해 주신 한누리미디어 김재엽 사장님, 감사합니다.

  40여 년을 함께 살며 고생해 온 아내의 칠순 선물로 이 책을 드립니다.

2013년 3월

저 자

양창국 단편소설집

11월 어느 날 22시

·

지은이 / 양창국
펴낸이 / 김정희
펴낸곳 / **지구문학**

110-122, 서울시 종로구 종로2가 39 뉴파고다빌딩 215호
전화 / (02)764-9679
팩스 / (02)764-7082

등록 / 제1-A2301호(1998. 3. 19)

초판발행일 / 2013년 3월 25일

© 2013 양창국 Printed in KOREA

값 15,000원

E-mail/jigumunhak@hanmail.net

※잘못된 책은 바꿔드립니다.
※저자와의 협약으로 인지는 생략합니다.

ISBN 978-89-89240-51-8 03810